# 有情众生

汪曾祺 著

天津出版传媒集团

天津人民出版社

**图书在版编目（CIP）数据**

有情众生 / 汪曾祺著. -- 天津：天津人民出版社，2018.3（2019.1重印）

ISBN 978-7-201-12718-7

Ⅰ.①有… Ⅱ.①汪… Ⅲ.①小说集—中国—当代 Ⅳ.①I247

中国版本图书馆CIP数据核字（2017）第300005号

## 有情众生
**YOU QING ZHONG SHENG**

| | |
|---|---|
| 出　　版 | 天津人民出版社 |
| 出版人 | 黄　沛 |
| 地　　址 | 天津市和平区西康路35号康岳大厦 |
| 邮政编码 | 300051 |
| 邮购电话 | （022）23332469 |
| 网　　址 | http://www.tjrmcbs.com |
| 电子邮箱 | tjrmcbs@126.com |

| | |
|---|---|
| 责任编辑 | 陈　烨 |
| 策划编辑 | 张　历 |
| 封面设计 | 平　平 |

| | |
|---|---|
| 制版印刷 | 三河市春园印刷有限公司 |
| 经　　销 | 新华书店 |
| 开　　本 | 880×1230毫米　1/32 |
| 印　　张 | 10.5 |
| 字　　数 | 260千字 |
| 版次印次 | 2018年3月第1版　2019年1月第3次印刷 |
| 定　　价 | 49.80元 |

# 目 录

## 有情众生

有情众生

# 复仇

复仇者不折镆干。虽有忮心，不怨飘瓦。

——庄子

　　一支素烛，半罐野蜂蜜。他的眼睛现在看不见蜜。蜜在罐里，他坐在榻上。但他充满了蜜的感觉，浓，稠。他嗓子里并不泛出酸味。他的胃口很好。他一生没有呕吐过几回。一生，一生该是多久呀？我这是一生了么？没有关系，这是个很普通的口头语。谁都说："我这一生……"。就像那和尚吧，——和尚一定是常常吃这种野蜂蜜。他的眼睛眯了眯，因为烛火跳，跳着一堆影子。他笑了一下：他心里对和尚有了一个称呼，"蜂蜜和尚"。这也难怪，因为蜂蜜、和尚，后面隐了"一生"两个字。明天辞行的时候，我当真叫他一声，他会怎么样呢？和尚倒有了一个称呼了。我呢？他会称呼我什么？该不是"宝剑客人"吧（他看到和尚一眼就看到他的剑）。这蜂蜜——他想起来的时候一路听见蜜蜂叫。是的，有蜜蜂。蜜蜂真不少（叫得一座山都浮动了起来）。现在，残余的声音还在他的耳朵里。从这里开始了我今天的晚上，而明天又从这里接连下去。人生真是说不清。他忽然觉得这是秋天，从蜜蜂的声音里。从声音里他感到一身轻爽。不错，普天下此刻写满了一个

"秋"。他想象和尚去找蜂蜜。一大片山花。和尚站在一片花的前面，实在是好看极了，和尚摘花。大殿上的铜钵里有花，开得真好，冉冉的，像是从钵里升起一蓬雾。他喜欢这个和尚。

和尚出去了。单举着一只手，后退了几步，既不拘礼，又似有情。和尚你一定是自自然然地行了无数次这样的礼了。和尚放下蜡烛，说了几句话，不外是庙宇偏僻，没有什么可以招待；山高，风大气候凉，早早安息。和尚不说，他也听见。和尚说了，他可没有听。他尽着看这和尚。他起身为礼，和尚飘然而去。双袖飘飘，像一只大蝴蝶。

他在心里画不出和尚的样子。他想和尚如果不是把头剃光，他该有一头多好的白发。一头亮亮的白发在他的心里闪耀着。

白发的和尚呀。

他是想起了他的白了发的母亲。

山里的夜来得真快！日入群动息，真是静极了。他一路走来，就觉得一片安静。可是山里和路上迥然不同。他走进小山村，小蒙舍里有孩子读书声，马的铃铛，连枷敲在豆秸上。小路上的新牛粪发散着热气，白云从草垛边缓缓移过，一个梳辫子的小姑娘穿着一件银红色的衫子……可是原来描写着静的，现在全表示着动。他甚至想过自己作一个货郎来给这个山村添加一点声音的，这一会可不能在这万山之间拨浪浪摇他的小鼓。

货郎的拨浪鼓在小石桥前摇，那是他的家。他知道，他想的是他的母亲。而投在母亲的线条里着了色的忽然又是他的妹妹。他真愿意有这么一个妹妹，像他在这个山村里刚才见到的。穿着银红色的衫子，在门前井边打水。青石的井栏。井边一架小红花。她想摘一朵，听见母亲纺车声音，觉得该回家了，天不早了，就说："我明天一早来摘你。你在那儿，我记得！"她可以给旅行人指路："山上有个庙，庙里和尚好，你可以去借宿。"小姑娘和旅行人都走了，剩下一口井。他们走了一会，井栏上的余滴还叮叮咚咚地落回井里。村边的大乌桕树黑黑的。夜开始向它合过来。磨麦子的石碾呼呼的声音停止在一点上。

想起这个妹妹时，他母亲是一头乌青的头发。他多愿意摘一朵红花给母亲戴上。可是他从来没见过母亲戴过一朵花。就是这一朵没有戴上的花决定了他的命运。

母亲呀，我没有看见你的老。

于是他的母亲有一副年轻的眉眼而戴了一头白发。多少年来这一头白发在他心里亮。

他真愿意有那么一个妹妹。

可是他没有妹妹，他没有！

他的现在，母亲的过去。母亲在时间里停留。她还是那样年轻，就像那个摘花的小姑娘，像他的妹妹。他可是老多了，他的脸上刻了很多岁月。

他在相似的风景里做了不同的人物。风景不殊，他改变风景多少？现在他在山上，在许多山里的一座小庙里，许多小庙里的一个小小的禅房里。

多少日子以来，他向上，又向上；升高，降低一点，又升得更高。他爬的山太多了。山越来越高，山头和山头挤得越来越紧。路越来越小，也越来越模糊。他仿佛看到自己，一个小小的人，向前倾侧着身体，一步一步，在苍青赭赤之间的一条微微的白道上走。低头，又抬头。看看天，又看看路。路像一条长线，无穷无尽地向前面画过去。云过来，他在影子里；云过去，他亮了。他的衣裙上沾了蒲公英的绒絮，他带它们到远方去。有时一开眼，一只鹰横掠过他的视野。山把所有的变化都留在身上，于是显得亘古不变。他想：山呀，你们走得越来越快，我可是只能一个劲地这样走。及至走进那个村子，他向上一看，决定上山借宿一宵，明天该折回去了。这是一条线的尽头了，再往前没有路了。

他阖了一会眼。他几乎睡着了，几乎做了一个梦。青苔的气味，干草的气味。风化的石头在他的身下酥裂，发出声音，且发出气味。小草的叶子窸窣弹了一下，蹦出了一个蚱蜢。从很远的地方飘来一根鸟毛，近了，更近了，终于为一根枸杞截住。他断定这是一根黑色的。一块卵石从山顶上滚下去，滚下去，滚下去，落进山下的深潭里。从极低的地方传来一声牛鸣。反刍的声音（牛的下巴磨动，淡红色的舌头），升上来，为一阵风卷走了。虫蛀着老楝树，一片叶子尝到了苦味，它打了一个寒噤。一个松球裂开了，寒气伸入了鳞瓣。鱼呀，活在多高的水里，你还是不睡？再见，青苔的阴湿；再见，干草的松软；再见，你硌在胛骨下抵出一块酸的石头。老和尚敲磬。现在，旅行人要睡了，放松他的眉头，散开嘴边的纹，解开脸上的结，让肩膊平摊，腿脚舒展。

烛火什么时候灭了。是他吹熄的?

他包在无边的夜的中心，像一枚果仁包在果核里。

老和尚敲着磬。

水上的梦是漂浮的。山里的梦挣扎着飞出去。

他梦见他对着一面壁直的黑暗，他自己也变细，变长。他想超出黑暗，可是黑暗无穷的高，看也看不尽的高呀。他转了一个方向，还是这样。再转，一样。再转，一样。一样，一样，一样是壁直而平，黑暗。他累了，像一根长线似的落在地上。"你软一点，圆一点嘛! "于是黑暗成了一朵莲花。他在莲花的一层又一层瓣子里。他多小呀，他找不到自己了。他贴着黑的莲花作了一次周游。丁——，莲花上出现一颗星，淡绿的，如磷火，旋起旋灭。余光霭霭，归于寂无。丁——，又一声。

那是和尚在做晚课，一声一声敲他的磬。他追随，又等待，看看到底多久敲一次。渐渐的，和尚那里敲一声，他心里也敲一声，不前不后，自然应节。"这会儿我若是有一口磬，我也是一个和尚。"佛殿上一盏像是就要熄灭，永不熄灭的灯。冉冉的，钵里的花。一炷香，香烟袅袅，渐渐散失。可是香气透入了一切，无往不在。他很想去看看和尚。

和尚，你想必不寂寞？

客人，你说的寂寞的意思是疲倦？你也许还不疲倦？

客人的手轻轻地触到自己的剑。这口剑，他天天握着，总觉得有一分生疏；到他好像忘了它的时候，方知道是如何之亲切。剑呀，不是你属于我，我其实是属于你的。和尚，你敲磬，谁也不能把你的磬的声音收集起来吧？你的禅房里住过多少客人？我在这里过了我的一夜。我过了各色的夜。我这一夜算在所有的夜的里面，还是把它当作各种夜之外的一个夜呢？好了，太阳一出，就是白天。明天我要走。

太阳晒着港口，把盐味敷到坞边的杨树的叶片上。海是绿的，腥的。

一只不知名的大果子，有头颅那样大，正在腐烂。

贝壳在沙粒里逐渐变成石灰。

浪花的白沫上飞着一只鸟，仅仅一只。太阳落下去了。

黄昏的光映在多少人的额头上，在他们的额头上涂了一半金。

多少人逼向三角洲的尖端。又转身，分散。

人看远处如烟。

自在烟里，看帆篷远去。

来了一船瓜，一船颜色和欲望。

一船是石头，比赛着棱角。也许——

一船鸟，一船百合花。

深巷卖杏花。骆驼。

骆驼的铃声在柳烟中摇荡。鸭子叫，一只通红的蜻蜓。

惨绿色的雨前的磷火。

一城灯！

嗨，客人！

客人，这仅仅是一夜。

你的饿，你的渴，饿后的饱餐，渴中得饮，一天的疲倦和疲倦的消除，各种床，各种方言，各种疾病，胜于记得，你一一把它们忘却了。你不觉得失望，也没有希望。你经过了哪里，将去到哪里？你，一个小小的人，向前倾侧着身体，在黄青赭赤之间的一条微微的白道上走着。你是否为自己所感动？

"但是我知道我并不想在这里出家！"

他为自己的声音吓了一跳。这座庙有一种什么东西使他不安。他像瞒着自己似的想了想那座佛殿。这和尚好怪！和尚是一个，蒲团是两个。一个蒲团是和尚自己的，那一个呢？佛案上的经卷也有两份。而他现在住的禅房，分明也不是和尚住的。

这间屋，他一进来就有一种特殊的感觉。墙极白，极平，一切都是既方且直，严厉而逼人。而在方与直之中有一件东西就显得非常的圆。不可移动，不可更改。这件东西是黑的。白与黑之间划出分明界限。这是一顶极大的竹笠。笠子本不是这颜色，它发黄，转褐，最后就成了黑的。笠顶有一个宝塔形的铜顶，颜色也发黑了，——一两处锈出了绿花。这顶笠子使旅行人觉得不舒服。什么人戴了这样一顶笠子呢？拔出剑。他走出禅房。

他舞他的剑。

自从他接过这柄剑，从无一天荒废过。不论在荒村野店，驿站邮亭，云碓茅蓬里，废弃的砖瓦窑中，每日晨昏，他都要舞一回剑，每一次对他都是新的刺激，新的体验。他是在舞他自己，他的爱和恨。最高的兴奋，最大的快乐，最汹涌的激情。他沉酣于他的舞弄之中。

把剑收住，他一惊，有人呼吸。

"是我。舞得好剑。"

是和尚！和尚离得好近。我差点没杀了他。

旅行人一身都是力量，一直贯注到指尖。一半骄傲，一半反抗，他大声地喊：

"我要走遍所有的路。"

他看看和尚，和尚的眼睛好亮！他看着这双眼睛里有没有讥刺。和尚如果激怒了他，他会杀了和尚。然而和尚站得稳稳的，并没有为他的声音和神情所撼动，他平平静静，清清朗朗地说：

"很好。有人还要从没有路的地方走过去。"

万山百静之中有一种声音，丁丁然，坚决地，从容地，从一个深深的地方进出来。

这旅行人是一个遗腹子。父亲被仇人杀了，抬回家来，只剩一口气。父亲用手指蘸着自己的血写下了仇人的名字，就死了。母亲拾起了他留下的剑。剑在旅行人手里。仇人的名字在他的手臂上。到他长到能够得到井边的那架红花的时候，母亲交给他父亲的剑，在他的手臂上刺了父亲的仇人的名字，涂了蓝。他就离开了家，按手臂上那个蓝色的姓名去找那个人，为父亲报仇。

不过他一生中没有叫过一声父亲。他没有听见过自己叫父亲的声音。

父亲和仇人，他一样想不出是什么样子。如果仇人遇见他，倒是会认出来的：小时候村里人都说他长得像父亲。然而他现在连自己是什么样子都不清楚了。

真的，有一天找到那个仇人，他只有一剑把他杀了。他说不出一句话。他跟他说什么呢？想不出，只有不说。

有时候他更愿意自己被仇人杀了。

有时候他对仇人很有好感。

有时候他觉得自己就是那个仇人。既然仇人的名字几乎代替了他自己的名字，他可不是借了那个名字而存在的么？仇人死了呢？

然而他依然到处查访这个名字。

"你们知道这个人么？"

"不知道。"

"听说过么？"

"没有。"

……

"但是我一定是要报仇的！"

"我知道，我跟你的距离一天天近了。我走的每一步，都向着你。"

"只要我碰到你，我一定会认出你，一看，就知道是你，不会错！"

"即使我一生找不到你，我这一生是找你的了！"

他为自己这一句的声音掉了泪，为他的悲哀而悲哀了。

天一亮，他跑近一个绝壁。回过头来，他才看见天，苍碧嶙峋，不可抗拒的力量压下来，使他呼吸急促，脸色发青，两股紧贴，汗出如浆。他感觉到他的剑。剑在背上，很重。而从绝壁的里面，从地心里，发出丁丁的声音，坚决而从容。

他走进绝壁。好黑。半天，他什么也看不见。退出来？不！他像是浸在冰水里。他的眼睛渐渐能看见面前一两尺的地方。他站了一会，调匀了呼吸。丁，一声，一个火花，赤红的。丁，又一个。风从洞口吹进来，吹在他的背上。面前飘来了冷气，不可形容的阴森。咽了一口唾沫。他往里走。他听见自己橐橐足音，这个声音鼓励他，教他走得稳当，不踉跄。越走越窄，他得弓着身子。他直视前面，一个又一个火花爆出来。好了，到了头：

一堆长发。长头发盖着一个人。匍匐着，一手錾子，一手铁锤，低着头，正在开凿膝前的方寸。他一定是听见来人的脚步声了，他不回头，继续开凿。錾子从下向上移动着。一个又一个火花。他的手举起，举起。旅行人看见两只僧衣的袖子。他的披到腰下的长发摇动着。他举起，举起，旅行人看见他的手。这双手！奇瘦，瘦到露骨，都是筋。旅行人后退了一步。和尚回了一下头。一双炽热的眼睛，从披纷的长发后面闪了出来。旅行人木然。举起，举起，火花，火花。再来一个，火花！他差一点晕过去：和尚的手臂上赫然有三个字，针刺的，涂了蓝的，是他的父亲的名字！

一时，他什么也看不见了，只看见那三个字。一笔一画，他在心里描了那三个字。丁，一个火花。随着火花，字跳动一下。时间在洞外飞逝。一卷白云掠过洞口。他简直忘记自己背上的剑了，或者，他自己整个消失，只剩下这口剑了。他缩小，缩小，以至于没有了。然后，又回来，回来，好，他的脸色由青转红，他自己充满于躯体。剑！他拔剑在手。

忽然他相信他的母亲一定已经死了。

铿的一声。

他的剑落回鞘里。第一朵锈。

他看了看脚下，脚下是新开凿的痕迹。在他脚前，摆着另一副锤錾。

他俯身，拾起锤錾。和尚稍微往旁边挪过一点，给他腾出地方。

两滴眼泪闪在庙里白发的和尚的眼睛里。

有一天，两副錾子同时凿在虚空里。第一线由另一面射进来的光。

# 老鲁

　　去年夏天我们过的那一段日子实在很好玩。我想不起别的恰当的词儿，只有说它好玩。学校四个月发不出薪水，饭也是有一顿没一顿的吃。——这个学校是一个私立中学，是西南联大的同学办的。校长、教务主任、训育主任、事务主任、教员，全部都是联大的同学。有那么几个有"事业心"的好事人物，不知怎么心血来潮，说是咱们办个中学吧，居然就办起来了。基金是靠暑假中演了一暑期话剧卖票筹集起来的。校址是资源委员会的一个废弃的仓库，有那么几排土墼墙的房子。教员都是熟人。到这里来教书，只是因为找不到，或懒得找别的工作。这也算是一个可以栖身吃饭的去处。上这儿来，也无须通过什么关系，说一句话，就来了。也还有一张聘书，聘书上写明每月敬奉薪金若干。薪金的来源，是靠从学生那里收来的学杂费。物价飞涨，那几个学杂费早就教那位当校长的同学捣腾得精光了，于是教员们只好枵腹从教。校长天天在外面跑，通过各种关系想法挪借。起先回来还发发空头支票，说是有了办法，哪儿哪儿能弄到多少，什么时候能发一点钱。说了多次，总未兑现。大家不免发牢骚，出怨言。然而生气的是他说谎，至于发不发薪水本身倒还其次。我们已经穷到了极限，再穷下去也不过如此。薪水发下来原也无济于事，顶多能约几个人到城里吃一顿。这个情形，没有在昆明，在我们那个中学教过书的人，大概无法明白。好容易学校挨到暑假，没有中途关门。可是一到暑假，我们的日子就更特别了。

钱，不用说，毫无指望。我们已好像把这件事忘了。校长能做到的事是给我们零零碎碎的弄一餐两餐米，买二三十斤柴。有时弄不到，就只有断炊。菜呢，对不起，校长实在想不出办法。可是我们不能吃白斋呀！有了，有人在学校荒草之间发现了很多野生的苋菜（这个学校虽有土筑的围墙，墙内照例是不除庭草，跟野地也差不多）。这个菜云南人叫做小米菜，人不吃，大都是摘来喂猪，或是在胡萝卜田的堆锦积绣的丛绿之中留一两棵，到深秋时，在夕阳光中红晶晶的，看着好玩。——昆明的胡萝卜田里几乎都有一两棵通红的苋菜，这是种菜人的超乎功利，纯为观赏的有意安排。学校里的苋菜多肥大而嫩，自己动手去摘，半天可得一大口袋。借一二百元买点油，多加大蒜，爆炒一下，连锅子掇上桌，味道实在极好。能赊得到，有时还能到学校附近小酒店里赊半斤土制烧酒来，大家就着碗轮流大口大口地喝！小米菜虽多，经不起十几个正在盛年的为人师者每天食用，渐渐地，被我们吃光了。于是有人又认出一种野菜，说也可以吃的。这种菜，或不如说这种草更恰当些，枝叶深绿色，如猫耳大小而有缺刻，有小毛如粉，放在舌头上拉拉的。这玩意北方也有，叫做"灰藋菜"，也有叫讹了叫成"回回菜"的。按即庄子所说"逃蓬藋者闻人足音则跫然喜"之"藋"也。据一个山东同学说，如果裹了面，和以葱汁蒜泥，蒸了吃，也怪好吃的。可是我们买不起面粉，只有少施油盐如炒苋菜办法炒了吃。味道比起苋菜，可是差远了。还有一种菜，独茎直生，周附柳叶状而较为绵软的叶子，长在墙角阴湿处，如一根脱了毛的鸡毛掸子，也能吃。不知为什么没有尝试过。大概这种很古雅的灰藋菜还足够我们吃一气。学校所在地名观音寺，是一荒村，也没有什么地方可去。时在暑假，我们的眠起居食，皆无定时。早上起来，各在屋里看书，或到山上四处走走，看看时间差不多了，就相互招呼去"采薇"了。下午常在校门外不远处一家可以欠账的小茶棚中喝茶，看远山近草，车马行人，看一阵大风卷起一股极细的黄土，映在太阳光中如轻霞薄绮，看黄土后面蓝得好像要流下来的天空。到太阳一偏西，例当想法寻找晚饭菜了。晚上无灯，——交不出电灯费教电灯公司把线给铰了，大家把口袋里的存款倒出来，集资买一根蜡烛，会聚在一个未来的学者、教授的屋里，在凌乱的衣物书籍之间各自找一块空间，躺下坐好，天南地北，乱聊一气。或回忆故乡风物，或臧否一代名流，行云流水，不知所从来，也不知向何处去，高谈阔论，聊起来没完，而以一烛为度，烛尽则散。生活过成这样，却也无忧无虑，兴致不浅，而且还读了那么多书！

阿呀，题目是《老鲁》，我一开头就哩哩拉拉扯了这么些闲话干什么？我还没有说得尽兴，但只得打住了。再说多了，不但喧宾夺主，文章不成格局（现在势必如此，已经如此），且亦是不知趣了。

但这些事与老鲁实有些关系，老鲁就是那时候来的。学校弄成那样，大家纷纷求去，真为校长担心，下学期不但请不到教员，即工役校警亦将无人敢来，而老鲁偏在这时候来了。没事在空空落落的学校各处走走，有一天，似乎看见校警们所住的房间热闹起来。看看，似乎多了两个人。想，大概是哪个来了从前队伍上的朋友了（学校校警多是退伍的兵）。到吃晚饭时常听到那边有欢笑的声音。这声音一听即知道是烧酒所翻搅出来的。嗷，这些校警有办法，还招待得起朋友啊？要不，是朋友自己花钱请客，翻作主人？走过门前，有人说："汪老师，来喝一杯"，我只说："你们喝，你们喝"，就过去了，是哪几个人也没有看清。再过几天，我们在挑菜时看见一个光头瘦长个子穿半旧草绿军服的人也在那里低着头掐灰蘸菜的嫩头。走过去，他歪了头似笑不笑地笑了一下。这是一种世故，也不失其淳朴。这个"校警的朋友"有五十岁了，额上一抬眉有细而密的皱纹，看他摘菜，极其内行，既迅速且准确。我们之中有一位至今对摘菜还未入门，摘苋菜摘了些野茉莉叶子，摘灰蘸菜则更不知道什么麻啦蓟啦的都来了，总要别人再给鉴定一番。有时拣不胜拣，觉得麻烦，就不管三七二十一，哗啦一起倒下锅。这样，在摘菜时每天见面，即心仪神往起来，有点熟了。他不时给我们指点指点，说哪些菜吃得，哪些吃不得。照他说，可吃的简直太多了，这人是一部活的《救荒本草》。他打着一嘴山东话，说话神情和所用字眼都很有趣。

后来不但是蔬菜，即荤菜亦能随地找得到了。这大概可以说是老鲁的发明。——说"发明"，不对，该说什么呢？在我看，那简直就是发明：是一种甲虫，形状略似金龟子，略长微扁，有一粒蚕豆大，村里人即叫它为蚕豆虫或豆壳虫。这东西自首夏至秋初从土里钻出来，黄昏时候，漫天飞，地下留下一个一个小圆洞。飞时鼓翅作声，声如黄蜂而微细，如蜜蜂而稍粗。走出门散步，满耳是这种营营的单调而温和的音乐。它们这样营营的，忙碌地飞，是择配。这东西一出土即迫切地去完成它的生物的义务。等到一找到对象，便在篱落枝头息下。或前或后于交合的是吃，极其起劲地吃。所吃的东西却只有一种：柏树的叶子。也许它并不太挑嘴，不过爱吃柏叶，是可以断言的。学校后面小山上有一片柏林，向晚时这种昆虫成千上万。老鲁上山挑水，——老鲁到朋友处闲住，但不能整天抄手坐着，总得找点事做做，挑水就成了他的义务劳动，——回来说，这种虫子可吃。当晚他就提了好多。这一点不费事，带一个可以封盖的瓶罐，走到哪里，随便在一个柏枝上一将，即可有三五七八个不等。这东西是既不挣扎也不逃避的，也不咬人螫人。老鲁笑嘻嘻地拿回来，掐了头，撕去甲翅，动作非常熟练。热锅里下一点油，煸炸一下，三颠出锅，上盘之后，洒上重重的花椒盐，这就是菜。老鲁举起酒杯，一连吃了几个。我们在一旁看着，对这种没有见过的甲虫能否佐餐下酒，表示怀疑。老鲁用筷子敲敲盘边，说："老师，请两个嘛！"有一个胆大的，当真尝了两个，闭着眼睛嚼了下去："唔，好吃！"我们都是"有毛的不吃掸子，有腿的不吃板凳"的，于是饭桌上就多了一道菜，而学校外面的小铺的酒债就日渐其多起来了。这酒账是到下学期快要开学时才由校长弄了一笔钱一总代付了的。豆壳虫味道有点像虾，还有点柏叶的香味。因为它只吃柏叶，不但干净，而且很"雅"。这和果子狸，松花鸡一样，顾名思义即可知道一定是别具风味的山珍。不过，尽管它的味道有点像虾，我若是有一盘油爆虾，就决不吃它。以后，即使在没有虾的时候也不会有吃这玩意的时候了。老鲁呢，则不可知了。不管以后吃不吃吧，他大概还会念及观音寺这地方，会跟人说："俺们那时候吃过一种东西，叫豆壳虫……"

　　不久，老鲁即由一个姓刘的旧校警领着见了校长，在校警队补了一个名子。校长说："饷是一两个月发不出来的哩"，老刘自然知道，说不要紧的，他只想清清静静地住下，在队伍上时间久了，不想干了，能吃一口这样的饭就行（他说到"这样的饭"时，在场的人都笑了）。他姓鲁，叫鲁庭胜（究竟该怎么写，不知道，他有个领饷用的小木头戳子，上头刻的是这三个字），我们都叫他老鲁，只有事务主任一个人叫他的姓名（似乎这样连名带姓的叫他的下属，这才像个主任）。济南府人氏。何县，不详。和他同时来的一个，也"补上"了，姓吴，河北人。

　　什么叫"校警"，这恐怕得解释一下，免得过了一二十年，读者无从索解。"校警"者，学校之警卫也。学校何需警卫？因为那时昆明的许多学校都在乡下，地方荒僻，恐有匪盗惊扰也。那时多数学校都有校警。其实只是有几个穿军服的人（也算一个队），弄几枝旧枪，壮壮胆子。无非是告诉宵小之徒：这里有兵，你们别来！年长日久，一向又没有发生过什么事情，这个队近于有名无实了。他们也上下班。上班时抱着一根老捷克式，搬一条长凳，坐在门口晒太阳，或看学生打篮球。没事时就到处走来走去，嘴里咬着一根狗尾巴草，"朵朵来米西"，唱着不成腔调的无字曲。这地方没有什么热闹好瞧。附近有一个很奇怪的机关，叫做"灭虱站"，是专给国民党军队消灭虱子的。他们就常常去看一队瘦得脖子挺长的弟兄开进门去，大概在里面洗了一通，喷了什么药粉，又开出来，走了。附近还有个难童收容所。有二三十也是饿得脖子挺长的孩子，还有个所长。这所长还教难童唱歌，唱的是"一马离了西凉界，不由人一阵阵泪洒胸怀"，而且每天都唱这个。大概是该所长只会唱这一段。这些校警也愿意趴在破墙上去欣赏这些瘦孩子童声齐唱《武家坡》。他们和卖花生的老头搭讪，帮赶马车的半大孩子钉马掌，去看胡萝卜，看蝌蚪，看青苔，看屎克螂，日子过得极其从容。有的住上一阵，耐不住了，就说一声"没意思"，告假走了。学校负责人也觉这样一个只有六班学生的学校，设置校警大可不必，这两枝老枪还是收起来吧，就一并捆起来靠在校长宿舍的墙角上锈生灰去了。校警呢，愿去则去，愿留的，全都屈才做了本来是工友所做的事了。人各有志，留下来的都是喜爱这里的生活方式的。这里的生活方式，就是：随便。你别说，原来有一件制服在身上，多少有点拘束，现在脱下了二尺半，想穿什么就穿什么，就更添了一分自在。可是他们过于喜爱这种方式，对我们就不大方便。他们每天必做的事是挑水。当教员的，水多重要！上了两节课，唇干舌燥。到茶炉间去看看，水缸是空的。挑水的呢？他正在软草浅沙之中躺着，眯着眼在看天上的云哩。毫无办法，这学校上上下下都透着一股相当浓厚的老庄哲学的味道：适性自然。自从老吴和老鲁来了，气象才不同起来。

　　老吴留长发，梳了一个背头。头顶微秃，看起来脑门子很高。高眉直鼻、瘦长身材，微微驼背，走路步子很碎，稍急一点就像是在小跑。这样的人让他穿一件干干净净的蓝布长衫比穿军服要合适得多（他怎么会去当兵，是一个谜）。他的家乡大概离北京不远，说的是相当标准的"国语"，张嘴就是"您哪，您哪"的。他还颇识字，能读书报，字也写得不错，酒后曾在墙上题诗一首：

　　　　山上青松山下花

　　　　花笑青松不及他

　　　　有朝一日狂风起

　　　　只见青松不见花

兴犹未尽，又题了两句：

　　　　贫居闹市无人问

　　　　富在深山有远亲

"补上"不久，有发奋做人之意，又写了一副对联：

　　　　烟酒不戒哉

　　　　不可为人也

　　老吴岁数不比老鲁小多少，也是望五十的人了，而能如此立志，实在难得。——不过他似乎并未真的戒掉。而且，何必呢！因为他知书识字，所管工作是进城送公函信件。在家时则有什么做什么，从不让自己闲着。哪里地不平，下雨时容易使人摔跤，他借了一把铁锹平了，垫了。谁的窗户纸破了（这学校里没有一扇玻璃，窗户上都是糊着皮纸），他瞧在眼里，不一会就打了浆糊来糊上了，糊得端端正正，平平展展，连一个褶子都没有。而且出主意教主人出钱买一点清油来抹上，说这样结实，也透亮。果然！他爱整洁，路上有草屑废纸，他见到，必要捡去。整天看见他在院里不慌不忙而快快地走来走去。他大概是很勤快的。当然，也有点故示勤快。有一天，需派人到城里一个什么机关交涉一宗公事，教员里都是不入官衙的，谁也不愿去，有人说："让老吴去！"校长把自己的一套旧西服取下来，说："行！"老吴换了那身咖啡色西服，梳梳头，就去了。结果自然满好，比我们哪个去都好。因此，老吴实际上是介乎丁友与职员之间的那么一个人物。老吴所以要戒除嗜好，立志为人，所争取的，暂时也无非是这样的地位。他已经争取到了。

　　一到快放暑假时，大家说：完了，准备瘦吧。不是别的，每年春末夏初，几乎全校都要泻一次肚，泻肚的同时，大家的眼睛又必一起通红发痒。是水的关系。这村子叫观音寺，按说应该不缺水，——观音不是跟水总是有点联系的么？可是这一带的大地名又叫做黄土坡，这倒真是名副其实的。昆明春天不下雨，是风季，或称干季，灰沙很大。黄土坡尤其厉害。我们穿的衣服，在家里看看还过得去。一进城就觉得脏得一塌胡涂。你即使新换了衣服进城，人家一看就知道是从哪里来的：我们的头发总是黄的！学校附近没有河，——有一条很古老的狭窄的水渠，雨季时渠里流着清水，渠的两岸开满了雪白的木香花，可是平常是干涸的，也没有井，我们食用的水只能从两处挑来：一个是前面胡萝卜田地里的一口塘；一个是后面山顶上的一个"龙潭"。龙潭，昆明人叫泉水为龙潭。那也是一口塘，想是下面有泉水冒上来，故终年盈满，水清可鉴。在龙泉边坐一坐，便觉得水气沁人，眼目明爽。如果从山上龙潭里挑水来吃，自然极好。但是，我们平日饮用、炊煮、漱口、洗面的水其实都是田地里的塘水。塘水是雨水所潴积，大小虽不止半亩，但并无源头，乃是死水，照一学生物的同学的说法：浮游生物很多。他去舀了一杯水，放在显微镜下，只见草履虫、阿米巴来来往往，十分活跃。向学校抗议呀！是的。找事务主任。主任说："我是管事务的，我也是×××呀！"这意思是说，他也是一个人，也有不耐烦的时候。他跟由校警转业的工友三番两次说："上山挑！"没用。说一次，上山挑两天；第三天，仍旧是塘水。你不能看着他，不能每次都跟着去。实在的，上山路远，路又不好走。也难怪，我们有时去散散步，来回一趟，还怪累的，何况挑了一担水乎？再说，山上风景不错，可是没人没伴，一个人挑着两桶水，斤共斤共走着，有什么意思？田里塘边常常有几个姑娘媳妇锄地薅草，漂衣洗菜，谈谈笑笑，热闹得多。教员们呢，不到眼红肚泻时也想不起这码事。等想起来，则已经红都红了，泻都泻了。到时候每人一包六味地黄丸或舒发什么片，倒了一杯（还是塘里挑来的）水，相对吞食起来。自从老鲁来了，情况才有所改变。老鲁到山上、田里两处都看了看，说底下那个水"要不的"。——老鲁的专职是挑水。全校三百人连吃带用的水由他一个人挑，真也够瞧的。老鲁天一模糊亮就起来，来回不停地挑。一担两桶。有时用得急，一担四桶。四桶水，走山路，用山东话说："斤半锅盔，——够呛"，可是老鲁像不在意。水挑回来，还得劈柴。劈了柴，一个人关在茶炉间里烧。自此，我们之间竟有人买了茶叶，泡起茶来了！因为水实在太方便。老鲁提了一个很大的铅铁水壶，挨着个儿往各个房间里送，一天送三次。

下一学期开始后，学校情况有所好转。昆明气候好，秋来无一点萧瑟之感，只是百物似乎更老熟深沉了一些。早晚稍凉，半夜读书写字需加一件衣服。白天太阳照着，温暖平和，完全像一个稍稍删改过一番的春天。经过了雨季，草木都极旺盛。波斯菊开犹未尽，绮丽如昔。美人蕉结了籽，远看猩红一片，仍旧像开着花。饭能像一顿饭那样开出，破旧的藤箱里还有一件毛衣，就允许人们对未来做一点梦。饭后课余，在屋前小草坪上，各人搬一把椅子，又漫无边际地聊开了。昆明七八年，都只是一群游子，谁也没有想到在这里落地生根。包括老吴和老鲁。教员里有的是想出国的，有的想到清华、北大当助教，也有想回家乡办一种什么事业……有一位老兄似乎自己是注定了要当副教授的。他还设想他有一所小住宅，三间北房，四白落地，后面还有一个小园子，可以种花种菜。他还把老吴、老鲁也都设计在他的住宅里。老吴住前院，管洒扫应对。主人不在，有客人来，沏茶奉烟，请客人留字留言。他可以偷空到天桥落子馆里坐坐。他去买东西，会跟铺子里要一个二八回扣。老鲁呢，挑水，还可以把左邻右舍的用水都包下来，包括对门卖柿子的老太婆的。唔，老鲁多半还要回家种两年地。到地里庄稼被蝗虫吃光了时，又会坐在老吴的屋里等主人回来，请求还在这里吃一碗饭……他把将来的生活设想这样具体，而且梦寐以求，有点像契诃夫小说《醋栗》中的主人，于是大家就叫他"醋栗"。醋栗先生对这个称呼毫不在意。这时正好老吴给他送来两封远地来信和一卷报刊，老鲁提了铅壶来送水，他当真把他们叫住，把这个设想告诉他们，征求他们的同意。一个说："好唉好唉"，一个说"那敢情好！"

醋栗先生的设想，不是毫无道理。他自己能不能当副教授，我不敢替他下保证，他所设想老吴和老鲁的前途，倒是相当有根据，合乎实际的。世界上会有很多副教授，会有那么一所小宅子，会有一定数量的能够洒扫应对的老吴和一辈子挑水的老鲁的。

自从老吴和老鲁来了，学校的教员中竟分成了两派。一派拥护老吴，一派拥护老鲁。有时为了他们的优劣竟展开了辩论（其实人是不能论优劣的，优劣只能用于钢笔、手表、热水壶，这些东西可以有个绝对标准）。人之爱恶，各不相同，不能勉强。从拥护老鲁和老吴上，也可以看出两派人的特点，一派重实际，讲功利；一派重感情，多幻想。人以群分，物以类聚，什么地方都有这两类人。我是拥鲁一派。老鲁来了，我们且问问他：

　　"老鲁，你累不累？"

　　"累什么，我的精神是顶年幼儿的来！"

　　这个"顶年幼儿的"，好新鲜的词儿！老鲁身体很好（老吴有时显得有点衰颓）。他并不高大，但很结实。他不是像一个运动员那样浑身都是练出来的腱子肉，他是瘦长的，连他的微微向外的八字脚也是瘦瘦长长且是薄薄的，然而他一天挑那么多的水！他哪里来的那么多的力气呢？老鲁是从沙土里长起来的一棵枣树。说像枣树好像不大合适。然而像什么呢？得，就是枣树！

　　老鲁是见过世面的。有一天，学校派我进城买米（我们那个学校，教员都要轮流做这一类的事），我让老鲁跟我一同去，因为我实在不善于做这一类事。老鲁挟着两个麻袋，走到米市上，这一家抄起一把看看，那一家抄起一把看看，显得很活泼。米有成色粗细，砂多砂少，干湿之分，这些我都不懂，只是很有兴趣跟在他后面，等他看定了付钱。他跟一个掌柜的论了半天价，没有成交。"不卖？好，不卖咱们走下家！"其实他是看中了这份米。哪里走什么下家呢，他领着我去看了半天猪秧子，评头论足了半天，转身又走回原来那家铺子，偏着身子（像是准备买不成立刻就走），扬着头（掌柜的高高地爬在米垛子上），"哎，胡子！卖不卖，就是那个数，二八，卖，咱就量来！"掌柜的乐了乐，当真就卖了，大概是因为一则"二八"这个数他并不吃亏；二则这掌柜显然也极中意这个称呼，他有一嘴乌青匝密的牙刷胡子！——诸位，我说的这些有点是题外之言。我真的要说的是另外一件事。就是买米的这一天，我知道老鲁是见过世面的。我们在进城的马车上，马车上坐的是庄稼人、保长、小茶棚的老板娘（进城去买办芝麻糖葵花子），还有两个穿军装的小伙子。这两个小伙子大概是机械士或勤务兵，显得很时髦。一个的手腕上戴着手表（我仔细瞧了瞧，这只表不走，只能装装样子），一个的左边犬齿上镶了金牙，金牙上嵌了绿色的桃形饰物。这两个低声说话，忽然无缘无故地大声说："我们哪里没有去过，什么'交通工具'没有坐过！飞机、火车、坦克车，法国大莱钢丝床！"老鲁没有什么表示，只是低着头抽他的烟。等这两个下了车，端着肩膀走了，老鲁说："两个烧包子！"好！这真是老鲁说的话！

老鲁十几岁就当兵了。他在过的部队的番号，数起来就有一长串。这人的生活写出来将是一部骇人的历史。我跟老鲁说："老鲁，什么时候你来，弄一点酒，谈谈你自己的事情。"老鲁说："有什么可谈的？作孽受苦就是了。好唉，哪天。今儿不行，事多。"说了几次，始终没有找到适当机会。

我只是片片段段地知道：老鲁在张宗昌手下当过兵。"童子队"，他说。我到现在还不知道这三个字怎样写，是"童子队"，还是"筒子队"。听那意思大概是马弁。"童子队，都挑一些年轻漂亮的小伙子，才出头二十岁。"老鲁说。大家微笑。笑什么呢？笑老鲁过去的模样。大家自然相信老鲁曾经是个年轻漂亮的小伙子，盒子炮，两尺长的鹅黄色的丝穗子！他说了一点张大帅的事，也不妨说是老鲁自己的事吧："大帅烧窑子。北京。大帅走进胡同。一个最红的窑姐儿。窑姐儿叼了枝烟（老鲁摆了个架势，跷起二郎腿，抬眉细眼，眼角迤斜），让大帅点火。大帅说：'俺是个土暴子，俺不会点火。'豁呵，窑姐儿慌了，跪下咧，问你这位，是什么官衔。大帅说：'俺是山东梗，梗，梗！'（老鲁翘起大拇指，圆睁两眼，嘴微张开。从他的神情中，我们大概知道'梗梗梗'是一个什么东西，但是这三个字实在不知道该怎么写。大帅的同乡们，你们贵处有此说法么？）窑姐儿说，你老开恩带我走吧。大帅说：'好唉！'（大帅也说'好唉'？）真凄惨（老鲁用了一个形容词），烧！大帅有令：十四岁以下，出来；十四岁过了的，一个不许走，烧！一烧烧了三条街，都烧死咧。"老鲁的叙述方法有点特别。你也许不大明白。可不是，我也不知这究竟是咋一回事，大帅为什么要烧窑子？这是什么年头的事？我们就大概晓得那么一回事就得了。当然，老鲁也是点火烧的一个了，他是"童子队"嘛。

另外，我们还知道一点老鲁吃过的东西。其一是猪食。队伍到了一个地方，什么都没有了。饿了好几天了，老百姓不见影子，粮食没有一颗。老鲁一看，嘻！有个猪圈。猪是早没有了，猪食盆在呐。没有办法，用手捧了两把。喧，"还有两爿儿整个包谷一剖俩的呢，怪好吃！"老鲁说，这比羊肉好吃多了。"比羊肉好吃？"有人奇怪。唉，什么羊肉，白煮羊肉。"也是，老百姓都逃了，拖到一只羊，杀倒，架上火烀烂了，没盐！"没盐的羊肉，你没吃过，你就无法知道那多难吃，何况，又是瘪了多少日子的肚子！啧啧，老鲁吃过棉花。那年，败了，一阵一阵地退。饿得太凶了，都走不动，有的，老鲁说："像一个空口袋似的就出溜下去了。"昏昏糊糊的。"队伍像一根烂草绳穿了一绳子烂草鞋，"（老鲁的描写真是奇绝！）实在饿极了。老鲁说："不觉得那是自己，"可是得走呀。在那个一眼看不到一棵矮树、一块石头的大平地上走。（这是什么地方？）浑身没一丝力气，光眼皮那还有点动（很难想象），不撑住，就搭拉下来了。老鲁看见前头一个人的衣服破了一块，露出了白花花的棉花，"吃棉花！前后肚皮都贴上了。棉花啊！也就是填到肚里，有点儿东西。吃下去什么样儿，拉出来还是个什么样儿！"我知道棉花只有纤维，纤维是不易溶解的，没想到这点科学常识却在一个人的肚肠里得到证实。

老鲁的行伍生活，我所知道的，只有这些。

老鲁这辈子"下来"过好几次。用他的话说，当兵叫"补上"，不当了，叫"下来"。他到过很多大城市，在上海、南京都住过。下来时，自然是都攒了一些钱。他说他在上海曾经有过两间房子。"有过"是什么意思呢？是从二房东那里租来的？还是在蕴藻浜那样的地方自己用茅草盖的呢？我没有问清楚。在南京，他弄过一个磨坊。这是抗战以前的事。一打仗，他摔下就跑了。临走时磨坊里还有一百六十多担麦子！离开南京，身上还有一点钱，钱慢慢花完了，"又干上咧"。老鲁是"活过来的"，他对过去不太怀念。只有一次，我见他似乎颇有点惘然的样子。黄昏时候，在那个小茶棚前，一队驮马过去。赶马的是个小姑娘。呵吒一声，十头八匹马一起撒开步子，马背上的木鞍敲得马脊梁郭答郭答地响。老鲁眯着眼睛，目送驮马走过，兀立良久，若有所思。但是在他脱下军帽，抓一抓光头时，他已经笑了："南京城外赶驴子的，都是小姑娘，一根小鞭子，哈哧哈哧，不打站，不歇力，一口气赶三四十里地，一串几十个，光着脚巴丫子，戴得一头的花！"老鲁似乎在他的描叙中得到一点快乐。"戴得一头的花"，他说得真好。这样一来，那一百六十担麦子就再也不能折磨他了。

可是话说回来了，一百六十担麦子是一百六十担麦子呀，不是别的。一百六十担麦子比起一斗四升豆子，就更多了，也难怪老鲁提起过好几次。且说这一斗四升豆子。老鲁爱钱。他那样出力地挑水，也一半是为了钱。"公家用的"水挑完之后，他还给几个成了家，有了孩子，自己起火的教员家里挑私人用的水，多少可以得一点钱。老鲁这回"下来"，本有几个钱，约有十万多一点（我们那学期的薪水一月二万五）。他一下来时请老校警喝酒，花了一些。又为一个老朋友花了四万元。那个朋友从队伍上下来，带了一枝枪，路上让人查到了，关了起来，老鲁得为他花钱，把他赎出来。一块在枪子里过来的，他能不吐这个血么？剩下那点钱，再加上挑水的钱，他就买了一斗四升豆子屯积起来。他这大概是世界上规模最小的屯积了。不过，有了一斗四，就不愁没有一百六。他等着行情涨，希望重新挣起一座磨坊。不料，什么都涨，豆子直跌！没法，就只好卖给在门口路上拉马车的。他自己常常看到那匹瘦骨嶙峋的白马，掀动着大嘴，格蹦格蹦地嚼他的豆子。可真是气人，一脱手，豆子的价钱就抬起来了！

有人问老鲁，"你要钱干什么？"意思是说：你活了大半辈子，看过多少事情，还对这个东西认识不清么？有人还告诉他几个故事：某人某人，白手起家，弄了三部卡车，跑缅甸仰光，几千万的家私，一炮就完了。护国路有一所大楼，黄铜窗槛，绿绒窗帘，里面住了一个"扁担"（昆明人管挑夫叫"扁担"）。这扁担挑了二十年，忽然发了一笔横财，钱是有了，可是生活过得很无意思。家里的白瓷澡盆他觉得光滑冰冷，牛奶面包他吃不惯。从前在车站码头上一同吃猪耳朵、闷小肠的老朋友又没有人敢来高攀他，他觉得孤独寂寞，连一个能说说话的人都没有。又有一家，原是个马车夫，得了法，房子盖得半条街，又怎么呢？儿子们整天为一块瓦片吵架，一家子鸡犬不宁……总而言之，钱不是什么好东西。老鲁说："话不是这么说。眼珠子是黑的，洋钱是白的。我家里挣下的几亩地，一定叫叔叔舅舅占了，卖了。我回去，我老娘不介意（老鲁还有个老娘，想当有七十多岁了），欢欢喜喜的，'啊！我儿子回来了！'我就是光着屁股也不要紧。别人，我回去吃什么？"

寒假以后，学校搬了家，从观音寺搬到白马庙。我是跟老鲁坐一个马车去的。老鲁早已到那边看过，远远的就指给我们看："那边，树郁郁的，嗫，是了，就是那儿！"老鲁好像很喜欢，很兴奋。原因是"那边有一口大井，就在开水炉子旁边，方便！"

自从学校迁到白马庙，我不在学校里住，在学校附近租了一间民房，除了上课，很少到学校来。下了课，就回宿舍了。对老鲁的情况就不大了解了。

转眼过年了。一清早，到学校去看看。学校里打扫得很干净，台阶上还有几盆花！老吴在他的房间的门上贴了一副春联：

一夜连双岁
五更分二年

这是记实，又似乎有点感慨。我去看看老鲁，彼此作了一个揖，算是拜年。我听说老鲁最近不大快乐。原因是，一，和老吴的关系处得不好。老吴很受重用。事务主任近来不到校，他俨然是大总管。他穿着校长送他的咖啡色西服，叼着一个烟斗，背着手各处看来看去，有时站在办公室门口，大叫："老鲁——！"——"耳朵上哪去了？"——"要关照你多少次！"——得，醋栗先生的计划大概要吹，老鲁和老吴不会同时呆在一个小宅子里！二，是他有一笔钱又要漂。老鲁苦巴苦做，积积攒攒，也有了卯二十万样子。这钱为一个事务员借去，合资买了谷子。不知怎么弄的，久久未有下文。原因究竟是否如此，也说不清。只是老鲁的脾气变得坏了。他离群索居，吃饭睡觉都在他的茶炉间里。校警之中只有一个老刘还有时带了一条大狗上他屋里坐坐，有时跟他一处吃饭。老鲁现在几乎顿顿喝酒。"吃了，喝了，都在我肚子里，谁也别想！"意思是有谁想他的钱似的。老鲁哪里来的这么多的牢骚呢？

后来，我看老鲁脾气又好了一些，常常请客吃包子。一盘二三十个，请老刘，请一个女教员雇用的女工。我想，这可不得了，老鲁这个花法！他是怎么啦？不过了？慢慢地，我才听说，老鲁做了老板了。这包子是从学校旁边的包子铺端来的。铺子里有老鲁的十多万股本。

果然，老鲁常常蹲在包子铺的门口抽他的烟筒，呼噜呼噜。他拿着新买的烟筒向我照了照：

"我买了个高射炮！"

佛笃——吹着了纸枚，抽了一筒，非常满意的样子。

"到云南来，有钱没钱的，带两样东西回去。有钱的，带斗鸡。云南出斗鸡。没钱，带个水烟筒，——高射炮！"

今春看又过，何日是归年？老鲁啊，咱们什么时候回去呢？

# 鸡鸭名家

刚才那两个老人是谁？

父亲在洗刮鸭掌。每个蹼蹼都掰开来仔细看过，是不是还有一丝泥垢、一片没有去尽的皮，就像在作一件精巧的手工似的。两副鸭掌白白净净，妥妥停停，排成一排。四只鸭翅，也白白净净，排成一排。很漂亮，很可爱。甚至那两个鸭肫，父亲也把它处理得极美。他用那把我小时就非常熟悉的角柄小刀从栗紫色当中闪着钢蓝色的一个微微凹处轻轻一划，一翻，里面的蕊黄色的东西就翻出来了。洗涮了几次，往鸭掌、鸭翅之间一放，样子很名贵，像一种珍奇的果品似的。我很有兴趣地看着他用洁白的，然而男性的手，熟练地做着这样的事。我小时候就爱看他用他的手做这一类的事，就像我爱看他画画刻图章一样。我和父亲分别了十年，他的这双手我还是非常熟悉。

刚才那两个老人是谁？

鸭掌、鸭翅是刚从鸡鸭店里买来的。这个地方鸡鸭多，鸡鸭店多。鸡鸭店都是回回开的。这地方一定有很多回回。我们家乡回回很少。鸡鸭店全城似乎只有一家。小小一间铺面，干净而寂寞。门口挂着收拾好的白白净净的鸡鸭，很少有人买。我每回走过时总觉得有一种使人难忘的印象袭来。这家铺子有一种什么东西和别家不一样。好像这是一个古代的店铺。铺子在我舅舅家附近，出一个深巷高坡，上大街，拐角第一家便是。主人相貌奇古，一个非常大的鼻子，鼻子上有很多小洞，通红通红，十分鲜艳，一个酒糟鼻子。我从那个鼻子上认得了什么叫酒糟鼻子。没有人告诉过我，我无师自通，一看见就知道："酒糟鼻子！"我在外十年，时常会想起那个鼻子。刚才在鸡鸭店又想起了那个鼻子。现在那个鼻子的主人，那条斜阳古柳的巷子不知怎么样了……

那两个老人是谁？

一声鸡啼，一只金彩烂丽的大公鸡，一个很好看的鸡，在小院子里顾影徘徊，又高傲，又冷清。

那两个老人是谁呢，父亲跟他们招呼的，在江边的沙滩上？……

街上回来，行过沙滩。沙滩上有人在分鸭子。四个男子汉站在一个大鸭圈里，在熙熙攘攘的鸭群里，一只一只，提着鸭脖子，看一看，分别丢在四边几个较小的圈里。他们看什么？——四个人都一色是短棉袄，下面皆系青布鱼裙。这一带，江南江北，依水而住，靠水吃水的人，卖鱼的，贩卖菱藕、芡实、芦柴、茭草的，都有这样一条裙子。系了这样一条大概宋朝就兴的布裙，戴上一顶瓦块毡帽，一看就知道是干什么行业的。——看的是鸭头，分别公母？母鸭下蛋，可能价钱卖得贵些？不对，鸭子上了市，多是卖给人吃，很少人家特为买了母鸭下蛋的。单是为了分别公母，弄两个大圈就行了，把公鸭赶到一边，剩下的不都是母鸭了，无须这么麻烦。是公是母，一眼就看出来，得要那么提起来认一认么？而且，几个圈里灰头绿头都有！——沙滩上安静极了，然而万籁有声，江流浩浩，飘忽着一种又积极又消沉的神秘的响往，一种广大而深微的呼吁，悠悠窅窅，悄怆感人。东北风。交过小雪了，真的入了冬了。可是江南地暖，虽已至"相逢不出手"的时候，身体各处却还觉得舒舒服服，饶有清兴，不很肃杀，天气微阴，空气里潮润润的。新麦、旧柳，抽了卷须的豌豆苗，散过了絮的蒲公英，全都欣然接受这点水气。鸭子似乎也很满意这样的天气，显得比平常安静得多。虽被提着脖子，并不表示抗议。也由于那几个鸭贩提得是地方，一提起，趁势就甩了过去，不致使它们痛苦。甚至那一甩还会使它们得到筋肉伸张的快感，所以往来走动，煦煦然很自得的样子。人多以为鸭子是很唠叨的动物，其实鸭子也有默处的时候。不过这样大一群鸭子而能如此雍雍雅雅，我还从未见过。它们今天早上大概都得到一顿饱餐了吧？——什么地方送来一阵煮大麦芽的气味，香得很。一定有人用长柄的大铲子在铜锅里慢慢搅和着，就要出糖。——是约约斤两，把新鸭和老鸭分开？也不对。这些鸭子都差不多大，全是当年的，生日不是四月下旬就是五月初，上下差不了几天。骡马看牙口，鸭子不是骡马，也看几岁口？看，也得叫鸭子张开嘴，而鸭子嘴全都闭得扁扁的。黄嘴也是扁扁的，绿嘴也是扁扁的。即使掰开来看，也看不出所以然呀，全都是一圈细锯齿，分不开牙多牙少。看的是嘴。看什么呢？哦，鸭嘴上有点东西，有一道一道印子，是刻出来的。有的一道，有的两道，有的刻一个十字叉叉。哦，这是记号！这一群鸭子不是一家养的。主人相熟，搭伙运过江来了，混在一起，搅乱了，现在再分开，以便各自出卖？对了，对了！不错！这个记号作得实在有道理。

江边风大，立久了究竟有点冷，走吧。

刚才运那一车鸡的两口子不知到了哪儿了。一板车的鸡，一笼一笼堆得很高。这些鸡是他们自己的，还是给别人家运的？我起初真有些不平，这个男人真岂有此理，怎么叫女人拉车，自己却提了两只分量不大的蒲包在后面踱方步！后来才知道，他的负担更重一些。这一带地不平，尽是坑！车子拉动了，并不怎么费力，陷在坑里要推上来可不易。这一下，够瞧的！车掉进坑了，他赶紧用肩膀顶住。然而一只轴辘怎么弄也上不来。跑过来两个老人（他们原来蹲在一边谈天）。老人之一捡了一块砖煞住后滑的轱辘，推车的男人发一声喊，车上来了！他接过女人为他拾回来的落到地下的毡帽，掸一掸草屑，向老人道了谢："难为了！"车子吱吱呕呕地拉过去，走远。我忽然想起了两句《打花鼓》：

恩爱的夫妻
槌不离锣

这两句唱腔老是在我心里回旋。我觉得很凄楚。

这个记号作得实在很有道理。遍观鸭子全身，还有其他什么地方可以作记号的呢？不像鸡。鸡长大了，毛色各不相同，养鸡人都记得。在他们眼中，世界没有两只同样的鸡。就是被人偷去杀了吃掉，剩下一堆毛，他也认得清（《王婆骂鸡》中列举了很多鸡的名目，这是一部"鸡典"）。小鸡都差不多，养鸡的人家都在它们的肩翅之间染了颜色，或红或绿，以防走失。我小时颇不赞成，以为这很不好看。但人家养鸡可不是为了给我看的！鸭子麻烦，不能染色。小鸭子要下水，染了颜色，浸在水里，要退。到一放大毛，则普天下的鸭子只有两种样子了：公鸭、母鸭。所有的公鸭都一样，所有的母鸭也都一样。鸭子养在河里，你家养，他家养，难免混杂。可以作记号的地方，一看就看出来的，只有那张嘴。上帝造鸭，没有想到鸭嘴有这个用处吧。小鸭子，嘴嫩嫩的，刻几道一定很容易。鸭嘴是角质，就像指甲，没有神经，刻起来不痛。刻过的嘴，一样吃东西，碎米、浮萍、小鱼、虾蚤、蛆虫……鸭子们大概毫不在乎。不会有一只鸭子发现同伴的异样，呱呱大叫起来："咦！老哥，你嘴上是怎么回事，雕了花了？"当初想出作这样记号的，一定是个聪明人。

然而那两个老人是谁呢？

鸭掌鸭翅已经下在砂锅里。砂锅咕嘟咕嘟响了半天了，汤的气味飘出来，快得了。碗筷摆了出来，就要吃饭了。

"那两个老人是谁？"

"怎么？——你不记得了？"

父亲这一反问教我觉得高兴：这分明是两个值得记得的人。我一问，他就知道问的是谁。

"一个是余老五。"

余老五！我立刻知道，是高高大大，广额方颡，一腮帮白胡子茬的那个。——那个瘦瘦小小，目光精利，一小撮山羊胡子，头老是微微扬起，眼角带着一点嘲讽痕迹的，行动敏捷，不像是六十开外的人，是——

"陆长庚。"

"陆长庚？"

"陆鸭。"

陆鸭！这个名字我很熟，人不很熟，不像余老五似的是天天见得到的老街坊。


余老五是余大房炕房的师傅。他虽也姓余，炕房可不是他开的，虽然他是这个炕房里顶重要的一个人。老板和他同宗，但已经出了五服，他们之间只有东伙缘分，不讲亲戚面情。如果意见不和，东辞伙，伙辞东，都是可以的。说是老街坊，余大房离我们家还很有一段路。地名大淖，已经是附郭的最外一圈。大淖是一片大水，由此至东北各乡及下河诸县。水边有人家处亦称大淖。这是个很动人的地方，风景人物皆有佳胜处。在这里出入的，多是戴瓦块毡帽系鱼裙的朋友。剩小船往北顺流而下，可以在垂杨柳、脆皮榆、茅棚、瓦屋之间，高爽地段，看到一座比较整齐的房子，两旁八字粉墙，几个黑漆大字，鲜明醒目；夏天门外多用芦席搭一凉棚，绿缸里渍着凉茶，任人取用；冬天照例有卖花生薄脆的孩子在门口踢键子；树顶上飘着做会的纸幡或一串红绿灯笼的，那是"行"。一种是鲜货行，代客投牙买卖鱼虾水货、荸荠茨菇、山药芋艿、薏米鸡头，诸种杂物。一种是鸡鸭蛋行。鸡鸭蛋行旁边常常是一家炕房。炕房无字号，多称姓某几房，似颇有古意。其中余大房声誉最著，一直是最大的一家。

余老五成天没有什么事情，老看他在街上逛来逛去，到哪里都提了他那把其大无比，细润发光的紫砂茶壶，坐下来就聊，一聊一半天。而且好喝酒，一天两顿，一顿四两。而且好管闲事。跟他毫无关系的事，他也要挤上来插嘴。而且声音奇大。这条街上茶馆酒肆里随时听得见他的喊叫一样的说话声音。不论是哪两家闹纠纷，吃"讲茶"评理，都有他一份。就凭他的大嗓门，别人只好退避三舍，叫他一个人说！有时炕房里有事，差个小孩子来找他，问人看见没有，答话的人常是说："看没有看见，听倒听见的。再走过三家门面，你把耳朵竖起来，找不到，再来问我！"他一年闲到头，吃、喝、穿、用全不缺。余大房养他。只有每年春夏之间，看不到他的影子了。

多少年没有吃"巧蛋"了。巧蛋是孵小鸡孵不出来的蛋。不知什么道理，有些小鸡长不全，多半是长了一个头，下面还是一个蛋。有的甚至翅膀也有了，只是出不了壳。鸡出不了壳，是鸡生得笨，所以这种蛋也称"拙蛋"，说是小孩子吃不得，吃了书念不好。反过来改成"巧蛋"，似乎就可通融，念书的孩子也马马虎虎准许吃了。这东西很多人是不吃的。因为看上去使人身上发麻，想一想也怪不舒服，总之吃这种东西很不高雅。很惭愧，我是吃过的，而且只好老实说，味道很不错。吃都吃过了，赖也赖不掉，想高雅也来不及了。——吃巧蛋的时候，看不见余老五了。清明前后，正是炕鸡子的时候；接着又得炕小鸭，四月。

蛋先得挑一挑。那是蛋行里人的责任。鸡鸭也有"种口"。哪一路的鸡容易养，哪一路的长得高大，哪一路的下蛋多，蛋行里的人都知道。生蛋收来之后，分别放置，并不混杂。分好后，剔一道，薄壳，过小，散黄，乱带，日久，全不要。——"乱带"是系着蛋黄的那道韧带断了，蛋黄偏坠到一边，不在正中悬着了。

再就是炕房师傅的事了。一间不透光的暗屋子，一扇门上开一个小洞，把蛋放在洞口，一眼闭，一眼睁，反复映看，谓之"照蛋"。第一次叫"头照"。头照是照"珠子"，照蛋黄中的胚珠，看是否受过精，用他们的说法，是"有"过公鸡或公鸭没有。没"有"过的，是寡蛋，出不了小鸡小鸭。照完了，这就"下炕"了。下炕后三四天，取出来再照，名为"二照"。二照照珠子"发饱"没有。头照很简单，谁都作得来。不用在门洞上，用手轻握如筒，把蛋放在底下，迎着亮光，转来转去，就看得出蛋黄里有没有晕晕的一个圆影子。二照要点功夫，胚珠是否隆起了一点，常常不易断定。珠子不饱的，要剔下来。二照剔下的蛋，可以照常拿到市上去卖，看不出是炕过的。二照之后，三照四照，隔几天一次。三四照后，蛋就变了。到知道炕里的蛋都在正常发育，就不再动它，静待出炕"上床"。

下了炕之后，不让人随便去看。下炕那天照例是猪头三牲，大香大烛，燃鞭放炮，磕头敬拜祖师菩萨，仪式十分庄严隆重。因为炕房一年就做一季生意，赚钱蚀本，就看这几天。因为父亲和余老五很熟，我随着他去看过。所谓"炕"，是一口一口缸，里头糊着泥和草，下面点着稻草和谷糠，不断用火烘着。火是微火，要保持一定的温度。太热了一炕蛋全熟了，太小了温度透不进蛋里去。什么时候加一点草、糠，什么时候撤掉一点，这是余老五的职份。那两天他整天不离一步。许多事情不用他自己动手。他只要不时看一看，吩咐两句，有下手徒弟照办。余老五这两天可显得重要极了，尊贵极了，也谨慎极了，还温柔极了。他话很少，说话声音也是轻轻的。他的神情很奇怪，总像在谛听着什么似的，怕自己轻轻咳嗽也会惊散这点声音似的。他聚精会神，身体各部全在一种沉湎，一种兴奋，一种极度的敏感之中。熟悉炕房情况的人，都说这行饭不容易吃。一炕下来，人要瘦一圈，像生了一场大病。吃饭睡觉都不能马虎一刻，前前后后半个多月！他也很少真正睡觉。总是躺在屋角一张小床上抽烟，或者闭目假寐，不时着壶嘴喝一口茶，哑哑地说一句话。一样借以量度的器械都没有，就凭他这个人，一个精细准确而又复杂多方的"表"，不以形求，全以神遇，用他的感觉判断一切。炕房里暗暗的，暖洋洋的，潮濡濡的，笼罩着一种暧昧、缠绵的含情怀春似的异样感觉。余老五身上也有着一种"母性"（母性！）他身验着一个一个生命正在完成。

蛋炕好了，放在一张一张木架上，那就是"床"。床上垫着棉花。放上去，不多久，就"出"了：小鸡一个一个啄破蛋壳，啾啾叫起来。这些小鸡似乎非常急于用自己的声音宣告也证实自己已经活了。啾啾啾啾，叫成一片，热闹极了。听到这声音，老板心里就开了花。而余老五的眼皮一麻搭，已经沉沉睡去了。小鸡子在街上卖的时候，正是余老五呼呼大睡的时候。他得接连睡几天。——鸭子比较简单，连床也不用上；难的是鸡。

小鸡跟真正的春天一起来，气候也暖和了，花也开了。而小鸭子接着就带来了夏天。画"春江水暖鸭先知"的，往往画出黄毛小鸭。这是很自然的，然而季节上不大对。桃花开的时候小鸭还没有出来。小鸡小鸭都放在浅扁的竹笼里卖。一路走，一路啾啾地叫，好玩极了。小鸡小鸭都很可爱。小娇弱伶仃，小鸭傻气而固执。看它们在竹笼里挨挨挤挤，窜窜跳跳，令人感到生命的欢悦。捉在手里，那点轻微的挣扎搔挠，使人心中怦怦然，胸口痒痒的。

余大房何以生意最好？因为有一个余老五。余老五是这行的状元。余老五何以是状元？他炕出来的鸡跟别家的摆在一起，来买的人一定买余老五炕出的鸡，他的鸡特别大。刚刚出炕的小鸡照理是一般大小，上戥子称，分量差不多，但是看上去，他的小鸡要大一圈！那就好看多了，当然有人买。怎么能大一圈呢？他让小鸡的绒毛都出足了。鸡蛋下了炕，几十个时辰。可以出炕了，别的师傅都不敢等到最后的限度，生怕火功水气错一点，一炕蛋整个的废了，还是稳一点。想等，没那个胆量。余老五总要多等一个半个时辰。这一个半个时辰是最吃紧的时候，半个多月的功夫就要在这一会见分晓。余老五也疲倦到了极点，然而他比平常更警醒，更敏锐。他完全变了一个人。眼睛塌陷了，连颜色都变了，眼睛的光彩近乎疯狂。脾气也大了，动不动就恼怒，简直碰他不得，专断极了，顽固极了。很奇怪，他这时倒不走近火炕一步，只是半倚半靠在小床上抽烟，一句话也不说。木床、棉絮，一切都准备好了。小徒弟不放心，轻轻来问一句："起了吧？"摇摇头。——"起了罢？"还是摇摇头，只管抽他的烟。这一会正是小鸡放绒毛的时候。这是神圣的一刻。忽而作然而起："起！"徒弟们赶紧一窝蜂似的取出来，简直是才放上床，小鸡就啾啾啾啾纷纷出来了。余老五自掌炕以来，从未误过一回事，同行中无不赞叹佩服。道理是谁也知道的，可是别人得不到他那种坚定不移的信心。这是才分，是学问，强求不来。

余老五炕小鸭亦类此出色。至于照蛋、煨火，是尤其余事了。

因此他才配提了紫砂茶壶到处闲聊，除了掌炕，一事不管。人说不是他吃老板，是老板吃着他。没有余老五，余大房就不成其为余大房了。没有余大房，余老五仍是一个余老五。什么时候，他前脚跨出那个大门，后脚就有人替他把那把紫砂壶接过去。每一家炕房随时都在等着他。每年都有人来跟他谈的，他都用种种方法回绝了。后来实在麻烦不过，他就半开玩笑似的说："对不起，老板连坟地都给我看好了！"

父亲说，后来余大房当真在泰山庙后，离炕房不远处，给他找了一块坟地。附近有一片短松林，我们小时常上那里放风筝。蚕豆花开得闹嚷嚷的，斑鸠在叫。

余老五高高大大，方肩膀，方下巴，到处方。陆长庚瘦瘦小小，小头，小脸。八字眉。小小的眼睛，不停地眨动。嘴唇秀小微薄而柔软。他是一个农民，举止言词都像一个农民，安分，卑屈。他的眼睛比一般农民要少一点惊惶，但带着更深的绝望。他不像余五那样有酒有饭，有寄托，有保障。他是个倒霉的人。他的脸小，可是脸上的纹路比余老五杂乱，写出更多的人性。他有太多没有说出来的俏皮笑话，太多没有浪费的风情，他没有爱抚，没有安慰，没有吐气扬眉，没有……他是个很聪明的人，乡下的活计没有哪一件难得倒他。许多活计，他看一看就会，想一想就明白。他是窑庄一带的能人，是这一带茶坊酒肆、豆棚瓜架的一个点缀，一个谈话的题目。可是他的运气不好，干什么都不成功。日子越过越穷，他也就变得自暴自弃，变得懒散了。他好喝酒，好赌钱，像一个不得意的才子一样，潦倒了。我父亲知道他的本事，完全是偶然；他表演了那么一回，也是偶然！

母亲故世之后，父亲觉得很寂寞无聊。母亲葬在窑庄。窑庄有我们的一块地。这块地一直没有收成，沙性很重，种稻种麦，都不相宜，只能种一点豆子，长草。北乡这种瘦地很多，叫做"草田"。父亲想把它开辟成一个小小农场，试种果树、棉花。把庄房收回来，略事装修，他平日就住在那边，逢年过节才回家。我那时才六岁，由一个老奶妈带着，在舅舅家住。有时老奶妈送我到窑庄来住几天。我很少下乡，很喜欢到窑庄来。

我又来了！父亲正在接枝。用来削切枝条的，正是这把拾掇鸭肫的角柄小刀。这把刀用了这么多年了，还是刀刃若新发于硎。正在这时，一个长工跑来了：

"三爷，鸭都丢了！"

佃户和长工一向都叫我父亲为"三爷"。

"怎么都丢了？"

这一带多河沟港汊，出细鱼细虾，是个适于养鸭的地方。有好几家养过鸭。这块地上的老佃户叫倪二，父亲原说留他。他不干，他不相信从来没有结过一个棉桃的地方会长出棉花。他要退租。退租怎么维生？他要养鸭。从来没有养过鸭，这怎么行？他说他帮过人，懂得一点。没有本钱，没有本钱想跟三爷借。父亲觉得让他种了多年草田，应该借给他钱。不过很替他担心。父亲也托他买了一百只小鸭，由他代养。事发生后，他居然把一趟鸭养得不坏。棉花也长出来了。

"倪二，你不相信我种得出棉花，我也不相信你养得好鸭子。现在地里一朵一朵白的，那是什么？"

"是棉花。河里一只一只肥的，是——鸭子！"

每天早晚，站在庄头，在沉沉雾霭，淡淡金光中，可以看到他喳喳叱叱赶着一大群鸭子经过荡口，父亲常常要摇头：

"还是不成，不'像'！这些鸭跟他还不熟。照说，都就要卖了，那根赶鸭用的篙子就不大动了，可你看他那忙乎劲儿！"

倪二没有听见父亲说什么，但是远远地看到（或感觉到）父亲在摇头，他不服，他舞着竹篙，说："三爷，您看！"

他的意思是说：就要到八月中秋了，这群鸭子就可以赶到南京或镇江的鸭市上变钱。今年鸡鸭好行市。到那时三爷才佩服倪二，知道倪二为什么要改行养鸭！

放鸭是很苦的事。问放鸭人，顶苦的是什么？"冷清"。放鸭和种地不一样。种地不是一个人，撒种、车水、薅草、打场，有歌声，有锣鼓，呼吸着人的气息。养鸭是一种游离，一种放逐，一种流浪。一大清早，天才露白，撑一个浅扁小船，仅容一人，叫做"鸭撇子"，手里一根竹篙，篙头系着一把稻草或破蒲扇，就离开村庄，到茫茫的水里去了。一去一天，到天擦黑了，才回来。下雨天穿蓑衣，太阳大戴个笠子，天凉了多带一件衣服。"连一个说话的人都没有。"远远地，偶尔可以听到远远地一两声人声，可是眼前只是一群扁毛畜生。有人爱跟牛、羊、猪说话。牛羊也懂人话。要跟鸭子谈谈心可是很困难。这些东西只会呱呱地叫，不停地用它的扁嘴呷喋呷喋地吃。

可是，鸭子肥了，倪二喜欢。

前两天倪二说，要把鸭子赶去卖了。他算了算，刨去行佣、卡钱，连底三倍利。就要赶，问父亲那一百只鸭怎么说，是不是一起卖。今天早上，父亲想起留三十只送人，叫一个长工到荡里去告诉倪二。

"鸭都丢了！"

倪二说要去卖鸭，父亲问他要不要请一个赶过鸭的行家帮一帮，怕他一个人应付不了。运鸭，不像运鸡。鸡是装了笼的。运鸭，还是一只小船，船上装着一大卷鸭圈，干粮，简单的行李，人在船，鸭在水，一路迤迤逦逦地走。鸭子路上要吃活食，小鱼小虾，运到了，才不落膘掉斤两，精神好看。指挥鸭阵，划撑小船，全凭一根篙子。一程十天半月。经过长江大浪，也只是一根竹篙。晚上，找一个沙洲歇一歇，这赶鸭是个险事，不是外行冒充得来的。

"不要！"

他怕父亲再建议他请人帮忙，留下三十只鸭，偷偷地一早把鸭赶过荡，准备过白莲湖，沿漕河，过江。

长工一到荡口，问人：

"倪二呢？"

"倪二在白莲湖里。你赶快去看看。叫三爷也去看看。一趟鸭子全散了！"

"散了"，就是鸭子不服从指挥，各自为政，四散逃窜，钻进芦丛里去了，而且再也不出来。这种事过去也发生过。白莲湖是一口不大的湖，离窑庄不远。出菱，出藕，藕肥白少渣。三五八集期，父亲也带我去过。湖边港汊甚多，密密地长着芦苇。新芦苇很高了，黑森森的。莲蓬已经采过了，荷叶的颜色也发黑了。人过时常有翠鸟冲出，翠绿的一闪，快如疾箭。

小船浮在岸边，竹篙横在船上，倪二呢？坐在一家晒谷场的石辘轴上，手里的瓦块毡帽攥成了一团，额头上破了一块皮。几个人围着他。他好像老了十年。他疲倦了。一清早到现在，现在已经是下午了，他跟鸭子奋斗了半日。他一定还没有吃过饭。他的饭在一个布口袋里，——一袋老锅巴。他木然地坐着，一动不动，不时把脑袋抖一抖，到像受了震动。——他的脖子里有好多道深沟，一方格，一方格的。颜色真红，好像烧焦了似的。老那么坐着，脚恐怕要麻了。他的脚显出一股傻相。

父亲叫他：

"倪二。"

他像个孩子似的哭起来。

怎么办呢？

围着的人说：

"去找陆长庚，他有法子。"

"哎，除非陆长庚。"

"只有老陆，陆鸭。"

陆长庚在哪里？

"多半在桥头茶馆。"

桥头有个茶馆，是为鲜货行客人、蛋行客人、陆陈行客人谈生意而设的。区里、县里来了什么大人物，也请在这里歇脚。卖清茶，也代卖纸烟、针线、香烛纸祃、鸡蛋糕、芝麻饼、七厘散、紫金锭、菜种、草鞋、写契的契纸、小绿颖毛笔、金不换黑墨、何通记纸牌……总而言之，日用所需，应有尽有。这茶馆照例又是闲散无事人聚赌耍钱的地方。茶馆里备有一副麻将牌（这副麻将牌丢了一张红中，是后配的），一副牌九。推牌九时下旁注的比坐下拿牌的多，站在后面呼幺喝六，呐喊助威。船从桥头过，远远地就看到一堆兴奋忘形的人头人手。船过去，还听得吼叫："七七八八——不要九！"——"天地遇虎头，越大越封侯！"常在后面斜着头看人赌钱的，有人指给我们看过，就是陆长庚，这一带放鸭的第一把手，浑号陆鸭，说他跟鸭子能通话，他自己就是一只成了精的老鸭。——瘦瘦小小，神情总是在发愁。他已经多年不养鸭了，现在见到鸭就怕。

"不要你多，十五块洋钱。"

赌钱的人听到这个数目都捏着牌回过头来：十五块！十五块在从前很是一个数目了。他们看看倪二，又看看陆长庚。这时牌九桌上最大的赌注是一吊钱三三四，天之九吃三道。

说了半天，讲定了，十块钱。他不慌不忙，看一家地扛通吃，红了一庄，方去。

"把鸭圈拿好。倪二，赶鸭子进圈，你会的？我把鸭子吆上来，你就赶。鸭子在水里好弄，上了岸，七零八落的不好捉。"

这十块钱赚得太不费力了！拈起那根篙子（还是那根篙，他拈在手里就是样儿），把船撑到湖心，人仆在船上，把篙子平着，在水上扑打了一气，嘴里啧啧啧咕咕咕不知道叫点什么，赫！——都来了！鸭子四面八方，从芦苇缝里，好像来争抢什么东西似的，拼命地拍着翅膀，挺着脖子，一起奔向他那里小船的四围来。本来平静辽阔的湖面，骤然热闹起来，一湖都是鸭子。不知道为什么，高兴极了，喜欢极了，放开喉咙大叫："呱呱呱呱呱……"不停地把头没进水里，爪子伸出水面乱划，翻来翻去，像一个一个小疯子。岸上人看到这情形都忍不住大笑起来。倪二也抹着鼻涕笑了。看看差不多到齐了，篙子一抬，嘴里曼声唱着，鸭子马上又安静了，文文雅雅，摆摆摇摇，向岸边游来，舒闲整齐有致。兵法：用兵第一贵"和"。这个"和"字用来形容这些鸭子，真是再恰当不过了。他唱的不知是什么，仿佛鸭子都爱听，听得很入神，真怪！

这个人真是有点魔法。

"一共多少只？"

"三百多。"

"三百多少？"

"三百四十二。"

他拣一个高处，四面一望。

"你数数。大概不差了。——嗨！你这里头怎么来了一只老鸭？"

"没有，都是当年的。"

"是哪家养的老鸭教你裹来了！"

倪二分辩。分辩也没用。他一伸手捞住了。

"它屁股一撅，就知道。新鸭子拉稀屎，过了一年的，才硬。鸭肠子搭头的那儿有一个小箍道，老鸭子就长老了。你看看！裹了人家的老鸭还不知道，就知道多了一只！"

倪二只好笑。

"我不要你多，只要两只。送不送由你。"

怎么小气，也没法不送他。他已经到鸭圈子提了两只，一手一只，拎了一拎。

"多重？"

他问人。

"你说多重？"

人问他。

"六斤四，——这一只，多一两，六斤五。这一趟里顶肥的两只。"

"不相信。一两之差也分得出，就凭手拎一拎？"

"不相信？不相信拿秤来称。称得不对，两只鸭算你的；对了，今天晚上上你家喝酒。"

到茶馆里借了秤来，称出来，一点都不错。

"拎都不用拎，凭眼睛，说得出这一趟鸭一个一个多重。不过先得大叫一声。鸭身上有毛，毛蓬松着看不出来，得惊它一惊。一惊，鸭毛就紧了，贴在身上了，这就看得哪只肥，哪只瘦。晚上喝酒了，茶馆里会。不让你费事，鸭杀好。"

他刀也不用，一指头往鸭子三岔骨处一捣，两只鸭挣扎都不挣扎，就死了。

"杀的鸭子不好吃。鸭子要吃呛血的，肉才不老。"

什么事都轻描淡写，毫不装腔作势。说话自然也流露出得意，可是得意中又还有一种对于自己的嘲讽。这是一点本事。可是人最好没有这点本事。他正因为有这些本事，才种种不如别人。他放过多年鸭，到头来连本钱都蚀光了。鸭瘟。鸭子瘟起来不得了。只要看见一只鸭子摇头，就完了。这不像鸡。鸡瘟还有救，灌一点胡椒、香油，能保住几只。鸭，一个摇头，个个摇头，不大一会，都不动了。好几次，一趟鸭子放到荡里，回来时就剩自己一个人了。看着死，毫无办法。他发誓，从此不再养鸭。

"倪老二，你不要肉疼，十块钱不白要你的，我给你送到。今天晚了，你把鸭圈起来过一夜。明天一早我来。三爷，十块钱赶一趟鸭，不算顶贵噢？"

他知道这十块钱将由谁来出。

当然，第二天大早来时他仍是一个陆长庚：一夜"七戳五在手"，输得光光的。

"没有！还剩一块！"


这两个老人怎么会到这个地方来呢？他们的光景过得怎么样了呢？

# 黄油烙饼

萧胜跟着爸爸到口外去。

萧胜满七岁，进八岁了。他这些年一直跟着奶奶过。他爸爸的工作一直不固定。一会儿修水库啦，一会儿大炼钢铁啦。他妈也是调来调去。奶奶一个人在家乡，说是冷清得很。他三岁那年，就被送回老家来了。他在家乡吃了好些萝卜白菜，小米面饼子，玉米面饼子，长高了。

奶奶不怎么管他。奶奶有事。她老是找出一些零碎料子给他接衣裳，接褂子，接裤子，接棉袄，接棉裤。他的衣服都是接成一道一道的，一道青，一道蓝。倒是挺干净的。奶奶还给他做鞋。自己打袼褙，剪样子，纳底子，自己绱。奶奶老是说："你的脚上有牙，有嘴？""你的脚是铁打的！"再就是给他做吃的。小米面饼子，玉米面饼子，萝卜白菜——炒鸡蛋，熬小鱼。他整天在外面玩。奶奶把饭做得了，就在门口嚷："胜儿！回来吃饭咧——！"

后来办了食堂。奶奶把家里的两口锅交上去，从食堂里打饭回来吃。真不赖！白面馒头，大烙饼，卤虾酱炒豆腐、闷茄子，猪头肉！食堂的大师傅穿着白衣服，戴着白帽子，在蒸笼的白蒙蒙的热气中晃来晃去，拿铲子敲着锅边，还大声嚷叫。人也胖了，猪也肥了。真不赖！

后来就不行了。还是小米面饼子，玉米面饼子。

后来小米面饼子里有糠，玉米面饼子里有玉米核磨出的碴子，拉嗓子。人也瘦了，猪也瘦了。往年，攥个猪可费劲哪。今年，一伸手就把猪后腿攥住了。挺大一个克郎，一挤它，咕咚就倒了。掺假的饼子不好吃，可是萧胜还是吃得挺香。他饿。

奶奶吃得不香。她从食堂打回饭来，掰半块饼子，嚼半天。其余的，都归了萧胜。

奶奶的身体原来就不好。她有个气喘的病。每年冬天都犯。白天还好，晚上难熬。萧胜躺在炕上，听奶奶喝喽喝喽地喘。睡醒了，还听她喝喽喝喽。他想，奶奶喝喽了一夜。可是奶奶还是喝喽着起来了，喝喽着给他到食堂去打早饭，打掺了假的小米饼子，玉米饼子。

爸爸去年冬天回来看过奶奶。他每年回来，都是冬天。爸爸带回来半麻袋土豆，一串口蘑，还有两瓶黄油。爸爸说，土豆是他分的；口蘑是他自己采，自己晾的；黄油是"走后门"搞来的。爸爸说，黄油是牛奶炼的，很"营养"，叫奶奶抹饼子吃。土豆，奶奶借锅来蒸了，煮了，放在灶火里烤了，给萧胜吃了。口蘑过年时打了一次卤。黄油，奶奶叫爸爸拿回去："你们吃吧。这么贵重的东西！"爸爸一定要给奶奶留下。奶奶把黄油留下了，可是一直没有吃。奶奶把两瓶黄油放在躺柜上，时不时地拿抹布擦擦。黄油是个啥东西？牛奶炼的？隔着玻璃，看得见它的颜色是嫩黄嫩黄的。去年小三家生了小四，他看见小三他妈给小四用松花粉扑痒子。黄油的颜色就像松花粉。油汪汪的，很好看。奶奶说，这是能吃的。萧胜不想吃。他没有吃过，不馋。

奶奶的身体越来越不好。她从前从食堂打回饼子，能一气走到家。现在不行了，走到歪脖柳树那儿就得歇一会。奶奶跟上了年纪的爷爷、奶奶们说："只怕是过得了冬，过不得春呀。"萧胜知道这不是好话。这是一句骂牲口的话。"嗳！看你这乏样儿！过得了冬过不得春！"果然，春天不好过。村里的老头老太太接二连三的死了。镇上有个木业生产合作社，原来打家具、修犁耙，都停了，改了打棺材。村外添了好些新坟，好些白幡。奶奶不行了，她浑身都肿。用手指按一按，老大一个坑，半天不起来。她求人写信叫儿子回来。

爸爸赶回来，奶奶已经咽了气了。

爸爸求木业社把奶奶屋里的躺柜改成一口棺材，把奶奶埋了。晚上，坐在奶奶的炕上流了一夜眼泪。

萧胜一生第一次经验什么是"死"。他知道"死"就是"没有"了。他没有奶奶了。他躺在枕头上，枕头上还有奶奶的头发的气味。他哭了。

奶奶给他做了两双鞋，做得了，说："来试试！"——"等会儿！"吱溜，他跑了。萧胜醒来，光着脚把两双鞋都试了试。一双正合脚，一双大一些。他的赤脚接触了搪底布，感觉到奶奶纳的底线，他叫了一声"奶奶！！"又哭了一气。

爸爸拜望了村里的长辈，把家里的东西收拾收拾，把一些能应用的锅碗瓢盆都装在一个大网篮里。把奶奶给萧胜做的两双鞋也装在网篮里。把两瓶动都没有动过的黄油也装在网篮里。锁了门，就带着萧胜上路了。

萧胜跟爸爸不熟。他跟奶奶过惯了。他起先不说话。他想家，想奶奶，想那棵歪脖柳树，想小三家的一对大白鹅，想蜻蜓，想蝈蝈，想挂大扁飞起来格格地响，露出绿色硬翅膀低下的桃红色的翅膜……后来跟爸爸熟了。他是爸爸呀！他们坐了汽车，坐火车，后来又坐汽车。爸爸很好。爸爸老是引他说话，告诉他许多口外的事。他的话越来越多，问这问那。他对"口外"产生了很浓厚的兴趣。

他问爸爸啥叫"口外"。爸爸说"口外"就是张家口以外，又叫

"坝上"。"为啥叫坝上？"他以为"坝"是一个水坝。爸爸说到了就知道了。

敢情"坝"是一溜大山。山顶齐齐的，倒像个坝。可是真大！汽车一个劲地往上爬。汽车爬得很累，好像气都喘不过来，不停地哼哼。上了大山，嘿，一片大平地！真是平呀！又平又大。像是擀过的一样。怎么可以这样平呢！汽车一上坝，就撒开欢了。它不哼哼了，"刷——"一直往前开。一上了坝，气候忽然变了。坝下是夏天，一上坝就像秋天。忽然，就凉了。坝上坝下，刀切的一样。真平呀！远远有几个小山包，圆圆的。一棵树也没有。他的家乡有很多树。榆树，柳树，槐树。这是个什么地方！不长一棵树！就是一大片大平地，碧绿的，长满了草。有地。这地块真大。从这个小山包一匹布似的一直扯到了那个小山包。地块究竟有多大？爸爸告诉他：有一个农民牵了一头母牛去犁地，犁了一趟，回来时候母牛带回来一个新下的小牛犊，已经三岁了！

汽车到了一个叫沽源的县城，这是他们的最后一站。一辆牛车来接他们。这车的样子真可笑，车轱辘是两个木头饼子，还不怎么圆，骨鲁鲁，骨鲁鲁，往前滚。他仰面躺在牛车上，上面是一个很大的蓝天。牛车真慢，还没有他走得快。他有时下来掐两朵野花，走一截，又爬上车。

这地方的庄稼跟口里也不一样。没有高粱，也没有老玉米，种莜麦，胡麻。莜麦干净得很，好像用水洗过，梳过。胡麻打着把小蓝伞，秀秀气气，不像是庄稼，倒像是种着看的花。

喝，这一大片马兰！马兰他们家乡也有，可没有这里的高大。长齐大人的腰那么高，开着巴掌大的蓝蝴蝶一样的花。一眼望不到边。这一大片马兰！他这辈子也忘不了。他像是在一个梦里。

牛车走着走着。爸爸说：到了！他坐起来一看，一大片马铃薯，都开着花，粉的、浅紫蓝的、白的，一眼望不到边，像是下了一场大雪。花雪随风摇摆着，他有点晕。不远有一排房子，土墙、玻璃窗。这就是爸爸工作的"马铃薯研究站"。土豆——山药蛋——马铃薯。马铃薯是学名，爸说的。

从房子里跑出来一个人。"妈妈——！"他一眼就认出来了！妈妈跑上来，把他一把抱了起来。

萧胜就要住在这里了，跟他的爸爸、妈妈住在一起了。

奶奶要是一起来，多好。

萧胜的爸爸是学农业的，这几年老是干别的。奶奶问他："为什么总是把你调来调去的？"爸说："我好欺负。"马铃薯研究站别人都不愿来，嫌远。爸愿意。妈是学画画的，前几年老画两个娃娃拉不动的大萝卜啦，上面张个帆可以当做小船的豆荚啦。她也愿意跟爸爸一起来，画"马铃薯图谱"。

妈给他们端来饭。真正的玉米面饼子，两大碗粥。妈说这粥是草籽熬的。有点像小米，比小米小。绿盈盈的，挺稠，挺香。还有一大盘鲫鱼，好大。爸说别处的鲫鱼很少有过一斤的，这儿"淖"里的鲫鱼有一斤二两的，鲫鱼吃草籽，长得肥。草籽熟了，风把草籽刮到淖里，鱼就吃草籽。萧胜吃得很饱。

爸说把萧胜接来有三个原因。一是奶奶死了，老家没有人了。二是萧胜该上学了，暑假后就到不远的一个完小去报名。三是这里吃得好一些。口外地广人稀，总好办一些。这里的自留地一个人有五亩！随便刨一块地就能种点东西。爸爸和妈妈就在"研究站"旁边开了一块地，种了山药，南瓜。山药开花了，南瓜长了骨朵了。用不了多久，就能吃了。

马铃薯研究站很清静，一共没有几个人。就是爸爸、妈妈，还有几个工人。工人都有家。站里就是萧胜一家。这地方，真安静。成天听不到声音，除了风吹莜麦穗子，沙沙地像下小雨；有时有小燕吱喳地叫。

爸爸每天戴个草帽下地跟工人一起去干活，锄山药。有时查资料，看书。妈一早起来到地里掐一大把山药花，一大把叶子，回来插在瓶子里，聚精会神地对着它看，一笔一笔地画。画的花和真的花一样！萧胜每天跟妈一同下地去，回来鞋和裤脚沾得都是露水。奶奶做的两双新鞋还没有上脚，妈把鞋和两瓶黄油都锁在柜子里。

白天没有事，他就到处去玩，去瞎跑。这地方大得很，没遮没挡，跑多远，一回头还能看到研究站的那排房子，迷不了路。他到草地里去看牛、看马、看羊。

他有时也去莳弄莳弄他家的南瓜、山药地。锄一锄，从机井里打半桶水浇浇。这不是为了玩。萧胜是等着要吃它们。他们家不起火，在大队食堂打饭，食堂里的饭越来越不好。草籽粥没有了，玉米面饼子也没有了。现在吃红高粱饼子，喝甜菜叶子做的汤。再下去大概还要坏。萧胜有点饿怕了。

他学会了采蘑菇。起先是妈妈带着他采了两回，后来，他自己也会了。下了雨，太阳一晒，空气潮乎乎的，闷闷的，蘑菇就出来了。蘑菇这玩意很怪，都长在"蘑菇圈"里。你低下头，侧着眼睛一看，草地上远远的有一圈草，颜色特别深，黑绿黑绿的，隐隐约约看到几个白点，那就是蘑菇圈。的溜圆。蘑菇就长在这一圈深颜色的草里。圈里面没有，圈外面也没有。蘑菇圈是固定的。今年长，明年还长。哪里有蘑菇圈，老乡们都知道。

有一个蘑菇圈发了疯。它不停地长蘑菇，呼呼地长，三天三夜一个劲地长，好像是有鬼，看着都怕人。附近七八家都来采，用线穿起来，挂在房檐底下。家家都挂了三四串，挺老长的三四串。老乡们说，这个圈明年就不会再长蘑菇了，它死了。萧胜也采了好些。他兴奋极了，心里直跳。"好家伙！好家伙！这么多！这么多！"他发了财了。

他为什么这样兴奋？蘑菇是可以吃的呀！

他一边用线穿蘑菇，一边流出了眼泪。他想起奶奶，他要给奶奶送两串蘑菇去。他现在知道，奶奶是饿死的。人不是一下饿死的，是慢慢地饿死的。

食堂的红高粱饼子越来越不好吃，因为掺了糠。甜菜叶子汤也越来越不好喝，因为一点油也不放了。他恨这种掺糠的红高粱饼子，恨这种不放油的甜菜叶子汤！

他还是到处去玩，去瞎跑。

大队食堂外面忽然热闹起来。起先是拉了一牛车的羊砖来。他问爸爸这是什么，爸爸说："羊砖。"——"羊砖是啥？"——"羊粪压紧了，切成一块一块。"——"干啥用？"——"烧。"——"这能烧吗？"——"好烧着呢！火顶旺。"后来盘了个大灶。后来杀了十来只羊。萧胜站在旁边看杀羊。他还没有见过杀羊。嘿，一点血都流不到外面，完完整整就把一张羊皮剥下来了！

这是要干啥呢？

爸爸说，要开三级干部会。

"啥叫三级干部会？"

"等你长大了就知道了！"

三级干部会就是三级干部吃饭。

大队原来有两个食堂，南食堂，北食堂，当中隔一个院子，院子里还搭了个小棚，下雨天也可以两个食堂来回串。原来"社员"们分在两个食堂吃饭。开三级干部会，就都挤到北食堂来。南食堂空出来给开会干部用。

三级干部会开了三天，吃了三天饭。头一天中午，羊肉口蘑馅子蘸莜面。第二天炖肉大米饭。第三天，黄油烙饼。晚饭倒是马马虎虎的。

　　"社员"和"干部"同时开饭。社员在北食堂，干部在南食堂。北食堂还是红高粱饼子，甜菜叶子汤。北食堂的人闻到南食堂里飘过来的香味，就说："羊肉口蘑臊子蘸莜面，好香好香！""炖肉大米饭，好香好香！""黄油烙饼，好香好香！"

　　萧胜每天去打饭，也闻到南食堂的香味。羊肉、米饭，他倒不稀罕：他见过，也吃过。黄油烙饼他连闻都没闻过。是香，闻着这种香味，真想吃一口。

　　回家，吃着红高粱饼子，他问爸爸："他们为什么吃黄油烙饼？"

　　"他们开会。"

　　"开会干嘛吃黄油烙饼？"

　　"他们是干部。"

　　"干部为啥吃黄油烙饼？"

　　"哎呀！你问得太多了！吃你的红高粱饼子吧！"

　　正在咽着红饼子的萧胜的妈忽然站起来，把缸里的一点白面倒出来，又从柜子里取出一瓶奶奶没有动过的黄油，启开瓶盖，挖了一大块，抓了一把白糖，兑点起子，擀了两张黄油发面饼。抓了一把莜麦秸塞进灶火，烙熟了。黄油烙饼发出香味，和南食堂里的一样。妈把黄油烙饼放在萧胜面前，说：

　　"吃吧，儿子，别问了。"

　　萧胜吃了两口，真好吃。他忽然咧开嘴痛哭起来，高叫了一声："奶奶！"

　　妈妈的眼睛里都是泪。

　　爸爸说："别哭了，吃吧。"

萧胜一边流着一串一串的眼泪，一边吃黄油烙饼。他的眼泪流进了嘴里。黄油烙饼是甜的，眼泪是咸的。

# 异秉

王二是这条街的人看着他发达起来的。

不知从什么时候起，他就在保全堂药店廊檐下摆一个熏烧摊子。"熏烧"就是卤味。他下午来，上午在家里。

他家在后街濒河的高坡上，四面不挨人家。房子很旧了，碎砖墙，草顶泥地，倒是不仄逼，也很干净，夏天很凉快。一共三间。正中是堂屋，在"天地君亲师"的下面便是一具石磨。一边是厨房，也就是作坊。一边是卧房，住着王二的一家。他上无父母，嫡亲的只有四口人，一个媳妇，一儿一女。这家总是那么安静，从外面听不到什么声音。后街的人家总是吵吵闹闹的。男人揪着头发打老婆，女人拿火叉打孩子，老太婆用菜刀剁着砧板诅咒偷了她的下蛋鸡的贼。王家从来没有这些声音。他们家起得很早。天不亮王二就起来备料，然后就烧煮。他媳妇梳好头就推磨磨豆腐。——王二的熏烧摊每天要卖出很多回卤豆腐干，这豆腐干是自家做的。磨得了豆腐，就帮王二烧火。火光照得她的圆盘脸红红的。（附近的空气里弥漫着王二家飘出的五香味。）后来王二喂了一头小毛驴，她就不用围着磨盘转了，只要把小驴牵上磨，不时往磨眼里倒半碗豆子，注一点水就行了。省出时间，好做针线。一家四口，大裁小剪，很费功夫。两个孩子，大儿子长得像妈，圆乎乎的脸，两个眼睛笑起来一道缝。小女儿像父亲，瘦长脸，眼睛挺大。儿子念了几年私塾，能记帐了，就不念了。他一天就是牵了小驴去饮，放它到草地上去打滚。到大了一点，就帮父亲洗料备料做生意，放驴的差事就归了妹妹了。

　　每天下午，在上学的孩子放学，人家淘晚饭米的时候，他就来摆他的摊子。他为什么选中保全堂来摆他的摊子呢？是因为这地点好，东街西街和附近几条巷子到这里都不远；因为保全堂的廊檐宽，柜台到铺门有相当的余地；还是因为这是一家药店，药店到晚上生意就比较清淡，——很少人晚上上药铺抓药的，他摆个摊子碍不着人家的买卖，都说不清。当初还一定是请人向药店的东家说了好话，亲自登门叩谢过的。反正，有年头了。他的的摊子的全副"生财"——这地方把做买卖的用具叫做"生财"，就寄放在药店店堂的后面过道里，挨墙放着，上面就是悬在二梁上的赵公元帅的神龛，这些"生财"包括两块长板，两条三条腿的高板凳（这种高凳一边两条腿，在两头；一边一条腿在当中），以及好几个一面装了玻璃的匣子。他把板凳支好，长板放平，玻璃匣子排开。这些玻璃匣子里装的是黑瓜子、白瓜子、盐炒豌豆、油炸豌豆、兰花豆、五香花生米、长板的一头摆开"熏烧"。"熏烧"除回卤豆腐干之外，主要是牛肉、蒲包肉和猪头肉。这地方一般人家是不大吃牛肉的。吃，也极少红烧、清炖，只是到熏烧摊子去买。这种牛肉是五香加盐煮好，外面染了通红的红曲，一大块一大块的堆在那里。买多少，现切，放在送过来的盘子里，抓一把青蒜，浇一勺辣椒糊。蒲包肉似乎是这个县里特有的。用一个三寸来长直径寸半的蒲包，里面衬上豆腐皮，塞满了加了粉子的碎肉，封了口，拦腰用一道麻绳系紧，成一个葫芦形。煮熟以后，倒出来，也是一个带有蒲包印迹的葫芦。切成片，很香。猪头肉则分门别类的卖，拱嘴、耳朵、脸子，——脸子有个专门名词，叫"大肥"。要什么，切什么。到了上灯以后，王二的生意就到了高潮。只见他拿了刀不停地切，一面还忙着收钱，包油炸的、盐炒的豌豆、瓜子，很少有歇一歇的时候。一直忙到九点多钟，在他的两盏高罩的煤油灯里煤油已经点去了一多半，装熏烧的盘子和装豌豆的匣子都已经见了底的时候，他媳妇给他送饭来了，他才用热水擦一把脸，吃晚饭。吃完晚饭，总还有一些零零星星的生意，他不忙收摊子，就端了一杯热茶，坐到保全堂店堂里的椅子上，听人聊天，一面拿眼睛瞟着他的摊子，见有人走来，就起身切一盘，包两包。他的主顾都是熟人，谁什么时候来，买什么，他心里都是有数的。

　　这一条街上的店铺、摆摊的，生意如何，彼此都很清楚。近几年，景况都不大好。有几家好一些，但也只是能维持。有的是逐渐地败落下来了。先是货架上的东西越来越空，只出不进，最后就出让"生财"，关门歇业。只有王二的生意却越做越兴旺。他的摊子越摆越大，装炒货的匣子，装熏烧的洋磁盘子，越来越多。每天晚上到了买卖高潮的时候，摊子外面有时会拥着好些人。好天气还好，遇上下雨下雪（下雨下雪买他的东西的比平常更多），叫主顾在当街打伞站着，实在很不过意。于是经人说合，出了租钱，他就把他的摊子搬到隔壁源昌烟店的店堂里去了。

　　源昌烟店是个老名号，专卖旱烟，做门市，也做批发。一边是柜台，一边是刨烟的作坊。这一带抽的旱烟是刨成丝的。刨烟师傅把烟叶子一张一张立着叠在一个特制的木床子上，用皮绳木楔卡紧，两腿夹着床子，用一个刨刀有半尺宽的大刨子刨。烟是黄的。他们都穿了白布套裤。这套裤也都变黄了。下了工，脱了套裤，他们身上也到处是黄的。头发也是黄的。——手艺人都带着他那个行业特有的颜色。染坊师傅的指甲缝里都是蓝的，碾米师傅的眉毛总是白蒙蒙的。原来，源昌号每天有四个师傅、四副床子刨烟。每天总有一些大人孩子站在旁边看。后来减成三个，两个，一个。最后连这一个也辞了。这家的东家就靠卖一点纸烟、火柴、零包的茶叶维持生活，也还卖一点蔃来的旱烟、皮丝烟。不知道为什么，原来挺敞亮的店堂变得黑暗了，牌匾上的金字也都无精打采了。那座柜台显得特别的大。大，而空。

王二来了，就占了半边店堂，就是原来刨烟师傅刨烟的地方。他的摊子原来在保全堂廊檐是东西向横放着的，迁到源昌，就改成南北向，直放了。所以，已经不能算是一个摊子，而是半个店铺了。他在原有的板子之外增加了一块，摆成一个曲尺形，俨然也就是一个柜台。他所卖的东西的品种也增加了。即以熏烧而论，除了原有的回卤豆腐干、牛肉、猪头肉、蒲包肉之外，春天，卖一种叫做"鹨"的野味，——这是一种候鸟，长嘴长脚，因为是桃花开时来的，不知是哪位文人雅士给它起了一个名称叫"桃花鹨"；卖鹌鹑；入冬以后，他就挂起一个长条形的玻璃镜框，里面用大红腊笺写了泥金字："即日起新添美味羊糕五香兔肉"。这地方人没有自己家里做羊肉的，都是从熏烧摊上买。只有一种吃法：带皮白煮，冻实，切片，加青蒜、辣椒糊，还有一把必不可少的胡萝卜丝（据说这是最能解膻气的）。酱油、醋，买回来自己加。兔肉，也像牛肉似的加盐和五香煮，染了通红的红曲。

这条街上过年时的春联是各式各样的。有的是特制嵌了字号的。比如保全堂，就是由该店拔贡出身的东家拟制的"保我黎民，全登寿域"；有些大字号，比如布店，口气很大，贴的是"生涯宗子贡，贸易效陶朱"，最常见的是"生意兴隆通四海，财源茂盛达三江"；小本经营的买卖的则很谦虚地写出："生意三春草，财源雨后花"。这末一副春联，用于王二的超摊子准铺子，真是再贴切不过了，虽然王二并没有想到贴这样一副春联，——他也没处贴呀，这铺面的字号还是"源昌"。他的生意真是三春草、雨后花一样的起来了。"起来"最显眼的标志是他把长罩煤油灯撤掉，挂起一盏呼呼作响的汽灯。须知，汽灯这东西只有钱庄、绸缎庄才用，而王二，居然在一个熏烧摊子的上面，挂起来了。这白亮白亮的汽灯，越显得源昌柜台里的一盏煤油灯十分的暗淡了。

王二的发达，是从他的生活也看得出来的。第一，他可以自由地去听书。王二最爱听书。走到街上，在形形色色招贴告示中间，他最注意的是说书的报条。那是三寸宽，四尺来长的一条黄颜色的纸，浓墨写道："特聘维扬×××先生在×××（茶馆）开讲××（三国、水浒、岳传……）是月×日起风雨无阻"。以前去听书都要经过考虑。一是花钱，二是费时间，更主要的是考虑这于他的身份不大相称：一个卖熏烧的，常常听书，怕人议论。近年来，他觉得可以了，想听就去。小蓬莱、五柳园（这都是说书的茶馆），都去，三国、水浒、岳传，都听。尤其是夏天，天长，穿了竹布的或夏布的长衫，拿了一吊钱，就去了。下午的书一点开书，不到四点钟就"明日请早"了（这里说书的规矩是在说书先生说到预定的地方，留下一个扣子，跑堂的茶房高喝一声"明日请早——！"听客们就纷纷起身散场），这耽误不了他的生意。他一天忙到晚，只有这一段时间得空。第二，过年推牌九，他在下注时不犹豫。王二平常绝不赌钱，只有过年赌五天。过年赌钱不犯禁，家家店铺里都可赌钱。初一起，不做生意，铺门关起来，里面黑洞洞的。保全堂柜台里身，有一个小穿堂，是供神农祖师的地方，上面有个天窗，比较亮堂。拉开神农画像前的一张方桌，哗啦一声，骨牌和骰子就倒出来了。打麻将多是社会地位相近的，推牌九则不论。谁都可以来。保全堂的"同仁"（除了陶先生和陈相公），替人家收房钱的抢元，卖活鱼的疤眼——他曾得外症，治愈后左眼留一大疤，小学生给他起了个外号叫"巴颜喀拉山"，这外号竟传开了，一街人都叫他巴颜喀拉山，虽然有人不知道这是什么意思，——王二。输赢说大不大，说小可也不少。十吊钱推一庄。十吊钱相当于三块洋钱。下注稍大的是一吊钱三三四，一吊钱分三道：三百、三百、四百。七点赢一道，八点赢两道，若是抓到一副九点或是天地杠，庄家赔一吊钱。王二下"三三四"是常事。有时竟会下到五吊钱一注孤丁，把五吊钱稳稳地推出去，心不跳，手不抖。（收房钱的抡元下到五百钱一注时手就抖个不住。）赢得多了，他也能上去推两庄。推牌九这玩意，财越大，气越粗，王二输的时候竟不多。

王二把他的买卖乔迁到隔壁源昌去了，但是每天九点以后他一定还是端了一杯茶到保全堂店堂里来坐个点把钟。儿子大了，晚上再来的零星生意，他一个人就可以应付了。

且说保全堂。

这是一家门面不大的药店。不知为什么，这药店的东家用人，不用本地人，从上到下，从管事的到挑水的，一律是淮城人。他们每年有一个月的假期，轮流回家，去干传宗接代的事。其余十一个月，都住在店里。他们的老婆就守十一个月的寡。药店的"同仁"，一律称为"先生"。先生里分为几等。一等的是"管事"，即经理。当了管事就是终身职务，很少听说过有东家把管事辞了的。除非老管事病故，才会延聘一位新管事。当了管事，就有"身股"，或称"人股"，到了年底可以按股分红。因此，他对生意是兢兢业业，忠心耿耿的。东家从不到店，管事负责一切。他照例一个人单独睡在神农像后面的一间屋子里，名叫"后柜"。总帐、银钱，贵重的药材如犀角、羚羊、麝香，都锁在这间屋子里，钥匙在他身上，——人参、鹿茸不算什么贵重东西。吃饭的时候，管事总是坐在横头末席，以示代表东家奉陪诸位先生。熬到"管事"能有几人？全城一共才有那么几家药店。保全堂的管事姓卢。二等的叫"刀上"，管切药和"跌"丸药。药店每天都有很多药要切"饮片"

切得整齐不整齐，漂亮不漂亮，直接影响生意好坏。内行人一看，就知道这药是什么人切出来的。"刀上"是个技术人员，薪金最高，在店中地位也最尊。吃饭时他照例坐在上首的二席，——除了有客，头席总是虚着的。逢年过节，药王生日（药王不是神农氏，却是孙思邈），有酒，管事的举杯，必得"刀上"先喝一口，大家才喝。保全堂的"刀上"是全县头一把刀，他要是闹脾气辞职，马上就有别家抢着请他去。好在此人虽有点高傲，有点倔，却轻易不发脾气。他姓许。其余的都叫"同事"。那读法却有点特别，重音在"同"字上。他们的职务就是抓药，写账。"同事"是没有什么了不起的，每年都有被辞退的可能。辞退时"管事"并不说话，只是在腊月有一桌辞年酒，算是东家向"同仁"道一年的辛苦，只要是把哪位"同事"请到上席去，该"同事"就二话不说，客客气气地卷起铺盖另谋高就。当然，事前就从旁漏出一点风声的，并不当真是打一闷棍。该辞退"同事"在八月节后就有预感。有的早就和别家谈好，很潇洒地走了；有的则请人斡旋，留一年再看。后一种，总要作一点"检讨"，下一点"保证"。"回炉的烧饼不香"，辞而不去，面上无光，身价就低了。保全堂的陶先生，就已经有三次要被请到上席了。他咳嗽痰喘，人也不精明。终于没有坐上席，一则是同行店伙纷纷来说情：辞了他，他上谁家去呢？谁家会要这样一个痰篓子呢？这岂非绝了他的生计？二则，他还有一点好处，即不回家。他四十多岁了，却没有传宗接代的任务，因为他没有娶过亲。这样，陶先生就只有更加勤勉，更加谨慎了。每逢他的喘病发作时，有人问："陶先生，你这两天又不大好吧？"他就一面喘嗽着一面说："啊，不，很好，很（呼噜呼噜）好！"

　　以上，是"先生"一级。"先生"以下，是学生意的。药店管学生意的却有一个奇怪称呼，叫做"相公"。

060

因此，这药店除煮饭挑水的之外，实有四等人："管事"、"刀上"、"同事"、"相公"。

保全堂的几位"相公"都已经过了三年零一节，满师走了。现有的"相公"姓陈。

陈相公脑袋大大的，眼睛圆圆的，嘴唇厚厚的，说话声气粗粗的——呜噜呜噜地说不清楚。

他一天的生活如下：起得比谁都早。起来就把"先生"们的尿壶都倒了涮干净控在厕所里。扫地。擦桌椅、擦柜台。到处掸土。开门。这地方的店铺大都是"铺闼子门"①，——一列宽可一尺的厚厚的门板嵌在门框和门槛的槽子里。陈相公就一块一块卸出来，按"东一"、"东二"、"东三"、"东四"、"西一"、"西二"、"西三"、"西四"次序，靠墙竖好。晒药，收药。太阳出来时，把许先生切好的"饮片"、"趺"好的丸药，——都放在匾筛里，用头顶着，爬上梯子，到屋顶的晒台上放好；傍晚时再收下来。这是他一天最快乐的时候。他可以登高四望。看得见许多店铺和人家的房顶，都是黑黑的。看得见远外的绿树，绿树后面缓缓移动的帆。看得见鸽子，看得见飘动摇摆的风筝。到了七月，傍晚，还可以看巧云。七月的云多变幻，当地叫做"巧云"。那是真好看呀：灰的、白的、黄的、桔红的，镶着金边，一会一个样，像狮子的，像老虎的，像马、像狗的。此时的陈相公，真是古人所说的"心旷神怡"。其余的时候，就很刻板枯燥了。碾药。两脚踏着木板，在一个船形的铁碾槽子里碾。倘若碾的是胡椒，就要不停地打喷嚏。裁纸。用一个大弯刀，把一沓一沓的白粉连纸裁成大小不等的方块，包药用。刷印

① 这地方店铺的门一般都是一块一块狭长的门板，上在门坎的槽里，称为"铺闼子"。

包装纸。他每天还有两项例行的公事。上午，要搓很多抽水烟用的纸枚子。把装铜钱的钱板翻过来，用"表心纸"一根一根地搓。保全堂没有人抽水烟，但不知什么道理每天都要搓许多纸枚子，谁来都可取几根，这已经成了一种"传统"。下午，擦灯罩。药店里里外外，要用十来盏煤油灯。所有灯罩，每天都要擦一遍。晚上，摊膏药。从上灯起，直到王二过店堂里来闲坐，他一直都在摊膏药。到十点多钟，把先生们的尿壶都放到他们的床下，该吹灭的灯都吹灭了，上了门，他就可以准备睡觉了。先生们都睡在后面的厢屋里，陈相公睡在店堂里。把铺板一放，铺盖摊开，这就是他一个人的天地了。临睡前他总要背两篇《汤头歌诀》，——药店的先生总要懂一点医道。小户人家有病不求医，到药店来说明病状，先生们随口就要说出："吃一剂小柴胡汤吧"，"服三付霍香正气丸"，"上一点七厘散"。有时，坐在被窝里想一会家，想想他的多年守寡的母亲，想想他家房门背后的一张贴了多年的麒麟送子的年画。想不一会，困了，把脑袋放倒，立刻就响起了很大的鼾声。

陈相公已经学了一年多生意了。他已经给赵公元帅和神农爷烧了三十次香。初一、十五，都要给这二位烧香，这照例是陈相公的事。赵公元帅手执金鞭，身骑黑虎，两旁有一副八寸长的黑地金字的小对联："手执金鞭驱宝至，身骑黑虎送财来。"神农爷虬髯披发，赤身露体，腰里围着一圈很大的树叶，手指甲、脚指甲都很长，一只手捏着一棵灵芝草，坐在一块石头上。陈相公对这二位看得很熟，烧香的时候很虔敬。

陈相公老是挨打。学生竟没有不挨打的，陈相公挨打的次数也似稍多了一点。挨打的原因大都是因为做错了事：纸裁歪了，灯罩擦破了。这孩子也好像不大聪明，记性不好，做事迟钝。打他的多是卢先生。卢先生不是暴脾气，打他是为他好，要他成人。有一次可挨了大打。他收药，下梯一脚踩空了，把一匾筛泽泻翻到了阴沟里。这回打他的是许先生。他用一根闩门的木棍没头没脑的把他痛打了一顿，打得这孩子哇哇地乱叫："哎呀！哎呀！我下回不了！下回不了！哎呀！哎呀！我错了！哎呀！哎呀！"谁也不能去劝，因为知道许先生的脾气，越劝越打得凶，何况他这回的错是不小（泽泻不是贵药，但切起来很费工，要切成厚薄一样，状如铜钱的圆片）。后来还是煮饭的老朱来劝住了。这老朱来得比谁都早，人又出名的忠诚梗直。他从来没有正经吃过一顿饭，都是把大家吃剩的残汤剩水泡一点锅巴吃。因此，一店人都对他很敬畏。他一把夺过许先生手里的门闩，说了一句话："他也是人生父母养的！"

陈相公挨了打，当时没敢哭。到了晚上，上了门，一个人呜呜地哭了半天。他向他远在故乡的母亲说："妈妈，我又挨打了！妈妈，不要紧的，再挨两年打，我就能养活你老人家了！"

王二每天到保全堂店堂里来，是因为这里热闹。别的店铺到九点多钟，就没有什么人，往往只有一个管事在算账，一个学徒在打盹。保全堂正是高朋满座的时候。这些先生都是无家可归的光棍，这时都聚集到店堂里来。还有几个常客，收房钱的抡元，卖活鱼的巴颜喀拉山，给人家熬鸦片烟的老炳，还有一个张汉。这张汉是对门万顺酱园连家的一个亲戚兼食客，全名是张汉轩，大家却都叫他张汉。大概是觉得已经沦为食客，就不必"轩"了。此人有七十岁了，长得活脱像一个伏尔泰，一张尖脸，一个尖尖的鼻子。他年轻时在外地做过幕，走过很多地方，见多识广，什么都知道，是个百事通。比如说抽烟，他就告诉你烟有五种：水、旱、鼻、雅、潮，"雅"是鸦片。"潮"是潮烟，这地方谁也没见过。说喝酒，他就能说出山东黄、状元红、莲花白……说喝茶，他就告诉你狮峰龙井、苏州的碧螺春，云南的"烤茶"是在怎样一个罐里烤的，福建的功夫茶的茶杯比酒盅还小，就是吃了一只炖肘子，也只能喝三杯，这茶太酽了。他熟读《子不语》、《夜雨秋灯录》，能讲许多鬼狐故事。他还知道云南怎样放蛊，湘西怎样赶尸。他还亲眼见到过旱魃、僵尸、狐狸精，有时间，有地点，有子有眼。三教九流，医卜星相，他全知道。他读过《麻衣神相》、《柳庄神相》，会算"奇门遁甲"、"六壬课"、"灵棋经"。他总要到快九点钟时才出现（白天不知道他干什么），他一来，大家精神为之一振，这一晚上就全听他一个人刮话。他很会讲，起承转合，抑扬顿挫，有声有色。他也像说书先生一样，说到筋节处就停住了，慢慢地抽烟，急得大家一劲地催他："后来呢？后来呢？"这也是陈相公一天比较快乐的时候。他一边摊着膏药，一边听着。有时，听得太入神了，摊膏药的扦子停留在油纸上，会废掉一张膏药。他一发现，赶紧偷偷塞进口袋里。这时也不会被发现，不会挨打。

有一天，张汉谈起人生有命。说朱洪武、沈万山、范丹是同年同月同日同时，都是丑时建生，鸡鸣头遍。但是一声鸡叫，可就命分三等了：抬头朱洪武，低头沈万山，勾一勾就是穷范丹。朱洪武贵为天子，沈万山富甲天下，穷范丹冻饿而死。他又说凡是成大事业，有大作为，兴旺发达的，都有异相，或有特殊的秉赋。汉高祖刘邦，股有七十二黑子——就是屁股上有七十二颗黑痣，谁有过？明太祖朱元璋，生就是五岳朝天，——两额、两颧、下巴，都突出，状如五岳，谁有过？樊哙能把一个整猪腿生吃下去，燕人张翼德，睡着了也睁着眼睛。就是市井之人，凡有走了一步好运的，也莫不有与众不同之处。必有非常之人，乃成非常之事。大家听了，不禁暗暗点头。

张汉猛吸了几口旱烟，忽然话锋一转，向王二道：

"即以王二而论，他这些年飞黄腾达，财源茂盛，也必有其异秉。"

"……"

王二不解何为"异秉"。

"就是与众不同，和别人不一样的地方。你说说，你说说！"

大家也都怂恿王二："说说！说说！"

王二虽然发了一点财，却随时不忘自己的身份，从不僭越自大，在大家敦促之下，只有很诚恳地欠一欠身说：

"我呀，有那么一点：大小解分清。"他怕大家不懂，又解释道："我解手时，总是先解小手，后解大手。"

张汉一听，拍了一下手，说："就是说，不是屎尿一起来，难得！"

说着，已经过了十点半了，大家起身道别。该上门了。卢先生向柜台里一看，陈相公不见了，就大声喊："陈相公！"

喊了几声，没人应声。

原来陈相公在厕所里。这是陶先生发现的。他一头走进厕所，发现陈相公已经蹲在那里。本来，这时候都不是他们俩解大手的时候。

# 受戒

明海出家已经四年了。

他是十三岁来的。

这个地方的地名有点怪,叫庵赵庄。赵,是因为庄上大都姓赵。叫做庄,可是人家住得很分散,这里两三家,那里两三家。一出门,远远可以看到,走起来得走一会,因为没有大路,都是弯弯曲曲的田埂。庵,是因为有一个庵。庵叫苦提庵,可是大家叫讹了,叫成荸荠庵。连庵里的和尚也这样叫。"宝刹何处?"——"荸荠庵。"庵本来是住尼姑的。"和尚庙"、"尼姑庵"嘛。可是荸荠庵住的是和尚。也许因为荸荠庵不大,大者为庙,小者为庵。

明海在家叫小明子。他是从小就确定要出家的。他的家乡不叫"出家",叫"当和尚"。他的家乡出和尚。就像有的地方出劁猪的,有的地方出织席子的,有的地方出箍桶的,有的地方出弹棉花的,有的地方出画匠,有的地方出婊子,他的家乡出和尚。人家弟兄多,就派一个出去当和尚。当和尚也要通过关系,也有帮。这地方的和尚有的走得很远。有到杭州灵隐寺的、上海静安寺的、镇江金山寺的、扬州天宁寺的。一般的就在本县的寺庙。明海家田少,老大、老二、老三,就足够种的了。他是老四。他七岁那年,他当和尚的舅舅回家,他爹、他娘就和舅舅商议，决定叫他当和尚。他当时在旁边，觉得这实在是在情在理，没有理由反对。当和尚有很多好处。一是可以吃现成饭。哪个庙里都是管饭的。二是可以攒钱。只要学会了放瑜伽焰口，拜梁皇忏，可以按例分到辛苦钱。积攒起来，将来还俗娶亲也可以；不想还俗，买几亩田也可以。当和尚也不容易，一要面如朗月，二要声如钟磬，三要聪明记性好。他舅舅给他相了相面，叫他前走几步，后走几步，又叫他喊了一声赶牛打场的号子："格当嘚——"，说是"明子准能当个好和尚，我包了！"要当和尚，得下点本，——念几年书。哪有不认字的和尚呢！于是明子就开蒙入学，读了《三字经》、《百家姓》、《四言杂字》、《幼学琼林》、《上论、下论》、《上孟、下孟》，每天还写一张仿。村里都夸他字写得好，很黑。

舅舅按照约定的日期又回了家，带了一件他自己穿的和尚领的短衫，叫明子娘改小一点，给明子穿上。明子穿了这件和尚短衫，下身还是在家穿的紫花裤子，赤脚穿了一双新布鞋，跟他爹、他娘磕了一个头，就随舅舅走了。

他上学时起了个学名，叫明海。舅舅说，不用改了。于是"明海"就从学名变成了法名。

过了一个湖。好大一个湖！穿过一个县城。县城真热闹：官盐店，税务局，肉铺里挂着成边的猪，一个驴子在磨芝麻，满街都是小磨香油的香味，布店，卖茉莉粉、梳头油的什么斋，卖绒花的，卖丝线的，打把式卖膏药的，吹糖人的，耍蛇的，……他什么都想看看。舅舅一劲地推他："快走！快走！"

到了一个河边，有一只船在等着他们。船上有一个五十来岁的瘦长瘦长的大伯，船头蹲着一个跟明子差不多大的女孩子，在剥一个莲蓬吃。明子和舅舅坐到舱里，船就开了。明子听见有人跟他说话，是那个女孩子。

"是你要到荸荠庵当和尚吗？"

明子点点头。

"当和尚要烧戒疤呕！你不怕？"

明子不知道怎么回答，就含含糊糊地摇了摇头。

"你叫什么？"

"明海。"

"在家的时候？"

"叫明子。"

"明子！我叫小英子！我们是邻居。我家挨着荸荠庵。——给你！"

小英子把吃剩的半个莲蓬扔给明海，小明子就剥开莲蓬壳，一颗一颗吃起来。

大伯一桨一桨地划着，只听见船桨拨水的声音：

"哗——许！哗——许！"

……


荸荠庵的地势很好，在一片高地上。这一带就数这片地势高，当初建庵的人很会选地方。门前是一条河。门外是一片很大的打谷场。三面都是高大的柳树。山门里是一个穿堂。迎门供着弥勒佛。不知是哪一位名士撰写了一副对联：

　　　大肚能容容天下难容之事
　　　开颜一笑笑世间可笑之人

弥勒佛背后，是韦驮。过穿堂，是一个不小的天井，种着两棵白果树。天井两边各有三间厢房。走过天井，便是大殿，供着三世佛。佛像连龛才四尺来高。大殿东边是方丈，西边是库房。大殿东侧，有一个小小的六角门，白门绿字，刻着一副对联：

一花一世界
三藐三菩提

进门有一个狭长的天井，几块假山石，几盆花，有三间小房。

小和尚的日子清闲得很。一早起来，开山门，扫地。庵里的地铺的都是箩底方砖，好扫得很，给弥勒佛、韦驮烧一炷香，正殿的三世佛面前也烧一炷香、磕三个头、念三声"南无阿弥陀佛"，敲三声磬。这庵里的和尚不兴做什么早课、晚课，明子这三声磬就全都代替了。然后，挑水，喂猪。然后，等当家和尚，即明子的舅舅起来，教他念经。

教念经也跟教书一样，师父面前一本经，徒弟面前一本经，师父唱一句，徒弟跟着唱一句。是唱哎。舅舅一边唱，一边还用手在桌上拍板。一板一眼，拍得很响，就跟教唱戏一样。是跟教唱戏一样，完全一样哎。连用的名词都一样。舅舅说，念经：一要板眼准，二要合工尺。说：当一个好和尚，得有条好嗓子。说：民国二十年闹大水，运河倒了堤，最后在清水潭合龙，因为大水淹死的人很多，放了一台大焰口，十三大师——十三个正座和尚，各大庙的方丈都来了，下面的和尚上百。谁当这个首座？推来推去，还是石桥——善因寺的方丈！他往上一坐，就跟地藏王菩萨一样，这就不用说了；那一声"开香赞"，围看的上千人立时鸦雀无声。说：嗓子要练，夏练三伏，冬练三九，要练丹田气！说：要吃得苦中苦，方为人上人！说：和尚里也有状元、榜眼、探花！要用心，不要贪玩！舅舅这一番大法要说得明海和尚实在是五体投地，于是就一板一眼地跟着舅舅唱起来：

"炉香乍爇——"

"炉香乍爇——"

"法界蒙薰——"

"法界蒙薰——"

"诸佛现金身……"

"诸佛现金身……"

……


等明海学完了早经，——他晚上临睡前还要学一段，叫做晚经，——荸荠庵的师父们就都陆续起床了。

这庵里人口简单，一共六个人。连明海在内，五个和尚。

有一个老和尚，六十几了，是舅舅的师叔，法名普照，但是知道的人很少，因为很少人叫他法名，都称之为老和尚或老师父，明海叫他师爷爷。这是个很枯寂的人，一天关在房里，就是那"一花一世界"里。也看不见他念佛，只是那么一声不响地坐着。他是吃斋的，过年时除外。

下面就是师兄弟三个，仁字排行：仁山、仁海、仁渡。庵里庵外，有的称他们为大师父、二师父；有的称之为山师父、海师父。只有仁渡，没有叫他"渡师父"的，因为听起来不像话，大都直呼之为仁渡。他也只配如此，因为他还年轻，才二十多岁。

仁山，即明子的舅舅，是当家的。不叫"方丈"，也不叫"住持"，却叫"当家的"，是很有道理的，因为他确确实实干的是当家的职务。他屋里摆的是一张账桌，桌子上放的是账簿和算盘。账簿共有三本。

一本是经账，一本是租账，一本是债账。和尚要做法事，做法事要收钱，——要不，当和尚干什么？常做的法事是放焰口。正规的焰口是十个人。一个正座，一个敲鼓的，两边一边四个。人少了，八个，一边三个，也凑合了。荸荠庵只有四个和尚，要放整焰口就得和别的庙里合伙。这样的时候也有过，通常只是放半台焰口。一个正座，一个敲鼓，另外一边一个。一来找别的庙里合伙费事；二来这一带放得起整焰口的人家也不多。有的时候，谁家死了人，就只请两个，甚至一个和尚咕噜咕噜念一通经，敲打几声法器就算完事。很多人家的经钱不是当时就给，往往要等秋后才还。这就得记账。另外，和尚放焰口的辛苦钱不是一样的。就像唱戏一样，有份子。正座第一份。因为他要领唱，而且还要独唱。当中有一大段"叹骷髅"，别的和尚都放下法器休息，只有首座一个人有板有眼地曼声吟唱。第二份是敲鼓的。你以为这容易呀？哼，单是一开头的"发擂"，手上没功夫就敲不出迟疾顿挫！其余的，就一样了。这也得记上：某月某日、谁家焰口半台，谁正座，谁敲鼓……省得到年底结账时赌咒骂娘。……这庵里有几十亩庙产，租给人种，到时候要收租。庵里还放债。租、债一向倒很少亏欠，因为租佃借钱的人怕菩萨不高兴。这三本账就够仁山忙的了。另外香烛、灯火、油盐"福食"，这也得随时记记账呀。除了账簿之外，山师父的方丈的墙上还挂着一块水牌，上漆四个红字："勤笔免思"。

仁山所说当一个好和尚的三个条件，他自己其实一条也不具备。他的相貌只要用两个字就说清楚了：黄，胖。声音也不像钟磬，倒像母猪。聪明么？难说，打牌老输。他在庵里从不穿袈裟，连海青直裰也免了。经常是披着件短僧衣，袒露着一个黄色的肚子。下面是光脚趿拉着一对僧鞋，——新鞋他也是趿拉着。他一天就是这样不衫不履地这里走走，那里走走，发出母猪一样的声音："呣——呣——"。

二师父仁海。他是有老婆的。他老婆每年夏秋之间来住几个月，因为庵里凉快。庵里有六个人，其中之一，就是这位和尚的家眷。仁山、仁渡叫她嫂子，明海叫她师娘。这两口子都很爱干净，整天的洗涮。傍晚的时候，坐在天井里乘凉。白天，闷在屋里不出来。

　　三师父是个很聪明精干的人。有时一笔账大师兄扒了半天算盘也算不清，他眼珠子转两转，早算得一清二楚。他打牌赢的时候多，二三十张牌落地，上下家手里有些什么牌，他就差不多都知道了。他打牌时，总有人爱在他后面看歪头胡。谁家约他打牌，就说"想送两个钱给你。"他不但经忏俱通（小庙的和尚能够拜忏的不多），而且身怀绝技，会"飞铙"。七月间有些地方做盂兰会，在旷地上放大焰口，几十个和尚，穿绣花袈裟，飞铙。飞铙就是把十多斤重的大铙钹飞起来。到了一定的时候，全部法器皆停，只几十副大铙紧张急促地敲起来。忽然起手，大铙向半空中飞去，一面飞，一面旋转。然后，又落下来，接住。接住不是平平常常地接住，有各种架势，"犀牛望月"、"苏秦背剑"……这哪是念经，这是耍杂技。也许是地藏王菩萨爱看这个，但真正因此快乐起来的是人，尤其是妇女和孩子。这是年轻漂亮的和尚出风头的机会。一场大焰口过后，也像一个好戏班子过后一样，会有一个两个大姑娘、小媳妇失踪，——跟和尚跑了。他还会放"花焰口"。有的人家，亲戚中多风流子弟，在不是很哀伤的佛事——如做冥寿时，就会提出放花焰口。所谓"花焰口"就是在正焰口之后，叫和尚唱小调，拉丝弦，吹管笛，敲鼓板，而且可以点唱。仁渡一个人可以唱一夜不重头。仁渡前几年一直在外面，近二年才常住在庵里。据说他有相好的，而且不止一个。他平常可是很规矩，看到姑娘媳妇总是老老实实的，连一句玩笑话都不说，一句小调山歌都不唱。有一回，在打谷场上乘凉的时候，一伙人把他围起来，非叫他唱两个不可。他却情不过，说："好，唱一个。

不唱家乡的。家乡的你们都熟，唱个安徽的。"

> 姐和小郎打大麦，
> 一转子讲得听不得。
> 听不得就听不得，
> 打完了大麦打小麦。

唱完了，大家还嫌不够，他就又唱了一个：

> 姐儿生得漂漂的，
> 两个奶子翘翘的。
> 有心上去摸一把，
> 心里有点跳跳的。
> ……

这个庵里无所谓清规，连这两个字也没人提起。

仁山吃水烟，连出门做法事也带着他的水烟袋。

他们经常打牌。这是个打牌的好地方。把大殿上吃饭的方桌往门口一搭，斜放着，就是牌桌。桌子一放好，仁山就从他的方丈里把筹码拿出来，哗啦一声倒在桌上。斗纸牌的时候多，搓麻将的时候少。牌客除了师兄弟三人，常来的是一个收鸭毛的，一个打兔子兼偷鸡的，都是正经人。收鸭毛的担一副竹筐，串乡串镇，拉长了沙哑的声音喊叫：

"鸭毛卖钱——！"

偷鸡的有一件家什——铜蜻蜓。看准了一只老母鸡，把铜蜻蜓一丢，鸡婆子上去就是一口。这一啄，铜蜻蜓的硬簧绷开，鸡嘴撑住了，叫不出来了。正在这鸡十分纳闷的时候，上去一把薅住。

明子曾经跟这位正经人要过铜蜻蜓看看。他拿到小英子家门前试了一试，果然！小英的娘知道了，骂明子：

"要死了！儿子！你怎么到我家来玩铜蜻蜓了！"

小英子跑过来：

"给我！给我！"

她也试了试，真灵，一个黑母鸡一下子就把嘴撑住，傻了眼了！

下雨阴天，这二位就光临荸荠庵，消磨一天。

有时没有外客，就把老师叔也拉出来，打牌的结局，大都是当家和尚气得鼓鼓的："×妈妈的！又输了！下回不来了！"

他们吃肉不瞒人。年下也杀猪。杀猪就在大殿上。一切都和在家人一样，开水、木桶、尖刀。捆猪的时候，猪也是没命地叫。跟在家人不同的，是多一道仪式，要给即将升天的猪念一道"往生咒"，并且总是老师叔念，神情很庄重：

……一切胎生、卵生、息生，来从虚空来，还归虚空去往生再世，皆当欢喜。南无阿弥陀佛！

三师父仁渡一刀子下去，鲜红的猪血就带着很多沫子喷出来。

……

明子老往小英子家里跑。

小英子的家像一个小岛，三面都是河，西面有一条小路通到荸荠庵。独门独户，岛上只有这一家。岛上有六棵大桑树，夏天都结大桑椹，三棵结白的，三棵结紫的；一个菜园子，瓜豆蔬菜，四时不缺。院墙下半截是砖砌的，上半截是泥夯的。大门是桐油油过的，贴着一副万年红的春联：

向阳门第春常在
积善人家庆有余

　　门里是一个很宽的院子。院子里一边是牛屋、碓棚；一边是猪圈、鸡窠，还有个关鸭子的栅栏。露天地放着一具石磨。正北面是住房，也是砖基土筑，上面盖的一半是瓦，一半是草。房子翻修了才三年，木料还露着白茬。正中是堂屋，家神菩萨的画像上贴的金还没有发黑。两边是卧房。隔扇窗上各嵌了一块一尺见方的玻璃，明亮亮的，——这在乡下是不多见的。房檐下一边种着一棵石榴树，一边种着一棵栀子花，都齐房檐高了。夏天开了花，一红一白，好看得很。栀子花香得冲鼻子。顺风的时候，在荸荠庵都闻得见。

　　这家人口不多，他家当然是姓赵。一共四口人：赵大伯、赵大妈，两个女儿，大英子、小英子。老两口没得儿子。因为这些年人不得病，牛不生灾，也没有大旱大水闹蝗虫，日子过得很兴旺。他们家自己有田，本来够吃的了，又租种了庵上的十亩田。自己的田里，一亩种了荸荠，——这一半是小英子的主意，她爱吃荸荠，一亩种了茨菇。家里喂了一大群鸡鸭，单是鸡蛋鸭毛就够一年的油盐了。赵大伯是个能干人。他是一个"全把式"，不但田里场上样样精通，还会罩鱼、洗磨、凿砻、修水车、修船、砌墙、烧砖、箍桶、劈篾、绞麻绳。他不咳嗽，不腰疼，结结实实，像一棵榆树。人很和气，一天不声不响。赵大伯是一棵摇钱树，赵大娘就是个聚宝盆。大娘精神得出奇。五十岁了，两个眼睛还是清亮亮的。不论什么时候，头都是梳得滑溜溜的，身上衣服都是格挣挣的。像老头子一样，她一天不闲着。煮猪食，喂猪，腌咸菜，——

她腌的咸萝卜干非常好吃，春粉子，磨小豆腐，编蓑衣，织芦篅。她还会剪花样子。这里嫁闺女，陪嫁妆，磁坛子、锡罐子，都要用梅红纸剪出吉祥花样，贴在上面，讨个吉利，也才好看："丹凤朝阳"呀、"白头到老"呀、"子孙万代"呀、"福寿绵长"呀。二三十里的人家都来请她："大娘，好日子是十六，你哪天去呀？"——"十五，我一大清早就来！"

"一定呀！"——"一定！一定！"

两个女儿，长得跟她娘像一个模子里托出来的。眼睛长得尤其像，白眼珠鸭蛋青，黑眼珠棋子黑，定神时如清水，闪动时像星星。浑身上下，头是头，脚是脚。头发滑溜溜的，衣服格挣挣的。——这里的风俗，十五六岁的姑娘就都梳上头了。这两上丫头，这一头的好头发！通红的发根，雪白的簪子！娘女三个去赶集，一集的人都朝她们望。

姐妹俩长得很像，性格不同。大姑娘很文静，话很少，像父亲。小英子比她娘还会说，一天咭咭呱呱地不停。大姐说：

"你一天到晚咭咭呱呱——"

"像个喜鹊！"

"你自己说的！——吵得人心乱！"

"心乱？"

"心乱！"

"你心乱怪我呀！"

二姑娘话里有话。大英子已经有了人家。小人她偷偷地看过，人很敦厚，也不难看，家道也殷实，她满意。已经下过小定，日子还没有定下来。她这二年，很少出房门，整天赶她的嫁妆。大裁大剪，她都会。挑花绣花，不如娘。她可又嫌娘出的样子太老了。她到城里看过新娘子，说人家现在绣的都是活花活草。这可把娘难住了。最后是喜鹊忽然一拍屁股："我给你保举一个人！"

这人是谁？是明子。明子念"上孟下孟"的时候，不知怎么得了半套《芥子园》，他喜欢得很。到了荸荠庵，他还常翻出来看，有时还把旧帐簿子翻过来，照着描。小英子说：

"他会画！画得跟活的一样！"

小英子把明海请到家里来，给他磨墨铺纸，小和尚画了几张，大英子喜欢得了不得：

"就是这样！就是这样！这就可以乱孱！"——所谓"乱孱"是绣花的一种针法：绣了第一层，第二层的针脚插进第一层的针缝，这样颜色就可由深到淡，不露痕迹，不像娘那一代绣的花是平针，深浅之间，界限分明，一道一道的。小英子就像个书童，又像个参谋：

"画一朵石榴花！"

"画一朵栀子花！"

她把花掐来，明海就照着画。

到后来，凤仙花、石竹子、水蓼、淡竹叶、天竺果子、腊梅花，他都能画。

大娘看着也喜欢，搂住明海的和尚头：

"你真聪明！你给我当一个干儿子吧！"

小英子捺住他的肩膀，说：

"快叫！快叫！"

小明子跪在地下磕了一个头，从此就叫小英子的娘做干娘。

大英子绣的三双鞋，三十里方圆都传遍了。很多姑娘都走路坐船来看。看完了，就说："啧啧啧，真好看！这哪是绣的，这是一朵鲜花！"她们就拿了纸来央大娘求了小和尚来画。有求画帐檐的，有求画门帘飘带的，有求画鞋头花的。每回明子来画花，小英子就给他做点好吃的，煮两个鸡蛋，蒸一碗芋头，煎几个藕团子。

因为照顾姐姐赶嫁妆，田里的零碎生活小英子就全包了。她的帮手，是明子。

这地方的忙活是栽秧、车高田水，薅头遍草、再就是割稻子、打场子。这几桩重活，自己一家是忙不过来的。这地方兴换工。排好了日期，几家顾一家，轮流转。不收工钱，但是吃好的。一天吃六顿，两头见肉，顿顿有酒。干活时，敲着锣鼓，唱着歌，热闹得很。其余的时候，各顾各，不显得紧张。

薅三遍草的时候，秧已经很高了，低下头看不见人。一听见非常脆亮的嗓子在一片浓绿里唱：

栀子哎开花哎六瓣头哎……
姐家哎门前哎一道桥哎……


明海就知道小英子在哪里，三步两步就赶到，赶到就低头薅起草来，傍晚牵牛"打汪"，是明子的事。——水牛怕蚊子。这里的习惯，牛卸了轭，饮了水，就牵到一口和好泥水的"汪"里，由它自己打滚扑腾，弄得全身都是泥浆，这样蚊子就咬不通了。低田上水，只要一挂十四轧的水车，两个人车半天就够了。明子和小英子就伏在车杠上，不紧不慢地踩着车轴上的拐子，轻轻地唱着明海向三师父学来的各处山歌。打场的时候，明子能替赵大伯一会，让他回家吃饭。——赵家自己没有场，每年都在荸荠庵外面的场上打谷子。他一扬鞭子，喊起了打场号子：

"格当嘚——"

这打场号子有音无字，可是九转十三弯，比什么山歌号子都好听。赵大娘在家，听见明子的号子，就侧起耳朵：

"这孩子这条嗓子！"

连大英子也停下针线：

"真好听！"

小英子非常骄傲地说：

"一十三省数第一！"

晚上，他们一起看场。——荸荠庵收来的租稻也晒在场上。他们并肩坐在一个石磙子上，听青蛙打鼓，听寒蛇唱歌，——这个地方以为蝼蛄叫是蚯蚓叫，而且叫蚯蚓叫"寒蛇"，听纺纱婆子不停地纺纱，"咻——"，看萤火虫飞来飞去，看天上的流星。

"呀！我忘了在裤带上打一个结！"小英子说。

这里的人相信，在流星掉下来的时候在裤带上打一个结，心里想什么好事，就能如愿。

……

"摇"荸荠，这是小英最爱干的生活。秋天过去了，地净场光，荸荠的叶子枯了，——荸荠的笔直的小葱一样的圆叶子里是一格一格的，用手一捋，哔哔地响，小英子最爱捋着玩，——荸荠藏在烂泥里。赤了脚，在凉浸浸滑滑溜溜的泥里踩着，——哎，一个硬疙瘩！伸手下去，一个红紫红紫的荸荠。她自己爱干这生活，还拉了明子一起去。她老是故意用自己的光脚去踩明子的脚。

她挎着一篮子荸荠回去了，在柔软的田埂上留了一串脚印。明海看着她的脚印，傻了。五个小小的趾头，脚掌平平的，脚跟细细的，脚弓部分缺了一块。明海身上有一种从来没有过的感觉，他觉得心里痒痒的。这一串美丽的脚印把小和尚的心搞乱了。

......

　　明子常搭赵家的船进城，给庵里买香烛，买油盐。闲时是赵大伯划船；忙时是小英子去，划船的是明子。

　　从庵赵庄到县城，当中要经过一片很大的芦花荡子。芦苇长得密密的，当中一条水路，四边不见人。划到这里，明子总是无端端地觉得心里很紧张，他就使劲地划桨。

　　小英子喊起来：

　　"明子！明子！你怎么啦？你发疯啦？为什么划得这么快？"

......

　　明海到善因寺去受戒。

　　"你真的要去烧戒疤呀？"

　　"真的。"

　　"好好的头皮上烧十二个洞，那不疼死啦？"

　　"咬咬牙。舅舅说这是当和尚的一大关，总要过的。"

　　"不受戒不行吗？"

　　"不受戒的是野和尚。"

　　"受了戒有啥好处？"

　　"受了戒就可以到处云游，逢寺挂褡。"

　　"什么叫'挂褡'？"

　　"就是在庙里住。有斋就吃。"

　　"不把钱？"

　　"不把钱。有法事，还得先尽外来的师父。"

　　"怪不得都说'远来的和尚会念经'。就凭头上这几个戒疤？"

　　"还要有一份戒牒。"

"闹半天，受戒就是领一张和尚的合格文凭呀！"

"就是！"

"我划船送你去。"

"好。"

小英子早早就把船划到荸荠庵门前。不知是什么道理，她兴奋得很。她充满了好奇心，想去看看善因寺这座大庙，看看受戒是个啥样子。

善因寺是全县第一大庙，在东门外，面临一条水很深的护城河，三面都是大树，寺在树林子里，远处只能隐隐约约看到一点金碧辉煌的屋顶，不知道有多大。树上到处挂着"谨防恶犬"的牌子。这寺里的狗出名的厉害。平常不大有人进去。放戒期间，任人游看，恶狗都锁起来了。

好大一座庙！庙门的门坎比小英子的胳膝都高。迎门矗着两块大牌，一边一块，一块写着斗大两个大字："放戒"，一块是："禁止喧哗"。这庙里果然是气象庄严，到了这里谁也不敢大声咳嗽。明海自去报名办事，小英子就到处看看。好家伙，这哼哈二将、四大天王，有三丈多高，都是簇新的，才装修了不久。天井有二亩地大，铺着青石，种着苍松翠柏。"大雄宝殿"，这才真是个"大殿"！一进去，凉嗖嗖的。到处都是金光耀眼。释迦牟尼佛坐在一个莲花座上，单是莲座，就比小英子还高。抬起头来也看不全他的脸，只看到一个微微闭着的嘴唇和胖敦敦的下巴。两边的两根大红蜡烛，一搂多粗。佛像前的大供桌上供着鲜花、绒花、绢花，还有珊瑚树，玉如意、整根的大象牙。香炉里烧着檀香。小英子出了庙，闻着自己的衣服都是香的。挂了好些幡。这些幡不知是什么缎子的，那么厚重，绣的花真细。这么大一口磬，里头能装五担水！这么大一个木鱼，有一头牛大，漆得通红的。她又去转了转罗汉堂，爬到千佛楼上看了看。真有一千个小佛！她还跟着一些人去看了看藏经楼。藏经楼没有什么看头,都是经书!妈吧!逛了这么一圈,腿都酸了。小英子想起还要给家里打油,替姐姐配丝线,给娘买鞋面布,给自己买两个坠围裙飘带的银蝴蝶,给爹买旱烟,就出庙了。

等把事情办齐,晌午了。她又到庙里看了看,和尚正在吃粥。好大一个"膳堂",坐得下八百个和尚。吃粥也有这样多讲究:正面法座上摆着两个锡胆瓶,里面插着红绒花,后面盘膝坐着一个穿了大红满金绣袈裟的和尚,手里拿了戒尺。这戒尺是要打人的。哪个和尚吃粥吃出了声音,他下来就是一戒尺。不过他并不真的打人,只是做个样子。真稀奇,那么多的和尚吃粥,竟然不出一点声音!他看见明子也坐在里面,想跟他打个招呼又不好打。想了想,管他禁止不禁止喧哗,就大声喊了一句:"我走啦!"她看见明子目不斜视地微微点了点头,就不管很多人都朝自己看,大摇大摆地走了。

第四天一大清早小英子就去看明子。她知道明子受戒是第三天半夜,——烧戒疤是不许人看的。她知道要请老剃头师傅剃头,要剃得横摸顺摸都摸不出头发茬子,要不然一烧,就会"走"了戒,烧成了一片。她知道是用枣泥子先点在头皮上,然后用香头子点着。她知道烧了戒疤就喝一碗蘑菇汤,让它"发",还不能躺下,要不停地走动,叫做"散戒"。这些都是明子告诉她的。明子是听舅舅说的。

她一看,和尚真在那里"散戒",在城墙根底下的荒地里。一个一个,穿了新海青,光光的头皮上都有十二个黑点子。——这黑疤掉了,才会露出白白的、圆圆的"戒疤"。和尚都笑嘻嘻的,好像很高兴。她一眼就看见了明子。隔着一条护城河,就喊他:

"明子!"

"小英子!"

"你受了戒啦?"

"受了。"

"疼吗？"

"疼。"

"现在还疼吗？"

"现在疼过去了。"

"你哪天回去？"

"后天。"

"上午？下午？"

"下午。"

"我来接你！"

"好！"

……

小英子把明海接上船。

小英子这天穿了一件细白夏布上衣，下边是黑洋纱的裤子，赤脚穿了一双龙须草的细草鞋，头上一边插着一朵栀子花，一边插着一朵石榴花。她看见明子穿了新海青，里面露出短褂子的白领子，就说："把你那外面的一件脱了，你不热呀！"

他们一人一把桨。小英子在中舱，明子扳艄，在船尾。

她一路问了明子很多话，好像一年没有看见了。

她问，烧戒疤的时候，有人哭吗？喊吗？

明子说，没有人哭，只是不住地念佛。有个山东和尚骂人：

"俺日你奶奶！俺不烧了！"

她问善因寺的方丈石桥是相貌和声音都很出众吗？

"是的。"

"说他的方丈比小姐的绣房还讲究？"

"讲究。什么东西都是绣花的。"

"他屋里很香？"

"很香。他烧的是伽楠香，贵得很。"

"听说他会做诗，会画画，会写字？"

"会。庙里走廊两头的砖额上，都刻着他写的大字。"

"他是有个小老婆吗？"

"有一个。"

"才十九岁？"

"听说。"

"好看吗？"

"都说好看。"

"你没看见？"

"我怎么会看见？我关在庙里。"

明子告诉她，善因寺一个老和尚告诉他，寺里有意选他当沙弥尾，不过还没有定，要等主事的和尚商议。

"什么叫'沙弥尾'？"

"放一堂戒，要选出一个沙弥头，一个沙弥尾。沙弥头要老成，要会念很多经。沙弥尾要年轻，聪明，相貌好。"

"当了沙弥尾跟别的和尚有什么不同？"

"沙弥头，沙弥尾，将来都能当方丈。现在的方丈退居了，就当。石桥原来就是沙弥尾。"

"你当沙弥尾吗？"

"还不一定哪。"

"你当方丈，管善因寺？管这么大一个庙？！"

"还早呐！"

划了一气，小英子说："你不要当方丈！"

"好，不当。"

"你也不要当沙弥尾！"

"好，不当。"

又划了一气，看见那一片芦花荡子了。

小英子忽然把桨放下，走到船尾，趴在明子的耳朵旁边，小声地说："我给你当老婆，你要不要？"

明子眼睛鼓得大大的。

"你说话呀！"

明子说："嗯。"

"什么叫'嗯'呀！要不要，要不要？"

明子大声地说："要！"

"你喊什么！"

明子小小声说："要——！"

"快点划！"

英子跳到中舱，两只桨飞快地划起来，划进了芦花荡。芦花才吐新穗。紫灰色的芦穗，发着银光，软软的，滑溜溜的，像一串丝线。有的地方结了蒲棒，通红的，像一枝一枝小蜡烛。青浮萍，紫浮萍。长脚蚊子，水蜘蛛。野菱角开着四瓣的小白花。惊起一只青桩（一种水鸟），擦着芦穗，扑鲁鲁飞远了。

……

# 岁寒三友

　　这三个人是：王瘦吾、陶虎臣、靳彝甫。王瘦吾原先开绒线店，陶虎臣开炮仗店，靳彝甫是个画画的。他们是从小一块长大的。这是三个说上不上，说下不下的人。既不是缙绅先生，也不是引车卖浆者流。他们的日子时好时坏。好的时候桌上有两个菜，一荤一素，还能烫二两酒；坏的时候，喝粥，甚至断炊。三个人的名声倒都是好的。他们都没有做过伤天害理的事，对人从不尖酸刻薄，对地方的公益，从不袖手旁观。某处的桥坍了，要修一修；哪里发现一名"路倒"，要掩埋起来；闹时疫的时候，在码头路口设一口瓷缸，内装药茶，施给来往行人；一场大火之后，请道士打醮禳灾……遇有这一类的事，需要捐款，首事者把捐簿伸到他们的面前时，他们都会提笔写下一个谁看了也会点头的数目。因此，他们走在街上，一街的熟人都跟他们很客气地点头打招呼。

　　"早！"

　　"早！"

　　"吃过了？"

　　"偏过了，偏过了！"

王瘦吾真瘦。瘦得两个肩胛骨从长衫的外面都看得清清楚楚。他年轻时很风雅过几天。他小时开蒙的塾师是邑中名士谈甓渔，谈先生教会了他做诗。那时，绒线店由父亲经营着，生意不错，这样他就有机会追随一些阔的和不太阔的名士，春秋佳日，文酒雅集。遇有什么张母吴太夫人八十寿辰征诗，也会送去两首七律。瘦吾就是那时落下的一个别号。自从父亲一死，他挑起全家的生活，就不再做一句诗，和那些诗人们也再无来往。

他家的绒线店是一个不大的连家店。店面的招牌上虽写着"京广洋货，零趸批发"，所卖的却只是：丝线、绦子、头号针、二号针、女人钳眉毛的镊子、刨花①、抿子（涂刨花水用的小刷子）、品青、煮蓝、僧帽牌洋蜡烛、太阳牌肥皂、美孚灯罩……种类很多，但都值不了几个钱。每天晚上结账时都是一堆铜板和一角两角的零碎的小票，难得看见一块洋钱。

这样一个小店，维持一家生活，是困难的。王瘦吾家的人口日渐增多了。他上有老母，自己又有了三个孩子。小的还在娘怀里抱着。两个大的，一儿一女，已经都在上小学了。不用说穿衣，就是穿鞋也是个愁人的事。

儿子最恨下雨。小学的同学几乎全部在下雨天都穿了胶鞋来上学，只有他穿了还是他父亲穿过的钉鞋②。钉鞋很笨，很重，走起来还嘎啦嘎啦的响。他一进学校的大门，同学们就都朝他看，看他那双鞋。他闹了

---

① 桐木刨出来的薄薄的长条。泡在水里，稍带黏性。过去女人梳头掠发，离不开它。

② 现在的年轻人连钉鞋也不知道了！钉鞋是一种纳帮很结实的布鞋，也有用生牛皮做的，在桐油里浸过，鞋底钉了很多奶头大的铁钉。在未有胶鞋之前，这便是雨鞋。

好多回。每回下雨，他就说："我不去上学了！"妈都给他说好话："明年，明年就买胶鞋。一定！"——"明年！您都说了几年了！"最后还是嘟着嘴，挟了一把补过的旧伞，走了。王瘦吾听见街石上儿子的钉鞋愤怒的声音，半天都没有说话。

女儿要参加全县小学秋季运动会，表演团体操，要穿规定的服装：白上衣、黑短裙。这都还好办。难的是鞋，——要一律穿白球鞋。女儿跟妈要。妈说："一双球鞋，要好几块钱。咱们不去参加了。就说生病了，叫你爸写个请假条。"女儿不像她哥发脾气，闹，她只是一声不响，眼泪不停地往下滴。到底还是去了。这位能干的妈跟邻居家借来一双球鞋，比着样子，用一块白帆布连夜赶做了一双。除了底子是布的，别处跟买来的完全一样。天亮的时候，做妈的轻轻地叫："妞子，起来！"女儿一睁眼，看见床前摆着一双白鞋，趴在妈胸前哭了。王瘦吾看见妻子疲乏而凄然的笑容，他的心酸。

因此，王瘦吾老想发财。

这财，是怎么个发法呢？靠这个小绒线店，是不可能有什么出息的。他得另外想办法。这城里的街，好像是傍晚时的码头，各种船只，都靠满了。各行各业，都有个固定的地盘，想往里面再插一只手，很难。他得把眼睛看到这个县城以外，这些行业以外。他做过许多不同性质的生意。他做过虾籽生意，醉蟹生意，腌制过双黄鸭蛋。张家庄出一种木瓜酒，他运销过。本地出一种药材，叫做蓥，他收过，用木船装到上海（他自己就坐在一船高高的药草上），卖给药材行。三叉河出一种水仙鱼，他曾想过做罐头……他做的生意都有点别出心裁，甚至是想入非非。他隔个把月就要出一次门，四乡八镇，到处跑。像一只饥饿的鸟，到处飞，想给儿女们找一口食。回来时总带着满身的草屑灰尘；人，越来越瘦。

后来他想起开工厂。他的这个工厂是个绳厂，做草绳和钱串子。蓑衣草两股，绞成细绳，过去是穿制钱用的，所以叫做钱串子。现在不使制钱了，店铺里却离不开它。茶食店用来包扎点心，席子店捆席子，卖鱼的穿鱼腮。绞这种细绳，本来是湖西农民冬闲时的副业，一大捆一大捆挑进城来兜售。因为没有准人，准时，准数，有时需用，却遇不着。有了这么个厂，对于用户方便多了。王瘦吾这个厂站住了。他就不再四处奔跑。

这家工厂，连王瘦吾在内，一共四个人。一个伙计搬运，两个做活。有两架"机器"，倒是铁的，只是都要用手摇。这两架机器，摇起来嘎嘎的响，给这条街增添了一种新的声音，和捶铜器、打烧饼、算命瞎子的铜铛的声音混和在一起。不久，人们就习惯了，仿佛这声音本来就有。

初二、十六①的傍晚，常常看到王瘦吾拎了半斤肉或一条鱼从街上走回家。

每到天气晴朗，上午十来点钟，在这条街上，就可以听到从阴城方向传来爆裂的巨响：

"砰——磅！"

大家就知道，这是陶虎臣在试炮仗了。孩子们就提着裤子向阴城飞跑。

阴城是一片古战场。相传韩信在这里打过仗。现在还能挖到一种有耳的尖底陶瓶，当地叫做"韩瓶"，据说是韩信的部队所用的行军水壶。说是这种陶瓶冬天插了梅花，能结出梅子来。现在这里是乱葬冈，

---

① 这是店铺打牙祭的日子。

不知道从什么时候起叫做"阴城"。到处是坟头、野树、荒草、芦荻。草里有蛤蟆、野兔子、大极了的蚂蚱、油葫芦、蟋蟀。早晨和黄昏，有许多白颈老鸦。人走过，就哑哑地叫着飞起来。不一会，又都纷纷地落下了。

这里没有住户人家。只有一个破财神庙，里面住着一个侉子。这侉子不知是什么来历。他杀狗，吃肉，——阴城里野狗多的是，还喝酒。

这地方很少有人来。只有孩子们结伴来放风筝，掏蟋蟀。再就是陶虎臣来试炮仗。

试的是"天地响"。这地方把双响的大炮仗叫"天地响"，因为地下响一声，飞到半空中，又响一声，炸得粉碎，纸屑飘飘地落下来。陶家的"天地响"一听就听得出来，特别响。两响之间的距离也大——蹿得高。

"砰——磅！"

"砰——磅！"

他走一二十步，放一个，身后跟着一大群孩子。孩子里有胆大的，要求放一个，陶虎臣就给他一个：

"点着了快跑！——崩疼了可别哭！"

其实是崩不着的。陶虎臣每次试炮仗，特意把其中的几个的捻子加长，就是专为这些孩子预备的。捻子着了，嗤嗤地冒火，半天，才听见响呢。

陶家炮仗店的门口也是经常围着一堆孩子，看炮仗师傅做炮仗。两张白木的床子，有两块很光滑的木板。把一张粗草纸裹在一个钢钎上，两块木板一搓，吱溜——，就是一个炮仗筒子。

孩子们看师傅做炮仗，陶虎臣就伏在柜台上很有兴趣地看这些孩子。有时问他们几句话：

"你爸爸在家吗？干嘛呢？"

"你的痄腮好了吗？"

孩子们都知道陶老板人很和气，很喜欢孩子，见面都很愿意叫他：

"陶大爷！"

"陶伯伯！"

"哎，哎。"

陶家炮仗店的生意本来是不错的。

他家的货色齐全。除了一般的鞭炮，还出一种别家不做的鞭，叫做"遍地桃花"。不但外皮，连里面的筒子都一色是梅红纸卷的。放了之后，地下一片红，真像是一地的桃花瓣子。如果是过年，下过雪，花瓣落在雪地上，红是红，白是白，好看极了。

这种鞭，成本很贵，除非有人定做，平常是不预备的。

一般的鞭炮，陶虎臣自己是不动手的。他会做花炮。一筒大花炮，能放好几分钟。他还会做一种很特别的花，叫做"酒梅"。一棵弯曲横斜的枯树，埋在一个磁盆里，上面串结了许多各色的小花炮，点着之后，满树喷花。火花射尽，树枝上还留下一朵一朵梅花，蓝荧荧的，静悄悄地开着，经久不熄。这是棉花浸了高粱酒做的。

他还有一项绝技，是做焰火。一种老式的焰火，有的地方叫做花盒子。

酒梅、焰火，他都不在店里做，在家里做。因为这有许多秘方，不能外传。

做焰火，除了配料，关键是串捻子。串得不对，会轰隆一声，烧成一团火。弄不好，还会出事。陶虎臣的一只左眼坏了，就是因为有一次放焰火，出了故障，不着了，他搭了梯子爬到架上去看，不想焰火忽然又响了，一个火球进进了瞳孔。

陶虎臣坏了一只眼睛，还看不出太大的破相，不像一般有残疾的人往往显得很凶狠。他依然随时是和颜悦色的，带着宽厚而慈祥的笑容。这种笑容，只有与世无争，生活上容易满足的人才会有。

但是他的这种心满意足的神情逐年在消退。鞭炮生意，是随着年成走的。什么时候风调雨顺，国泰民安，什么时候炮仗店就生意兴隆。这样的年头，能够老是有么？

"遍地桃花"近年很少人家来定货了。地方上多年未放焰火，有的孩子已经忘记放焰火是什么样子了。

陶虎臣长得很敦实，跟他的名字很相称。


靳彝甫和陶虎臣住在一条巷子里，相隔只有七八家。谁家的火灭了，孩子拿了一块劈柴，就能从另一家引了火来。他家很好认，门口钉着一块铁皮的牌子，红地黑字："靳彝甫画寓"。

这城里画画的，有三种人。

一种是画家。这种人大都有田有地，不愁衣食，作画只是自己消遣，或作为应酬的工具。他们的画是不卖钱的。求画的人只是送几件很高雅的礼物。或一坛绍兴花雕，或火腿、鲥鱼、白沙枇杷，或一套讲究的宜兴紫砂茶具，或两大盆正在茁箭子的建兰。他们的画，多半是大写意，或半工半写。工笔画他们是不耐烦画的，也不会。

一种是画匠。他们所画的，是神像。画得最多的是"家神菩萨"。这"家神菩萨"是一个大家族：头一层是南海观音的一伙，第二层是玉皇大帝和他的朝臣，第三层是关帝老爷和周仓、关平，最下一层是财神爷。他们也在玻璃的反面用油漆画福禄寿三星（这种画美术史家称之为"玻璃油画"），作插屏。他们是在制造一种商品，不是作画。而且是流水作业，描花纹的是一个人（照着底子描），"开脸"的是一个人，着色的是另一个人。他们的作坊，叫做"画匠店"。一个画匠店里常有七八个人同时做活，却听不到一点声音，因为画匠多半是哑巴。

靳彝甫两者都不是。也可以说是介乎两者之间的那么一种人。比较贴切些，应该称之为"画师"，不过本地无此说法，只是说"画画的"。他是靠卖画吃饭的，但不像画匠店那样在门口设摊或批发给卖门神"欢乐"的纸店①，他是等人登门求画的（所以挂"画寓"的招牌）。他的画按尺论价，大青大绿另加，可以点题。来求画的，多半是茶馆酒肆、茶叶店、参行、钱庄的老板或管事。也有那些闲钱不多，送不起重礼，攀不上高门第的画家，又不甘于家里只有四堵素壁的中等人家。他们往往喜欢看着他画，靳彝甫也就欣然对客挥毫。主客双方，都很满意。他的画署名（画匠的作品是从不署名的），但都不题上款，因为不好称呼，深了不是，浅了不是，题了，人家也未必高兴，所以只是简单地写四个字："彝甫靳铭"。若是佛像，则题"靳铭沐手敬绘"。

靳家三代都是画画的。家里积存的画稿很多。因为要投合不同的兴趣，山水、人物、翎毛、花卉，什么都画。工笔、写意、浅绛、重彩不拘。

他家家传会写真，都能画行乐图（生活像）和喜神图（遗像）。中国的画像是有诀窍的。画师家都藏有一套历代相传的"百脸图"。把人的头面五官加以分析，定出一百种类型。画时端详着对象，确定属于哪一类，然后在此基础上加减，画出来总是有几分像的。靳彝甫多年不画喜神了。因为画这种像，经常是在死人刚刚断气时，被请了去，在床前对着勾描。他不愿看死人。因此，除了至亲好友，这种活计，一概不

---

① 在梅红纸上用刻刀镂刻出透空的细致的吉祥花纹，贴在门头上，小的叫"吊钱"，大的叫"欢乐"，有的地方叫"吊挂"。

应。有来求的，就说不会。行乐图，自从有了照相馆之后，也很少有人来要画了。

靳彝甫自己喜欢画的，是青绿山水和工笔人物。青绿山水、工笔人物，一年能收几件呢？因此，除了每年端午，他画几十张各式各样的钟馗，挂在巷口如意楼酒馆标价出售，能够有较多的收入，其余的时候，全家都是半饥半饱。

虽然是半饥半饱，他可是活得有滋有味，他的画室里挂着一块小匾，上书"四时佳兴"。画室前有一个很小的天井。靠墙种了几竿玉屏萧竹。石条上摆着茶花、月季。一个很大的钧窑平盘里养着一块玲珑剔透的上水石，蒙了半寸厚的绿苔，长着虎耳草和铁线草。冬天，他总要养几头单瓣的水仙。不到三寸长的碧绿的叶子，开着白玉一样的繁花。春天，放风筝。他会那样耐烦地用一个称金子用的小戥子约着蜈蚣风筝两边脚上的鸡毛（鸡毛分量稍差，蜈蚣上天就会打滚）。夏天，用莲子种出荷花。不大的荷叶，直径三寸的花，下面养了一二分长的小鱼。秋天，养蟋蟀。他家藏有一本托名贾似道撰写的《秋虫谱》。养蟋蟀的泥罐还是他祖父留下来的旧物。每天晚上，他点一个灯笼，到阴城去掏蟋蟀。财神庙的那个侉子，常常一边喝酒、吃狗肉，一边看这位大胆的画师的灯笼走走，停停，忽上，忽下。

他有一盒爱若性命的东西，是三块田黄石章。这三块田黄都不大，可是跟三块鸡油一样！一块是方的，一块略长，还有一块不成形。数这块不成形的值钱，它有文三桥①刻的边款（篆文不知叫一个什么无知的人磨去了）。文三桥呀，可着全中国，你能找出几块？有一次，邻居家失火，他什么也没拿，只抢了这三块图章往外走。吃不饱的时候，只要

---

① 文徵明的长子，名彭，字寿承，三桥是他的别号。

把这三块图章拿出来看看，他就觉得对这个世界没有什么可抱怨的了。

这一年，这三个人忽然都交了好运。

王瘦吾的绳厂赚了钱。他可又觉得这个买卖货源、销路都有限，他早就想好了另外一宗生意。这个县北乡高田多种麦，出极好的麦秸，当地农民多以掐草帽辫为副业。每年有外地行商来，以极便宜的价钱收去。稍经加工，就成了草帽，又以高价卖给农民。王瘦吾想：为什么不能就地制成草帽呢？这钱为什么要给外地人赚去呢？主意已定，他就把两台绞绳机盘出去，买了两架扎草帽的机子，请了一个师傅，教出三个徒弟，就在原来绳厂的旧址，办起了一个草帽厂。城里的买卖人都说：王瘦吾这步棋看得准，必赚无疑！草帽厂开张的那天，来道喜和看热闹的人很多。一盘草帽辫，在师傅手里，通过机针一扎，哒哒地响，一会儿工夫，哎，草帽盔出来了！——又一会，草帽边！——成了！一顶一顶草帽，顷刻之间，摞得很高。这不是草帽，这是大洋钱呀！这一天，靳彝甫送来一张"得利图"，画着一个白须的渔翁，背着鱼篓，提着两尾金鳞赤尾的大鲤鱼。凡看了这张画的，无不大笑：这渔翁的长相，活脱就是王瘦吾！陶虎臣特地送来一挂遍地桃花满堂红的一千头的大鞭，砰砰磅磅响了好半天！

陶虎臣从来没有做过这么大的焰火生意。这一年闹大水。运河平了灌。西北风一起，大浪头翻上来，把河堤上丈把长的青石都卷了起来。看来，非破堤不可。很多人家扎了筏子，预备了大澡盆，天天晚上不敢睡，只等堤决水下来时逃命。不料，河水从下游泻出，伏汛安然度过，保住了无数人畜。秋收在望，市面繁荣，城乡一片喜气。有好事者倡议：今年放放焰火！东西南北四城，都放！一台七套，四七二十八套。

陶家独家承做了十四套，——其余的，他匀给别的同行了。

四城的焰火错开了日子，——为的是人们可以轮流赶着去看。东城定在八月十六。地点：阴城。

这天天气特别好。万里无云，一天皓月。阴城的正中，立起一个四丈多高的架子。有人早早吃了晚饭，就扛了板凳来等着了。各种卖小吃的都来了。卖牛肉高粱酒的，卖回卤豆腐干的，卖五香花生米的、芝麻灌香糖的，卖豆腐脑的，卖煮荸荠的，还有卖河鲜——卖紫皮鲜菱角和新剥鸡头米的……到处是"气死风"的四角玻璃灯，到处是白蒙蒙的热气、香喷喷的茴香八角气味。人们寻亲访友，说短道长，来来往往，亲亲热热。阴城的草都被踏倒了。人们的鞋底也叫秋草的浓汁磨得滑溜溜的。

忽然，上万双眼睛一齐朝着一个方向看。人们的眼睛一会儿睁大，一会儿眯细；人们的嘴一会儿张开，一会儿又合上；一阵阵叫喊，一阵阵欢笑；一阵阵掌声。——陶虎臣点着陷火了！

这种花盆子是有一点简单的故事情节的。最热闹的是"炮打泗州城"。起先是梅、兰、竹、菊四种花，接着是万花齐放。万花齐放之后，有一个间歇，木架子下面黑黑的，有人以为这一套已经放完了。不料一声炮响，花盆子又落下一层，照眼的灯球之中有一座四方的城，眼睛好的还能看见城门上"泗州"两个字（不知道为什么是泗州而不是别的城）。城外向里打炮，城里向外打，灯球飞舞，砰磅有声。最有趣的是"芦蜂追痲子"，这是一个喜剧性的焰火。一阵火花之后，出现一个人，——一个泥头的纸人，这人是个痲痢头，手里拿着一把破芭蕉扇。霎时间飞来了许多马蜂，这些马蜂——火花，纷纷扑向痲痢头，痲痢头四面躲闪，手里的芭蕉扇不停地挥舞起来。看到这里，满场大笑。这些辛苦得近于麻木的人，是难得这样开怀一笑的呀。最后一套是平平常常的，只是一阵火花之后，扑鲁扑鲁吊下四个大字："天下太平"。字是灯球组成的。虽然平淡，人们还是舍不得离开。火光炎炎，逐渐消隐，这时才听到人们呼喊：

"二丫头，回家咧！"
"四儿，你在哪儿哪？"
"奶奶，等等我，我鞋掉了！"
人们摸摸板凳，才知道：呀，露水下来了。

靳彝甫捉到一只蟹壳青蟋蟀。消息很快就传开了。每天有人提了几罐蟋蟀来斗。都不是对手，而且都只是一个回合就分胜负。这只蟹壳青的打法很特别。它轻易不开牙，只是不动声色，稳稳地站着。突然扑上去，一口就咬破对方的肚子（据说蟋蟀的打法各有自己的风格，这种咬肚子的打法是最厉害的）。它嘟嘟地叫起来，上下摆动它的触须，就像戏台上的武生耍翎子。负伤的败将，怎么下"探子"①，也再不敢回头。于是有人怂恿他到兴化去。兴化养蟋蟀之风很盛，每年秋天有一个斗蟋蟀的集会。靳彝甫被人们说得心动了。王瘦吾、陶虎臣给他凑了一笔路费和赌本，他就带了几罐蟋蟀，搭船走了。

斗蟋蟀也像摔跤、击拳一样，先要约约运动员的体重。分量相等，才能入盘开斗。如分量低于对方而自愿下场者，听便。

没想到，这只蟋蟀给他赢了四十块钱。——四十块钱相当于一个小学教员两个月的薪水！靳彝甫很高兴，在如意楼定了几个菜，约王瘦

---

① 探子是刺激蟋蟀的斗志用的。北方多用鼠须，南方多用四权草瓣成细须，九蒸九晒。

吾、陶虎臣来喝酒。

（这只身经百战的蟋蟀后来在冬至那天寿终了，靳彝甫特地打了一个小小的银棺材，送到阴城埋了。）

没喝几杯，靳彝甫的孩子拿了一张名片，说是家里来了客。靳彝甫接过名片一看："季匋民！"

"他怎么会来找我呢？"

季匋民是一县人引为骄傲的大人物。他是个名闻全国的大画家，同时又是大收藏家，大财主，家里有好田好地，宋元名迹。他在上海一个艺术专科大学当教授，平常难得回家。

"你回去看看。"

"我少陪一会。"

季匋民和靳彝甫都是画画的，可是气色很不一样。此人面色红润，双眼有光，浓黑的长髯，声音很洪亮。衣着很随便，但质料很讲究。

"我冒进宝府，唐突得很。"

"哪里哪里。只是我这寒舍，实在太小了。"

"小，而雅，比大而无当好！"

寒暄之后，季匋民说明来意：听说彝甫有几块好田黄，特地来看看。靳彝甫捧了出来，他托在手里，一块一块，仔仔细细看了。"好，——好，——好。匋民平生所见田黄多矣，像这样润的，少。"他估了估价，说按时下行情，值二百洋。有文三桥边款的一块就值一百。他很直率地问靳彝甫肯不肯割爱。靳彝甫也很直率地回答："不到山穷水尽，不能舍此性命。"

"好！这像个弄笔墨的人说的话！既然如此，匋民绝不夺人之所爱。不过，如果你有一天想出手，得先尽我。"

"那可以。"

“一言为定。”

“一言为定。”

买卖不成，季匐民倒也没有不高兴。他又提出想看看靳彝甫家藏的画稿。靳彝甫祖父的，父亲的。——靳彝甫本人的，他也想看看。他看得很入神，拍着画案说：

“令祖，令尊，都被埋没了啊！吾乡固多才俊之士，而皆困居于蓬牖之中，声名不出于里巷，悲哉！悲哉！”

他看了靳彝甫的画，说：

“彝甫兄，我有几句话……”

“您请指教。”

“你的画，家学渊源。但是，有功力，而少境界。要变！山水，暂时不要画。你见过多少真山真水？人物，不要跟在改七芗、费晓楼后面跑。倪墨耕尤为甜俗。要越过唐伯虎，直追两宋南唐。我奉赠你两个字：古、艳。比如这张杨妃出浴，披纱用洋红，就俗。用朱红，加一点紫！把颜色搞得重重的！脸上也不要这样干净，给她贴几个花子！——你是打算就这样在家乡困着呢？还是想出去闯闯呢？出去，走走，结识一些大家，见见世面！到上海，那里人才多！”

他建议靳彝甫选出百十件画，到上海去开一个展览会。他认识朵云轩，可以借他们的地方。他还可以写几封信给上海名流，请他们为靳彝甫吹嘘吹嘘。他还嘱咐靳彝甫，卖了画，有了一点钱，要做两件事：读万卷书，行万里路。最后说：

“我今天很高兴。看了令祖、令尊的画稿，偷到不少的东西。——我把它化一化，就是杰作！哈哈哈哈……”

这位大画家就这样疯疯癫癫，哈哈大笑着，提了他的筇竹杖，一阵风似的走了。

靳彝甫一边卷着画，一边想：季匋民是见得多。他对自己的指点，很有道理，很令人佩服。但是，到上海、开展览会，结识名流……唉，有钱的名士的话怎么能当得真呢！他笑了。

没想到，三天之后，季匋民真的派人送来了七八封朱丝栏玉版宣的八行书。

靳彝甫的画展不算轰动，但是卖出去几十张画。那张在季匋民授意之下重画的杨妃出浴，一再有人重订。报上发了消息，一家画刊还选了他两幅画。这都是他没有想到的。王瘦吾和陶虎臣在家乡看到报，很替他高兴："彝甫出了名了！"

卖了画，靳彝甫真的按照季匋民的建议，"行万里路"去了。一去三年，很少来信。

这三年啊！


王瘦吾的草帽厂生意很好。草帽没个什么讲究，买的人只是一图个结实，二图个便宜。他家出的草帽是就地产销，省了来回运费，自然比外地来的便宜得多。牌子闯出去了，买卖就好做。全城并无第二家，那四台哒哒作响的机子，把带着钱想买草帽的客人老远地就吸过来了。

不想遇见一个王伯韬。

这王伯韬是个开陆陈行的。这地方把买卖豆麦杂粮的行叫做陆陈行。人们提起陆陈行，都暗暗摇头。做这一行的，有两大特点：其一，是资本雄厚，大都兼营别的生意，什么买卖赚钱，他们就开什么买卖，眼尖手快。其二，都是流氓——都在帮。这城里发生过几起大规模的斗殴，都是陆陈行挑起的。打架的原因，都是抢行霸市。这种人一看就看得出来。他们的衣著和一般的生意人就不一样。不论什么时候，长衫里面的小褂的袖子总翻出很长的一截。料子也是老实商人所不用的。夏天是格子纺，冬天是法兰绒。脚底下是黑丝袜，方口的黑纹皮面的硬底便鞋。王伯韬和王瘦吾是同宗，见面总是"瘦吾兄"长，"瘦吾兄"短。王瘦吾不爱搭理他，尽可能地躲着他。

谁知偏偏躲不开，而且天天要见面。王伯韬也开了一家草帽厂，就在王瘦吾的草帽厂的对门！他新开的草帽厂有八台机子，八个师傅，门面、柜台，一切都比王瘦吾的大一倍。

王伯韬真是不顾血本，把批发、零售价都压得极低。王瘦吾算算，这样的定价，简直无利可图。他不服这口气，也随着把价钱落下来。

王伯韬坐在对面柜台里，还是满脸带笑，"瘦吾兄"长，"瘦吾兄"短。

王瘦吾撑了一年，实在撑不住了。

王伯韬放出话来："瘦吾要是愿意把四台机子让给我，他多少钱买的，我多少钱要！"

四台机子，连同库存的现货，辫子，全部倒给了王伯韬。王瘦吾气得生了一场重病。一病一年多。卖机子的钱、连同小绒线店的底本，全变成了药渣子，倒在门外的街上了。

好不容易，能起来坐一坐，出门走几步了。可是人瘦得像一张纸，一阵风吹过，就能倒下。


陶虎臣呢？

头一年，因为四乡闹土匪，连城里都出了几起抢案，县政府和当地驻军联名出了一张布告："冬防期间，严禁燃放鞭炮。"炮仗店平时生意有限，全指着年下。这一冬防，可把陶虎臣防苦了。且熬着，等明年吧。

明年！蒋介石搞他娘的"新生活"①，根本取缔了鞭炮。城里几家炮仗店统统关了张。陶虎臣别无产业，只好做一点"黄烟子"和蚊烟混日子。"黄烟子"也像是个炮仗，只是里面装的不是火药而是雄黄，外皮也是黄的。点了捻子，不响，只是从屁股上冒出一股黄烟，能冒半天。这种东西，端午节人家买来，点着了扔在床脚柜底熏五毒；孩子们把黄烟屁股抵在板壁上写"虎"字。蚊烟是在一个皮纸的空套里装上锯末，加一点芒硝和鳝鱼骨头，盘成一盘，像一条蛇。这东西点起来味道很呛，人和蚊子都受不了。这两种东西，本来是炮仗店附带做做的，靠它赚钱吃饭，养家活口的，怎么行呢？——一年有几个端午节？蚊子也不是四季都有啊！

第三年，陶家炮仗店的铺阂子门下了一把牛鼻子铁锁，再也打不开了。陶家的锅，也揭不开了。起先是喝粥，——喝稀粥，后来连稀粥也喝不成了。陶虎臣全家，已经饿了一天半。

有那么一个缺德的人敲开了陶家的门。这人姓宋，人称宋保长，他是什么事都干得出来，什么钱也敢拿的。他来做媒了。二十块钱，陶虎臣把女儿嫁给了一个驻军的连长。这连长第二天就开拔。他倒什么也不挑，只要是一个黄花闺女。陶虎臣跳着脚大叫："不要说得那么好听！这不是嫁！这是卖！你们到大街去打锣喊叫：我陶虎臣卖女儿！你们喊去！我不害臊！陶虎臣！你是个什么东西！陶虎臣！我操你八辈祖奶奶！你就这样没有能耐呀！"女儿的妈和弟弟都哭。女儿倒不哭，反过来劝爹："爹！爹！您别这样！我愿意！——真的！爹！我真的愿

————

① "新生活"是蒋介石搞的"新生活"运动，提倡"礼义廉耻"，到处刷写着"礼义廉耻，国之四维，四维不张，国乃灭亡"；限制行人靠左边走；废除作揖，改行握手；禁止燃放鞭炮……等等。总之，大家都过新生活，不许过旧生活。

意！"她朝上给爹妈磕了头，又趴在弟弟的耳边说了一句话。这一句话是："饿的时候，忍着，别哭。"弟弟直点头。女儿走到爹床前，说了声："爹！我走啦！您保重！"陶虎臣脸对墙躺着，连头都没有回，他的眼泪花花地往下淌。

两个半月过去了。陶家一直就花这二十块钱。二十块钱剩得不多了，女儿回来了。妈脱下女儿的衣服一看，什么都明白了：这连长天天打她。女儿跟妈妈偷偷地说："妈，我过上了他的脏病。"

岁暮天寒，彤云酿雪，陶虎臣无路可走，他到阴城去上吊。

他没有死成。他刚把腰带拴在一棵树上，把头伸进去，一个人拦腰把他抱住，一刀砍断了腰带。这人是住在财神庙的那个侉子。


靳彝甫回来了。他一到家，听说陶虎臣的事，连脸都没洗，拔脚就往陶家去。陶虎臣躺在一领破芦席上，拥着一条破棉絮。靳彝甫掏出五块钱来，说："虎臣，我才回来，带的钱不多，你等我一天！"

跟脚，他又奔王瘦吾家。瘦吾也是家徒四壁了。他正在对着空屋发呆。靳彝甫也掏出五块钱，说："瘦吾，你等我一天！"

第三天，靳彝甫约王瘦吾、陶虎臣到如意楼喝酒。他从内衣口袋里掏出两封洋钱，外面裹着红纸。一看就知道，一封是一百。他在两位老友面前，各放了一封。

"先用着。"

"这钱——？"

靳彝甫笑了笑。

那两个都明白了：彝甫把三块田黄给季匋民送去了。

靳彝甫端起酒杯说："咱们今天醉一次。"

那两个同意。

"好，醉一次！"

这天是腊月三十。这样的时候，是不会有人上酒馆喝酒的。如意楼空荡荡的，就只有这三个人。

外面，正下着大雪。

# 寂寞和温暖

　　这个女同志在这个农业科学研究所的科研人员当中显得有点特别。她有很多文学书。屠格涅夫的、契诃夫的、梅里美的。都保存得很干净。她的衣着、用物都很素净。白床单、白枕套，连洗脸盆都是白的。她住在一间四白落地的狭长的单身宿舍里，只有一面墙上一个四方块里有一点颜色。那是一个相当精致的画框，里面经常更换画片：列宾的《伏尔加纤夫》、列维坦的风景……

　　她叫沈沅，却不是湖南人。

　　她的家乡是福建的一个侨乡。她生在马来西亚的一个滨海的小城里。母亲死得早，她是跟父亲长大的。父亲开机帆船，往来运货，早出晚归。她从小就常常一个人过一天，坐在门外的海滩上，望着海，等着父亲回来。她后来想起父亲，首先想起的是父亲身上很咸的海水气味和他的五个趾头一般齐，几乎是长方形的脚。——常年在海船上生活的人的脚，大都是这样。

　　她在南洋读了小学，以后回国来上学。父亲还留在南洋。她从初中到大学，都是在学校的宿舍里度过的。她在国内没有亲人，只有一个舅舅。上初中时，放暑假，她还到舅舅家住一阵。舅舅家很穷。他们家炒什么菜都放虾油。多少年后，她还记得舅舅家自渍的虾油的气味。高中以后，就是寒暑假，也是在学校里过了。一到节假日、星期天，她总是打一盆水洗洗头，然后拿一本小说，一边看小说，一边等风把头发吹干，嘴里咬着一个鲜橄榄。

她父亲是被贫瘠而狭小的土地抛到海外去的。他没有一寸土，却希望他的家乡人能吃到饱饭。她在高中毕业后，就按照父亲的天真而善良的愿望，考进了北京的农业大学。

大学毕业，就分配到了这个农业科学研究所。那年她二十五岁。

二十五年，过得很平静。既没有生老病死（母亲死的时候，她还不大记事），也没有柴米油盐。她在学习上从来没有感到过吃力，从来没有做过因为考外文、考数学答不出题来而急得浑身出汗的那种梦。

她长得很高。在学校站队时，从来是女生的第一名。

这个所里的女工、女干部，也没有一个她那样高的。

她长得很清秀。


这个所的农业工人有一个风气，爱给干部和科研人员起外号。

有一个年轻的技术员叫王作祐，工人们叫他王咋唬。

有一个中年的技师，叫俊哥儿李。有一个时期，所里有三个技师都姓李。为怕混淆，工人们就把他们区别为黑李、白李、俊哥儿李。黑李、白李，因为肤色不同（这二李后来都调走了）。俊哥儿李是因为他长得端正，衣着整齐，还因为他冬天也不戴帽子。这地方冬天有时冷到零下三十七八度，工人们花多少钱，也愿意置一顶狐皮的或者貉绒的皮帽。至济，也要戴一顶山羊头的。俊哥儿李是不论什么天气也是光着脑袋，头发梳得一丝不乱。

有一个技师姓张，在所里年岁最大，资历也最老。工人们当面叫他张老，背后叫他早稻田。他是个水稻专家，每天起得最早，一起来就到水稻试验田去。他是日本留学生。这个所的历史很久了，有一些老工人敌伪时期就来了，他们多少知道一点日本的事。他们听说日本有个早稻田大学，就不管他是不是这个大学毕业的，派给他一个"早稻田"的外号。

沈沅来了不久，工人们也给她起了外号，叫沈三元。这是因为她刚来的时候，所里一个姓胡的支部书记在大会上把她的名字念错了，把"沅"字拆成了两个字，念成"沈三元"。工人们想起老年间的吉利话："连中三元"，就说"沈三元"，这名字不赖！他们还听说她在学校时先是团员，后是党员，刚来了又是技术员，于是又叫她"沈三员"。"沈三元"也罢，"沈三员"也罢，含意都差不多：少年得志，前程万里。

有一些年轻的技术员背后也叫她沈三员，那意味就不一样了。他们知道沈沅在政治条件上、业务能力上，都比他们优越，他们在提到"沈三员"时，就流露出相当复杂的情绪：嫉妒、羡慕、又有点讽刺。

沈沅来了之后，引起一些人的注目，也引起一些人侧目。

这些，沈沅自己都不知道。


她一直清清楚楚地记得第一天到这里时的情景。天刚刚亮，在一个小火车站下了车，空气很清凉。所里派了一个老工人赶了一辆单套车来接她。这老工人叫王栓。出了站，是一条很平整的碎石马路，两旁种着高高的加拿大白杨。她觉得这条路很美。不到半个钟头，王栓用鞭子一指："到了。过了石桥，就是农科所。"她放眼一望：整齐而结实的房屋，高大明亮的玻璃窗。一匹马在什么地方喷着响鼻。大树下原来亮着的植保研究室的诱捕灯忽然灭掉了。她心里非常感动。

这是一个地区一级的农科所，但是历史很久，积累的资料多，研究人员的水平也比较高，是全省的先进单位，在华北也是有数的。

她到各处看了看。大田、果园、菜园、苗圃、温室、种籽仓库、水闸、马号、羊舍、猪场……这些东西她是熟悉的。她参观过好几个这样的农科所，大体上都差不多。不过，过去，这对她说起来好像是一幅一幅画；现在，她走到画里来了。晚上，一个人躺在床上，想：我也许会在这里生活一辈子。

她的工作分配在大田作物研究组，主要是作早稻田的助手。她很高兴。她在学校时就读过张老的论文，对他很钦佩。

她到早稻田的研究室去见他。

张老摘下眼镜，站起来跟她握手。他的握手姿势特别恳挚，有点像日本人。

"你的学习成绩我看过了，很好。你写的《京西水稻调查》，我读过，很好。我摘录了一部分。"

早稻田抽出几张卡片和沈沅写的调查报告的铅印本。报告上有几处用红铅笔划了道。

沈沅不知说什么好，只好说："很幼稚。"

"你很年轻，是个女同志。"

沈沅正捉摸着他这句话是什么意思，他说：

"搞农业科学研究，是寂寞的。要安于寂寞。——一稻良种培育成功，到真正确定它的种性，要几年？"

"正常的情况下，要八年。"

"八年。以后会缩短。作物一年只生长一次。不能性急。搞农业，不要想一鸣惊人。农业研究，有很大的连续性。路，是很长的。在这条漫长的路上，没有敲锣打鼓，也没有欢呼。是的，很寂寞。但是乐在其中。"张老的话给她留下很深刻的印象。

从此以后，她每天一早起来、就跟着早稻田到稻田去观察、记录。白天整理资料。晚上看书，或者翻译一点外文资料。

　　除了早稻田，她比较接近的人是俊哥儿李。

　　俊哥儿李她早就认识了。老李也是农大的，比沈沅早好几年。沈沅进校时，老李早就毕业走了。但是他的爱人留在农大搞研究，沈沅跟她很熟。她姓褚，沈沅叫她褚大姐。沈沅在褚大姐那里见过俊哥儿李好多次。

　　俊哥儿李是个谷子专家。他认识好几个县的种谷能手。谷子是低产作物，可是这一带的农民习惯于吃小米。他们的共同愿望，就是想摘掉谷子的低产帽子。俊哥儿李经常下乡。这些种谷能手也常来找他。一来，就坐满了一屋子。看看俊哥儿李那样一个衣履整齐，衬衫的领口、袖口雪白，头发一丝不乱的人，坐在一些戴皮帽的、戴毡帽的、系着羊肚子手巾的，长着黑胡子、白胡子、花白胡子的老农之间，彼此却是那样的自然，那样的亲热，是很有趣的。

　　这些种谷能手来的时候，沈沅就到俊哥儿李屋里去。听他们谈话，同时也帮着做做记录。

　　老李离不开他的谷子，褚大姐离开了农大的设备，她的研究工作就无法进行。因此，他们多年来一直过着两地生活。有时褚大姐带着孩子来这里住几天，沈沅一定去看她。

　　她和工人的关系很好。在地里干活休息的时候，女工们都愿意和她挤在一起。——这些女工不愿和别的女技术员接近，说她们"很酸"①。放羊的、锄豆埂的"半工子"②也常来找她，掰两根不结玉米的"甜

_____

① "很酸"是高傲的意思。

② 半工子，即未成年的小工。

杆"，拔一把叫做酸苗的草根来叫她尝尝。"甜杆"真甜。酸苗酸得像醋，吃得人眼睛眉毛都皱在一起。下了工，从地里回来，工人的家属正在做饭，孩子缠着，绊手绊脚，她就把满脸鼻涕的娃娃抱过来，逗他玩半天。

她和那个赶单套车接她到所的老车倌王栓很谈得来。王栓没事时常上她屋里来，一聊半天。人们都奇怪：他俩有什么可聊的呢？这两个人有什么共同语言呢？主要是王栓说，她听着。王栓聊他过去的生活，这个所的历史，聊他和工人对这个所的干部和科研人员的评价。"早稻田"、"俊哥儿李"、"王咋呢"，包括她自己的外号"沈三元"，都是王栓告诉她的。沈沅听到"早稻田"、"俊哥儿李"，哈哈大笑了半天。

王栓走了，沈沅屋里好长时间还留着他身上带来的马汗的酸味。她一点也不讨厌这种气味。

稻子收割了，羊羔子抓了秋膘了，葡萄下了窖了，雪下来了。雪化了，茵陈蒿在乌黑的地里绿了，羊角葱露了嘴了，稻田的冻土翻了，葡萄出了窖了，母羊接了春羔了，育苗了，插秧了。沈沅在这个农科所生活了快一年了。

她不得不和他们接触的，还有一些人。一个是胡支书，一个是王作祜。胡支书是支部书记，王作祜是她们党小组的组长。

胡支书是个专职的支书。多少年来干部、工人，都称之为胡支书。他整天无所事事，想干点什么就干点什么。夏锄的时候，他高兴起来，会扛着大锄来锄两趟高粱；扬场的时候，扬几锨；下了西瓜、果子，他去过磅；春节包饺子，各人自己动手，他会系了个白围裙很热心地去分肉馅，分白面。他也可以什么都不干，和一个和他关系很亲密的老工人、老伙伴，在树林子里砍土坷垃，你追我躲，嘴里还笑着，骂着：

"我操你妈！"一玩半天，像两个孩子。他的本职工作，是给工人们开会讲话。他不读书，不看报，讲起话来没有准稿子。可以由国际形势讲到秋收要颗粒归仓，然后对一个爱披着衣服到处走的工人训斥半天："这是什么样子！你给我把两个袖子桶上！"此人身材瘦削，嗓音奇高。他有个口头语："如论无何"。不知道为什么，他总把"无论如何"说成"如论无何"，而且很爱说这句话。在他的高亢刺耳，语无伦次的讲话中，总要出现无数次"如论无何"。

他在所里威信很高，因为他可以盖一个图章就把一个工人送进劳改队。这一年里，经他的手，已经送了两个。一个因为打架，一个是查出了历史问题——参加过一贯道。这两个工人的家属还在所里劳动，拖着两个孩子。

他是个酒仙，顿顿饭离不开酒。这所里有一个酒厂。每天出酒之后，就看见他端着两壶新出淋的原汁烧酒，一手一壶，一壶四两，从酒厂走向他的宿舍，倘佯而过，旁若无人。

胡支书的得力助手是王作祜。

王作祜有两件本事，一是打扑克，一是做文章。

他是个百分大王，所向无敌。他的屋里随时都摆着一张空桌、四把椅子。拉开抽屉就是扑克牌和记分用的白纸、铅笔。每天晚上都能凑一桌，烟茶自备，一直打到十一二点。

他是所里的笔杆子，人称"一秘"。年轻的科技人员的语文一般都不太通顺。他是在中学时就靠搞宣传、编板报起家的，笔下很快。因此，所里的总结、报告、介绍经验的稿子，多半由他起草。

他尤其擅长于写批判稿。不管给他一个什么题目，他从胡支书屋里抱了一堆报纸，东翻翻，西找找，不到两个小时，就能写出一篇文情并茂的批判发言。

所里有一个老木匠，说了一句怪话。有人问他一个月挣多少钱，他说："咳，挣一壶醋钱。"。有人反映给支部，王作祜认为这是反党言论，建议开大会批判。王作祜作了长篇发言，引经据典，慷慨激昂。会开完了，老木匠回到宿舍，说："王作祜咋唬点啥咧？"王咋唬的名字，就是这么来的。

沈沅忽然被打成了右派。

究竟是因为什么呢？

因为她在整风的时候，在党内的会议上提了意见，批评了领导？

因为她提出所领导对科研人员不够关心，张老需要一个资料柜，就是不给，他的大量资料都堆在地下？

因为她提出对送去劳改的两个工人都处理过重，这样下去，是会使党脱离群众的？

因为她提出群众对胡支书从酒厂灌酒，公私不分，有反映？

因为她提出一个管农业的书记向所里要了一块韭菜皮①，铺在他的院子里，这值不了多少钱，但是传开了很不好听，工人说："这不真成了刮地皮了？"

也许什么都不为，就因为她在这个农业科学研究所。研究所，顾名思义，是知识分子成堆的地方，怎么也得抓出一两个右派，才能完成"指标"。经过领导上研究，认为派她当右派合适。

主要的问题，据以定性的主要根据。是她的一篇日记。

这是一篇七年以前写的日记。

---

① 韭菜是宿根生长。连根铲起一块土皮，移在别处，即可源源收割。这块土皮，就叫"韭菜皮"。

她的父亲半生漂泊在异国的海上，他一直想有一片自己的土地。他把历年攒下的钱寄回国，托沈沄的舅舅买了点田，还盖了一座一楼一底的房子。他想晚年回家乡住几年，然后就埋在这块土地上，有一个坟头，坟头立一块小小的石碑，让后人知道他曾经辛苦了一辈子。一九五一年土改，土改的工作队长是个从东北南下的干部，对侨乡情况不太了解；又因为当地干部想征用他那座房子，把他划成了地主。沈沄那年还在读高中。她不相信她的被海风吹得脸色紫黑，五个脚趾一般齐的父亲是地主，就在日记里写下了她的困惑与不满。

问题本来已经解决了。在农大入党的时候，农大党组织为了核实她的家庭出身，曾经两次到她的家乡外调，认为她的父亲最多能划一个小土地出租者，她的成份没有问题，批准了她的入党要求。她对自己当时的困惑和不满也作了检查，认为是立场不稳，和党离心离德。

没想到……

这些天，有的干部和工人就觉得所里的空气有点不大对。胡支书屋里坐了一屋子人在开会，屋门从里面倒插着。王作祜晚上不打牌了，他屋里的灯十二点以后还亮着。党团员和积极分子的脸上都异样的紧张而严肃。他们知道，要出什么事了。

一个早上，安静平和的农科所变了样。居于全所中心的种籽仓库外面的墙上贴满了大字报："击退反党分子沈沄的猖狂进攻"，"不许沈沄污蔑党的领导"，"一个阶级异己分子的自供状——沈沄日记摘抄"，"一定要把农科所的一面白旗拔掉"，"剥下沈沄清高纯洁的外衣"，"铲除蒋介石反攻大陆的社会基础"。有文字，还有漫画。有一张漫画，画着一个少女向蒋介石低头屈膝。这个少女竟然只穿了乳罩和三角裤衩！这是王作祜的手笔。

沈沅一点思想准备都没有。她一早起来，要到稻田去。一看这么多大字报，她懵了。她硬着头皮把这些大字报看下去。她脸色煞白，带着一种奇怪的微笑。有两个女工迎面看见她，吓了一跳。她们小声说："坏了！她要疯！"看到那张戴着乳罩穿三角裤衩的漫画，她眼前一黑，几乎栽倒。一只大手从后面扶住了她。她定了定神，听见一个声音："真不像话！"那是王栓。她觉得干呕，恶心，头晕。她摇摇晃晃地走向自己的宿舍。

她对于运动的突出的感觉是：莫名其妙。她也参加过几次政治运动，但是整到自己的头上，这还是第一次。她坐在会场里，听着、记着别人的批判发言，她始终觉得这不是真事，这是荒唐的，不可能的，她会忽然想起《格列佛游记》，想起大人国、小人国。

发言是各式各样的，大家分题作文。王作祜带着强烈的仇恨，用炸弹一样的语言和充满戏剧性的姿态大喊大叫。有一些发言把一些不相干的小事和一些本人平时没有觉察到的个人恩怨拉扯成了很长的一篇，而且都说成是严重的政治问题、世界观问题、立场问题。屠格涅夫、列宾和她的白脸盆都受到牵连，连她的长相、走路的姿势都受到批判。

写了无数次检查，听了无数次批判，在毫无自卫能力的情况下，忍受着各种离奇而难堪的侮辱，沈沅的精神完全垮了。她的神经麻木了。她听着那些锋利尖刻的语言，全不明白那是什么意思。她的脑子会出现一片空白，一点思想都没有，像是曝了光的底片。她有时一动不动地坐着，像一块石头。她不再觉得痛苦，只是非常的疲倦。她想：怎么都行，定一个什么罪名，给一个什么处分都行，只求快一点，快一点过去，不要再开会，不要再写检查。

总算，一个高亢尖厉的声音宣布："批判大会暂时开到这里。"

沈沅回到屋里，用一盆冷水洗了洗头，躺下来，立刻就睡着了。她睡得非常实在，连一个梦都没有。她好像消失了。什么也不知道。太阳偏西了，她不知道。卸了套、饮过水的骡马从她的窗外郭答郭答地走过，她不知道。晚归的麻雀在她的檐前吱喳吵闹着回窠了，她不知道。天黑了，她不知道。

她朦朦胧胧闻到一阵一阵马汗的酸味，感觉到床前坐着一个人。她拉开床头的灯，床前坐着王栓，泪流满面。

沈沅每天下班都到井边去洗脸，王栓也每天这时去饮马。马饮着水，得一会，他们就站着闲聊。马饮完了，王栓牵着马，沈沅端着一盆明天早上用的水，一同往回走(沈沅的宿舍离马号很近)。自从挨了批斗，她就改在天黑人静之后才去洗脸，因为那张恶劣的漫画就贴在井边的墙上。过了两天，沈沅发现她的门外有一个木桶，里面有半桶清水。她用了。第二天，水桶提走了。不到傍晚，水桶又送来了。她知道，这是王栓。她想：一个"粗人"，感情却是这样的细!

现在，王拴泪流满面地坐在她的面前。她觉得心里热烘烘的。

"我来看看你。你睡着了，睡得好实在! 你受委屈了! 他们为什么要这样整你，折磨你? 听见他们说的那些话，我的心疼。他们欺负人! 你不要难过。你要好好的。俺们，庄户人，知道什么是谷子，什么是秕子。俺们心里有杆秤。他们不要你，俺们要你! 你要好好的，一定要好好的! 你看你两眼塌成个啥样了! 要好好的! 你的光阴多得很，你要好好的。你还要做很多事，你要好好的! "

沈沅的眼泪流下来了。她一边流泪，一边点头。

"我走了。"

沈沅站起来送他。王栓走了两步，又停住，回头。

"你不要想死。千万不要想走那条路。"

沈沅点点头。

"你答应我。"

"我答应你，王栓，我不死。"

王栓走后，沈沅躺在床上，眼泪不断地涌出来。她听见自己的眼泪大滴大滴地落在枕头上，叭哒——叭哒……

沈沅的结论批下来了，定为一般右派，就在本所劳动。

她很镇定，甚至觉得轻松。她觉得这没有什么。就像一个人从水里的踏石上过河，原来怕湿了鞋袜，后来掉在河里，衣裤全湿了，觉得也不过就是这样，心里反而踏实了。

只有一次，她在火车站的墙上看到一条大标语：把"地富反坏右"列在一起，她才觉得心里很不好受。国庆节前夕，胡支书特地通知她这两天不要进城，她的心往下。一沉。

她跟周围人的关系变了。

在路上碰到所里的人，她都是把头一低。

在地里干活休息时，她一个人远远地坐着。原来爱跟她挤在一起的女工故意找话跟她说，她只是简单地回答一两个字。收工的时候，她都是晚走一会，不和这些女工一同走进所里的大门。

到稻田去拔草，看见早稻田站在一个小木板桥上。这是必经之路，她只好走过去。早稻田只对她说了一句话："沈沅，要注意身体。"她没有说话，点了点头。早稻田走了，沈沅望着他的背影，在心里说："谢谢您！"

她看见俊哥儿李的女儿在渠沿上玩，知道褚大姐来了。收工的时候，褚大姐在离所门很远的路边等着沈沅，一把抓住她的手："你为什么不来看我？"沈沅只是凄然一笑，摇摇头。——"你要什么书？我给你邮来。"沈沅想了一想，说："不要。"

但是她每天好像过得挺好。她喜欢干活。在田野里，晒着太阳，吹着风，呼吸着带着青草和庄稼的气味的空气，她觉得很舒畅。她使劲地干活，累得满脸面红，全身是汗，以致使跟她一块干活的女工喊叫起来："沈沅！沈沅！你干什么！"她这才醒悟过来："哦！"把手脚放馒一些。

她还能看书，每天晚上，走过她的窗前，都可以看到她坐在临窗的小桌上看书，精神很集中，脸上极其平静。


过了三年。

这三年真是热闹。

五八、五九，搞了两年大跃进。深翻地，翻到一丈二。用贵重的农药培养出二尺七寸长的大黄瓜，装在一个特制的玻璃匣子里，用福尔马林泡着。把两穗"大粒白"葡萄"靠接"起来当做一串，给葡萄注射葡萄糖。把牛的精子给母猪授上，希望能下一个麒麟一样的东西，——牛大的猪。"卫星"上天，"大王"升帐，敢想敢干，敲锣打鼓，天天像过年。

后来又闹了一阵"超声波"。什么东西都"超"一下。农、林、牧、副、渔，只要一"超"，就会奇迹一样地增长起来。"超"得鸡飞狗跳，小猪仔的鬃毛直竖，山丁子小树苗前仰后合。

胡支书、王咋唬忙得很，报喜，介绍经验，开展览会……

最后是大家都来研究代食品，研究小球藻和人造肉，因为大家都挨了饿了。

只有早稻田还是每天一早到稻田，俊哥儿李还是经常下乡，沈沅还是劳动、看书。

一九六一年夏天，调来一位新所长(原来的所长是个长期病号，很少到所里来)，姓赵。所里很多工人都知道他。他在抗日战争期间是一个武工队长，常在这一带活动。老人们都说他"低头有计"，传诵着关于他的一些传奇性的故事。他的左太阳穴有一块圆形的伤疤，一咬东西就闪闪发亮。这是当年的枪伤。他在抗日战争时期就是县委一级的干部，现在还是县委一级。原因是：一贯右倾，犯了几次错误。

他是骑了一辆自己装了马达的自行车来上任的，还不失当年武工队长的风度。他来之后，所里就添了一种新的声音。只要听见马达突突的声音，人们就知道赵所长奔什么方向去了。

他一来，就下地干活。在大田、果园、菜园、苗圃，都干了几天。他一边干活，工人一边拿眼睛瞄着他。结论是："赵所长的农活——啧啧啧！"他跟工人在一起，说说笑笑，不分彼此。工人跟他也无拘无束，无话不谈。工人们背后议论："新来的赵所长，这人——不赖！"王栓说："敢是！这人心里没假。他的心是一块阳泉炭，划根火柴就能点着。烧完了是一堆白灰。"

干了差不多一个月的话，他把所里历年的总结，重要的会议记录都找来，关起门看了十几天，校出了不少错字。

然后，到科研人员的家里挨门拜访。

访问了俊哥儿李。

"老褚的事，要解决。老是鹊桥相会，那怎么行！我们想把她的研究项目接过来。这个项目，我们地区需要。农大肯交给我们最好。不行的话，我们搞一套设备。我了解了一下，地区还有这个钱。等我和地委研究一下。"

看见老李屋里摆了好些凳子，知道他那些攻谷子低产关的农民朋友要来，老赵就留下来听了半天他们的座谈会。中午，他捧了一个串门大碗，盛了一碗高粱米饭，夹了几个腌辣椒和大家一同吃了饭。饭后，他问："他们的饭钱是怎么算的？"老李说；"他们是我请来的客人。"——"这怎么行？"他转身就跑到总务处："这钱以后由公家报。出在什么项目里，你们研究！"

访问了早稻田。

"张老，张老！我来看看您，不打搅吗？"

"欢迎，欢迎！不打搅，不打搅。"

"我来拜师了。"

"不敢当。如果有什么关于水稻的普通的问题……"

"水稻我也想学。我是想来向您学日语。抗日战争时期，因为工作需要，我学了点日语，——那时要经常跟鬼子打交道嘛，现在几乎全忘光了。我想拾起来，就来找您这位早稻田了！"

"我不是早稻田毕业的。"

赵所长把"早稻田"的来由告诉早稻田，这位老科学家第一次知道他有这样一个外号，他哈哈大笑：

"我乐于接受这个外号。我认为这是对我个人工作的很高的评价。"

赵所长问张老工作中有什么困难。

"我需要一个助手。"

"您看谁合适？"

"沈沅。"

"还需要什么？——需要一个柜子。"

"对！您看看我的这些资料！"

"柜子，马上可以解决，半个小时之内就给您送来。沈沅的问题，等我了解一下。"

"这里有一份俄文资料。我的俄文是自修的不准确，想请沈沅翻译一下，能吗？"

"交给我！"


沈沅正在菜地里收蔓菁，王栓赶着车下地，远远地就喊：

"哎，沈沅！"

沈沅拾起头来。

"叫我？什么事？"

"赵所长叫你上他屋里去一趟。"

"知道啦。"

什么事呢？她微微觉得有点不安。她听见女工们谈论过新来的所长，也知道王栓说这人的心是一块阳泉炭，她有点奇怪，这个人真有这么大的魅力么？

前几天，她从地里回来，迎面碰着这位所长推了自行车出门。赵所长扶着车把，问：

"你是沈沅吗？"

"是的。"

"你怎么这么瘦？"

沈沅心里一酸。好久了没有人问她胖啦瘦的之类的话了。

"我要进城去。过两天你来找找我。"

说罢，他踩响了自行车的马达，上车走了。

现在，他找她，什么事呢？

沈沅在大渠里慢慢地洗了手，慢慢地往回走。

赵所长不在屋。门开着。一个五六岁的女孩子趴在桌上画小人。

孩子听见有人进屋，并不回头，还是继续画小人。

"您是沈阿姨吗？爸爸说，他去接一个电话，请您等一等，他一会儿就回来。您请坐。"

孩子的声音像花瓣。她的有点紧张的心情完全松弛了下来。她看了看新所长的屋子。

墙上挂着一把剑，——一件真正的古代的兵器，不是舞台上和杂技团用的那种镀镍的道具。鲨鱼皮的剑鞘，剑柄和吞口都镂着细花。

一张书桌。桌上有好些书。一套《毛选》、很多农业科技书：作物栽培学、土壤、植保、果树栽培概论、马铃薯晚疫病……两本《古文观止》、一套《唐诗别裁》、一套装在蓝布套里的影印的《楚辞集注》、一本崭新的《日语初阶》。桌角放着一摞杂志，面上盖着一本《农大学报》的油印本：《京西水稻调查——沈沅》。

一个深深的紫红砂盆，里面养着一块拳头大的上水石，盖着毛茸茸的一层厚厚的绿苔，长出一棵一点点大，只有七八个叶子的虎耳草，紫红的盆，碧绿的苔，墨蓝色的虎耳草的圆叶，淡白的叶纹。沈沅不禁失声赞叹；

"真好看！"

"好看吗？——送你！"

"……赵所长，您找我？"

"你这篇《京西水稻调查》，写得不错呀！有材料，有见解，文笔也好。科学论文，也要讲究一点文笔嘛！——文如其人！朴素，准确，清秀。——你这样看着我，是说我这个打仗出身的人不该谈论文章风格吗？"

"……您不像个所长。"

"所长？所长是什么？——大概是从七品！——这是一篇俄文资料，张老想请你翻译出来。"

沈沅接过一本俄文杂志，说：

"我现在能做这样的事吗？"

"为什么不能？"

"好，我今天晚上赶一赶。"

"不用赶，你明天不要下地了。"

"我这个人，存不住话。告诉你，准备给你摘掉右派的帽子。报告已经写上去了，估计不会有问题。本来可以晚几天告诉你，何必呢？早一天告诉你，让你高兴高兴，不好吗？有的同志，办事总是那么拖拉。他不知道，人家是度日如年呀！——祝贺你！"

他伸出手来。沈沅握着他的温暖的手，眼睛湿了。

"谢谢您！"

"谢我干什么？我们需要人，我们迫切地需要人！你是党培养出来的知识分子。种地的，哪有把自己种出来的好苗锄掉的呢？没这个道理嘛！你有什么想法，什么打算？"

"这事来得太突然了。"

"不突然。事情总要有一个过程。有的过程，付出的代价太大了！我这人，老犯错误。我这些话，叫别人听见，大概又是错误。有一些话，我现在不能跟你讲呀！——我看，你先回去一趟。"

"回去？"

"对。回一趟你的老家。"

"我家里没有人了。"

"我知道。"

三个多月前，沈沅接到舅舅一封信，说她父亲得了严重的肺气肿，回国来了，想看看他的女儿。沈沅拿了信去找胡支书，问她能不能请假。胡支书说："……你现在这个情况。好吧，等我们研究研究。"过了一个星期，舅舅来了一封电报，她的父亲已经死了。她拿了电报去向胡支书汇报。胡支书说：

"死了吗？"

"埋了。"

"埋了就得了。——好好劳动。"

沈沅没有哭，也没有戴孝。白天还是下地干活，晚上一个人坐着。她想看书，看不下去。她觉得非常对不起她的父亲。父亲劳苦了一生，现在，他死了。她觉得父亲的病和死都是她所招致的。她没有把自己这些年的遭遇告诉父亲。但是她觉得他好像知道了，她觉得父亲的晚景和她划成右派有着直接的关系。好几天，她不停地胡思乱想。她觉得她的命不好。她自己也觉得很奇怪，一个年轻的，受过大学教育的共产党员，怎么会相信起命来呢？——人到了无可奈何的时候是很容易想起"命"这个东西来的。

好容易，她的伤痛才渐渐平息。

赵所长怎么会知道她家里已经没有人了呢？

"你还是回去看看。人死了，看看他的坟。我看可以给他立一块石碑。"

"您怎么知道我父亲想在坟头立一块石碑的？"

"你的档案材料里有嘛！你的右派结论里不也写着吗？——'一心为其地主父亲树碑立传'。这都是什么话呢！一个老船工，在海外漂泊多年，这样一点心愿为什么不能满足他呢？我们是无鬼论者，我们并不真的相信泉下有知。但是人总是人嘛，人总有一颗心嘛。共产党员也是人，也有心嘛。共产党员不是没有感情的。无情的人，不是共产党员！——我有点激动了，你大概也知道我为什么激动。本来，你没有直系亲属了，没有探亲假。我可以批准你这次例外的探亲假。如果有人说这不合制度，我负责！你明天把资料翻译出来，——不长。后天就走。

我送你。叫王栓套车。"

沈沅哭了。

"哭什么？我们是同志嘛！"

沈沅哭得更厉害了。

"不要这样。你的工作，回来再谈。这盆虎耳草，我替你养着。你回来，就端走。你那屋里，太素了！年轻人，需要一点颜色。"

一只绿豆大的通红的七星瓢虫飞进来，收起它的黑色的膜翅，落在虎耳草墨绿色的圆叶上。赵所长的眼睛一亮，说：

"真美！"


不到假满，沈沅就回来了。

她的工作，和原先一样，还是做早稻田的助手。

很快到年底了。又开一年一度的先进工作者评比会了。赵所长叫沈沅也参加。

沈沅走进大田作物研究组的办公室。她已经五年没有走进这间屋子了。俊哥儿李主持会议。他拉开一张椅子，亲切地让沈沅坐下。

"这还是你的那张椅子。"

沈沅坐下，跟所有的人都打了招呼。别人也向她点头致意。王作祐装着低头削铅笔。

在酝酿候选人名单时，向很少说话的早稻田头一个发言。

"我提一个人。"

"……谁？"

"沈沅。"

大家先是一愣，接着，都笑了。连沈沅自己也笑了。早稻田是很严肃的，他没有笑。

会议进行得很热烈。赵所长靠窗坐着，一面很注意地听着发言，一面好像想着什么事。会议块结束时，下雪了。好雪！赵所长半眯着眼睛，看着窗外大片大片的雪花无声地落在广阔的田野上。他是在赏雪么？

俊哥儿李叫他："赵所长，您讲讲吧！"

早稻田也说："是呀，您有什么指示呀？"

"指示？——没有。我在想：我，能不能附张老的议，投她——沈沅一票。好像不能。刚才张老提出来，大家不是都笑了吗？是呀，我们毕竟都还生活在现实的世界里，还不能摆脱世俗的习惯和观念。那，就等一年吧。"

他念了两句龚定庵的诗：

> 我劝天公重抖擞，
> 不拘一格降人才。

接着，又用沉重的声音，念了两句《离骚》：

> 亦余心之所善兮，
> 虽九死其犹未悔！

沈沅在心里想：

"你真不像个所长。"

# 晚饭后的故事

京剧导演郭庆春就着一碟猪耳朵喝了二两酒，咬着一条顶花带刺的黄瓜吃了半斤过了凉水的麻酱面，叼着前门烟，捏了一把芭蕉扇，坐在阳台上的竹躺椅上乘凉。他脱了个光脊梁，露出半身白肉。天渐渐黑下来了。楼下的马缨花散发着一阵一阵的清香。衡水老白干的饮后回甘和马缨花的香味，使得郭导演有点醺醺然了……

郭庆春小时候，家里很穷苦。父亲死得早，母亲靠缝穷维持一家三口的生活，——郭庆春还有个弟弟，比他小四岁。每天早上，母亲蒸好一屉窝头，留给他们哥俩，就夹着一个针线笸箩，上市去了。地点没有定准，哪里穿破衣服的人多就奔哪里。但总也不出那几个地方。郭庆春就留在家里看着弟弟。他有时也领着弟弟出去玩，去看过妈给人缝穷。妈靠墙坐在街边的一个马扎子上，在闹市之中，在车尘马足之间，在人们的腿脚之下，挣着他们明天要吃的杂和面儿。穷人家的孩子懂事早。冬天，郭庆春知道妈一定很冷；夏天，妈一定很热，很渴，很困。缝穷的冬天和夏天都特别长。郭庆春的街坊、亲戚都比较贫苦，但是郭庆春从小就知道缝穷的比许多人更卑屈，更低贱。他跟着大人和比他大些的孩子学会了说许多北京的俏皮话、歇后语："武大郎盘杠子，——上下够不着"，"户不拉喂饭，——不正经玩儿"……等等，有一句歇后语他绝对不说，小时候不说，长大以后也不说："缝穷的撒尿——瞅不冷子"。有一回一个大孩子当他面说了一句，他满脸通红，跟他打了一架。那孩子其实是无心说的，他不明白郭庆春为什么生那么大的气。

这个穷苦的出身，日后给他带来了无限的好处。

郭庆春十二三岁就开始出去奔自己的衣食了。

他有个舅舅，是在剧场(那会不叫剧场，叫戏园子，或者更古老一些，叫戏馆子)里"写字"的。写字是写剧场门口的海报，和由失业的闲汉扛着走遍九城的海报牌。那会已有报纸，剧场都在报上登了广告，可是很多人还是看了海报牌，知道哪家剧场今天演什么戏，才去买票的。舅舅的光景比郭家好些，也好不到哪里去。他时常来瞧瞧他的唯一的妹妹。他提出，庆春长得快齐他的肩膀高了(舅舅是个矮子)，能把自己吃的窝头挣出来了。舅舅出面向放印子钱的借了一笔本钱，趸了一担西瓜。郭庆春在陕西巷口外摆了一个西瓜摊，把瓜切成块，卖西瓜。

他穿了条大裤衩，腰里插着一把芭蕉扇，学着吆唤：

"唉，闹块来！

脆沙瓤（口哀），

赛冰糖（口哀），

唉，闹块来！……"

他头一回听见自己吆唤，有一种说不出来的新鲜感。他竟能能吆唤得那样像。这不是学着玩，这是真事！他的弟弟坐在小板凳上看哥哥做买卖，也觉得很新鲜。他佩服哥哥。晚上，哥俩收了摊子，飞跑回家，把卖得的钱往妈面前一放：

"妈！钱！我挣的！"

妈这天给他们炒了个麻豆腐吃。

这种新鲜感很快就消失了。西瓜生意并不那样好。尤其是下雨天。他恨下雨。

有一天，倒是大太阳，卖了不少钱。从陕西巷里面开出一辆军用卡车，一下子把他的西瓜摊带翻了，西瓜滚了一地。他顾不上看摔破了、压烂了多少，纵起身夹一把抓住卡车挡板后面的铁把手，哭喊着：

"你赔我！你赔我瓜！你赔我！"

卡车不理碴，飞快地往前开。

"你赔我！你赔我瓜！"

他的小弟弟迈着小腿在后面追：

"哥哥！哥哥！"

路旁行人大声喊：

"孩子，你撒手！他们不会赔你的！他们不讲理！撒手！快撒手！"

卡车飞快地开着，快开到珠市口了。郭庆春的胳膊吃不住劲了。他一松手，面朝下平拍在马路上。缓了半天，才坐起来。脸上、胸脯拉了好些的道道。围了好些人看。弟弟直哭："哥哥！唔，哥哥！"郭庆春拉着弟弟的手往回走，一面回头向卡车开去的方向骂。

在水管龙头上冲了冲，用擦西瓜刀的布擦擦脸，他还得做买卖。——他的滚散了的瓜已经有好心的大爷给他捡回来了。他接着吆唤：

"唉，闹块来！

我操你妈！

闹块来！

我操你臭大兵的妈！

闹块来！"

……

舅舅又来了。舅舅听说外甥摔了的事了。他跟妹妹说："庆春到底还小，在街面上混饭吃，还早了点。我看叫他学戏吧。没准儿将来有个出息。这孩子长相不错，有个人缘儿，扮上了，不难看。我听他的吆唤，有点膛音。马连良家原先不也是挺苦的吗？你瞧人家这会儿，净吃蹦虾仁！"

妈知道学戏很苦，有点舍不得。经舅舅再三开导，同意了。舅舅带他到华春社科班报了名，立了"关书"。舅舅是常常写关书的，写完了，念给妹妹听听。郭庆春的妈听到："生死由命，概不负责。若有逃亡，两家寻找。"她听懂了，眼泪直往下掉。她说："孩子，你要肚里长牙，千万可不能半途而废！我就指着你了。你还有个弟弟！"郭庆春点头，说："妈，您放心！"

学戏比卖西瓜有意思！

耗顶，撕腿。耗顶得耗一炷香，大汗珠子叭叭地往下滴，滴得地下湿了一片。撕腿，单这个"撕"字就叫人肝颤。把腿楞给撕开，撕得能伸到常人达不到的角度。学生疼得直掉眼泪，抄功的董老师还是使劲地把孩子们的两只小腿往两边掰，毫不怜惜，一面嘴里说："若要人前显贵，必得人后受罪，小子，忍着点！"

接着，开小翻、开虎跳、前扑、蹿毛、倒插虎、乌龙搅柱、拧旋子、练云里翻……

这比卖西瓜有意思。

吃的是棒子面窝头、"三合油"，——韭菜花、青椒糊、酱油，倒在一个木桶里，拿开水一沏，这就是菜。学生们都吃得很香。郭庆春在出科以后多少年，在大城市的大旅馆里，甚至在国外，还会有时忽然想起三合油的香味非常想喝一碗。大白菜下来的时候，就顿顿都是大白菜。有的时候，师父——班主忽然高了兴，在他的生日，或是买了几件得意的古董玉器，就吩咐厨子："给他们炒蛋炒饭！"蛋炒饭油汪汪的，装在一个大缸里，管饱！撑得这些孩子一个一个挺腰凸肚。

师父是个喜怒无常的人。高了兴，给蛋炒饭吃，稍不高兴，就"打通堂"。全科学生，每人十板子，平均对待，无一幸免。这板子平常就供在祖师爷龛子的旁边，谁也不许碰，神圣得很。到要用的时候，"请"下来。掌刑的，就是抄功的董老师。他打学生很有功夫，节奏分明，不紧不慢，轻重如一，不偏不向。师父说一声"搬板凳！"董老师在鼻孔里塞两撮鼻烟，抹了个蝴蝶，用一块大手绢把右手腕子缠住(防止闪了腕子)，学生就很自觉地从大到小挨着个儿撩起衣服，趴到板凳上，老老实实，规规矩矩，挨那份内应得的重重的十下。

"打通堂"的原因很多。几个馋嘴师哥把师父买回来放在冰箱里准备第二天吃的熏鸡偷出来分吃了；一个调皮捣蛋的学生在董老师的鼻烟壶里倒进了胡椒面了；一个小学生在台上尿了裤子了……都可以连累大家挨一顿打。

"打通堂"给同科的师兄师弟留下极其甘美的回忆。他们日后聚在一起，常常谈起某一次"打通堂"的经过，彼此互相补充，谈得津津有味。"打通堂"使他们的同学意识变得非常深刻，非常坚实。这对于维系他们的感情，作用比一册印刷精美的同学录要大得多。

一同喝三合油，一同挨"打通堂"，还一同生虱子，一同长疥，三四年很快过去了。孩子们都学会了几出戏，能应堂会，能上戏园子演出了。郭庆春学的是武生，能唱《哪吒闹海》、《蜈蚣岭》、《恶虎村》……(后来他当了老师，给学生开蒙，也是这几出)。因为他是个小白胖子(吃那种伙食也能长胖，真也是奇迹)，长得挺好玩，在节日应景戏《天河配》里又总扮一个洗澡的小仙女，因此到他已经四十几岁，有儿有女的时候，旧日的同学还动不动以此事来取笑："你得了吧！到天河里洗你的澡去吧！"

他们每天排着队上剧场。都穿的长衫、棉袍，冬天戴着小帽头夏天露着刮得发青的光脑袋。从科班到剧场要经过一个胡同。胡同里有一家卖炒疙瘩的，掌柜的是个跟郭庆春的妈差不多岁数的大娘，姓许。许大娘特别喜欢孩子，——男孩子。科班的孩子经过胡同时，她总站在门口一个一个地看他们。孩子们也知道许大娘喜欢他们，一个一个嘴很甜，走过跟前，都叫她：

"大娘！"

"哎！"

"大娘！"

"哎！"

许大娘知道科班里吃得很苦，就常常抓机会拉一两个孩子上她铺子里吃一盘炒疙瘩。轮流请。华春社的学生几乎全吃过她的炒疙瘩。以后他们只要吃炒疙瘩，就会想起许大娘，吃的次数最多的是郭庆春。科班学生排队从许大娘铺子门前走过，大娘常常扬声叫庆春："庆春哪，你放假回家的时候，到大娘这儿弯一下。"——"哎。"

许大娘有个女儿，叫招弟，比郭庆春小两岁。她很爱和庆春一块玩。许大娘家后面有一个很小的院子，院里有一棵马樱花，两盆茉莉，还有几盆草花。郭庆春吃完了炒疙瘩(许大娘在疙瘩里放了好些牛肉，加了半勺油)，他们就在小院里玩。郭庆春陪她玩女孩子玩的抓子儿，跳房子；招弟也陪庆春玩男孩子玩的弹球。谁输了，就让赢家弹一下脑锛儿，或是拧一下耳朵，刮一下鼻子，或是亲一下。庆春赢了，招弟歪着脑袋等他来亲。庆春只是尖着嘴，在她脸上碰一下。

"亲都不会！饶你一下，重来！"

郭庆春看见招弟耳垂后面有一颗红痣(他头二年就看到了)，就在那个地方使劲地亲了一下。招弟格格地笑个不停：

"痒痒！"

从此每次庆春赢了，就亲那儿。招弟也愿意让他亲这儿。每次都格格地笑，都说"痒痒"。

有一次许大娘看见郭庆春亲招弟，说："哪有这样玩的！"许大娘心里一沉：孩子们自己不知道，他们一天一天大了哇！

渐渐的，他们也知道自己大了，就不再这么玩了。招弟爱瞧戏。她家离戏园子近，跟戏园子的人都很熟，她可以随时钻进去看一会。她看郭庆春的《恶虎村》，也看别人的戏，尤其爱看旦角戏。看得多了，她自己也能唱两段。郭庆春会拉一点胡琴。后两年吃完了炒疙瘩，就是庆春拉胡琴，招弟唱"苏三离了洪洞县"，"儿的父去投军无音信"……招弟嗓子很好。郭庆春松了琴弦，合上弓，常说："你该唱戏去的，耽误了，可惜！"

人大了，懂事了。他们有时眼对眼看着，看半天，不说话。马缨花一阵一阵地散发着清香。

许大娘也有了点心事。她很喜欢庆春。她也知道，如果由她做主把招弟许给庆春，招弟是愿意的。可是，庆春日后能成气候么？唱戏这玩意，唱红了，荣华富贵；唱不红，流落街头。等二年再说吧！

残酷的现实把许大娘的这点淡淡的梦砸得粉碎：庆春在快毕业的那年倒了仓，倒得很苦，——一字不出"子弟无音客无本"，郭庆春见过多少师哥，在科班里是好角儿，一旦倒了仓，倒不过来，拉洋车，卖落花生，卖大碗茶。他惊恐万状，一身一身地出汗。他天不亮就到窑台喊嗓子，他听见自己那一点点病猫一样的嘶哑的声音，心都凉了。夜里做梦，念了一整出《连环套》，"愚下保镖，路过马兰关口……"脆亮响堂，高兴得从床上跳起来。一醒来，仍然是一字不出。祖师爷把他的饭碗收去了，他该怎么办呢？许大娘也知道了庆春倒仓没倒过来。招弟也知道了。她们也反反复复想了许多。

郭庆春只有两条路可走：当底包龙套，或是改行。

郭庆春坐科学戏是在敌伪时期，到他该出科时已经是抗战胜利，国民党中央军来了。"想中央，盼中央，中央来了更遭殃。"物价飞涨，剧场不上座。很多人连赶两包（在两处剧场赶两个角色），也奔不出一天的嚼裹儿。有人唱了一天戏，开的份儿只够买两个茄子，一家几口，就只好吃这两个熬茄子。满街都是伤兵，开口就是"老子抗战八年！"动不动就举起双拐打人。没开戏，他们就坐满了戏园子。没法子，就只好唱一出极其寡淡无味的戏，把他们唱走。有一出戏，叫《老道游山》，就一个角色。——老道，拿着云帚，游山。游到哪里，"真好景致也"，唱一段，接着再游。没有别的人物，也没有一点故事情节，要唱多长唱多长。这出戏本来是评剧唱，后来京剧也唱：唱得这些兵大爷不耐烦了："他妈的，这叫什么戏！"一哄而去。

等他们走了，再开正戏。

很多戏曲演员都改了行了。郭庆春的前几科的师哥，有的到保定、石家庄贩鸡蛋，有的在北海管租船，有的卖了糊盐，——盐炒糊了，北京还有极少数人家用它来刷牙，可是这能卖几个钱？……

有嗓子的都没了辙了，何况他这没嗓子的。他在科班虽然不是数一数二的好角儿，可是能唱一出的。当底包龙套，他不甘心！再说，当底包龙套也吃不饱呀！郭庆春把心一横：干脆，改行！

春秋两季，拉菜车，从广渠门外拉到城里。夏天，卖西瓜。冬天，卖柿子。一车青菜，两千多斤。头几回拉，累得他要吐血。咬咬牙，也就挺过来了。卖西瓜，是他的老行当。西瓜摊还是摆在陕西巷口外。因为嗓子没有，他很少吆唤。但是人大了，有了经验，隔皮知瓤，挑来的瓜个个熟。西瓜片切得很薄，显得块儿大。木板上铺了蓝布，湔了水，显着这些瓜鲜亮水灵，咝咝地往外冒着游气。卖柿子没有三天的"力笨"，人家咋卖咱咋卖。找个背风的旮旯儿，把柿子挨个儿排在地上，就着路灯的光，照得柿子一个一个黄澄澄的，饱满鼓立，精神好看，谁看了都想到围着火炉嚼着带着冰碴的凉柿子的那股舒服劲儿。卖柿子的怕回暖，尤其怕刮风。一刮风，冻柿子就流了汤了。风再把尘土涂在柿子皮上，又脏又黑，满完！因此，郭庆春就盼着一冬天都是那么干冷干冷的。

卖力气，做小买卖，不丢人！街坊邻居不笑话他。他的还在唱戏和已经改了行的师兄弟有时路过，还停下来跟他聊一会。有的师哥劝他别把功撂下，早上起来也到陶然亭喊两嗓子。说是有人倒仓好几年，后来又缓过来的。没准儿，有那一天，还能归到梨园行来。郭庆春听了师哥的话，接长补短的，耗耗腿，拉拉山膀，无非是解闷而已。

郭庆春没有再去看许大娘。他拉菜车、卖西瓜、卖柿子，不怕碰见别的熟人，可就怕碰见许大娘母女。听说，许大娘搬了家了，搬到哪里，他也没打听。北京城那样大，人一分开，就像树上落下两片叶子，风一吹，各自西东北京城并不大。

一天晚上，干冷干冷的。郭庆春穿了件小棉袄，蹲在墙旮旯。地面上的冷气从裆下一直透进他的后脊梁。一辆三轮车蹬了过来，车上坐了一个女的。

"三轮，停停。"

女的揭开盖在腿上的毛毯，下了车。

"这柿子不错，给我包四个。"

她扔下一条手绢，郭庆春挑了四个大的，包上了。他抬起头来，把手绢往上递：是许招弟！穿了一件长毛绒大衣。

许招弟一看，是郭庆春。

"你……这样了！"

郭庆春把脑袋低了下去。

许招弟把柿子钱丢在地下，坐上车，走了。

转过年来，夏天，郭庆春在陕西巷口卖西瓜，正吆唤着(他嗓子有了一点音了)，巷里走出一个人来：

"卖西瓜的，递两个瓜来。——要好的。"

"没错！"

郭庆春挑了两个大黑皮瓜，对旁边的纸烟阁掌柜说："劳您驾，给照看一下瓜摊。"——"你走吧。"

跟着要瓜的那人走，到了一家，这家正办喜事。堂屋正面着大红双喜幔帐，屋里屋外一股炮仗硝烟气味。两边摆着两桌酒。已经行过礼，客人入席了。郭庆春一看，新娘子是许招弟！她烫了发，抹了胭脂口红，耳朵下垂着水钻坠子。郭庆春把两个瓜放在旁边的小方桌上，拔腿就跑。听到后面有人喊：

"卖西瓜的，给你瓜钱！"

这是一个张恨水式的故事，一点小市民的悲欢离喜。这样的故事在北京城每天都有。


北京解放了。

解放，使许多人的生活发生了急转直下的变化，许多故事产生了一个原来意想不到的结尾。

郭庆春万万没有想到，他会和一个老干部，一个科长结了婚，并且在结婚以后变成现在的郭导演。

北京解放以后，物价稳定，没有伤兵，剧场上座很好。很多改了行的演员又纷纷搭班唱戏了。他到他曾经唱过多次戏的剧场去听过多次戏，紧锣密鼓，使他兴奋激动，筋肉伸张。随着锣经，他直替台上的同行使劲。

一个外地剧经到北京来约人。那个贩卖鸡蛋的旺哥来找郭庆春：

"庆春，他们来找了我。我想去。我提了你。北京的不好唱。咱先到外地转转。你的功底我知道，这些年没有全撂下，稍稍练练，能捡回来。听你吆唤，嗓子出来了。咱们一块去吧。学了那些年，能就扔下吗？就你那一出戏，管保能震他们一下子。"

郭庆春沉吟了一会，说："去！"

到了那儿，安顿下了，剧团团长领他们几个新从北京约来的演员去见见当地文化局的领导。戏改科的杨科长接见了他们。杨科长很忙，一会儿接电话，一会在秘书送来的文件收文簿上签字，显得很果断，很有气魄。杨科长勉励了他们几句，说他们是剧团的"新血液"，希望他们发挥自己的专长，为人民服务。郭庆春连连称是。他对杨科长油然产生一种敬重之情。一个女的，能当科长，了不起！他觉得杨科长的举止动作，言谈话语，都像一个男人，不像是个女的。

重返舞台，心情紧张。一生成败，在此一举。三天"钉炮"，提心吊胆。没有想到，一"炮"而红。他第一次听到台下的掌声，好像在做梦。第三天《恶虎村》，出来就有碰头好。以后"四记头"亮相，都有掌声。他扮相好，身上规矩，在台上很有人缘。他也的确是"卯上"了。经过了生活上的一番波折，他这才真正懂得在进科班时他妈跟他说的话："要肚里长牙"。他在台上从不偷工惜力，他深深知道把戏唱砸了，出溜下来，会有什么后果。他的戏码逐渐往后挪，从开场头一二出挪到中间，又挪到了倒第三。他很知足了，这就到了头。在科班时他就知道自己唱不了大轴，不是那材料。一个人能吃几碗干饭，自己清楚，别人也清楚。

杨科长常去看京剧团的戏。一半由于职务，一半出于爱好。他万万没有想到，她后来竟成了他的爱人。

郭庆春在阳台上忽然一个人失声笑了出来。他的女儿在屋里问："爸爸，你笑什么？"

他笑他们那个讲习会。市里举办了第一届全市旧艺人讲习会。局长是主任，杨科长是副主任。讲《新民主主义论》、社会发展史、政治经济学。小组讨论，真是笑话百出。杨科长一次在讲课时说："列宁说过……"一个拉胡琴的老艺人问："列宁是唱什么的？"——"列宁不是唱戏的。"——"哦，不是唱戏的，那咱们不知道。"又有一次，杨科长鼓励大家要有主人翁思想，这位老艺人没有听明白前言后语，站起来说："咱们是从旧社会来的，什么坏思想都有，就这主人翁思想，咱没有！"原来他以为主人翁思想就是想当班主的思想。

讲习会要发展一批党员。郭庆春被列为培养对象。杨科长时常找他个别谈话。鼓励他建立革命人生观，提高阶级觉悟，提高政治水平，要在政治上有表现，会积极发言。郭庆春很认真也很诚恳地照办了。他大小会都发言。讲的最多的是新旧社会对比。他有切身感受，无须准备，讲得很真实，很生动。同行的艺人多有类似经历，容易产生共鸣。讲的人、听的人个个热泪盈眶，效果很好。讲习班结业时，讨论发展党员名单，他因为出身好，政治表现突出，很顺利地通过了。他的入党介绍人是杨科长和局长。

第一批发展的党员，回到剧团，全都成了剧团骨干。郭庆春被提升为副团长、艺委会主任。

因为时常要到局里请示汇报工作，他和杨科长接触的机会就更多了。熟了，就不那么拘谨了，有时也说点笑话。聊点闲天。局里很多人叫杨科长叫杨大姐或大姐，郭庆春也随着叫。虽然叫大姐，他还是觉得大姐很有男子气。

没想到，大姐提出要跟他结婚。他目瞪口呆，结结巴巴不知说什么好。他觉得和一个领导结婚，简直有点乱伦的味道，他想也没有想过。天地良心，他在大姐面前从来没有起过邪念。他当然同意。

杨科长的老战友们听说她结了婚，很诧异。听说是一个京剧演员结婚，尤其诧异。她们想：她这是图什么呢？她喜欢他什么？

虽然结了婚，他们的关系还是上下级。不论是在工作上，在家里，她是领导，他是被领导。他习惯于"服从命令听指挥"，觉得这样很舒服，很幸福。

杨科长是个目光远大的人，她得给庆春（和他自己）安排一个远景规划的蓝图。庆春目前一切都很顺利，但要看到下一步。但要看到下一步。唱武生的，能在台上蹦跶多少年呢？照戏班里的说法，要找一个"落劲"。中央戏剧学院举办导演训练班，学员由各省推荐。市里分到一个名额，杨科长提出给郭庆春，科里、局里都同意。郭庆春在导演训练班学了两年，听过苏联专家的课，比较系统的知道斯坦尼斯杰夫斯基体系。毕业之后，回到剧团，大家自然刮目相看。这个剧团原来没有导演，要排新戏，排《三打祝家庄》、《红娘子》，不是向外地剧团学，"刻模子"，就是请话剧团的导演来排。郭庆春学成归来，就成了专职导演。

剧团里的人，有人希望他露两手，有人等着看他的笑话。接连排了两个戏，他全"拿"下来了。他并没有用一些斯坦尼的术语去唬人，他知道那样会招人反感。他用一些戏曲演员所熟悉，所能接受的行话临场指挥。比如，他说"交流"，却说"过电"，——"你们俩得过电哪！"

他不说什么"情绪的记忆"这样很玄妙的词儿，他只说是"神气""你要长神气。——长一点，再长一点！"他用的舞台调度也无非还是斜胡同、蛇蜕皮……但是变了一下，就使得演员既"过得去"、"走得上来"，又觉得新鲜。郭导演的威信建立起来了。从此，他不上舞台了。有时，有演员病了，他上去顶一角，人们就要竖大拇指："瞧人家郭导演，不拿导演架子！好样儿的！"

不但在本剧团，外剧团也常请他。京剧、评剧、梆子，他全导过。一通百通，应付裕如。他导的戏，已经不止一出拍成了戏曲艺术片。郭庆春三个字印在影片的片头，街头的广告上。

他不会再卖西瓜，卖柿子了。

他曾经两次参加戏剧代表团出国，到过东欧、苏联，到过朝鲜。他听了曾经出过国的师哥的建议，带了一包五香粉，一盒固体酱油，于是什么高加索烤羊肉、带血的煎牛排，他都能对付。他很想带一罐臭豆腐，经同行团员的劝阻，才没有带。量服装的时候，问他大衣要什么料子，他毫不迟疑地说："长毛绒！"服装厂的同志说在外国，男人没有穿长毛绒的，这才改为海军呢。

他在国外照了好多照片，黑白的，还有彩色的。他的爱人一张一张地贴在仿古缎面的相册上。这些照片上的郭庆春全都是器宇轩昂，很像个大导演。

由于爱人的活动(通过各种"老战友"的关系)，他已经调到北京的剧团来了。他的母亲还健在。他的弟弟由于他的资助，上了学，现在在一家工厂当出纳。他有了一个女儿。已经上小学了。他有一套三居室的单元。他在剧团里自然也有气儿不顺的时候，为一个戏置景置装的费用，演员的"人位"，和领导争得面红耳赤，摔门，拍桌子；偶尔有很"个"的演员调皮捣蛋"吊腰子"，当面顶撞，出言不逊，气得他要休克，但是这样的时候不多，一年也只是七八次。总的说来，一切都很顺利。他对自己的生活很满意。因为满意，就没有理由不发胖，于是就发胖了。

他的感情是平稳的、柔软的、滑润的，像一块奶油（从国外回来，他养成爱吃奶油的习惯）。

今天遇见了一件事，使他的情绪有一点小小的波动。剧团招收学员，他是主考。排练厅里摆了一张乒乓球案子，几把椅子。他坐在正中的一把上。像当初他进科班时被教师考察一样，一个一个考察着来应试的男孩子、女孩子。看看他们的相貌，体格，叫他们唱两句，拉一个山膀，踢踢腿，——来应试的孩子多半在家里请人教过，都能唱几句，走几个"身上"。然后在名单上用铅笔做一些记号。来应试的女孩子里有一个叫于小玲。这孩子一走出来，郭庆春就一愣，这孩子长得太像一个人了。他有点走神。于小玲的唱（她唱的是"苏三离了洪洞县"），所走的"身子"，他都没有认真地听，看，名单上于小玲的名字底下，什么记号也没有做。

学员都考完了，于小玲往外走。郭庆春叫住她：

"于小玲。"

于小羚站住。

"您叫我？"

"……你妈姓什么？"

"姓许。"

没错，是许招弟的女儿。

"你爸爸……对，姓于。他还好吗？"

"我爸死了，有五年了。"

"你妈挺好？"

"还可以。"

"……她还是那样吗？"

"您认得我妈？"

"认得。"

"我妈就在外面。妈——！"

于小玲走出排练厅，郭庆春也跟着走出来。迎面走过来许招弟。

许招弟还那样，只是憔悴瘦削，显老了。

"妈，这是郭导演。"

许招弟看着郭庆春，很客气地称呼一声：

"郭导演！"

郭庆春不知怎么称呼她好，也不能像小时候一样叫她招弟，只好含含糊糊地应了一声，问道：

"您倒好？"

"还凑合。"

"多年不见了。"

"有年头了。——这孩子，您多关照。"

"她不错。条件挺好。"

"回见啦。"

"回见！"

许招弟领着女儿转身走了。郭庆春看见她耳垂后面那颗红痣，有些怅惘。


以上，是京剧导演郭庆春在晚饭之后，微醺之中，闻一阵一阵的马缨花的香味时所想的一些事。想的时候自然是飘飘忽忽，断断续续的。如果用意识流方法照实记录下来，将会很长。为省篇幅，只能挑挑拣拣，加以巧裁，简单地勾出一个轮廓。

141

郭导演想：……一个人走过的路真是很难预料。如果不是解放了，他会是什么样子呢？也许还是卖西瓜、卖柿子、拉菜车？……如果他出科时不倒仓，又会是什么样呢？也许他就唱红了，也许就会和许招弟结了婚。那么于小玲就会是他的女儿，她会不姓于，而姓郭？……

他正在这样漫无边际地想下去，他的女儿在屋里娇声喊道：

"爸，你进来，我要你！"

正好夹在手里的大前门已经吸完，烟头烧痛了他的手指，他把烟头往楼下的马缨花树帽上一扔，进屋去了。

第二天，郭导演上午导了一场戏，中午，几个小青年拉他去挑西瓜。

"郭导演，给我们挑一个瓜。"

"去一边去！当导演的还管挑西瓜呀！"

但还是被他们连推带拽地去了。他站在一堆西瓜前巡视一下，挑了一个，用右手大拇指按在瓜皮上，用力往前一蹭，放在耳朵边听一听，轻轻拍一下：

"就这个保证脆沙瓤。生了，娄了，我给钱！"

他抄起案子上的西瓜刀，一刀切过去，只听见喀嚓一声，瓜裂开了：薄皮、红瓤、黑籽。

卖瓜的惊奇地问：

"您卖过瓜？"

"我卖瓜的那阵，还没有你哪！哈哈哈哈……

他大笑着走回剧团。谁也不知道他的笑声里包含了多少东西。

过了几天，招考学员发了榜，于小玲考取了。人们都说，是郭导演给她使了劲。

# 大淖记事

## 一

这地方的地名很奇怪，叫做大淖。全县没有几个人认得这个淖字。县境之内，也再没有别的叫做什么淖的地方。据说这是蒙古话。那么这地名大概是元朝留下的。元朝以前这地方有没有，叫做什么，就无从查考了。

淖，是一片大水。说是湖泊，似还不够，比一个池塘可要大得多，春夏水盛时，是颇为浩淼的。这是两条水道的河源。淖中央有一条狭长的沙洲。沙洲上长满茅草和芦荻。春初水暖，沙洲上冒出很多紫红色的芦芽和灰绿色的蒌蒿①，很快就是一片翠绿了。夏天，茅草、芦荻都吐出雪白的丝穗，在微风中不住地点头。秋天，全都枯黄了，就被人割去，加到自己的屋顶上去了。冬天，下雪，这里总比别处先白。化雪的时候，也比别处化得慢。河水解冻了，发绿了，沙洲上的残雪还亮晶晶

---

① 蒌蒿是生于水边的野草，粗如笔管，有节，生狭长的小叶，初生二寸来高，叫做"蒌蒿薹子"，加肉炒食极清香。苏东坡诗："竹外桃花三两枝，春江水暖鸭先知。蒌蒿满地芦芽短，正是河豚欲上时。"蒌蒿见于诗，这大概是第一次。他很能写出节令风物之美。

地堆积着。这条沙洲是两条河水的分界处。从淖里坐船沿沙洲西面北行，可以看到高阜上的几家炕房。绿柳丛中，露出雪白的粉墙，黑漆大书四个字："鸡鸭炕房"，非常显眼。炕房门外，照例都有一块小小土坪，有几个人坐在树桩上负曝闲谈。不时有人从门里挑出一副很大的扁圆的竹笼，笼口络着绳网，里面是松花黄色的，毛茸茸，挨挨挤挤，啾啾乱叫的小鸡小鸭。由沙洲往东，要经过一座浆坊。浆是浆衣服用的。这里的人，衣服被里洗过后，都要浆一浆。浆过的衣服，穿在身上沙沙作响。浆是芡实水磨，加一点明矾，澄去水分，晒干而成。这东西是不值什么钱的。一大盆衣被，只要到杂货店花两三个铜板，买一小块，用热水冲开，就足够用了。但是全县浆粉都由这家供应（这东西是家家用得着的），所以规模也不算小。浆坊有四五个师傅忙碌着。喂着两头毛驴，轮流上磨。浆坊门外，有一片平场，太阳好的时候，每天晒着浆块，白得叫人眼睛都睁不开。炕房、浆坊附近还有几家买卖荸荠、茨菇、菱角、鲜藕的鲜货行，集散鱼蟹的鱼行和收购青草的草行。过了炕房和浆坊，就都是田畴麦垄，牛棚水车，人家的墙上贴着黑黄色的牛屎粑粑，——牛粪和水，拍成饼状，直径半尺，整齐地贴在墙上晾干，作燃料，已经完全是农村的景色了。由大淖北去，可至北乡各村。东去可至一沟、二沟、三垛，直达邻县兴化。

大淖的南岸，有一座漆成绿色的木板房，房顶、地面，都是木板的。这原是一个轮船公司。靠外手是候船的休息室。往里去，临水，就是码头。原来曾有一只小轮船，往来本城的兴化，隔日一班，单日开走，双日返回。小轮船漆得花花绿绿的，飘着万国旗，机器突突地响，烟筒冒着黑烟，装货、卸货、上客、下客，也有卖牛肉、高粱酒、花生瓜子、芝麻灌香糖的小贩，吆吆喝喝，是热闹过一阵的。后来因为公司赔了本，股东无意继续经营，就卖船停业了。这间木板房子倒没有拆去。现在里面空荡荡、冷清清，只有附近的野孩子到候船室来唱戏玩，棍棍棒棒，乱打一气；或到码头上比赛撒尿。七八个小家伙，齐齐地站成一排，把一泡泡骚尿哗哗地撒到水里，看谁尿得最远。

大淖指的是这片水，也指水边的陆地。这里是城区和乡下的交界处。从轮船公司往南，穿过一条深巷，就是北门外东大街了。坐在大淖的水边，可以听到远远地一阵一阵朦朦胧胧的市声，但是这里的一切和街里不一样。这里没有一家店铺。这里的颜色、声音、气味和街里不一样。这里的人也不一样。他们的生活，他们的风俗，他们的是非标准、伦理道德观念和街里的穿长衣念过"子曰"的人完全不同。

## 二

由轮船公司往东往西，各距一箭之遥，有两丛住户人家。这两丛人家，也是互不相同的，各是各乡风。

西边是几排错错落落的低矮的瓦屋。这里住的是做小生意的。他们大都不是本地人，是从下河一带，兴化、泰州、东台等处来的客户。卖紫萝卜的（紫萝卜是比荸荠略大的扁圆形的萝卜，外皮染成深蓝紫色，极甜脆），卖风菱的（风菱是很大的两角的菱角，壳极硬），卖山里红的，卖熟藕（藕孔里塞了糯米煮熟）的。还有一个从宝应来的卖眼镜的，一个从杭州来的卖天竺筷的。他们像一些候鸟，来去都有定时。来时，向相熟的人家租一间半间屋子，住上一阵，有的住得长一些，有的短一些，到生意做完，就走了。他们都是日出而作，日入而息。吃罢早饭，各自背着、扛着、挎着、举着自己的货色，用不同的乡音，不同的腔调，吟唱吆唤着上街了。到太阳落山，又都像鸟似的回到自己的窝里。于是从这些低矮的屋檐下就都飘出带点甜味而又呛人的炊烟（所烧的柴草都是半干不湿的）。他们做的都是小本生意，赚钱不大。因为是在客边，对人很和气，凡事忍让，所以这一带平常总是安安静静的，很少有吵嘴打架的事情发生。

这里还住着二十来个锡匠，都是兴化帮。这地方兴用锡器，家家都有几件锡制的家伙。香炉、蜡台、痰盂、茶叶罐、水壶、茶壶、酒壶，甚至尿壶，都是锡的。嫁闺女时都要赔送一套锡器。最少也要有两个能容四五升米的大锡罐，摆在柜顶上，否则就不成其为嫁妆。出阁的闺女生了孩子，娘家要送两大罐糯米粥（另外还要有两只老母鸡，一百鸡蛋），装粥用的就是娘柜顶上的这两个锡罐。因此，二十来个锡匠并不显多。

锡匠的手艺不算费事，所用的家什也较简单。一副锡匠担子，一头是风箱，绳系里夹着几块锡板；一头是炭炉和两块二尺见方，一面裱着好几层表芯纸的方砖。锡器是打出来的，不是铸出来的。人家叫锡匠来打锡器，一般都是自己备料，——把几件残旧的锡器回炉重打。锡匠在人家门道里或是街边空地上，支起担子，拉动风箱，在锅里把旧锡化成锡水，——锡的熔点很低，不大一会就化了；然后把两块方砖对合着（裱纸的一面朝里），在两砖之间压一条绳子，绳子按照要打的锡器圈成近似的形状，绳头留在砖外，把锡水由绳口倾倒过去，两砖一压，就成了锡片；然后，用一个大剪子剪剪，焊好接口，用一个木槌在铁砧上敲敲打打，大约一两顿饭工夫就成型了。锡是软的，打锡器不像打铜器那样费劲，也不那样吵人。粗使的锡器，就这样就能交活。若是细巧的，就还要用刮刀刮一遍，用砂纸打一打，用竹节草（这种草中药店有卖的）磨得锃亮。

这一帮锡匠很讲义气。他们扶持疾病，互通有无，从不抢生意。若是合伙做活，工钱也分得很公道。这帮锡匠有一个头领，是个老锡匠，他说话没有人不听。老锡匠人很耿直，对其余的锡匠（不是他的晚辈就是他的徒弟）管教得很紧。他不许他们赌钱喝酒；嘱咐他们出外做活，要童叟无欺，手脚要干净；不许和妇道嬉皮笑脸。他教他们不要怕事，也绝不要惹事。除了上市应活，平常不让到处闲游乱窜。

老锡匠会打拳，别的锡匠也跟着练武。他屋里有好些白蜡杆，三节棍，没事便搬到外面场地上打对儿。老锡匠说：这是消遣，也可以防身，出门在外，会几手拳脚不吃亏。除此之外，锡匠们的娱乐便是唱唱戏。他们唱的这种戏叫做"小开口"，是一种地方小戏，唱腔本是萨满教的香火（巫师）请神唱的调子，所以又叫"香火戏"。这些锡匠并不信萨满教，但大都会唱香火戏。戏的曲调虽简单，内容却是成本大套，李三娘挑水推磨，生下咬脐郎；白娘子水漫金山；刘金定招亲；方卿唱道情，……可以坐唱，也可以化了装彩唱。遇到阴天下雨，不能出街，他们能吹打弹唱一整天。附近的姑娘媳妇都挤过来看，——听。

老锡匠有个徒弟，也是他的侄儿，在家大排行第十一，小名就叫个十一子，外人都只叫他小锡匠。这十一子是老锡匠的一件心事。因为他太聪明，长得又太好看了。他长得挺拔厮称，肩宽腰细，唇红齿白，浓眉大眼，头戴遮阳草帽，青鞋净袜，全身衣服整齐合体。天热的时候，敞开衣扣，露出扇面也似的胸脯，五寸宽的雪白的板带煞得很紧。走起路来，高抬脚，轻着地，麻溜利索。锡匠里出了这样一个一表人才，真是鸡窝里飞出了金凤凰。老锡匠心里明白：唱"小开口"的时候，那些挤过来的姑娘媳妇，其实都是来看这位十一郎的。

老锡匠经常告诫十一子，不要和此地的姑娘媳妇拉拉扯扯，尤其不要和东头的姑娘媳妇有什么勾搭："她们和我们不是一样的人！"

## 三

　　轮船公司东头都是草房，茅草盖顶，黄土打墙，房顶两头多盖着半片破缸破瓮，防止大风时把茅草刮走。这里的人，世代相传，都是挑夫。男人、女人，大人、孩子，都靠肩膀吃饭。

　　挑得最多的是稻子。东乡、北乡的稻船，都在大淖靠岸。满船的稻子，都由这些挑夫挑走。或送到米店，或送进哪家大户的廒仓，或挑到南门外琵琶闸的大船上，沿运河外运。有时还会一直挑到车逻、马棚湾这样很远的码头上。单程一趟，或五六里，或七八里、十多里不等。一二十人走成一串，步子走得很匀，很快。一担稻子一百五十斤，中途不歇肩。一路不停地打着号子。换肩时一齐换肩。打头的一个，手往扁担上一搭，一二十副担子就同时由右肩转到左肩上来了。每挑一担，领一根"筹子"，——尺半长，一寸宽的竹牌，上涂白漆，一头是红的。到傍晚凭筹领钱。

　　稻谷之外，什么都挑。砖瓦、石灰、竹子（挑竹子一头拖在地上，在砖铺的街面上擦得刷刷地响），桐油（桐油很重，使扁担不行，得用木杠，两人抬一桶）……因此，一年三百六十天，天天有活干，饿不着。

　　十三四岁的孩子就开始挑了。起初挑半担，用两个柳条笆斗。练上一二年，人长高了，力气也够了，就挑整担，像大人一样的挣钱了。

　　挑夫们的生活很简单：卖力气，吃饭。一天三顿，都是干饭。这些人家都不盘灶，烧的是"锅腔子"——黄泥烧成的矮瓮，一面开口烧火。烧柴是不花钱的。淖边常有草船，乡下人挑芦柴入街去卖，一路总要撒下一些。凡是尚未挑担挣钱的孩子，就一人一把竹筢，到处去搂。因此，这些顽童得到一个稍带侮辱性的称呼，叫做"篾草鬼子"。有时懒得费事，就从乡下人的草担上猛力拽出一把，拔腿就溜。等乡下人撂下担子叫骂时，他们早就没影儿了。锅腔子无处出烟，烟子就横溢出来，飘到大淖水面上，平铺开来，停留不散。这些人家无隔宿之粮，都是当天买，当天吃。吃的都是脱粟的糙米。一到饭时，就看见这些茅草房子的门口蹲着一些男子汉，捧着一个蓝花大海碗，碗里是骨堆堆的一碗紫红紫红的米饭，一边堆着青菜小鱼、臭豆腐、腌辣椒，大口大口地在吞食。他们吃饭不怎么嚼，只在嘴里打一个滚，咕冬一声就咽下去了。看他们吃得那样香，你会觉得世界上再没有比这个饭更好吃的饭了。

他们也有年，也有节。逢年过节，除了换一件干净衣裳，吃得好一些，就是聚在一起赌钱。赌具，也是钱。打钱，滚钱。打钱：各人拿出一二十铜元，叠成很高的一摞。参与者远远地用一个钱向这摞铜钱砸去，砸倒多少取多少。滚钱又叫"滚五七寸"。在一片空场上，各人放一摞钱；一块整砖支起一个斜坡，用一个铜元由砖面落下，向钱注密处滚去，钱停住后，用事前备好的两根草棍量一量，如距钱注五寸，滚钱者即可吃掉这一注；距离七寸，反赔出与此注相同之数。这种古老的博法使挑夫们得到极大的快乐。旁观的闲人也不时大声喝彩，为他们助兴。

这里的姑娘媳妇也都能挑。她们挑得不比男人少，走得不比男人慢。挑鲜货是她们的专业。大概是觉得这种水淋淋的东西对女人更相宜，男人们是不屑于去挑的。这些"女将"都生得颀长俊俏，浓黑的头发上涂了很多梳头油，梳得油光水滑（照当地说法是：苍蝇站上去都会闪了腿）。脑后的发髻都极大。发髻的大红头绳的发根长到二寸，老远就看到通红的一截。她们的发髻的一侧总要插一点什么东西。清明插一个柳球（杨柳的嫩枝，一头拿牙咬着，把柳枝的外皮连同鹅黄的柳叶使劲往下一抹，成一个小小球形），端午插一丛艾叶，有鲜花时插一朵栀子，一朵夹竹桃，无鲜花时插一朵大红剪绒花。因为常年挑担，衣服的肩膀处易破，她们的托肩多半是换过的。旧衣服，新托肩，颜色不一样，这几乎成了大淖妇女的特有的服饰。一二十个姑娘媳妇，挑着一担担紫红的荸荠、碧绿的菱角、雪白的连枝藕，走成一长串，风摆柳似的嚓嚓地走过，好看得很！

她们像男人一样的挣钱，走相、坐相也像男人。走起来一阵风，坐下来两条腿叉得很开。她们像男人一样赤脚穿草鞋（脚指甲却用凤仙花染红）。她们嘴里不忌生冷，男人怎么说话她们怎么说话，她们也用男人骂人的话骂人。打起号子来也是"好大娘个歪歪子咧！"——"歪歪子咧……"

没出门子的姑娘还文雅一点，一做了媳妇就简直是"姜太公在此百无禁忌"，要多野有多野。有一个老光棍黄海龙，年轻时也是挑夫，后来腿脚有了点毛病，就在码头上看看稻船，收收筹子。这老头儿老没正轻，一把胡子了，还喜欢在媳妇们的胸前屁股上摸一把，拧一下。按辈分，他应当被这些媳妇称呼一声叔公，可是谁都管他叫"老骚胡子"。有一天，他又动手动脚的，几个媳妇一咬耳朵，一二三，一齐上手，眨眼之间叔公的裤子就挂在大树顶上了。有一回，叔公听见卖饺面①的挑着担子，敲着竹梆走来，他又来劲了："你们敢不敢到淖里洗个澡？——敢，我一个人输你们两碗饺面！"——"真的？"——"真的！"——"好！"几个媳妇脱了衣服跳到淖里扑通扑通洗了一会。爬上岸就大声喊叫：

---

① 一半馄饨一半面下在一起，当地叫做"饺面"。

"下面！"

这里人家的婚嫁极少明媒正娶，花轿吹鼓手是挣不着他们的钱的。媳妇，多是自己跑来的；姑娘，一般是自己找人。他们在男女关系上是比较随便的。姑娘在家生私孩子；一个媳妇，在丈夫之外，再"靠"一个，不是稀奇事。这里的女人和男人好，还是恼，只有一个标准：情愿。有的姑娘、媳妇相与了一个男人，自然也跟他要钱买花戴，但是有的不但不要他们的钱，反而把钱给他花，叫做"倒贴"。

因此，街里的人说这里"风气不好"。

到底是哪里的风气更好一些呢？难说。

## 四

大淖东头有一户人家。这一家只有两口人，父亲和女儿。父亲名叫黄海蛟，是黄海龙的堂弟（挑夫里姓黄的多）。原来是挑夫里的一把好手。他专能上高跳。这地方大粮行的"窝积"（长条芦席围成的粮囤），高到三四丈，只支一只单跳，很陡。上高跳要提着气一口气窜上去，中途不能停留。遇到上了一点岁数的或者"女将"，抬头看看高跳，有点含糊，他就走过去接过一百五十斤的担子，一支箭似的上到跳顶，两手一提，把两箩稻子倒在"窝积"里，随即三五步就下到平地。因为为人忠诚老实，二十五岁了，还没有成亲。那年在车逻挑粮食，遇到一个姑娘向他问路。这姑娘留着长长的刘海，梳了一个"苏州俏"的发髻，还抹了一点胭脂，眼色张皇，神情焦急，她问路，可是连一个准地名都说不清，一看就知道是大户人家逃出来的使女。黄海蛟和她攀谈了一会，这姑娘就表示愿意跟着他过。她叫莲子。——这地方丫头、使女多叫莲子。

莲子和黄海蛟过了一年，给他生了个女儿。七月生的，生下的时候满天都是五色云彩，就取名叫做巧云。

莲子的手很巧、也勤快，只是爱穿件华丝葛的裤子，爱吃点瓜子零食，还爱唱"打牙牌"之类的小调："凉月子一出照楼梢，打个呵欠伸懒腰，瞌睡子又上来了。哎哟，哎哟，瞌睡子又上来了……"这和大淖的乡风不大一样。

巧云三岁那年，她的妈莲子，终于和一个过路戏班子的一个唱小生的跑了。那天，黄海蛟正在马棚湾。莲子把黄海蛟的衣裳都浆洗了一遍，巧云的小衣裳也收拾在一起，闷了一锅饭，还给老黄打了半斤酒，把孩子托给邻居，说是她出门有点事，锁了门，从此就不知去向了。

巧云的妈跑了，黄海蛟倒没有怎么伤心难过。这种事情在大淖这个地方也值不得大惊小怪。养熟的鸟还有飞走的时候呢，何况是一个人！只是她留下的这块肉，黄海蛟实在是疼得不行。他不愿巧云在后娘的眼皮底下委委屈屈地生活，因此发心不再续娶。他就又当爹又当妈，和女儿巧云在一起过了十几年。他不愿巧云去挑扁担，巧云从十四岁就学会结鱼网和打芦席。

巧云十五岁，长成了一朵花。身材、脸盘都像妈。瓜子脸，一边有个很深的酒窝。眉毛黑如鸦翅。长入鬓角。眼角有点吊，是一双凤眼。睫毛很长，因此显得眼睛经常是眯喱着；忽然回头，睁得大大的，带点吃惊而专注的神情，好像听到远处有人叫她似的。她在门外的两棵树杈之间结网，在淖边平地上织席，就有一些少年人装着有事的样子来来去去。她上街买东西，甭管是买肉、买菜，打油、打酒，撕布、量头绳，买梳头油、雪花膏，买石碱、浆块，同样的钱，她买回来，分量都比别人多，东西都比别人的好。这个奥秘早被大娘、大婶们发现，她们都托她买东西。只要巧云一上街，都挎了好几个竹篮，回来时压得两个胳臂酸疼酸疼。泰山庙唱戏，人家都自己扛了板凳去。巧云散着手就去了。一去了，总有人给她找一个得看的好座。台上的戏唱得正热闹，但是没有多少人叫好。因为好些人不是在看戏，是看她。

巧云十六了，该张罗着自己的事了。谁家会把这朵花迎走呢？炕房的老大？浆坊的老二？鲜货行的老三？他们都有这意思。这点意思黄海蛟知道了，巧云也知道。不然他们老到淖东头来回晃摇是干什么呢？但是巧云没怎么往心里去。

巧云十七岁，命运发生了一个急转直下的变化。她的父亲黄海蛟在一次挑重担上高跳时，一脚踏空，从三丈高的跳板上摔下来，摔断了腰。起初以为不要紧，养养就好了。不想喝了好多药酒，贴了好多膏药，还不见效。她爹半瘫了，他的腰再也直不起来了。他有时下床，扶着一个剃头担子上用的高板凳，格登格登地走一截，平常就只好半躺下靠在一摞被窝上。他不能用自己的肩膀为女儿挣几件新衣裳，买两枝花，却只能由女儿用一双手养活自己了。还不到五十岁的男子汉，只能做一点老太婆做的事：绩了一捆又一捆的供女儿结网用的麻线。事情很清楚：巧云不会撇下她这个老实可怜的残废爹。谁要愿意，只能上这家来当一个倒插门的养老女婿。谁愿意呢？这家的全部家产只有三间草屋（巧云和爹各住一间，当中是一个小小的堂屋）。老大、老二、老三时不时来走去，拿眼睛瞟着隔着一层鱼网或者坐在雪白的芦席上的一个苗条的身子。他们的眼睛依然不缺乏爱慕，但是减少了几分急切。

老锡匠告诫十一子不要老往淖东头跑，但是小锡匠还短不了要来。大娘、大婶、姑娘、媳妇有旧壶翻新，总喜欢叫小锡匠来。从大淖过深巷上大街也要经过这里，巧云家门前的柳阴是一个等待雇主的好地方。巧云织席，十一子化锡，正好做伴。有时巧云停下活计，帮小锡匠拉风箱。有时巧云要回家看看她的残废爹，问他想不想吃烟喝水，小锡匠就压住炉里的火，帮她织一气席。巧云的手指划破了（织席很容易划破手，压扁的芦苇薄片，刀一样的锋快），十一子就帮她吮吸指头肚子上的血。巧云从十一子口里知道他家里的事：他是个独子，没有兄弟姐妹。他有一个老娘，守寡多年了。他娘在家给人家做针线，眼睛越来越不好，他很担心她有一天会瞎……

好心的大人路过时会想：这倒真是两只鸳鸯，可是配不成对。一家要招一个养老女婿，一家要接一个当家媳妇，弄不到一起。他们俩呢，只是很愿意在一处谈谈坐坐。都到岁数了，心里不是没有。只是像一片薄薄的云，飘过来，飘过去，下不成雨。

有一天晚上，好月亮，巧云到淖边一只空船上去洗衣裳（这里的船泊定后，把桨拖到岸上，寄放在熟人家，船就拴在那里，无人看管，谁都可以上去）。她正在船头把身子往前倾着，用力涮着一件大衣裳，一个不知轻重的顽皮野孩子轻轻走到她身后，伸出两手咯吱她的腰。她冷不妨，一头栽进了水里。她本会一点水，但是一下子懵了。这几天水又大，流很急。她挣扎了两下，喊救人，接连喝了几口水。她被水冲走了！正赶上十一子在炕房门外土坪上打拳，看见一个人冲了过来，头发在水上漂着。他褪下鞋子，一猛子扎到水底，从水里把她托了起来。

十一子把她肚子里的水控了出来，巧云还是昏迷不醒。十一子只好把她横抱着，像抱一个婴儿似的，把她送回去。她浑身是湿的，软绵绵，热乎乎的。十一子觉得巧云紧紧挨着他，越挨越紧。十一子的心怦怦地跳。

到了家，巧云醒来了。（她早就醒来了！）十一子把她放在床上。巧云换了湿衣裳（月光照出她的美丽的少女的身体）。十一子抓一把草，给她熬了半锅子姜糖水，让她喝下去，就走了。

巧云起来关了门，躺下。她好像看见自己躺在床上的样子。月亮真好。

巧云在心里说："你是个呆子！"

她说出声来了。

不大一会，她也就睡死了。

就在这一天夜里，另外一个人，拨开了巧云家的门。

## 五

由轮船公司对面的巷子转东大街，往西不远，有一个道士观，叫做炼阳观。现在没有道士了，里面住了不到一营水上保安队。这水上保安队是地方武装。他们名义上归县政府管辖，饷银却由县商会开销，水上保安队的任务是下乡剿土匪。这一带土匪很多，他们抢了人，绑了票，大都藏匿在芦荡湖泊中的船上（这地方到处是水），如遇追捕，便于脱逃。因此，地方绅商觉得很需要成立一个特殊的武装力量来对付这些成帮结伙的土匪。水上保安队装备是很好的。他们乘的船是"铁板划子"——船的三面都有半人高、三四分厚的铁板，子弹是打不透的。铁板划子就停在大淖岸边，样子很高傲。一有任务，就看见大兵们扛着两挺水机关，用箩筐抬着多半筐子弹（子弹不用箱装，却使箩抬，颇奇怪），上了船，开走了。

或七八天，或十天半月，他们得胜回来了（他们有铁板划子，又有水机关，对土匪有压倒优势，很少有伤亡）。铁板划子靠了岸，上岸列队，由深巷，上大街，直奔县政府。这队伍是四列纵队。前面是号队。这不到一营的人，却有十二支号。一上大街，就"打打打滴打大打滴大打"，齐齐整整地吹起来。后面是全队弟兄，一律荷枪实弹。号队之后，大队之前的正中，是捉来的土匪。有时三个五个，有时只有一个，都是

155

五花大绑。这队伍是很神气的。最妙的是被绑着的土匪也一律都合着号音，步伐整齐，雄赳赳气昂昂地走着。其至值日官喊"一、二、三、四"，他们也随着大声地喊。大队上街之前，要由地保事先通知沿街店铺，凡有鸟笼的（有的店铺是养八哥、画眉的），都要收起来，因为土匪大哥看见不高兴，这是他们忌讳的（他们到了县政府，都下在大狱里，看见笼中鸟，就无出狱希望了）。看看这样的铜号放光，刺刀雪亮，还夹着几个带有传奇色彩的土匪英雄的威武雄壮的队伍，是这条街上的民众的一件快乐事情。其快乐程度不下于看狮子、龙灯、高跷、抬阁、和僧道齐全、六十四杠的大出丧。

除了下乡办差，保安队的弟兄们没有什么事。他们除了把两挺水机关扛到大淖边突突地打两梭（把淖岸上的泥土打得簌簌地往下掉），平常是难得出操、打野外的。使人们感觉到这营把人的存在的，是这十二个号兵早晚练号。早晨八九点钟，下午四五点钟，他们就到大淖边来了。先是拨长音，然后各自吹几段，最后是合吹进行曲、三环号（他们吹三环号只是吹着玩，因为从来没有接受检阅的时候）。吹完号，就解散，想干什么干什么。有的，就轻手轻脚，走进一家的门外，咳嗽一声，随着，走了进去，门就关起来了。

这些号兵大都衣着整齐，干净爱俏。他们除了吹吹号，整天无事干，有的是闲空。他们的钱来得容易，——饷钱倒不多，但每次下乡，总有犒赏；有时与土匪遭遇，双方谈条件，也常从对手中得到一笔钱，手面很大方，花钱不在乎。他们是保护地方绅商的军人，身后有靠山，即或出一点什么事，谁也无奈他何。因此，这些大爷就觉得不风流风流，实在对不起自己，也辜负了别人。

十二个号兵，有一个号长，姓刘，大家都叫他刘号长。这刘号长前后跟大淖几家的媳妇都很熟。

拨开巧云家的门的，就是这个号长！

号长走的时候留下十块钱。

这种事在大淖不是第一次发生。巧云的残废爹当时就知道了。他拿着这十块钱，只是长长地叹了一口气。邻居们知道了，姑娘、媳妇并未多议论，只骂了一句："这个该死的！"

巧云破了身子，她没有淌眼泪，更没有想到跳到淖里淹死。人生在世，总有这么一遭！只是为什么是这个人？真不该是这个人！怎么办？拿把菜刀杀了他？放火烧了炼阳观？不行！她还有个残废爹。她怔怔地坐在床上，心里乱糟糟的。她想起该起来烧早饭了。她还得结网，织席，还得上街。她想起小时候上人家看新娘子，新娘子穿了一双粉红的缎子花鞋。她想起她的远在天边的妈。她记不得妈的样子，只记得妈用一个筷子头蘸了胭脂给她点了一点眉心红。她拿起镜子照照，她好像第一次看清楚自己的模样。她想起十一子给她吮手指上的血，这血一定是咸的。她觉得对不起十一子，好像自己做错了什么事。她非常失悔：没有把自己给了十一子！

她的这个念头越来越强烈。这个号长来一次，她的念头就更强烈一分。

水上保安队又下乡了。

一天，巧云找到十一子，说："晚上你到大淖东边来，我有话跟你说。"

十一子到了淖边。巧云踏在一只"鸭撇上"上（放鸭子用的小船，极小，仅容一人。这是一只公船，平常就拴在淖边。大淖人谁都可以撑着它到沙洲上挑蒌蒿，割茅草，拣野鸭蛋），把篙子一点，撑向淖中央的沙洲，对十一子说："你来！"

过了一会，十一子泅水到了沙洲上。

他们在沙洲的茅草丛里一直呆到月到中天。

月亮真好啊！

# 六

十一子和巧云的事，师兄们都知道，只瞒着老锡匠一个人。他们偷偷地给他留着门，在门窝子里倒了水（这样推门进来没有声音）。十一子常常到天快亮的时候才回来。有一天，又是这时候才推开门。刚刚要钻被窝，听见老锡匠说：

"你不要命啦！"

这种事情怎么瞒得住人呢？终于，传到刘号长的耳朵里。其实没有人跟他嚼舌头，刘号长自己还不知道？巧云看见他都讨厌，她的全身都是冷淡的。刘号长咽不下这口气。本来，他跟巧云又没有拜过堂，完过花烛，闲花野草，断了就断了。可是一个小锡匠，夺走了他的人，这丢了当兵的脸。太岁头上动土，这还行！这种事从来没有发生过。连保安队的弟兄也都觉得面上无光，在人前矬了一截。他是只许自己在别人头上拉屎撒尿，不许别人在他脸上溅一星唾沫的。若是闭着眼过去，往后，保安队的人还混不混了？

有一天，天还没亮，刘号长带了几个弟兄，踢开巧云家的门，从被窝里拉起了小锡匠，把他捆了起来。把黄海蛟、巧云的手脚也都捆了，怕他们去叫人。

他们把小锡匠弄到泰山庙后面的坟地里，一人一根棍子，搂头盖脸地打他。

他们要小锡匠卷铺盖走人，回他的兴化，不许再留在大淖。

小锡匠不说话。

他们要小锡匠答应不再走进黄家的门，不挨巧云的身子。

小锡匠还是不说话。

他们要小锡匠告一声饶，认一个错。

小锡匠的牙咬得紧紧的。

小锡匠的硬铮把这些向来是横着膀子走路的家伙惹怒了，"你这样硬！打不死你！"——"打"，七八根棍子风一样、雨一样打在小锡匠的身子。

小锡匠被他们打死了。

锡匠们听说十一子被保安队的人绑走了，他们四处找，找到了泰山庙。

老锡匠用手一探，十一子还有一丝悠悠气。老锡匠叫人赶紧去找陈年的尿桶。他经验过这种事，打死的人，只有喝了从桶里刮出来的尿碱，才有救。

十一子的牙关咬得很紧，灌不进去。

巧云捧了一碗尿碱汤，在十一子的耳边说："十一子，十一子，你喝了！"

十一子微微听见一点声音，他睁了睁眼。巧云把一碗尿碱汤灌进了十一子的喉咙。

不知道为什么，她自己也尝了一口。

锡匠们摘了一块门板，把十一子放在门板上，往家里抬。

他们抬着十一子，到了大淖东头，还要往西走。巧云拦住了：

"不要。抬到我家里。"

老锡匠点点头。

巧云把屋里存着的鱼网和芦席都拿到街上卖了，买了七厘散，医治十一子身子里的瘀血。

东头的几家大娘、大婶杀了下蛋的老母鸡，给巧云送来了。

锡匠们凑了钱，买了人参，熬了参汤。

挑夫，锡匠，姑娘，媳妇，川流不息地来看望十一子。他们把平时在辛苦而单调的生活中不常表现的热情和好心都拿出来了。他们觉得十一子和巧云做的事都很应该，很对。大淖出了这样一对年轻人，使他们觉得骄傲。大家的心喜洋洋，热乎乎的，好像在过年。

刘号长打了人，不敢再露面。他那几个弟兄也都躲在保安队的队部里不出来。保安队的门口加了双岗。这些好汉原来都是一窝"草鸡"！

锡匠们开了会。他们向县政府递了呈子，要求保安队把姓刘的交出来。

县政府没有答复。

锡匠们上街游行。这个游行队伍是很多人从未见过的。没有旗子，没有标语，就是二十来个锡匠挑着二十来副锡匠担子，在全城的大街上慢慢地走。这是个沉默的队伍，但是非常严肃。他们表现出不可侵犯的威严和不可动摇的决心。这个带有中世纪行帮色彩的游行队伍十分动人。

游行继续了三天。

第三天，他们举行了"顶香请愿"。二十来个锡匠，在县政府照壁前坐着，每人头上用木盘顶着一炉炽旺的香。这是一个古老的风俗：民有沉冤，官不受理，被逼急了的百姓可以用香火把县大堂烧了，据说这不算犯法。

这条规矩不载于《六法全书》，现在不是大清国，县政府可以不理会这种"陋习"。但是这些锡匠是横了心的，他们当真干起来，后果是严重的。县长邀请县里的绅商商议，一致认为这件事不能再不管。于是由商会会长出面，约请了有关的人：一个承审——作为县长代表，保安队的副官，老锡匠和另外两个年长的锡匠，还有代表挑夫的黄海龙，四邻见证，——卖眼镜的宝应人，卖天竺筷的杭州人，在一家大茶馆里举行会谈，来"了"这件事。

会谈的结果是：小锡匠养伤的药钱由保安队负担（实际是商会拿钱），刘号长驱逐出境。由刘号长画押具结。老锡匠觉得这样就给锡匠和挑夫都挣了面子，可以见好就收了。只是要求在刘某人的甘结上写上一条：如果他再踏进县城一步，任凭老锡匠一个人把他收拾了！

过了两天，刘号长就由两个弟兄持枪护送，悄悄地走了。他被调到三垛去当了税警。

十一子能进一点饮食，能说话了。巧云问他：

"他们打你，你只要说不再进我家的门，就不打你了，你就不会吃这样大的苦了。你为什么不说？"

"你要我说么？"

"不要。"

"我知道你不要。"

"你值么。"

"我值。"

"十一子，你真好！我喜欢你！你快点好。"

"你亲我一下，我就好得快。"

"好，亲你！"

巧云一家有了三张嘴。两个男的不能挣钱，但要吃饭。大淖东头的人家就没有积蓄，也没有什么东西可以变卖典押。结鱼网，打芦席，都不能当时见钱。十一子的伤一时半会不会好，日子长了，怎么过呢？巧云没经过太多考虑，把爹用过的箩筐找出来，磕磕尘土，就去挑担挣"活钱"去了。姑娘媳妇都很佩服她。起初她们怕她挑不惯，后来看她脚下很快，很匀，也就放心了。从此，巧云就和邻居的姑娘媳妇在一起，挑着紫红的荸荠、碧绿的菱角、雪白的连枝藕，风摆柳似地穿街过市，发髻的一侧插着大红花。她的眼睛还是那么亮，长睫毛忽扇忽扇的。但是眼神显得更深沉，更坚定了。她从一个姑娘变成了一个很能干的小媳妇。

十一子的伤会好么？

会。

当然会！

# 七里茶坊

我在七里茶坊住过几天。

我很喜欢七里茶坊这个地名。这地方在张家口东南七里。当初想必是有一些茶坊的。中国的许多计里的地名，大都是行路人给取的。如三里河、二里沟、三十里铺。七里茶坊大概也是这样。远来的行人到了这里，说："快到了，还有七里，到茶坊里喝一口再走。"送客上路的，到了这里，客人就说："已经送出七里了，请回吧！"主客到茶坊又喝了一壶茶，说了些话，出门一揖，就此分别了。七里茶坊一定萦系过很多人的感情。不过现在却并无一家茶坊。我去找了找，连遗址也无人知道。"茶坊"是古语，在《清明上河图》、《东京梦华录》、《水浒传》里还能见到。现在一般都叫"茶馆"了。可见，这地名的由来已久。

这是一个中国北方的普通的市镇。有一个供销社，货架上空空的，只有几包火柴，一堆柿饼。两只乌金釉的酒坛子擦得很亮，放在旁边的酒提子却是干的。柜台上放着一盆麦麸子做的大酱。有一个理发店，两张椅子，没有理发的，理发员坐着打瞌睡。一个邮局。一个新华书店，只有几套毛选和一些小册子。路口矗着一面黑板，写着鼓动冬季积肥的快板，文后署名"文化馆宣"，说明这里还有个文化馆。快板里写道：

"天寒地冻百不咋①，心里装着全天下。"轰轰烈烈的大跃进已经过去，这种豪言壮语已经失去热力。前两天下过一场小雨，雨点在黑板上抽打出一条一条斜道。路很宽，是土路。两旁的住户人家，也都是土墙土顶（这地方风雪大，房顶多是平的）。连路边的树也都带着黄土的颜色。这个长城以外的土色的冬天的市镇，使人产生悲凉的感觉。

除了店铺人家，这里有几家车马大店。我就住在一家车马大店里。

我头一回住这种车马大店。这种店是一看就看出来的，街门都特别宽大，成天敞开着，为的好进出车马。进门是一个很宽大的空院子。院里停着几辆大车，车辕向上，斜立着，像几尊高射炮。靠院墙是一个长长的马槽，几匹马面墙拴在槽头吃料，不停地甩着尾巴。院里照例喂着十多只鸡。因为地上有撒落的黑豆、高粱，草里有稗子，这些母鸡都长得极肥大。有两间房，是住人的。都是大炕。想住单间，可没有。谁又会上车马大店里来住一个单间呢？"碗大炕热"，就成了这类大店招徕顾客的口碑。

我是怎么住到这种大店里来的呢？

我在一个农业科学研究所下放劳动，已经两年了。有一天生产队长找我，说要派几个人到张家口去掏公共厕所，叫我领着他们去。为什么找到我头上呢？说是以前去了两拨人，都闹了意见回来了。我是个下放干部，在工人中还有一点威信，可以管得住他们，云云。究竟为什么，我一直也不太明白。但是我欣然接受了这个任务。

我打好行李，挎包是除了洗漱用具，带了一枝大号的烟斗，一袋掺了一半榆树叶的烟草，两本四部丛刊本《分门集注杜工部诗》，坐上单套马车，就出发了。

---

① "百不咋"是无所谓，没关系的意思。

我带去的三个人，一个老刘、一个小王，还有一个老乔，连我四个。

我拿了介绍信去找市公共卫生局的一位"负责同志"。他住在一个粪场子里。一进门，就闻到一股奇特的酸味。我交了介绍信，这位同志问我：

"你带来的人，咋样？"

"咋样？"

"他们，啊，啊，啊……"

他"啊"了半天，还是找不到合适的词句。这位负责同志大概不大认识字。他的意思我其实很明白，他是问他们政治上可靠不可靠。他怕万一我带来的人会在公共厕所的粪池子里放一颗定时炸弹。虽然他也知道这种可能性极小，但还是问一问好。可是他词不达意，说不出这种报纸语言。最后还是用一句不很切题的老百姓话说：

"他们的人性咋样？"

"人性挺好！"

"那好。"

他很放心了，把介绍信夹到一个卷宗里，给我指定了桥东区的几个公厕。事情办完，他送我出"办公室"，顺便带我参观了一下这座粪场。一边堆着好几垛晒好的粪干，平地上还晒着许多薄饼一样的粪片。

"这都是好粪，不掺假。"

"粪还掺假？"

"掺！"

"掺什么？土？"

"哪能掺土！"

"掺什么？"

"酱渣子。"

"酱渣子？"

"酱渣子，味道、颜色跟大粪一个样，也是酸的。"

"粪是酸的？"

"发了酵。"

我于是猛吸了一口气，品味着货真价实、毫不掺假的粪干的独特的，不能代替的，余韵悠长的酸味。

据老乔告诉我，这位负责同志原来包掏公私粪便，手下用了很多人，是一个小财主。后来成了卫生局的工作人员，成了"公家人"，管理公厕。他现在经营的两个粪场，还是很来钱。这人紫棠脸，阔嘴岔，方下巴，眼眼很亮，虽然没有文化，但是看起来很精干。他虽不大长于说"字儿话"，但是当初在指挥粪工、洽谈生意时，所用语言一定是很清楚畅达，很有力量的。

掏公共厕所，实际上不是掏，而是凿。天这么冷，粪池里的粪都冻得实实的，得用冰镩凿开，破成一二尺见方大小不等的冰块，用铁锹起出来，装在单套车上，运到七里茶坊，堆积在街外的空场上。池底总有些没有冻实的稀粪，就刮出来，倒在事先铺好的干土里，像和泥似的和好。一夜工夫，就冻实了。第二天，运走。隔三四天，所里车得空，就派一辆三套大车把积存的粪冰运回所里。

看车把式装车，真有个看头。那么沉的、滑滑溜溜的冰块，照样装得整整齐齐，严严实实，拿绊绳一煞，纹丝不动。走个百八十里，不兴掉下一块。这才真叫"把式"！

"叭——"的一鞭，三套大车走了。我心里是高兴的。我们给所里做了一点事了。我不说我思想改造得如何好，对粪便产生了多深的感情，但是我知道这东西很贵。我并没有做多少，只是在地面上挖一点干土，和粪。为了照顾我，不让我下池子凿冰。老乔呢，说好了他是来玩的，只是招招架架，跑跑颠颠。活，主要是老刘和小王干的。老刘是个使冰镩的行家，小王有的是力气。

这活脏一点，倒不累，还挺自由。

我们住在骡马大店的东房，——正房是掌柜的一家人自己住。南北相对，各有一铺能睡七八个人的炕，——挤一点，十个人也睡下了。快到春节了，没有别的客人，我们四个人占据了靠北的一张炕，很宽绰。老乔岁数大，睡炕头。小王火力壮，把门靠边。我和老刘睡当间。我那位置很好，靠近电灯，可以看书。两铺炕中间，是一口锅灶。

天一亮，年轻的掌柜就推门进来，点火添水，为我们做饭，——推莜面窝窝。我们带来一口袋莜面，顿顿饭吃莜面，而且都是推窝窝。——莜面吃完了，三套大车会又给我们捎来的。小王跳到地下帮掌柜的拉风箱，我们仨就拥着被窝坐着，欣赏他的推窝窝手艺。——这么冷的天，一大清早就让他从内掌柜的热被窝里爬出来为我们做饭，我心里实在有些歉然。不大一会，莜面蒸上了，屋里弥漫着白蒙蒙的蒸汽，很暖和，叫人懒洋洋的。可是热腾腾的窝窝已经端到炕上了。刚出屉的莜面，真香！用蒸莜面的水，洗洗脸，我们就蘸着麦麸子做的大酱吃起来，没有油，没有醋，尤其是没有辣椒！可是你得相信我说的是真话：我一辈子很少吃过这么好吃的东西。那是什么时候呀？——一九六〇年！

我们出工比较晚。天太冷。而且得让过人家上厕所的高潮。八点多了，才赶着单套车到市里去。中午不回来。有时由我掏钱请客，去买一包"高价点心"，找个背风的角落，蹲下来，各人抓了几块嚼一气。老乔、我、小王拿一副老掉了牙的扑克牌接龙、蹩七。老刘在呼呼的风声里居然能把脑袋缩在老羊皮袄里睡一觉，还挺香！下午接着干。四点钟装车，五点多就回到七里茶坊了。

一进门，掌柜的已经拉动风箱，往灶火里添着块煤，为我们做晚饭了。

吃了晚饭，各人干各人的事。老乔看他的《啼笑姻缘》。他这本《啼笑姻缘》是个古本了，封面封底都没有了，书角都打了卷，当中还有不少缺页。可是他还是戴着老花镜津津有味地看，而且老看不完。小王写信，或是躺着想心事。老刘盘着腿一声不响地坐着。他这样一声不响地坐着，能够坐半天。在所里我就见过他到生产队请一天假，哪儿也不去，什么也不干，就是坐着。我发现不止一个人有这个习惯。一年到头的劳累，坐一天是很大的享受，也是他们迫切的需要。人，有时需要休息。他们不叫休息，就叫"坐一天"。他们去请假的理由，也是"我要坐一天。"中国的农民，对于生活的要求真是太小了。我，就靠在被窝上读杜诗，杜诗读完，就压在枕头底下。这铺炕，炕沿的缝隙跑烟，把我的《杜工部诗》的一册的封面薰成了褐黄色，留下一个难忘的，美好的纪念。

有时，就有一句没一句，东拉西扯地瞎聊天。吃着柿饼子，喝着蒸锅水，抽着掺了榆树叶子的烟。这烟是农民用包袱包着私卖的，颜色是灰绿的，劲头很不足，抽烟的人叫它"半口烟"。榆树叶子点着了，发出一种焦糊的，然而分明地辨得出是榆树的气味。这种气味使我多少年后还难于忘却。

小王和老刘都是"合同工"，是所里和公社订了合同，招来的。他们都是柴沟堡的人。

老刘是个老长工，老光棍。他在张家口专区几个县都打过长工，年轻时年年到坝上割莜麦。因为打了多年长工，庄稼活他样样精通。他有过老婆，跑了，因为他养不活她。从此他就不再找女人，对女人很有成见，认为女人是个累赘。他就这样背着一卷行李，——一块毡子，一床

"盖窝"（即被），一个方顶的枕头，到处漂流。看他捆行李的利索劲儿和背行李的姿势，就知道是一个常年出门在外的老长工。他真也是自由自在，也不置什么衣服，有两个钱全喝了。他不大爱说话，但有时也能说一气，在他高兴的时候，或者不高兴的时候。这两年他常发牢骚，原因之一，是喝不到酒。他老是说："这是咋搞的？咋搞的？"——"过去，七里茶坊，啥都有：驴肉、猪头肉、炖牛蹄子、茶鸡蛋……，卖一黑夜。酒！现在！咋搞的！咋搞的！"——"'楼上楼下，电灯电话'！做梦娶媳妇，净慕好事！多会儿？"①他年轻时曾给八路军送过信，带过路。"俺们那阵，有什么好吃的，都给八路军留着！早知这样，哼！……"他说的话常常出了圈，老乔就喝住他："你瞎说点啥！没喝酒，你就醉了！你是想'进去'住几天是怎么的？嘴上没个把门的，亏你活了这么大！"

小王也有些不平之气。他是念过高小的。他给自己编了一口顺口溜："高小毕业生，白费六年工。想去当教员，学生管我叫老兄。想去当会计，珠算又不通！"他现在一个月挣二十九块六毛四，要交社里一部分，刨去吃饭，所剩无几。他才二十五岁，对老刘那样的自由自在的生活并不羡慕。

老乔，所里多数人称之为乔师傅。这是个走南闯北，见多识广，老于世故的工人。他是怀来人。年轻时在天津学修理汽车。抗日战争时跑到大后方，在资源委员会的运输队当了司机，跑仰光、腊戌。抗战胜利后，他回张家口来开车，经常跑坝上各县。后来岁数大了，五十多了，血压高，不想再跑长途，他和农科所的所长是亲戚，所里新调来一辆拖

---

① 那时农村宣传"共产主义"，都说是"楼上楼下，电灯电话"。慕，是思量、向往的意思。这是很古的语言，元曲中常见。张家口地区保留了很多宋元古语。

拉机，他就来开拖拉机，顺便修修农业机械。他工资高，没负担。农科所附近一个小镇上有一家饭馆，他是常客。什么贵菜、新鲜菜，饭馆都给他留着。他血压高，还是爱喝酒。饭馆外面有一棵大槐树，夏天一地浓荫。他到休息日，喝了酒，就睡在树荫里。树荫在东，他睡在东面；树荫在西，他睡在西面，围着大树睡一圈！这是前二年的事了。现在，他也很少喝了。因为那个饭馆的酒提潮湿的时候很少了。他在昆明住过，我也在昆明待过七八年，因此他老愿意找我聊天，抽着榆叶烟在一起怀旧。他是个技工，掏粪不是他的事，但是他自愿报了名。冬天，没什么事，他要来玩两天。来就来吧。

这天，我们收工特别早，下了大雪，好大的雪啊！

这样的天，凡是爱喝酒的都应该喝两盅，可是上哪儿找酒去呢？

吃了莜面，看了一会书，坐了一会，想了一会心事，照例聊天。

像往常一样，总是老乔开头。因为想喝酒，他就谈起云南的酒。市酒、玫瑰重升、开远的杂果酒、杨林肥酒……

"肥酒？酒还有肥瘦？"老刘问。

"蒸酒的时候，上面吊着一大块肥肉，肥油一滴一滴地滴在酒里。这酒是碧绿的。"

"像你们怀来的青梅煮酒？"

"不像。那是烧酒，不是甜酒。"

过了一会，又说："有点像……"

接着，又谈起昆明的吃食。这老乔的记性真好，他可以从华山南路、正义路，一直到金碧路，数出一家一家大小饭馆，又岔到护国路和甬道街，哪一家有什么名菜，说得非常详细。他说到金钱片腿、牛干巴、锅贴乌鱼、过桥米线……

"一碗鸡汤，上面一层油，看起来连热气都没有，可是超过一百度。

一盘子鸡片、腰片、肉片，都是生的。往鸡汤里一推，就熟了。"

"那就能熟了？"

"熟了！"

他又谈起汽锅鸡。描述了汽锅是什么样子，锅里不放水，全凭蒸汽把鸡蒸熟了，这鸡怎么嫩，汤怎么鲜……

老刘很注意地听着，可是怎么也想象不出汽锅是啥样子，这道菜是啥滋味。

后来他又谈到昆明的菌子：牛肝菌、青头菌、鸡枞[①]，把鸡土从夸赞了又夸赞。

"鸡枞？有咱这儿的口蘑好吃吗？"

"各是各的味儿。"

…………

老乔（刮）话的时候，小王一直似听不听，躺着，张眼看着房顶。忽然，他问我：

"老汪，你一个月挣多少钱？"

我下放的时候，曾经有人劝告过我，最好不要告诉农民自己的工资数目，但是我跟小王认识不止一天了，我不想骗他，便老实说了。小王没有说话，还是张眼躺着。过了好一会，他看着房顶说：

"你也是一个人，我也是一个人，为什么你就挣那么多？"他并没有要我回答，这问题也不好回答。

沉默了一会。

老刘说："怨你爹没供你书[②]。人家老汪是大学毕业！"

---

① 鸡（枞）是一种菌，长在白蚁窝上，味极腴美。

② "供书"是拿钱供学生读书的意思。

老乔是个人情练达的人，他捉摸出小王为什么这两天老是发呆，为什么会提出这样的问题，说：

"小王，你收到一封什么信，拿出来我看看！"

前天三套大车来拉粪水的时候，给小王捎来一封寄到所里的信。

事情原来是这样的：小王搞了一个对象。这对象搞得稍微有点离奇：小王有个表姐，嫁到邻村李家。李家有个姑娘，和小王年貌相当，也是高小毕业。这表姐就想给小姑子和表弟撮合撮合，写信来让小王寄张照片去。照片寄到了，李家姑娘看了，不满意。恰好李家姑娘的一个同学陈家姑娘来串门，她看了照片，对小王的表姐说："晓得人家要俺们不要？"表姐跟陈家姑娘要了一张照片，寄给小王，小王满意。后来表姐带了陈家姑娘到农科所来，两人当面相了一相，事情就算定了。农村的婚姻，往往就是这样简单，不像城里人有逛公园、轧马路、看电影、写情书这一套。

陈家姑娘的照片我们都见过，挺好看的，大眼睛，两条大辫子。

小王收到的信是表姐寄来的，催他办事。说人家姑娘一天一天大了，等不起。那意思是说，过了春节，再拖下去，恐怕就要吹。

小王发愁的是：春节他还办不成事！柴沟堡一带办喜事倒不尚铺张，但是一床里面三新的盖窝，一套花直贡呢的棉衣，一身灯芯绒裤袄、绒衣绒裤、皮鞋、球鞋、尼龙袜子……总是要有的。陈家姑娘没有额外提什么要求，只希望要一枚金星牌钢笔。这条件提得不俗，小王倒因此很喜欢。小王已经作了长期的储备，可是算来算去还差五六十块钱。

老乔看完信，说：

"就这个事吗？值得把你愁得直眉瞪眼的！叫老汪给你拿二十，我给你拿二十！"

老刘说："我给你拿上十块！现在就给！"说着从红布肚兜里就摸出一张十圆的新票子。

问题解决了，小王高兴了，活泼起来了。

于是接着瞎聊。

从云南的鸡枞聊到内蒙的口蘑。说到口蘑，老刘可是个专家。黑片蘑、白蘑、鸡腿子、青腿子……

"过了正蓝旗，捡口蘑都是赶了个驴车去。一天能捡一车！"

不知怎么又说到独石口。老刘说他走过的地方没有比独石口再冷的了，那是个风窝。

"独石口我住过，冷！"老乔说，"那年我们在独石口吃了一洞子羊。"

"一洞子羊？"小王很有兴趣了。

"风太大了，公路边有一个涵洞，去避一会风吧。一看，涵洞里白糊糊的，都是羊。不知道是谁的羊，大概是被风赶到这里的，挤在涵洞里，全冻死了。这倒好，这是个天然冷藏库！俺们想吃，就进去拖一只，吃了整整一个冬天！"

老刘说："肥羊肉炖口蘑，那叫香！四家子的莜面，比白面还白。坝上是个好地方。"

话题转到了坝上。老乔、老刘轮流说，我和小王听着。老乔说：坝上地广人稀，只要收一季莜麦，吃不完。过去山东人到口外打把势卖艺，不收钱。散了场子，拿一个大海碗挨家要莜面，"给！"一给就是一海碗。说坝上没果子。怀来人赶一个小驴车，装一车山里红到坝上，下来时驴车换成了三套大马车，车上满满地装的是莜面。坝上人都豪爽，大方。吃起肉来不是论斤，而是放开肚子吃饱。他说坝上人看见坝下人吃肉，一小碗，都奇怪："这吃个什么劲儿呢？"他说，他们要是看见江苏人、广东人炒菜：几根油菜，两三片肉，就更会奇怪了。他还说坝上女人长得很好看。他说，都说水多的地方女人好看，坝上没水，为什么女人都长得白白净净？那么大的风沙，皮色都很好。他说他在崇孔县看过两姐妹，长得像傅全香。

傅全香是谁，老刘、小王可都不知道。

老刘说：坝上地大，风大，雪大，雹子也大。他说有一年沽源下了一场大雪，西门外的雪跟城墙一般高。也是沽源，有一年下了一场雹子，有一个雹子有马大。

"有马大？那掉在头上不砸死了？"小王不相信有这样大的雹子！

老刘还说，坝上人养鸡，没鸡窝。白天开了门，把鸡放出去。鸡到处吃草籽，到处下蛋。他们也不每天去捡。隔十天半月，挑了一副筐，到处捡蛋，捡满了算。他说坝上的山都是一个一个馒头样的平平的山包。山上没石头。有些山很奇怪，只长一样东西。有一个山叫韭菜山，一山都是韭菜；还有一座芍药山，夏天开了满满一山的芍药花……

老乔、老刘把坝上说得那样好，使小王和我都觉得这是个奇妙的、美丽的天地。

芍药山，满山开了芍药花，这是一种什么景象？

"咱们到韭菜山上掐两把韭菜，拿盐腌腌，明天蘸莜面吃吧。"小王说。

"见你的鬼！这会会有韭菜？满山大雪！——把钱收好了！"

聊天虽然有趣，终有意兴阑珊的时候。天已经很黑了，房顶上的雪一定已经堆了四五寸厚了，摊开被窝，我们该睡了。

正在这时，屋门开处，掌柜的领进三个人来。这三个人都反穿着白茬老羊皮袄，齐膝的毡疙瘩。为头是一个大高个儿，五十来岁，长方脸，戴一顶火红的狐皮帽。一个四十来岁，是个矮胖子，脸上有几颗很大的痘疤，戴一顶狗皮帽子。另一个是和小王岁数仿佛的后生，雪白的山羊头的帽子遮齐了眼睛，使他看起来像一个女孩子。——他脸色红润，眼睛太好看了！他们手里都拿着一根六道木二尺多长的短棍。虽然刚才在门外已经拍打了半天，帽子上、身上，还粘着不少雪花。

掌柜的说："给你们做饭？——带着面了吗？"

"带着哩。"

后生解开老羊皮袄，取出一个面口袋。——他把面口袋系在腰带上，怪不道他看起来身上鼓鼓囊囊的。

"推窝窝？"

高个儿把面口袋交给掌柜的："不吃夜面！一天吃夜面。你给俺们到老乡家换几个粑粑头①吃。多时不吃粑粑头，想吃个粑粑头。把火弄得旺旺的，烧点水，俺们喝一口。——没酒？"

"没。"

"没咸菜？"

"没。"

"那就甜吃！"②

老刘小声跟我说："是坝上来的。坝上人管窝窝头叫粑粑头。是赶牲口的，——赶牛的。你看他们拿的六道木的棍子。"随即，他和这三个坝上人搭咯起来：

"今天一早从张北动的身？"

"是。——这天气！"

"就你们仨？"

"还有仨。"

---

① 他们说"粑粑头"，"粑粑"作入声。
② 张家口一带不说"淡"，说"甜"。

"那仨呢？"

"在十多里外，两头牛掉进雪窟窿里了。他们仨在往上弄。俺们把其余的牛先送到食品公司屠宰场，到店里等他们。"

"这样天气，你们还往下送牛？"

"没法子。快过年了。过年，怎么也得叫坝下人吃上一口肉！"

不大一会，掌柜的搞了粑粑头来了，还弄了几个腌蔓菁来。他们把粑粑头放在火里烧了一会，水开了，把烧焦的粑粑头拍打拍打，就吃喝起来。

我们的酱碗里还有一点酱，老乔就给他们送过去。

"你们那里今年年景咋样？"

"好！"高个儿回答得斩钉截铁。显然这是反话，因为痘疤脸和后生都噗嗤一声笑了。

"不是说去年你们已经过了'黄河'了？"

"过了！那还不过！"

老乔知道他话里有话，就问：

"也是假的？"

"不假。搞了'标准田'。"

"啥叫'标准田'？"

"把几块地里打的粮算在一起。"

"其余的地？"

"不算产量。"

"坝上过'黄河'？不用什么'科学家'，我就知道，不行！"老刘用了一个很不文雅的字眼说："过'黄河'，过毬的个河吧？"

老乔向我解释："老刘说的是对的上的土层只有五寸，下面全是石头。坝上一向是广种薄收，要求单位面积产量，是主观主义。"

痘疤脸说："就是！俺们和公社的书记说，这产量是虚的。他人家说：有了虚的，就会带来实的。"

后生说："还说这是：以虚带实。"

我还从来没有听说过"以虚带实"是这样的解释的。

高个儿沉重地叹了一口气："这年月！当官的都说谎！"

老刘接口说："当官的说谎，老百姓遭罪！"

老乔把烟口袋递给他们：

"牲畜不错？"

"不错！也经不起胡糟践。头二年，大跃进，大炼钢铁，夜战，把牛牵到地里，杀了，在地头架起了大锅，大块大块煮烂，大伙儿，吃！那会吃了个痛快；这会，想去吧！——他们仨咋还不来？去看看。"

高个儿说着把解开的老羊皮袄又系紧了。

痘疤脸说："我们俩去。你啦①就甭去了。"

"去！"

他们和掌柜的借了两根木杠，把我们车上的缆绳也借去了，拉开门，就走了。

听见后生在门外大声说："雪更大了！"

老刘起来解手，把地下三根六道木的棍子归在一起，上了炕，说：

"他们真辛苦！"

过了一会，又自言自语地说：

"咱们也很辛苦。"

老乔一面钻被窝，一面说：

---

① "你啦"是第二人称的尊称，相当于北京话的"您"，大概是"你老人家"的切音。

"中国人都很辛苦啊！"

小王已经睡着了。

"过年，怎么也得叫坝下人吃上一口肉！"我老是想着大个儿的这句话，心里很感动，很久未能入睡。这是一句朴素、美丽的话。

半夜，朦朦胧胧地听到几个人轻手轻脚走进来，我睁开眼，问：

"牛弄上来了？"

高个儿轻轻地说：

"弄上来了。把你吵醒了！睡吧！"

他们睡在对面的炕上。

第二天，我们起得很晚。醒来时，这六个赶牛的坝上人已经走了。

# 鸡毛

西南联大有一个文嫂。

她不是西南联大的人。她不属于教职员工，更不是学生。西南联大的各种名册上都没有"文嫂"这个名字。她只是在西南联大里住着，是一个住在联大里的校外的人。然而她又的的确确是"西南联大"的一个组成部分。她住在西南联大的新校舍。

西南联大有许多部分：新校舍、昆中南院、昆中北院、昆华师范、工学院……其他部分都是借用的原有的房屋，新校舍是新建的，也是联大的主要部分。图书馆、大部分教室、各系的办公室、男生宿舍……都在新校舍。

新校舍在昆明大西门外，原是一片荒地。有很多坟，几户零零落落的人家。坟多无主。有的坟主大概已经绝了后，不难处理，有一个很大的坟头，一直还留着，四面环水，如一小岛，春夏之交，开满了野玫瑰，香气袭人，成了一处风景。其余的，都平了。坟前的墓碑，有的相当高大，都搭在几条水沟上，成了小桥。碑上显考显妣的姓名分明可见，全都平躺着了。每天有许多名师大儒、莘莘学子从上面走过。住户呢，由学校出几个钱，都搬迁了。文嫂也是这里的住户。她不搬。说什么也不搬。她说她在这里住惯了。联大的当局是很讲人道主义的，人家

179

不愿搬，不能逼人家走。可是她这两间破破烂烂的草屋，不当不间地戳在那里，实在也不成个样子。新校舍建筑虽然极其简陋，但是是经过土木工程系的名教授设计过的，房屋安排疏密有致，空间利用十分合理，那怎么办呢？主其事者跟文嫂商量，把她两间草房拆了，另外给她盖一间，质料比她原来的要好一些。她同意了，只要求再给她盖一个鸡窝。那好办。

她这间小屋，土墙草顶，有两个窗户（没有窗扇，只有一个窗洞，有几根直立着的带皮的树棍），一扇板门。紧靠西面围墙，离二十五号宿舍不远。

宿舍旁边住着这样一户人家，学生们倒也没有人觉得奇怪。学生叫她文嫂。她管这些学生叫"先生"。时间长了，也能分得出张先生，李先生，金先生、朱先生……但是，相处这些年了，竟没有一个先生知道文嫂的身世，只知道她是一个寡妇，有一个女儿。人很老实。虽然没有知识，但是洁身自好，不贪小便宜。除非你给她，她从不伸手要东西。学生丢了牙膏肥皂、小东小西，从来不会怀疑是她顺手牵羊拿了去。学生洗了衬衫，晾在外面，被风吹跑了，她必为捡了，等学生回来时交出："金先生，你的衣服。"除了下雨，她一天都是在屋外呆着。她的屋门也都是敞开着的。她的所作所为，都在天日之下，人人可以看到。

她靠给学生洗衣服、拆被窝维持生活。每天大盆大盆地洗。她在门前的两棵半大榆树之间拴了两根棕绳，拧成了麻花。洗得的衣服。夹紧在两绳之间。风把这些衣服吹得来回摆动，霍霍作响。大太阳的天气，常常看见她坐在草地上（昆明的草多丰茸齐整而极干净）做被窝，一针一针，专心致志。衣服被窝洗好做得了，为了避免嫌疑，她从不送到学生宿舍里去，只是叫女儿隔着窗户喊："张先生，来取衣服，"——"李先生，取被窝。"

她的女儿能帮上忙了，能到井边去提水，踮着脚往绳子上晾衣服，在床上把衣服抹煞平整了，叠起来。

文嫂养了二十来只鸡（也许她原是靠喂鸡过日子的）。联大到处是青草，草里有昆虫蚱蜢种种活食，这些鸡都长得极肥大，很肯下蛋。隔多半个月，文嫂就挎了半篮鸡蛋，领着女儿，上市去卖。蛋大，也红润好看，卖得很快。回来时，带了盐巴、辣子，有时还用马兰草提着一块够一个猫吃的肉。

每天一早，文嫂打开鸡窝门，这些鸡就急急忙忙，迫不及待地奔出来，散到草丛中去，不停地啄食。有时又抬起头来，把一个小脑袋很有节奏地转来转去，顾盼自若，——鸡转头不是一下子转过来，都是一顿一顿地么转动。到觉得肚子里那个蛋快要坠下时，就赶紧跑回来，红着脸把一个蛋下在鸡窝里。随即得意非凡地高唱起来："郭格答！郭格答！"文嫂或她的女儿伸手到鸡窝里取出一颗热烘烘的蛋，顺手赏了母鸡一块土坷垃："去去去！先生要用功，莫吵！"这鸡婆子就只好咕咕地叫着，很不平地走到草丛里去了。到了傍晚，文嫂抓了一把碎米，一面撒着，一面"咕咕"叫着，这些母鸡就都即足足地回来了。它们把碎米啄尽，就鱼贯进入鸡窝。进窝时还故意把脑袋低一低，把尾巴向下耷拉一下，以示雍容文雅，很有鸡教。鸡窝门有一道小坎，这些鸡还都一定两脚并齐，站在门坎上，然后向前一跳。这种礼节，其实大可不必。进窝以后，咕咕囔囔一会，就寂然了。于是夜色就降临抗战时期最高学府之一，国立西南联合大学的新校舍了。阿门。

文嫂虽然生活在大学的环境里，但是大学是什么，这有什么用，为什么要办它，这些，她可一点都不知道。只知道有许多"先生"，还有许多小姐，或按昆明当时的说法，有很多"摩登"，来来去去；或在一个洋铁皮房顶的屋子（她知道那叫"教室"）里，坐在木椅子上，呆呆地听一个"老倌"讲话。这些"老倌"讲话的神气有点像耶稣堂卖福音书的教士（她见过这种教士）。但是她隐隐约约地知道，先生们将来都是要做大事，赚大钱的。

先生们现在可没有赚大钱，做大事，而且越来越穷，找文嫂洗衣服、做被子的越来越少了。大部分先生非到万不得已，不拆被子，一年也不定拆洗一回。有的先生虽然看起来衣冠齐楚，西服皮鞋，但是皮鞋底下有洞。有一位先生还为此制了一则谜语："天不知地知，你不知我知。"他们的袜子没有后跟，穿的时候就把袜尖往前拽拽，窝在脚心里，这样后跟的破洞就露不出来了。他们的衬衫穿脏了，脱下来换一件。过两天新换的又脏了，看看还是原先脱下的一件干净些，于是又换回来。有时要去参加Party①，没有一件洁白的衬衫，灵机一动：有了！把衬衫反过来穿！打一条领带，把纽扣遮住，这样就看不出反正了。就这样，还很优美地跳着《蓝色的多瑙河》。有一些，就完全不修边幅，衣衫褴褛，囚首垢面，跟一个叫花子差不多了。他们的裤子破了，就用一根麻绳把破处系紧。文嫂看到这些先生，常常跟女儿说："可怜！"

来找文嫂洗衣的少了，她还有鸡，而且她的女儿已经大了。

女儿经人介绍，嫁了一个司机。这司机是下江人，除了他学着说云南话："为哪样"、"咋个整"，其余的话，她听不懂，但她觉得这女婿人很好。他来看过老丈母，穿了麂皮夹克，大皮鞋，头上抹了发蜡。女儿按月给妈送钱。女婿跑仰光、腊戍，也跑贵州、重庆。每趟回来，还给文嫂带点曲靖韭菜花，贵州盐酸菜，甚至宣威火腿。有一次还带了一盒遵义板桥的化风丹，她不知道这有什么用。他还带来一些奇形怪状的果子。有一种果子，香得她的头都疼。下江人女婿答应养她一辈子。

---

① 英文：社交聚会。

文嫂胖了。

男生宿舍全都一样，是一个窄长的大屋子，土墼墙，房顶铺着木板，木板都没有刨过，留着锯齿的痕迹，上盖稻草；两面的墙上开着一列像文嫂的窗洞一样的窗洞。每间宿舍里摆着二十张双层木床。这些床很笨重结实，一个大学生可以在上面放放心心地睡四年，一直睡到毕业，无须修理。床本来都是规规矩矩地靠墙排列着的，一边十张。可是这些大学生需要自己的单独的环境，于是把它们重新调动了一下，有的两张床摆成一个曲尺形，有的三张床摆成一个凹字形，就成了一个一个小天地。按规定，每一间住四十人，实际都住不满。有人占了一个铺位，或由别人替他占了一个铺位而根本不来住；也有不是铺主却长期睡在这张铺上的；有根本不是联大学生，却在新校舍住了好几年的。这些曲尺形或凹字形的单元里，大都只有两三个人。个别的，只有一个，一间宿舍住的学生，各系的都有。有一些互相熟悉，白天一同进出，晚上联床夜话；也有些老死不相往来，连贵姓都不打听。二十五号南头一张双层床上住着一个历史系学生，一个中文系学生，一个上铺，一个下铺，两个人合住了一年，彼此连面都没有见过：因为这二位的作息时间完全不同。中文系学生是个夜猫子，每晚在系图书馆夜读，天亮才回来；而历史系学生却是个早起早睡的正常的人。因此，上铺的铺主睡觉时，下铺是空的；下铺在酣睡时，上铺没有人。

联大的人都有点怪。"正常"在联大不是一个褒词。一个人很正常，就会被其余的怪人认为"很怪"。即以二十五号宿舍而论，如果把这些先生的事情写下来，将会是一部很长的小说。如今且说一个人。

此人姓金，名昌焕，是经济系的。他独占北边的一个凹字形的单元。他不欢迎别人来住，别人也不想和他搭伙。他不知从哪里弄来一些木板，把双层床的一边都钉了木板，就成了一间屋中之屋，成了他的一统天下。凹字形的当中，摞着几个装肥皂的木箱——昆明这种木箱很多，到处有得卖，这就是他的书桌。他是相当正常的。一二年级时，按时听讲，从不缺课。联大的学生大都很狂，讥弹时事，品藻人物，语带酸咸，辞锋很锐。金先生全不这样。他不发狂论。事实上他很少跟人说话。其特异处有以下几点：一是他所有的东西都挂着，二是从不买纸，三是每天吃一块肉。他在他的床上拉了几根铁丝，什么都挂在这些铁丝上，领带、袜子、针线包、墨水瓶……他每天就睡在这些丁丁当当的东西的下面。学生离不开纸。怎么穷的学生，也得买一点纸。联大的学生时兴用一种灰绿色布制的夹子，里面夹着一叠白片艳纸，用来记笔记，做习题。金先生从不花这个钱。为什么要花钱买呢？纸有的是！联大大门两侧墙上贴了许多壁报、学术演讲的通告、寻找失物、出让衣鞋的启事，形形色色、琳琅满目。这些启事、告白总不是顶天立地满满写着字，总有一些空白的地方。金先生每天晚上就带子一把剪刀，把这些空白的地方剪下来。他还把这些纸片，按大小纸质、颜色，分门别类，裁剪整齐，留作不同用处。他大概是相当笨的，因此，每晚都开夜车。开夜车伤神，需要补一补。他按期买了猪肉，切成大小相等的方块，借了文嫂的鼎罐（他借用了鼎罐，都是洗都不洗就还给人家了），在学校茶水炉上炖熟了，密封在一个有盖的瓷坛里。每夜用完了功，就打开坛盖，用一只一头削尖了的筷子，瞅准了，扎出一块，闭目而食之。然后，躺在丁丁当当的什物之下，酣然睡去。

这样过了三年。到了四年级，他在聚兴诚银行里兼了职，当会计。其时他已经学了簿记、普通会计、成本会计、银行会计、统计……这些学问当一个银行职员，已是足用的了。至于经济思想史、经济地理……这些空空洞洞的课程，他觉得没有什么用处，只要能混上学分就行，不必苦苦攻读，可以缺课。他上午还在学校听课，下午上班。晚上仍是开夜车，搜罗纸片，吃肉。自从当了会计，他添了两样毛病。一是每天提了一把黑布阳伞进出，无论冬夏，天天如此。二是穿两件衬衫，打两条领带，穿好了衬衫，打好领带；又加一件衬衫，再打一条领带。这是干什么呢？若说是显示他有不止一件衬衫、一条领带吧，里面的衬衫和领带别人又看不见；再说这鼓鼓囊囊的，舒服吗？真是令人百思不得其解。因此，同屋的那位中文系夜游神送给他一个外号，这外号很长："二十年目睹之怪现状"。

金先生很快就要毕业了。毕业以前，他想到要做两件事。一件是加入国民党，这已经着手办了；一件是追求一个女同学，这可难。他在学校里进进出出，一向像马二先生逛西湖：他不看女人，女人也不看他。

谁知天缘凑巧，金昌焕先生竟有了一段风流韵事。一天，他正提着阳伞到聚兴诚去上班，前面走着两个女同学，她们交头接耳地谈着话。一个告诉另一个：这人穿两件衬衫，打两条领带，而且介绍他有一个很长的外号："二十年目睹之怪现状。"听话的那个不禁回头看了金昌焕一眼，嫣然一笑。金昌焕误会了：谁知一段姻缘却落在这里。当晚，他给这女同学写了一封情书。开头写道："××女士芳鉴，迳启者……"接着说了很多仰慕的话，最后直截了当地提出："倘蒙慧眼垂青，允订白首之约，不胜荣幸之至。随函附赠金戒指一枚，务祈笑纳为荷。"在"金戒指"三字的旁边还加了一个括弧，括弧里注明："重一钱五"。这封情书把金先生累得够呛，到他套起钢笔，吃下一块肉时，文嫂的鸡都已经即即足足地发出声音了。

这封情书是当面递交的。

这位女同学很对得起金昌焕。她把这封信公布在校长办公室外面的布告栏里，把这枚金戒指也用一枚大头针钉在布告栏的墨绿色的绒布上。于是金昌焕一下子出了大名了。

金昌焕倒不在乎。他当着很多人，把信和戒指都取下来，收回了。

你们爱谈论，谈论去吧！爱当笑话说，说去吧！于金昌焕何有哉！金昌焕已经在重庆找好了事，过两天就要离开西南联大，上任去了。

文嫂丢了三只鸡，一只笋壳鸡，一只黑母鸡，一只芦花鸡。这三只鸡不是一次丢的，而是隔一个多星期丢一只。不知怎么丢的。早上开鸡窝放鸡时还在，晚上回窝时就少了。文嫂到处找，也找不着。她又不能像王婆骂鸡那样坐在门口骂——她知道这种泼辣做法在一个大学里很不合适，只是一个人叨叨："我奶（的）鸡呢？我奶鸡呢？……"

文嫂的女儿回来了。文嫂吓了一跳：女儿戴得一头重孝。她明白出了大事了。她的女婿从重庆回来，车过贵州的十八盘，翻到山沟里了。女婿的同事带了信来。母女俩顾不上抱头痛哭，女儿还得赶紧搭便车到十八盘去收尸。

女儿走了，文嫂失魂落魄，有点傻了。但是她还得活下去，还得过日子，还得吃饭，还得每天把鸡放出去，关鸡窝。还得洗衣服，做被子。有很多先生都毕业了，要离开昆明，临走总得干干净净，来找文嫂洗衣服，拆被子的多了。

这几天文嫂常上先生们的宿舍里去。有的先生要走了。行李收拾好了，总还有一些带不了的破旧衣物，一件鱼网似的毛衣，一个压扁的脸盆，几只配不成对的皮鞋——那有洞的鞋底至少掌鞋还有用……这些先生就把文嫂叫了来，随她自己去挑拣。挑完了，文嫂必让先生看一看，然后就替他们把曲尺形或凹字形的单元打扫一下。

因为洗衣服、拣破烂，文嫂还能岔平岔平，心里不至太乱。不过她明显地瘦了。

金昌焕不声不响地走了。二十五号的朱先生叫文嫂也来看看，这位"怪现状"是不是也留下一些还值得一拣的东西。

什么都没有。金先生把一根布丝都带走了。他的凹形王国里空空如也，只留下一个跟文嫂借用的鼎罐。文嫂毫无所得，然而她也照样替金先生打扫了一下。她的笤帚扫到床下，失声惊叫了起来：床底下有三堆鸡毛，一堆笋壳色的，一堆黑的，一堆芦花的！

文嫂把三堆鸡毛抱出来，一屁股坐在地下，大哭起来。

"啊呀天呐，这是我（叻）鸡呀！我（叻）笋壳鸡呀！我乃黑母鸡，我乃芦花鸡呀！……"

"我寡妇失业几十年哪，你咋个要偷我叻鸡呀！……"

"我风里来雨里去呀，我的命多苦，多艰难呀，你咋个要偷我叻鸡呀！……"

"你先生是要做大事，赚大钱的呀，你咋个要偷我叻鸡呀！……"

"我叻女婿死在贵州十八盘，连尸都还没有收呀，你咋个要偷我叻鸡呀！……"

她哭得很伤心，很悲痛。

她好像要把一辈子所受的委曲、不幸、孤单和无告全都哭了出来。

这金昌焕真是缺德，偷了文嫂的鸡，还借了文嫂的鼎罐来炖了。至于他怎么偷的鸡，怎么宰了，怎样褪的鸡毛，谁都无从想象。

林子大了，什么鸟都有。

# 徙

北溟有鱼，其名为鲲。鲲之大，不知其几千里也；化而为鸟，其名为鹏，鹏之背，不知其几千里也。怒而飞，其翼若垂天之云。是鸟也，海运则将徙于南溟。

《庄子·逍遥游》

很多歌消失了。

许多歌的词、曲的作者没有人知道。

有些歌只有极少数的人唱，别人都不知道。比如一些学校的校歌。

县立第五小学历年毕业了不少学生。他们多数已经是过六十的人了。他们之中不少人还记得母校的校歌，有人能够一字不差地唱出来。

西挹神山爽气，

东来邻寺疏钟，

看吾校巍巍峻宇，

连云栉比列其中。

半城半郭尘嚣远，

无女无男教育同。

桃红李白，

芬芳馥郁，

一堂济济坐春风。

愿少年，

乘风破浪，

他日毋忘化雨功！


　　每逢"纪念周"，每天上课前的"朝会"，放学前的"晚会"，开头照例是唱"党歌"，最后是唱校歌。一个担任司仪的高年级同学高声喊道："唱——校——歌！"全校学生，三百来个孩子，就用玻璃一样脆亮的童音，拼足了力气，高唱起来。好像屋上的瓦片、树上的树叶都在唱。他们接连唱了六年，直到毕业离校，真是深深地印在脑子里了。说不定临死的时候还会想起这支歌。

　　歌词的意思是没有人解释过的。低年级的学生几乎完全不懂它说的是什么。他们只是使劲地唱，并且倾注了全部感情。到了四五年级，就逐渐明白了，因为唱的次数太多，天天就生活在这首歌里，慢慢地自己就琢磨出来了。最先懂得的是第二句。学校的东边紧挨一个寺，叫做承天寺。承天寺有一口钟。钟撞起来嗡嗡地响。"神山爽气"是这个县的"八景"之一。神山在哪里，"爽气"是什么样的"气"，小学生不知道，只是无端地觉得很美，而且有一种神秘感。下面的歌词也朦朦胧胧地理解了：是说学校有很多房屋，在城外，是个男女合校，有很多同学。总的说来是说这个学校很好。十来岁的孩子很为自己的学校骄傲，觉得它很了不起，并且相信别的学校一定没有这样一首歌。到了六年级，他们才真正理解了这首歌。毕业典礼上（这是他们第一次"毕业"），几位老师们讲过了话，司仪高声喊道："唱——校——歌！"这是他们最后一次大家聚在一起唱这支歌了。他们唱得异常庄重，异常激动。玻璃一样的童声高唱起来：

> 西挹神山爽气，
> 东来邻寺疏钟……

唱到"愿少年，乘风破浪，他日毋忘化雨功"，大家的心里都是酸酸的。眼泪在乌黑的眼睛里发光。这是这首歌的立意所在，点睛之笔，其余的，不过是敷陈其事。从语气看，像是少年对自己的勖勉，同时又像是学校老师对教了六年的学生的嘱咐。一种遗憾、悲哀而酸苦的嘱咐。他们知道，毕业出去的学生，日后多半是会把他们忘记的。

毕业生中有一些是乘风破浪，做了一番事业的；有的离校后就成为泯然众人，为衣食奔走了一生；有的，死掉了。

这不是一支了不起的歌，但很贴切。朴朴实实，平平常常，和学校很相称。一个在寺庙的废基上改建成的普通的六年制小学，又能写出多少诗情画意呢？人们有时想起，只是为了从干枯的记忆里找回一点淡淡的童年，在歌声中想起那些校园里的蔷薇花，冬青树，擦了无数次的教室的玻璃，上课下课的钟声，和球场上像烟火一样升到空中的一阵一阵的明亮的欢笑……

校歌的作者是高先生，有些人知道，有些人不知道。

先生名鹏，字北溟，三十后，以字行。家世业儒。祖父、父亲都没有考取功名，靠当塾师、教蒙学，以维生计。三代都住在东街租来的一所百年老屋之中，临街有两扇白木的板门，真是所谓寒门。先生少孤。尝受业于邑中名士谈甓渔，为谈先生之高足。

这谈甓渔是个诗人，也是个怪人。他功名不高，只中过举人，名气却很大。中举之后，累考不进，无意仕途，就在江南江北，沭阳溧阳等地就馆。他教出来的学生，有不少中了进士，谈先生于是身价百倍，高门大族，争相延致。晚年惮于舟车，就用学生谢师的银子，回乡盖了一处很大的房子，闭户著书。书是著了，门却是大开着的。他家门楼特别高大。为什么盖得这样高大？据说是盖窄了怕碰了他的那些做了大官的学生的纱帽翅儿。其实，哪会呢？清朝的官戴的都是顶子，缨帽花翎，没有帽翅。地方上人这样的口传，无非是说谈老先生的阔学生很多。这座大门里每年进出的知县、知府，确实不在少数。门楼宽大，是为了供轿夫休息用的。往年，两边放了极其宽长的条凳，柏木的凳面都被人的屁股磨得光光滑滑的了。谈家门楼巍然突出，老远的就能看见，成了指明方位的一个标志，一个地名。一说"谈家门楼"东边，"谈家门楼"斜对过，人们就立刻明白了。谈甓渔的故事很多。他念了很多书，学问很大，可是不识数，不会数钱。他家里什么都有，可是他愿意到处闲逛，到茶馆里喝茶，到酒馆里喝酒，烟馆里抽烟。每天出门，家里都要把他需用的烟钱、茶钱、酒钱分别装在布口袋里，给他挂在拐杖上，成了名副其实的"杖头钱"。他常常傍花随柳，信步所之，喝得半醉，找不到自己的家。他爱吃螃蟹，可是自己不会剥，得由家里人把蟹肉剥好，又装回蟹壳里，原样摆成一个完整的螃蟹。两个螃蟹能吃三四个小时，热了凉，凉了又热。他一边吃蟹，一边喝酒，一边看书。他没有架子，没大没小，无分贵贱，三教九流，贩夫走卒，都谈得来，是个很通达的人，然而，品望很高。就是点过翰林的李三麻子远远从轿帘里看见谈老先生曳杖而来，也要赶紧下轿，避立道侧。他教学生，教时文八股，也教古文诗赋，经史百家。他说："我不愿谈甓渔教出来的学生，如郑板桥所说，对案至不能就一札！"他大概很会教书，经他教过的学生，不通的很少。

谈老先生知道高家很穷，他教高先生书，不受修金。每回高先生的母亲封了节敬送去，谈老先生必亲自上门退回，说：

"老嫂子，我与高鹏的父亲是贫贱之交，总角之交，你千万不要这样！我一定格外用心地教他，不负故人。高鹏的天资，虽只是中上，但很知发奋。他深知先人为他取的名、字的用意。他的诗文都很有可观，高氏有子矣。北溟之鹏终将徙于南溟。高了，不敢说。青一衿，我看，如拾芥耳。我好歹要让他中一名秀才。"

果然，高先生在十六岁的时候，高高地中了一名秀才。众人说：高家的风水转了。

不想，第二年就停了科举。

废科举，兴学校，这个小县城里增添了几个疯子。有人投河跳井，有人跑到明伦堂①去痛哭。就在高先生所住的东街的最东头，有一姓徐的呆子。这人不知应考了多少次，到头来还是一个白丁。平常就有点迂迂磨磨，颠颠倒倒。说起话满嘴之乎者也。他老婆骂他："晚饭米都没得一颗，还你妈的之乎——者也！"徐呆子全然不顾，朗吟道："之乎者也矣焉哉，七字安排好秀才！"自从停了科举，他又添了一宗新花样。每逢初一、十五，或不是正日，而受了老婆的气，邻居的奚落，他就双手捧了一个木盘，盘中置一香炉，点了几根香，到大街上去背诵他的八股窗稿。穿着油腻的长衫，趿着破鞋，一边走，一边念。随着文气的起承转合，步履忽快忽慢；词句的抑扬顿挫，声音时高时低。念到曾经业师浓圈密点的得意之处，摇头晃脑，昂首向天，面带微笑，如醉如痴，仿佛大街上没有一个人，天地间只有他的字字珠玑的好文章。一直念到两颊绯红，双眼出火，口沫横飞，声嘶气竭。长歌当哭，其声冤

_____

① 明伦堂是孔庙的正殿，供着至圣先师的牌位。

苦。街上人给他这种举动起了一个名字，叫做"哭圣人"。

他这样哭了几年，一口气上不来，死在街上了。

高北溟坐在百年老屋之中，常常听到徐呆子从门外哭过来，哭过去。他恍恍惚惚觉得，哭的是他自己。

功名道断，高北溟怎么办呢？

头二年，他还能靠笔耕生活。谈先生还没有死。有人求谈先生的文字，碑文墓志，寿序挽联，谈先生都推给了高先生。所得润笔，尚可饘粥。谈先生寿终，高北溟缌麻服孝礼致哀写了一篇长长的祭文，泣读之后，忧心如焚。

他也曾像他的祖父和父亲一样，开设私塾教几个小小蒙童，教他们读三（字经）、百（家姓）、千（字文），《幼学琼林》、《龙文鞭影》。然而除了少数极其守旧的人家，都已经把孩子送进学校了。他也曾挂牌行医看眼科。谈甓渔老先生的祖上本是眼科医生。他中举之后，还偶尔为人看眼疾。他劝高鹏也看看眼科医书，给他讲过平热泻肝之道。万一功名不就，也有一技之长，能够糊口。可是城里近年害眼的不多。有患赤红火眼的，多半到药店里买一副鹅翎眼药（装在一根鹅毛翎管里的红色的眼药），清水化开，用灯草点进眼内，就好了。眼科，不像"男妇内外大小方脉"那样有"走时"的时候。文章不能锅里煮，百无一用是书生，一家四口，每天至少要升半米下锅，如之何？如之何？"

正在囊空咄咄，百无聊赖，有一个平素很少来往的世交沈石君来看他。沈石君比高北溟大几岁，也曾跟谈甓渔读过书，开笔成篇以后，到苏州进了书院。书院改成学堂，革命、"光复"……他就成了新派，多年在外边做事。他有志办教育，在省里当督学。回乡视察了几个小学之后，拍开了高家的白木板门。他劝高北溟去读两年简易师范，取得一个资格，教书。

读师范是被人看不起的。师范不收学费，每月还可有伙食津贴，师范生被人称为"师范花子"，但这在高北溟是一条可行的路，虽然现在还来入学读书，岁数实在太大些了。好在同学中年纪差近的也还有，而且"简师"只有两年，一晃也就过去了。

简师毕业，高先生在"五小"任教。

高先生有了职业，有了虽不丰厚但却可靠的收入，可以免于冻饿，不致像徐呆子似的死在街上了。

按规定，简师毕业，只能教初、中年级，因为高先生是谈甓渔的高足，中过秀才，声名藉藉，叫他去教"大狗跳，小狗叫，大狗跳一跳，小狗叫一叫"，实在说不过去，因此，破格担任了五、六年级的国文。即使是这样，当然也还不能展其所长，尽其所学。高先生并不意满志得。然而高先生教书是认真的。讲课、改作文，郑重其事，一丝不苟。

同事起初对他很敬重，渐渐地在背后议论起来，说这个人的脾气很"方"。是这样。高先生落落寡合，不苟言笑，不爱闲谈，不喜交际。他按时到校，到教务处和大家略点一点头，拿了粉笔、点名册就上教室。下了课就走。有时当中一节没有课，就坐在教务处看书。小学教师的品类也很杂。有正派的教师；也有头上涂着司丹康、脸上搽着雪花膏的纨绔子弟；戴着瓜皮秋帽、留着小胡子，琵琶襟坎肩的纽子挂着青天白日徽章，一说话不停地挤鼓眼的幕僚式的人物。他们时常凑在一起谈牌经，评"花榜"①，交换庸俗无聊的社会新闻，说猥亵下流的荤笑话。高先生总是正襟危坐，不作一声。同事之间为了"联络感情"，时常轮流做东，约好了在星期天早上"吃早茶"。这地方"吃早茶"不是喝茶，

---

① 把城中妓女加以品评，定出状元、榜眼、探花、一甲、二甲，在小报上公布，谓之"花榜"。嫖客中的才子同时还写了一些很香艳的诗来咏这些"花"。

主要是吃各种点心——蟹肉包子、火腿烧麦、冬笋蒸饺、脂油千层糕。还可叫一个三鲜煮干丝，小酌两杯。这种聚会，高先生概不参加。小学校的人事说简单也简单，说复杂也挺复杂。教员当中也有派别，为了一点小小私利，排挤倾轧，勾心斗角，飞短流长，造谣中伤。这些派别之间的明暗斗争，又与地方上的党政权势息息相关，且和省中当局遥相呼应。千丝万缕，变幻无常。高先生对这种派别之争，从不介入。有人曾试图对他笼络（高先生素负文名，受人景仰，拉过来是个"实力"），被高先生冷冷地拒绝了。他教学生，也是因材施教，无所阿私，只看品学，不问家庭。每一班都有一两个他特别心爱的学生。高先生看来是个冷面寡情的人，其实不是这样，只是他对得意的学生的喜爱不形于色，不像有些婆婆妈妈的教员，时常摸着学生的头，拉着他的手，满脸含笑，问长问短。他只是把他的热情倾注在教学之中。他讲书，眼睛首先看着这一两个学生，看他们领会了没有。改作文，改得特别仔细。听这一两个学生回讲课文，批改他们的作文课卷，是他的一大乐事。只有在这样的时候，他觉得不负此生，做了一点有意义的事。对于平常的学生，他亦以平常的精力对待之。对于资质顽劣，不守校规的学生，他常常痛加训斥，不管他的爸爸是什么局长还是什么党部委员。有些话说得比较厉害，甚至侵及他们的家长。因为这些，校中同事不喜欢他，又有点怕他。他们为他和自己的不同处而忿忿不平，说他是自命清高，沽名钓誉，不近人情，有的干脆说："这是绝户脾气！"

高先生没有儿子，只有两个女儿。

高先生性子很急，爱生气。生起气来不说话，满脸通红，脑袋不停地剧烈地摇动。他家世寒微，资格不高，故多疑。有时别人说了一两句不中听的话，或有意，或无意，高先生都会多心。比如有的教员为一点不顺心的事而牢骚，说："家有三担粮，不当孩子王！我祖上还有几亩薄田，饿不死。不为五斗米折腰，我辞职，不干了！"——"老子不是那不花钱的学校毕业的，我不受这份窝囊气！"高先生都以为这是敲打他，他气得太阳穴的青筋都绷起来了。看样子他就会拍桌大骂，和人吵一架，然而他强忍下了，他只是不停地剧烈地摇着脑袋。

高先生很孤僻，不出人情，不随份子，几乎与人不通庆吊。他家从不请客，他也从不赴宴。他教书之外，也还为人写寿序，撰挽联，委托的人家照例都得请他。知单①送到，他照例都在自己的名字下书一"谢"字。久而久之，都知道他这脾气，也就不来多此一举了。

他不吃烟，不饮酒，不打牌，不看戏。除了学校和自己的家，哪里也不去，每天他清早出门，傍晚回家。拍拍白木的板门，过了一会，门开了。进门是一条狭长的过道，砖缝里长着扫帚苗，苦艾，和一种名叫"七里香"其实是闻不出什么气味，开着蓝色的碎花的野草，有两个黄蝴蝶寂寞地飞着。高先生就从这些野草丛中踏着沉重的步子走进去，走进里面一个小门，好像走进了一个深深的洞穴，高大的背影消失了。木板门又关了，把门上的一副春联关在外面。

高先生家的春联都是自撰的，逐年更换。不像一般人家是迎祥纳福的吉利话，都是述怀抱、舒愤懑的词句，全城少见。

这年是辛未年，板门上贴的春联嵌了高先生自己的名字：

辛夸高崎桂

未徙北溟鹏

---

① 请客的单子，上面开列了要请的客。被请的人如在自己的姓名下写"敬陪末座"或一"知"字，即表示准时赴席；写一"谢"字是表示不到。

也许这是一个好兆，"未徙"者"将徙"也。第二年，即壬申年，高北溟竟真的"徙"了。

　　这县里有一个初级中学。除了初中，还有一所初级师范，一所女子师范，都是为了培养小学师资的。只有初中生，是准备将来出外升学的，因此这初中俨然是本县的最高学府。可是一向办得很糟。名义上的校长是李三麻子，根本不来视事。教导主任张维谷（这个名字很怪）是个出名的吃白食的人。他有几句名言："不愿我请人，不愿人请我，只愿人请人，当中有个我。"人品如此，学问可知。数学教员外号"杨半本"，他讲代数、几何，从来没有把一本书讲完过，大概后半本他自己也不甚了了。历史教员姓居，是个律师，学问还不如高尔础。他讲唐代的艺术一节，教科书上说唐代的书法分"方笔"和"圆笔"，他竟然望文生义，说方笔的笔杆是方的，圆笔的笔杆是圆的。连初中的孩子略想一想，也觉得无此道理。一个学生当时就站起来问："笔杆是方的，那么笔头是不是也是方的呢？"这帮学混子简直是在误人子弟。学生家长，意见很大。到了暑假，学生闹了一次风潮（这是他们第一次参加的"学潮"）。事情还是从居大律师那里引起的。平日，学生在课堂上有什么不明白的问题问他，他的回答总是"书上有"。到学期考试时，学生搞了一次变相的罢考。卷子发下来，不到五分钟，一个学生以关窗为号，大家一起把卷子交了上去，每道试题下面一律写了三个字："书上有"！张维谷及其一伙，实在有点"维谷"，混不下去了。

　　教育局长不得不下决心对这个学校进行改组，——否则只怕连他这个局长也坐不稳。

　　恰好沈石君因和厅里一个科长意见不合，愤而辞职，回家闲居，正在四处写信，托人找事，地方上人挽他出山来长初中。沈石君再三推辞，禁不住不断有人踵门劝说，也就答应了。他只提出一个条件：所有教员，由他决定。教育局长沉吟了一会，说："可以。"

沈石君是想有一番作为的。他自然要考虑各种关系，也明知局长的口袋里装了几个人，想往初中里塞，不得不适当照顾，但是几门主要课程的教员绝对不能迁就。

国文教员，他聘了高北溟。许多人都感到意外。

高先生自然欣然同意。他谈了一些他对教学的想法。沈石君认为很有道理。

高先生要求"随班走"。教一班学生，从初一教到初三，一直到送他们毕业，考上高中。他说别人教过的学生让他来教，如垦生荒，重头来起，事倍功半。教书教人，要了解学生，知己知彼。不管学生的程度，照本宣科，是为瞎教。学生已经懂得的，再来教他，是白费；暂时不能接受的，勉强教他，是徒劳。他要看着、守着他的学生，看到他是不是一月有一月的进步，一年有一年的进步。如同注水入瓶，随时知其深浅。他说当初谈老先生就是这样教他的。

他要求在部定课本之外，自选教材。他说教的是书，教书的是高北溟。"只有我自己熟读，真懂，我所喜爱的文章，我自己为之感动过的，我才讲得好。"他强调教材要有一定的系统性，要有重点。他也讲《苛政猛于虎》、《晏子使楚》、《项羽本纪》、《出师表》、《陈情表》、韩、柳、欧、苏。集中地讲的是白居易、归有光、郑板桥。最后一学期讲的是朱自清的《背影》、都德的《磨坊文札》。他好像特别喜欢归有光的文章。一个学期内把《先妣事略》、《项脊轩志》、《寒花葬志》都讲了。他要把课堂讲授和课外阅读结合起来。课上讲了《卖炭翁》、《新丰折臂翁》，同时把白居易的新乐府全部印发给学生。讲了一篇《潍县署中寄弟墨》，把郑板桥的几封主要的家书、道情和一些题画的诗也都印发下去。学生看了，很有兴趣。这种做法，在当时的初中国文教员中极为少见。他选的文章看来有一个标准：有感慨，有性情，平易自然。这些文章有一个贯串性的思想倾向，这种倾向大体上可以归结为：人道主义。

他非常重视作文。他说学国文的最终的目的，是把文章写通。学生作文他先眉批一道，指出好处和不好处，发下去由学生自己改一遍，或同学间互相改；交上来，他再改一遍，加总批，再发给学生，让学生自己誊一遍，留起来；要学生随时回过头来看看自己的文章。他说，作文要如使船，撑一篙是一篙，作一篇是一篇。不能像驴转磨，走了三年，只在磨道里转。

为了帮助学生将来升学，他还自编了三种辅助教材。一年级是《字形音义辨》，二年级是《成语运用》，三年级是《国学常识》。

在县立初中读了三年的学生，大部分文字清通，知识丰富，他们在考高中，甚至日后在考大学时，国文分数都比较高，是高先生给他们打下的底子。更重要的是他们学会了欣赏文学——高先生讲过的文章的若干片段，许多学生过了三十年还背得；他们接受了高先生通过那些选文所传播的思想——人道主义，影响到他们一生的立身为人，呜呼，先生之泽远矣！

（玻璃一样脆亮的童声高唱着。瓦片和树叶都在唱。）

高先生的家也搬了。搬到老屋对面的一条巷子里。高先生用历年的积蓄，买了一所小小的四合院。房屋虽也旧了，但间架砖木都还结实。天井里花木扶疏，苔痕上阶，草色入帘，很是幽静。

高先生这几年心境很好，人也变随和了一些。他和沈石君以及一般同事相处甚得。沈石君每年暑假要请一次客，对校中同仁表示慰劳，席间也谈谈校务。高先生是不须催请，早早就到的。他还备了几样便菜，约几个志同道合的教员，在家里赏荷小聚。（五小的那位师爷式的教员听到此事，编了一条歇后语："高北溟请客——破天荒"。）这几年，很少看到高先生气得脑袋不停的剧烈地摇动。

高先生有两件心事。

一件是想把谈老师的诗文刻印出来。

谈老先生死后，后人很没出息，游手好闲，坐吃山空，几年工夫，把谈先生挣下的家业败得精光，最后竟至靠拆卖房屋的砖瓦维持生活。谈老先生的宅第几乎变成一片瓦砾，旧池乔木，荡然无存。门楼倒还在，也破落不堪了。供轿夫休息的长凳早没有了，剩了一个空空的架子。里面有一算卦的摆了一个卦摊。条桌上放着签筒。桌前系着桌帷，白色的圆"光"里写了四个字："文王神课"。算卦的伏在桌上打盹。这地方还叫做"谈家门楼"。过路人走过，都有不胜今昔之感，觉得沧海桑田，人生如梦。

谈老先生的哲嗣名叫幼渔。到无米下锅时，就到谈先生的学生家去打秋风。到了高北溟家，高先生总要周济他一块、两块、三块、五块。总不让他空着手回去。每年腊月，还得为他准备几斗米，一方腌肉，两条风鱼，否则这个年幼渔师弟过不去。

高北溟和谈先生的学生周济谈幼渔，是为了不忘师恩，是怕他把谈先生的文稿卖了。他已经几次要卖这部文稿。买主是有的，就是李三麻子（此人老而不死）。高先生知道，李三麻子买到文稿，改头换面，就成了他的著作。李三麻子惯于欺世盗名，这种事干得出。李三麻子出价一百，告诉幼渔，稿到即付。

高先生狠了狠心，拿出一百块钱，跟谈幼渔把稿子买了。

想刻印，却很难。松华斋可以铅印，尚古山房可以雕板。问了问价钱，都贵得吓人，为高北溟力所不及。稿子放在架上，逐年摊晒。高先生觉得对不起老师，心里很不安。

另一件心事是女儿高雪的前途和婚事。

高先生的两个女儿，长名高冰，次名高雪。

高雪从小很受宠，一家子都惯她，很娇。她用的东西都和姐姐不一样。姐姐夏天穿的衣是府绸的。她穿的是湖纺。姐姐穿白麻纱袜，她却有两条长筒丝袜。姐姐穿自己做的布鞋，她却一会是"千底一带"，一会是白网球鞋，并且在初中二年级就穿了从上海买回来的皮鞋。姐姐不嫉妒，倒说："你的脚好看，应该穿好鞋。"姐姐冬天烘黄铜的手炉，她的手炉是白铜的。姐姐扇细芭蕉扇，她扇檀香扇。东西也一样，吃鱼，脊梁、肚皮是她的（姐姐吃鱼头、鱼尾，且说她爱吃），吃鸡，一只鸡腿归她（另一只是高先生的）。她还爱吃陈皮梅、嘉应子、橄榄。她一个个吃。家务事也不管。扫地、抹桌、买菜、煮饭，都是姐姐。高起兴来，打了井水，把家里什么都洗一遍，砖地也洗一遍，大门也洗一遍，弄得家里水漫金山，人人只好缩着脚坐在凳子上。除了自己的衣服，她不洗别人的。被褥帐子，都是姐姐洗。姐姐在天井里一大盆一大盆，洗得汗马淋漓，她却躺在高先生的藤椅上看《茵梦湖》。高先生的藤椅，除了她，谁也不坐，这是一家之主的象征。只有一件事，她乐意做：浇花。这是她的特权，别人不许浇。

高先生治家很严，高师母、高冰都怕他。只有对高雪，从未碰过一指头，在外面生了一点气，回来看看这个"欢喜团"，气也就消了。她要什么，高先生都依她。只有一次例外。

高雪初三毕业，要升学（高冰没有读中学，小学毕业，就在本城读了女师，已经在教书）。她要考高中，将来到北平上大学。高先生不同意，只许她报师范。高雪哭，不吃饭。妈妈和姐姐坐在床前轮流劝她。

"不要这样。多不好。爸爸不是不想让你向高处飞，爸爸没有钱。三年高中，四年大学，路费、学费、膳费、宿费，得好一笔钱。"

"他有钱！"

"他哪有钱呀！"

"在柜子里锁着！"

"那是攒起来要给谈老先生刻文集的。"

"干嘛要给他刻！"

"这孩子，没有谈老先生，爸爸就没有本事。上大学呢！你连小学也上不了。知恩必报，人不能无情无义。"

"再说那笔钱也不够你上大学。好妹妹，想开一点。师范毕业教两年，不是还可以考大学吗？你自己攒一点，没准爸爸这时候收入会更多一些。我跟爸爸说说，我挣的薪水，一半交家里，一半给你存起来，三四年下来，也是个数目。"

"你不用？"

"我？——不用！"

高雪被姐姐的真诚感动了，眼泪晶晶的。

姐姐说得也有理。国民党教育部有个规定，师范毕业，教两年小学，算是补偿了师范三年的学杂费，然后可以考大学。那时大学生里岁数大，老成持重的，多半曾是师范生。

"快起来吧！不要叫爸爸心里难过。你看看他：整天不说话，脑袋又不停地摇了。"

高雪虽然娇纵任性，这点清清楚楚的事理她是明白的。她起来洗洗脸，走到书房里，叫了一声：

"爸爸！"

并盛了一碗饭，用茶水淘淘，就着榨菜，吃了。好像吃得很香。

高先生知道女儿回心转意了，他心里倒酸溃溃的，很不好受。

高雪考了苏州师范。

高雪小时候没有显出怎么好看，没有想到，女大十八变，两三年工夫，变成了一个美人。每年暑假回家，一身白。白旗袍（在学校只能穿制服：白上衣，黑短裙），漂白细草帽，白纱手套，白丁字平跟皮鞋。丰姿楚楚，行步婀娜，态度安静，顾盼有光。不论在火车站月台上，轮船甲板上，男人女人都朝她看。男人看了她，敞开法兰绒西服上衣的扣，露出新买的时式领带，频频回首，自作多情。女的看了她，从手提包里取出小圆镜照照自己。各依年貌，生出不同的轻轻感触。

她在学校里唱歌、弹琴，都很出色。唱的歌是《茶花女》的《饮酒歌》，弹的是肖邦的《小夜曲》。

她一回本城，城里的女孩子都觉得自己很土。她们说高雪有一种说不出的派头。

有女儿的人说："高北溟生了这样一个女儿，这个爸爸当得过！"

任何小城都是有风波的。因为省长易人，直接影响到这个小县的人事。县长、党部、各局，统统来了一个大换班。公职人员，凡靠领薪水吃饭的，无不人心惶惶。

一县的人事更代，自然会波及到县立初中。

三十几个教育界人士，联名写信告了沈石君。一式两份，分送厅、局。执笔起草的就是居大律师。他虽分不清方笔、圆笔，却颇善于刀笔。主要的罪名是："把持学政，任用私人，倡导民主，宣传赤化。"后两条是初中图书馆里买了鲁迅、高尔基的书，订了《生活周刊》，"纪念周"上讲时事。"任用私人"牵涉到高北溟。信中说："简师毕业，而教中学，纵观全国，无此特例。只为同门受业，不惜破格躐等，遂使寰城父老疾首，而令方帽学士寒心。"指摘高北溟的教学是"不依规矩，自作主张，藐视部厅，搅乱学制"。

有人把这封信的底稿抄了一份送给沈石君。沈石君看了，置之一笑。他知道这个初中校长的位置，早已有人觊觎，自厅至局，已经内定。这封控告信，不过是制造一个查办的口实。此种官场小伎俩，是三岁小儿都知道的。和这些人纠缠，味同嚼蜡。何况他已在安徽找到事，毫无恋栈之心。为了给当局一个下马台阶，彼此不伤和气，他自己主动递了一封辞职书。不两天，批复照准。继任校长，叫尹同霖，原是办党务的。——新换上的各局首脑也都是清一色，是县党部的委员。这一调整充分体现了"以党治国"精神。没有等办理交代，尹同霖先来拜会了沈石君，这是给他一个很大的面子，免得彼此心存芥蒂。尹同霖问沈石君有什么托咐，沈石君只希望他能留高北溟。尹同霖满口答应。

沈石君束装就道之前，来看了高北溟，说他已和同霖提了，这点面子料想他会给的，他叫高北溟不要另外找事，安心在家等聘书。

不料，快开学了，聘书还不下来。同时，却收到第五小学的聘书。聘书后盖着五小新校长的签名章：张维谷。这是怎么回事呢？他并未向张维谷谋过职呀。

高先生只得再回五小去教书。

高先生到教务处看看，教员大半还是熟人。他和大家点点头，拿了粉笔、点名册往教室里走。纨绔子弟和幕僚在他身后努努嘴，演了一出双簧。一个说："好马不吃回头草"，一个说："前度刘郎今又来"。高北溟只当没有听见。

五年级有一个学生叫申潜，是现任教育局长的儿子，异常顽劣，上课时常捣乱。有一次他乘高先生回身写黑板时，用弹弓纸弹打人，一弹打在高先生的后脑勺上。高先生勃然大怒，把他训斥了一顿。不想申潜毫不认错，反而着眼睛看着高仙，眼睛里充满鄙视。他没有说一句话，但是高先生从他的眼睛里清清楚楚听得到："你有什么了不起！我爸爸动一动手指头，你们的饭碗就完蛋！"高先生狂吼起来："你仗你老子的势！你们！你们这些党棍子，你们欺人太甚！"他的脑袋剧烈地摇动起来。一堂学生被高先生的神气吓呆了，鸦雀无声。

谈甓渔的文搞没有刻印出来。永远也没有刻印出来的希望了。

高雪病了。

按规定，师范毕业，还要实习一年，才能正式任教。高雪在实习一年的下学期，发现自己下午潮热（同学们都看出她到下午两颊微红，特别好看），夜间盗汗，浑身没有力气。撑到学期终了，回了家，高师母知道女儿病状，说是："可了不得！"这地方讳言这种病的病名，但是大家心里都明白。高先生请了汪厚基来给高雪看病。

汪厚基是高先生最喜欢的学生，说他"绝顶聪明"。他从一年级到六年级，各门功课都是全班第一。全县的作文比赛，书法比赛，他都是第一名。他临毕业的那年，高先生为人撰了一篇寿序。经寿翁的亲友过目之后，大家商量请谁来写。高先生一时高兴，推荐了他这个得意的学生。大家觉得叫一个孩子来写，倒很别致，而且可以沾一沾返老还童的喜气，就说不妨一试。汪厚基用多宝塔体写了十六幅寿屏，字径二寸，笔力饱满。张挂起来，满座宾客，无不诧为神童。高先生满以为这个学生一定会升学，将来一定会出人头地。他家里开爿米店，家道小康，升学没有多大困难。不想他家里决定叫他学医——学中医。高先生听说，废书而叹，连声说："可惜，可惜！"

汪厚基跟一个姓刘的老先生学了几年，在东街赁了一间房，挂牌行医了。他看起来完全不像个中医。中医宜老不宜少，而且最好是行动蹒跚，相貌奇古，这样病家才相信。东街有一个老中医就是这样。此人外号李花脸，满脸的红记，一年多半穿着紫红色的哆呢夹袍，黑羽纱马褂，说话是个齉鼻儿，浑身发出樟木气味，好像本人也才从樟木箱子里拿出来。汪厚基全不是这样，既不弯腰，也不驼背，英俊倜傥，衣着入时，像一个大学毕业生。他开了方子，总把笔套上。——中医开方之后，照倒不套笔，这是一种迷信，套了笔以后就不再有人找他看病了。汪厚基不管这一套，他会写字，爱笔。他这个中医还订了好几份杂志，并且还看屠格涅夫的小说。这些都是对行医不利的。但是也许沾了"神童"的名誉的光，请他看病的不少，收入颇为可观。他家里觉得叫他学医这一步走对了。

他该成家了，来保媒的一年都有几起。汪厚基看不上。他私心爱慕着高雪。

他和高雪小学同班。两家住得不远。上学，放学，天天一起走，小时候感情很好。街上的野孩子有时欺负高雪，向她扔土坷垃，汪厚基就给她当保镖。他还时常做高雪掉在河里，他跳下去把她救起来这样的英雄的梦。高雪读了初中，师范，他看她一天比一天长得漂亮起来。隔几天看见她，都使他觉得惊奇。高雪上师范三年级时，他曾托人到高家去说媒。

高师母是很喜欢汪厚基的。高冰说："不行！妹妹是个心高的人，她要飞到很远的地方去。她要上大学。她不会嫁一个中医。妈，您别跟妹妹说！"高北溟想了一天，对媒人说："高雪还小。她还有一年实习，再说吧。"媒人自然知道，这是一种委婉的推托。

汪厚基每天来给高雪看病。汪厚基觉得这是一种福。高雪也很感激他。看了病，汪厚基常坐在床前，陪高雪闲谈。他们谈了好多小时候的事，彼此都记得那么清楚。高雪一天比一天地好起来了。

高雪病愈之后，就在本县一小教书，——她没有能在外地找到事。她一面补习功课，准备考大学。

接连考了两年，没有考取。

第三年，七七事变，抗日战争爆发，她所向往的大学，都迁到四川、云南。日本人占领了江南，本县外出的交通断了。她想冒险通过敌占区，往云南、四川去。全家人都激烈反对。她只好在这个小城里困着。

高雪的岁数一年比一年大，该嫁人了。多少双眼睛都看着她。她老不结婚，大家就都觉得奇怪。城里渐渐有了一些流言。轻嘴薄舌的人很多。对一个漂亮的少女，有人特别爱用自己肮脏的舌头来糟蹋她，话说得很难听，说她外面有人，还说……唉，别提这些了吧。

高雪在学校是经常收到情书。有的摘录了李后主、秦少游的词，满纸伤感惆怅。有的抄了一些外国诗。有一位抄了一大段拜伦的情诗的原文，害得她还得查字典。这些信大都也有一点感情，但又都不像很认真。高雪有时也回信，写的也是一些虚无缥缈的话。她并没有一个真正的情人。

本县的小学里不断有人向她献殷勤，她一个也看不上，觉得他们讨厌。

汪厚基又托媒人来说了几次媒，都被用不同的委婉言词拒绝了。——每次家里问高雪，她都是摇摇头。

一次又一次，高家全家的心都活了，连高冰也改变了态度。她和高雪谈了半夜。

"行了吧。汪厚基对你是真心。他说他非你不娶，是实话。他脾气好，一定会对你很体贴。人也不俗。你们不是也谈得来么？你还挑什么呢？你想要一个什么人？你想要的，这个县城里没有！妹妹，你不小了。听姐姐话，再拖下去，你真要留在家里当老姑娘？这是命，你心高命薄。退一步看，想宽一点。花开堪折直须折，莫待无花空折枝呀……"

高雪一直没有说话。

高雪同意和汪厚基结婚了。婚后的生活是平静的。汪厚基待高雪，真是含在口里怕她化了，体贴到不能再体贴。每天下床，都是厚基给她穿袜子，穿鞋。她梳头，厚基在后面捧着镜子。天凉了，天热了，厚基早给她把该换的衣服找出来放着。嫂子们常常偷偷在窗外看这小两口的无穷无尽的蜜月新婚，抿着嘴笑。

然而高雪并不快乐，她的笑总有点凄凉。半年之后，她病了。

汪厚基自己给她看病，亲自到药店去抓药，亲自煎药，还亲自尝一尝。他把全部学识都拿出来了。然而高雪的病没有起色。他把全城同行名医，包括几个西医，都请来给高雪看病。可是大家都说不出一个所以然，连一个准病名都说不出，一人一个说法。一个西医说了一个很长的拉丁病名，汪厚基请教是什么意思，这位西医说："忧郁症"。

病了半年，百药罔效，高雪瘦得剩了一把骨头。厚基抱她起来，轻得像一个孩子。高雪觉得自己不行了，叫厚基给她穿衣裳。衣裳穿好了，袜子也穿好了，高雪微微皱了皱眉，说左边的袜跟没有拉平。厚基给她把袜跟拉平了，她用非常温柔的眼光看着厚基，说："厚基，你真好！"随即闭了眼睛。

汪厚基到高先生家去报信。他详详细细叙说了高雪临死的情形，说她到最后还很清醒，"我给她穿袜子，她还说左边的袜跟没有拉平。"高师母忍不住，到房里坐在床上痛哭。高冰的眼泪不断流出来，喊了一声："妹妹，你想飞，你没有飞出去呀！"高先生捶着书桌说："怪我！怪我！怪我！"他的脑袋不停地摇动起来。——高先生近年不只在生气的时候，只要感情一激动，就摇脑袋。

汪厚基把牌子摘了下来，他不再行医了。"我连高雪的病都看不好，我还给别人看什么？"这位医生对医药彻底发生怀疑，医道："没有用！——骗人！"他变得有点傻了，遇见熟人就说："她到最后还很清醒，我给她穿袜子，她还说左边袜跟没有拉平……"他不知道，他已经跟这人说过几次了。他的眼光呆滞，反应也很迟钝了。他的那点聪明灵气已经全部消失。他整天无所事事，一起来就到处乱走。家里人等他吃饭，每回看不见他，一找，他都在高雪的坟旁坐着。

高先生已经死了几年了。

五小的学生还在唱：

> 西挹神山爽气，
>
> 东来邻寺疏钟……

墓草萋萋，落照昏黄，歌声犹在，斯人邈矣。

高先生在东街住过的老屋倒塌了，临街的墙壁和白木板门倒还没有倒。板门上高先生写的春联也还在。大红朱笺被风雨漂得几乎是白色的了，墨写的字迹却还很浓，很黑。

> 辛夸高岭桂
>
> 未徒北溟鹏

# 晚饭花

晚饭花就是野茉莉。因为是在黄昏时开花，晚饭前后开得最为热闹，故又名晚饭花。

> 野茉莉，处处有之，极易繁衍。高二三尺，枝叶披纷，肥者可荫五六尺。花如茉莉而长大，其色多种易变。子如豆，深黑有细纹，中有瓤，白色，可作粉，故又名粉豆花。曝干作蔬，与马兰头相类。根大者如拳、黑硬，俚医以治吐血。
>
> ——吴其濬：《植物名实图考》

## 珠子灯

这里的风俗，有钱人家的小姐出嫁的第二年，娘家要送灯。送灯的用意是祈求多子。元宵节前几天，街上常常可以看到送灯的队伍。几个女佣人，穿了干净的衣服，头梳得光光的，戴着双喜字大红绒花，一人手里提着一盏灯；前面有几个吹鼓手吹着细乐。远远听到送灯的箫笛，很多人家的门就开了。姑娘、媳妇走出来，倚门而看，且指指点点，悄悄评论。这也是一年的元宵节景。

一堂灯一般是六盏。四盏较小，大都是染成红色或白色而画了红花的羊角琉璃泡子。一盏是麒麟送子：一个染色的琉璃角片扎成的娃娃骑在一匹麒麟上。还有一盏是珠子灯：绿色的玻璃珠子穿扎成的很大的宫灯。灯体是八扇玻璃，漆着红色的各体寿字，其余部分都是珠子，顶盖上伸出八个珠子的凤头，凤嘴里衔着珠子的小幡，下缀珠子的流苏。这盏灯分量相当的重，送来的时候，得两个人用一根小扁担抬着。这是一盏主灯，挂在房间的正中。旁边是麒麟送子，玻璃泡子挂在四角。

到了"灯节"的晚上，这些灯里就插了红蜡烛。点亮了。从十三"上灯"到十八"落灯"，接连点几个晚上。平常这些灯是不点的。

屋里点了灯，气氛就很不一样了。这些灯都不怎么亮（点灯的目的原不是为了照明），但很柔和。尤其是那盏珠子灯，洒下一片淡绿的光，绿光中珠幡的影子轻轻地摇曳，如梦如水，显得异常安静。元宵的灯光扩散着吉祥、幸福和朦胧暧昧的希望。

孙家的大小姐孙淑芸嫁给了王家的二少爷王常生。她屋里就挂了这样六盏灯。不过这六盏灯只点过一次。

王常生在南京读书，秘密地加入了革命党，思想很新。订婚以后，他请媒人捎话过去：请孙小姐把脚放了。孙小姐的脚当真放了，放得很好，看起来就不像裹过的。

孙小姐是个才女。孙家对女儿的教育很特别，教女儿读诗词。除了《长恨歌》、《琵琶行》，孙小姐能背全本《西厢记》。嫁过来以后，她也看王常生带回来的黄遵宪的《日本国志》和林译小说《迦茵小传》、《茶花女遗事》……

两口子琴瑟和谐，感情很好。

不料王常生在南京得了重病，抬回来不到半个月，就死了。

王常生临死对夫人留下遗言："不要守节"。

但是说了也无用。孙王二家都是书香门第，从无再婚之女。改嫁，这种念头就不曾在孙小姐的思想里出现过。这是绝不可能的事。

从此，孙小姐就一个人过日子。这六盏灯也再没有点过了。

她变得有点古怪了，她屋里的东西都不许人动。王常生活着的时候是什么样子，永远是什么样子，不许挪动一点。王常生用过的手表、座钟、文具，还有他养的一盆雨花石，都放在原来的位置。孙小姐原是个爱洁成癖的人，屋里的桌子椅子、茶壶茶杯，每天都要用清水洗三遍。自从王常生死后，除了过年之前，她亲自监督着一个从娘家陪嫁过来的女佣人大洗一天之外，平常不许擦拭。里屋炕几上有一套茶具：一个白瓷的茶盘，一把茶壶，四个茶杯。茶杯倒扣着，上面落了细细的尘土。茶壶是荸荠形的扁圆的，茶壶的鼓肚子下面落不着尘土，茶盘里就清清楚楚留下一个干净的圆印子。

她病了，说不清是什么病。除了逢年过节起来几天，其余的时间都在床上躺着，整天地躺着。除了那个女佣人，没有人上她屋里去。

她就这么躺着，也不看书，也很少说话，屋里一点声音没有。她躺着，听着天上的风筝响，斑鸠在远远的树上叫着双声，"鹁鸪鸪——咕，鹁鸪鸪——咕"，听着麻雀在檐前打闹，听着一个大蜻蜓振动着透明的翅膀，听着老鼠咬啮着木器，还不时听到一串滴滴答答的声音，那是珠子灯的某一处流苏散了线，珠子落在地上了。

女佣人在扫地时，常常扫到一二十颗散碎的珠子。

她这样躺了十年。

她死了。

她的房门锁了起来。

从锁着的房间里，时常还听见散线的玻璃珠子滴滴答答落在地板上的声音。

## 三姊妹出嫁

　　秦老吉是个挑担子卖馄饨的。他的馄饨担子是全城独一份，他的馄饨也是全城独一份。

　　这副担子非常特别。一头是一个木柜，上面有七八个扁扁的抽屉；一头是安放在木柜里的烧松柴的小缸灶，上面支一口紫铜浅锅。铜锅分两格，一格是骨头汤，一格是下馄饨的清水。扁担不是套在两头的柜子上，而是打的时候就安在柜子上，和两个柜子成一体。扁担不是直的，是弯的，像一个罗锅桥。这副担子是楠木的，雕着花，细巧玲珑，很好看。这好像是《东京梦华录》时期的东西，李嵩笔下画出来的玩意儿。秦老吉老远地来了，他挑的不像是馄饨担子，倒好像挑着一件什么文物。这副担子不知道传了多少代了，因为材料结实，做工精细，到现在还很完好。

　　别人卖的馄饨只有一种，葱花水打猪肉馅。他的馄饨除了猪肉馅的，还有鸡肉馅的、螃蟹馅的，最讲究的是荠菜冬笋肉末馅的，——这种肉馅不是用刀刃而是用刀背剁的！作料也特别齐全，除了酱油、醋，还有花椒油、辣椒油、虾皮、紫菜、葱末、蒜泥、韭花、芹菜和本地人一般不吃的芫荽。馄饨分别放在几个抽屉里，作料敞放在外面，任凭顾客各按口味调配。

　　他的器皿用具也特别精洁——他有一个拌馅用的深口大盘，是雍正青花！

　　笃——笃笃，秦老吉敲着竹梆，走来了。找一个柳荫，把担子歇下，竹梆敲出一串花点，立刻就围满了人。

　　秦老吉就用这副担子，把三个女儿养大了。

　　秦老吉的老婆死得早，给他留下三个女儿。大凤、二凤和小凤。三个女儿，一个比一个小一岁，梯子蹬似的。三个丫头一个模样，像一个模子脱出来的。三个姑娘，像三张画。有人跟秦老吉说："应该叫你老婆再生一个的，好凑成一套四扇屏儿！"

姊妹三个，从小没娘，彼此提挈，感情很好。一家人都很勤快。一进门，清清爽爽，干净得像明矾澄过的清水。谁家婆了遢遢婆娘，丈夫气急了，就说："你到秦老吉家看看去！"三姊妹各有所长，分工负责。大裁大剪，单夹皮棉——秦老吉冬天穿一件山羊皮的背心，是大姐的；锅前灶后，热水烧汤，是二姐的；小妹妹小，又娇，两个姐姐惯着她，不叫她做重活，她就成天地挑花绣朵。她们两个姐姐绣得全身都是花。围裙上、鞋尖上、手帕上、包头布上，都是花。这些花里有一样必不可少的东西，是凤。

姊妹三个都大了。一个十八，一个十七，一个十六。该嫁了。这三只凤要飞到哪棵梧桐树上去呢？

三姊妹都有了人家了。大姐许了一个皮匠，二姐许了一个剃头的，小妹许的是一个卖糖的。

皮匠的脸上有几颗麻子，一街人都叫他麻皮匠。他在东街的"乾陞和"茶食店廊檐下摆一副皮匠担子。"乾陞和"的门面很宽大，除了一个柜台，两边竖着的两块碎白石底子堆刻黑漆大字的木牌——一块写着"应时糕点"，一块写着"满汉饽饽"。这之外，没有什么东西，放一副皮匠担子一点不碍事。麻皮匠每天一早，"乾陞和"才开了门，就拿起一把长柄的笤帚把店堂打扫干净，然后就在"满汉饽饽"下面支起担子，开始绱鞋。他是个手脚很快的人。走起路来腿快，绱起鞋来手快。只见他把锥子在头发里"光"两下，一锥子扎过鞋帮鞋底，两根用猪鬃引着的蜡线对穿过去，噌，——噌，两把就绱了一针。流利合拍，均匀紧凑。他绱鞋的时候，常有人歪着头看。绱鞋，本来没有看头，但是麻皮匠绱鞋就能吸引人。大概什么事做得很精熟，就很美了。因为手快，麻皮匠一天能比别的皮匠多绱好几双鞋。不但快，绱得也好。针脚细密，楦得也到家，穿在脚上，不易走样。因此，他生意很好。也因此，落下"麻皮匠"这样一个称号。人家做好了鞋，叫佣人或孩子送去绱，总要叮嘱一句："送到麻皮匠那里去。"这街上还有几个别的皮匠。怕送错了。他脸上的那几颗麻子就成了他的标志。他姓什么呢？好像是姓马。

二姑娘的婆家姓时。老公公名叫时福海。他开了一爿剃头店，字号也就是"时福海记"。剃头的本属于"下九流"，他的店铺每年贴的春联都是："头等事业，顶上生涯"。自从满清推翻，建立民国，人们剪了辫子，他的店铺主要是剃光头，以"水热刀快"为号召。时福海像所有的老剃头待诏一样，还擅长向阳取耳（掏耳朵），捶背拿筋。剃完头，用两只拳头给顾客哗哗剥剥地捶背（捶出各种节秦和清浊阴阳的脆响），噔噔地揪肩胛后的"懒筋"——捶、揪之后，真是"浑身通泰"。他还专会治"落枕"。睡落了枕，歪着脖子走进去，时福海把你的脑袋搁在他弓起的大腿上，两手扶着下腭，轻试两下"咔叭"——就扳正了！老年间，剃头匠是半个跌打医生。

这地方不知怎么会有这么一个传统，剃头的多半也是吹鼓手（不是所有的剃头匠都是吹鼓手，也不是所有的吹鼓手都是剃头匠）。时福海就也是一个吹鼓手。他吹唢呐，两腮鼓起两个圆圆的鼓包，憋得满脸通红。他还会"进曲"。好像一城的吹鼓手里只有他会，或只有他擅长于这个玩意儿。人家办丧事，"六七"开吊，在"初献"、"亚献"之后，有"进曲"这个项目。赞礼的礼生喝道"进——曲！"时福海就拿了一面荸荠鼓，由两个鼓手双笛伴奏。唱一段曲子。曲词比昆曲还要古，内容是"神仙道化"，感叹人生无常，有《薤露》、《蒿里》遗意，很可能是元代的散曲。时福海自己也不知道唱的是什么，但还是唱得感慨唏嘘，自己心里都酸溜溜的。

时代变迁，时福海的这一套有点吃不开了。剃光头的人少了，"水热刀快"不那么有号召力了。卫生部门天天宣传挖鼻孔、挖耳朵不卫生。懂得享受捶背揪懒筋的乐趣的人也不多了。时福海忽然变成一个举动迟钝的老头。

时福海有两个儿子。下等人不避父讳，大儿子叫大福子，小儿子叫小福子。

大福子很能赶潮流。他把逐渐暗淡下去的"时福海记"重新装修了一下，门窗柱壁，油漆一新，全都是奶油色，添了三面四尺高、二尺宽的大玻璃镜子。三面大镜之间挂了两个狭长的镜框，里面嵌了磁青砑银的蜡笺对联，请一个擅长书法的医生汪厚基浓墨写了一副对子：

不教白发催人老
更喜春风满面生

他还置办了"夜巴黎"的香水，"司丹康"的发蜡。顶棚上安了一面白布制成的"风扇"，有滑车牵引，叫小福子坐着，一下一下地拉"风扇"的绳子，使理发的人觉得"清风徐来"，十分爽快。这样，"时福海记"就又兴旺起来了。

大福子也学了吹鼓手。笙箫管笛，无不精通。

这地方不知怎么会流传"倒扳桨"、"跌断桥"、"剪靛花"之类的《霓裳续谱》、《白雪遗音》时期的小曲。平常人不唱，唱的多是理发的、搓澡的、修脚的、裁缝、做豆腐的年轻子弟。他们晚上常常聚在"时福海记"唱，大福子弹琵琶。"时福海记"外面站了好些人在听。

二凤要嫁的就是大福子。

三姑娘许的这家苦一点，姓吴，小人叫吴颐福，是个遗腹子。家里只有两个人，一个老母亲，是个跛脚，走起路来一踮一踮的。母子二人，相依为命。妈妈很慈祥，儿子很孝顺。吴颐福是个很聪明的人，十五岁上就开始卖糖。卖糖和卖糖可不一样。他卖的不是普通的芝麻糖、花生糖，他卖的是"样糖"。他跟一个师叔学会了一宗手艺：能把白糖化了，倒在模子里，做成大小不等的福禄寿三星、财神爷、麒麟送子。高的二尺，矮的五寸，衣纹生动，须眉清楚；还能把糖里加了色，不用模子，随手吹出各种瓜果，桃、梨、苹果、佛手，跟真的一样，最好看的是南瓜：金黄的瓜，碧绿的蒂子，还开着一朵淡黄的瓜花。这种糖，人家买去，都是当摆设，不吃。——吃起来有什么意思呢，还不是都是糖的甜味！卖得最多的是糖兔子。白糖加麦芽糖熬了，切成梭子形的一块一块，两头用剪刀剪开，一头窝进腿下，是脚；一头便是耳朵。耳朵下捏一下，便是兔子脸，两边嵌进两粒马料豆，一个兔子就成了！马料豆有绿豆大，一头是通红的，一头是漆黑的。这种豆药店里卖，平常配药很少用它，好像是天生就为了做糖兔的眼睛用的！这种糖兔子很便宜，一般的孩子都买得起。也吃了，也玩了。

师叔死后，这门手艺成了绝活儿，全城只有吴颐福一个人会，因此，他的生意是不错的。

他做的这些艺术品都放在擦得晶亮的玻璃橱子里，在肩上挑着。他的糖担子好像一个小型的展览会，歇在哪里，都有人看。

麻皮匠、大福子、吴颐福，都住得离秦老吉家不远。大姑娘、二姑娘、三姑娘几乎每天都能看到她们的女婿。姐儿仨有时在一起互相嘲戏。三姑娘小凤是个镴嘴子①，咭咭呱呱，对大姐姐说：

"十个麻子九个俏，不是麻子没人要！"

大姐啐了她一口。

她又对二姐姐说：

"姑娘姑娘真不丑，一嫁嫁个吹鼓手。吃冷饭，喝冷酒，坐人家大门口！"②

二姐也啐了她一口。

两个姐姐容不得小凤如此放肆，就一齐反唇相讥：

"敲锣卖糖，各干各行！"

小妹妹不干了，用拳头捶两个姐姐：

"卖糖怎么啦！卖糖怎么啦！"

秦老吉正在外面拌馅儿，听见女儿打闹，就厉声训斥道：

"靠本事吃饭，比谁也不低。麻油拌芥菜，各有心中爱，谁也不许笑话谁！"

三姊妹听了，都吐了舌头。

姐儿仨同一天出门子，都是腊月二十三。一顶花桥接连送了三个人。时辰倒是错开了。头一个是小凤，日落酉时。第二个是大凤，戌时。最后才是二凤。因为大福子要吹唢呐送小姨子，又要吹唢呐送大姨子。轮到他拜堂时已是亥时。给他吹唢呐的是他的爸爸时福海。时福海吹了一气，又坐到喜堂去受礼。

三天回门。三个姑爷，三个女儿都到了。秦老吉办了一桌酒，除了

---

① 镴嘴子是一种鸟，喙大而硬，此地说嘴尖舌巧的姑娘为镴嘴子，其实镴嘴子哑着的时多，不善鸣叫。

② 这是当地童谣。"吃冷饭，喝冷酒"也有说成"吃人家饭，喝人家酒"的。

鸡鸭鱼肉，他特意包了加料三鲜馅的绉纱馄饨，让姑爷尝尝他的手艺。鲜美清香，自不必说。

三个女儿的婆家，都住得不远，两三步就能回来看看父亲。炊煮扫除，浆洗缝补，一如往日。有点小灾小病，头疼脑热，三个女儿抢着来伺候，比没出门时还殷勤。秦老吉心满意足，毫无遗憾。他只是有点发愁：他一朝撒手，谁来传下他的这副馄饨担子呢？

笃——笃笃，秦老吉还是挑着担子卖馄饨。

真格的，谁来继承他的这副古典的，南宋时期的，楠木的馄饨担子呢？

# 晚饭花

李小龙的家在李家巷。

这是一条南北向的巷子，相当宽，可以并排走两辆黄包车。但是不长，巷子里只有几户人家。

西边的北口一家姓陈。这家好像特别的潮湿，门口总飘出一股湿布的气味，人的身上也带着这种气味。他家有好几棵大石榴，比房檐还高，开花的时候，一院子都是红通通的。结的石榴很大，垂在树枝上，一直到过年下雪时才剪下来。

陈家往南，直到巷子的南口，都是李家的房子。

东边，靠北是一个油坊的堆栈，粉白的照壁上黑漆八个大字："双窨香油，照庄发客"。

靠南一家姓夏。这家进门就是锅灶，往里是一个不小的院子。这家特别重视过中秋。每年的中秋节，附近的孩子就上他们家去玩，去看院子里还在开着的荷花，几盆大桂花，缸里养的鱼；看他家在院子里摆好了的矮脚的方桌，放了毛豆、芋头、月饼、酒壶，准备一家赏月。

在油坊堆栈和夏家之间，是王玉英的家。

王家人很少，一共三口。王玉英的父亲在县政府当录事，每天一早便提着一个蓝布笔袋，一个铜墨盒去上班。王玉英的弟弟上小学。王玉英整天一个人在家。她老是在她家的门道里做针线。

王玉英家进门有一个狭长的门道。三面是墙：一面是油坊堆栈的墙，一面是夏家的墙，一面是她家房子的山墙。南墙尽头有一个小房门，里面才是她家的房屋。从外面是看不见她家的房屋的。这是一个长方形的天井，一年四季，照不进太阳。夏天很凉快，上面是高高的蓝天，正面的山墙脚下密密地长了一排晚饭花。王玉英就坐在这个狭长的天井里，坐在晚饭花前面做针线。

李小龙每天放学，都经过王玉英家的门外。他都看见王玉英（他看了陈家的石榴，又看了"双窨香油，照庄发客"，还会看看夏家的花木）。晚饭花开得很旺盛，它们使劲地往外开，发疯一样，喊叫着，把自己开在傍晚的空气里。浓绿的，多得不得了的绿叶子；殷红的，胭脂一样的，多得不得了的红花；非常热闹，但又很凄清。没有一点声音，在浓绿浓绿的叶子和乱乱纷纷的红花之前，坐着一个王玉英。

这是李小龙的黄昏。要是没有王玉英，黄昏就不成其为黄昏了。

李小龙很喜欢看王玉英，因为王玉英好看。王玉英长得很黑，但是两只眼睛很亮，牙很白。王玉英有一个很好看的身子。

红花、绿叶、黑黑的脸、明亮的眼睛、白的牙，这是李小龙天天看的一张画。

王玉英一边做针线，一边等着她的父亲。她已经焖好饭了，等父亲一进门就好炒菜。

王玉英已经许了人家。她的未婚夫是钱老五。大家都叫他钱老五。不叫他的名字，而叫钱老五，有轻视之意。老人们说他"不学好"。人很聪明，会画两笔画，也能刻刻图章，但做事没有长性。教两天小学，又到报馆里当两天记者。他手头并不宽裕，却打扮得像个阔少爷，穿着细毛料子的衣裳，梳着油光光的分头，还戴了一副金丝眼镜。他交了许多"三朋四友"，风流浪荡，不务正业。都传说他和一个寡妇相好，有时就住在那个寡妇家里，还花寡妇的钱。

这些事也传到了王玉英的耳朵里，连李小龙也都听说了嘛，王玉英还能不知道？不过王玉英倒不怎么难过，她有点半信半疑。而且她相信她嫁过去，他就会改好的。她看见过钱老五，她很喜欢他的人才。

钱老五不跟他的哥哥住。他有一所小房，在臭河边。他成天不在家，门老是锁着。

李小龙知道钱老五在哪里住。他放学每天经过。他有时扒在门缝上往里看：里面有三间房，一个小院子，有几棵树。

王玉英也知道钱老五的住处。她路过时，看看两边没有人，也曾经扒在门缝上往里看过。

有一天，一顶花轿把王玉英抬走了。

从此，这条巷子里就看不见王玉英了。

晚饭花还在开着。

李小龙放学回家，路过臭河边，看见王玉英在钱老五家门前的河边淘米。只看见一个背影。她头上戴着红花。

李小龙觉得王玉英不该出嫁，不该嫁给钱老五。他很气愤。

这世界上再也没有原来的王玉英了。

# 鉴赏家

全县第一个大画家是季匋民，第一个鉴赏家是叶三。

叶三是个卖果子的。他这个卖果子的和别的卖果子的不一样。不是开铺子的，不是摆摊的，也不是挑着担子走街串巷的。他专给大宅门送果子。也就是给二三十家送。这些人家他走得很熟，看门的和狗都认识他。到了一定的日子，他就来了。里面听到他敲门的声音，就知道：是叶三。挎着一个金丝篾篮，篮子上插一把小秤，他走进堂屋，扬声称呼主人。主人有时走出来跟他见见面，有时就隔着房门说话。"给您称——？"——"五斤。"什么果子，是看也不用看的，因为到了什么节令送什么果子都是一定的。叶三卖果子从不说价。买果子的人家也总不会亏待他。有的人家当时就给钱，大多数是到节下（端午、中秋、新年）再说。叶三把果子称好，放在八仙桌上，道一声"得罪"，就走了。他的果子不用挑，个个都是好的。他的果子的好处，第一是得四时之先。市上还没有见这种果子，他的篮子里已经有了。第二是都很大，都均匀，很香，很甜，很好看。他的果子全都从他手里过，有疤的、有虫眼的、挤筐、破皮、变色、过小的全都剔下来，贱价卖给别的果贩。他的果子都是原装，有些是直接到产地采办来的，都是"树熟"，——不是在米糠里闷熟了的。他经常出外，出去买果子比他卖果子的时间要多得多。他也很喜欢到处跑。四乡八镇，哪个园子里，什么人家，有一棵什么出名的好果树，他都知道，而且和园主打了多年交道，熟得像是亲家一样了。——别的卖果子的下不了这样的功夫，也不知道这些路道。到处走，能看很多好景致，知道各地乡风，可助谈资，对身体也好。他很少得病，就是因为路走得多。

立春前后，卖青萝卜。"棒打萝卜"，摔在地下就裂开了。杏子、桃子下来时卖鸡蛋大的香白杏，白得像一团雪，只嘴儿以下有一根红线的"一线红"蜜桃。再下来是樱桃，红的像珊瑚，白的像玛瑙。端午前后，批杷。夏天卖瓜。七八月卖河鲜：鲜菱、鸡头、莲蓬、花下藕。卖马牙枣、卖葡萄。重阳近了，卖梨：河间府的鸭梨、莱阳的半斤酥，还有一种叫做"黄金坠子"的香气扑人个儿不大的甜梨。菊花开过了，卖金橘，卖蒂部起脐子的福州蜜橘。入冬以后，卖栗子、卖山药（粗如小儿臂）、卖百合（大如拳）、卖碧绿生鲜的檀香橄榄。

他还卖佛手、香橼。人家买去，配架装盘，书斋清供，闻香观赏。

不少深居简出的人，是看到叶三送来的果子，才想起现在是什么节令了的。

叶三卖了三十多年果子，他的两个儿子都成人了。他们都是学布店的，都出了师了。老二是三柜，老大已经升为二柜了。谁都认为老大将来是会升为头柜，并且会当管事的。他天生是一块好材料。他是店里头一把算盘，年终结总时总得由他坐在账房里哗哗剥剥打好几天。接待厂家的客人，研究进货（进货是个大学问，是一年的大计，下年多进哪路货，少进哪路货，哪些必须常备，哪些可以试销，关系全年的盈亏），都少不了他。老二也很能干。量布、撕布（撕布不用剪子开口，两手的两个指头夹着，借一点巧劲，嗤——的一声，布就撕到头了），干净利落。店伙的动作快慢，也是一个布店的招牌。顾客总愿从手脚麻利的店伙手里买布。这是天分，也靠练习。有人就一辈子都是迟钝笨拙，改不过来。不管干哪一行，都是人比人，这是没有办法的事。弟兄俩都长得很神气，眉清目秀，不高不矮。布店的店伙穿得都很好。什么料子时新，他们就穿什么料子。他们的衣料当然是价廉物美的。他们买衣料是按进货价算的，不加利润；若是零头，还有折扣。这是布店的规矩，也是老板乐为之的，因为店伙穿得时髦，也是给店里装门面的事。有的顾客来买布，常常指着店伙的长衫或翻在外面的短衫的袖子："照你这样的，给我来一件。"

弟兄俩都已经成了家，老大已经有一个孩子，——叶三抱孙子了。

这年是叶三五十岁整生日，一家子商量怎么给老爷子做寿。老大老二都提出爹不要走宅门卖果子了，他们养得起他。

叶三有点生气了：

"嫌我给你们丢人？两位大布店的'先生'，有一个卖果子的老爹，不好看？"

儿子连忙解释：

"不是的。你老人家岁数大了，老在外面跑，风里雨里，水路旱路，做儿子的心里不安。"

"我跑惯了。我给这些人家送惯了果子。就为了季四太爷一个人，我也得卖果子。"

季四太爷即季匋民。他大排行是老四，城里人都称之为四太爷。

"你们也不用给我做什么寿。你们要是有孝心，把四太爷送我的画拿出去裱了，再给我打一口寿材。"这里有这样一种风俗，早早就把寿材准备下了，为的讨个吉利：添福添寿。于是就都依了他。

叶三还是卖果子。

他真是为了季匋民一个人卖果子的。他给别人家送果子是为了挣钱，他给季匋民送果子是为了爱他的画。

季匋民有一个脾气，一边画画，一边喝酒。喝酒不就菜，就水果。画两笔，凑着壶嘴喝一大口酒，左手拈一片水果，右手执笔接着画。画一张画要喝二斤花雕，吃斤半水果。

叶三搜罗到最好的水果，总是首先给季匋民送去。

季匋民每天一起来就走进他的小书房——画室。叶三不须通报，由一个小六角门进去，走过一条碎石铺成的冰花曲径，隔窗看见季匋民，就提着、捧着他的鲜果走进去。

"四太爷，枇杷，白沙的！"

"四太爷，东墩的西瓜，三白！——这种三白瓜有点梨花香味，别处没有！"

他给季匋民送果子，一来就是半天。他给季匋民磨墨、漂朱膘、研石青石绿、抻纸。季匋民画的时候，他站在旁边很入神地看，专心致意，连大气都不出。有时看到精彩处，就情不自禁的深深吸一口气，甚至小声地惊呼起来。凡是叶三吸气、惊呼的地方，也正是季匋民的得意之笔。季匋民从不当众作画，他画画有时是把书房门锁起来的。对叶三可例外，他很愿意有这样一个人在旁边看着，他认为叶三真懂，叶三的赞赏是出于肺腑，不是假充内行，也不是谀媚。

季匋民最讨厌听人谈画。他很少到亲戚家应酬。实在不得不去的，他也是到一到，喝半盏茶就道别。因为席间必有一些假名士高谈阔论，因为季匋民是大画家，这些名士就特别爱在他面前评书论画，借以卖弄自己高雅博学。这种议论全都是道听途说，似通不通。季匋民听了，实在难受。他还知道，他如果随声答音，应付几句，某一名士就会在别的应酬场所重贩他的高论，且说："兄弟此言，季匋民亦深为首肯。"

但是他对叶三另眼相看。

季匋民最佩服李复堂①。他认为扬州八怪里复堂功力最深，大幅小品都好，有笔有墨，也奔放，也严谨，也浑厚，也秀润，而且不装模作样，没有江湖气。有一天叶三给他送来四开李复堂的册页，使季匋民大吃一惊：这四开册页是真的！季匋民问他是多少钱买的，叶三说没花钱。他到三垛贩果子，看见一家的柜橱的玻璃里镶了四幅画，——他在四太爷这里看过不少李复堂的画，能辨认，他用四张"苏州片"②跟那家换了。"苏州片"花花绿绿的，又是簇新的，那家还很高兴。

叶三只是从心里喜欢画，他从不瞎评论。季匋民画完了画，钉在壁上，自己负手远看，有时会问叶三：

"好不好？"

"好！"

"好在哪里？"

叶三大都能一句话说出好在何处。

季匋民画了一幅紫藤，问叶三。

叶三说："紫藤里有风。"

"唔！你怎么知道？"

"花是乱的。"

"对极了！"

---

① 李复堂，名鳝，字宗扬，复堂是他的号，又号懊道人。他是康熙年间的举人，当过滕县知县，因为得罪上级，功名和官都被革掉了，终年只做画师。他作画有时得向郑板桥去借纸，大概是相当穷的。他本画工笔，是宫廷画家蒋廷锡的高足。后到扬州，改画写意，师法高其佩，受徐青藤、八大、石涛的影响，风度大变，自成一家。

② 仿旧的画，多为工笔花鸟，设色娇艳，旧时多为苏州画工所作，行销各地，故称"苏州片"。苏州片也有仿制得很好的，并不俗气。

季匐民提笔题了两句词：

　　　　深院悄无人，风拂紫藤花乱。

季匐民画了一张小品，老鼠上灯台。叶三说："这是一只小老鼠。"
"何以见得。"
"老鼠把尾巴卷在灯台柱上。它很顽皮。"
"对！"
季匐民最爱画荷花。他画的都是墨荷。他佩服李复堂，但是画风和复堂不似。李画多凝重，季匐民飘逸。李画多用中锋，季匐民微用侧笔，——他写字写的是章草。李复堂有时水墨淋漓，粗头乱服，意在笔先；季匐民没有那样的恣悍，他的画是大写意，但总是笔意俱到，收拾得很干净，而且笔致疏朗，善于利用空白。他的墨荷参用了张大千，但更为舒展。他画的荷叶不勾筋，荷梗不点刺，且喜作长幅，荷梗甚长，一笔到底。

　　有一天，叶三送了一大把莲蓬来，季匐民一高兴，画了一幅墨荷，好些莲蓬。画完了，问叶三："如何？"
　　叶三说："四太爷，你这画不对。"
　　"不对？"
　　"'红花莲子白花藕'。你画的是白荷花，莲蓬却这样大，莲子饱，墨色也深，这是红荷花的莲子。"
　　"是吗？我头一回听见！"
　　季匐民于是展开一张八尺生宣，画了一张红莲花，题了一首诗：

　　　　红花莲子白花藕，

果贩叶三是我师。

惭愧画家少见识，

为君破例著胭脂。

季匋民送了叶三很多画。——有时季匋民画了一张画，不满意，团掉了。叶三捡起来，过些日子送给季匋民看看，季匋民觉得也还不错，就略改改，加了题，又送给了叶三。季匋民送给叶三的画都是题了上款的。叶三也有个学名。他五行缺水，起名润生。季匋民给他起了个字，叫泽之。送给叶三的画上，常题"泽之三兄雅正"。有时迳题"画与叶三"。季匋民还向他解释：以排行称呼，是古人风气，不是看不起他。

有时季匋民给叶三画了画，说："这张不题上款吧，你可以拿去卖钱，——有上款不好卖。"

叶三说："题不题上款都行。不过您的画我不卖。"

"不卖？"

"一张也不卖？"

他把季匋民送他的画都放在他的棺材里。

十多年过去了。

季匋民死了。叶三已经不卖果子，但是他四季八节，还四处寻觅鲜果，到季匋民坟上供一供。

季匋民死后，他的画价大增。日本有人专门收藏他的画。大家知道叶三手里有很多季匋民的画，都是精品。很多人想买叶三的藏画。叶三说：

"不卖。"

有一天有一个外地人来拜望叶三，叶三看了他的名片，这人的姓很奇怪，姓"辻"，叫"辻听涛"。一问，是日本人。辻听涛说他是专程来看他收藏的季匋民的画的。

因为是远道来的，叶三只得把画拿出来。辻听涛非常虔诚，要了清水洗了手，焚了一炷香，还先对画轴拜了三拜，然后才展开。他一边看，一边不停地赞叹：

"喔！喔！真好！真是神品！"

辻听涛要买这些画，要多少钱都行。

叶三说：

"不卖。"

辻听涛只好怅然而去。

叶三死了。他的儿子遵照父亲的遗嘱，把季匋民的画和父亲一起装在棺材里，埋了。

# 八千岁

据说他是靠八千钱起家的，所以大家背后叫他八千岁。八千钱是八千个制钱，即八百枚当十的铜元。当地以一百铜元为一吊，八千钱也就是八吊钱。按当时银钱市价，三吊钱兑换一块银元，八吊钱还不到两块七角钱。两块七角钱怎么就能起了家呢？为什么整整是八千钱，不是七千九，不是八千一？这些，谁也不去追究，然而死死地认定了他就是八千钱起家的，他就是八千岁！

他如果不是一年到头穿了那样一身衣裳，也许大家就不会叫他八千岁了。他这身衣裳，全城无二。无冬历夏，总是一身老蓝布。这种老蓝布是本地土织，本地的染坊用蓝靛染的。染得了，还要由一个师傅双脚分叉，站在一个U字形的石碾上，来回晃动，加以碾砑，然后摊在河边空场上晒干。自从有了阴丹士林，这种老监布已经不再生产，乡下还有时能够见到，城里几乎没有人穿了。蓝布长衫，蓝布夹袍，蓝布棉袍，他似乎做得了这几套衣服，就没有再添置过。年复一年，老是这几套。有些地方已经洗得露了白色的经纬，而且打了许多补丁。衣服的款式也很特别，长度一律离脚面一尺。这种才能盖住膝盖的长衫，从前倒是有过，叫做"二马裾"。这些年长衫兴长，穿着拖齐脚面的铁灰洋绉时式长衫的年轻的"油儿"，看了八千岁的这身二马裾，觉得太奇怪了。八千岁有八千岁的道理，衣取蔽体，下面的一截没有用处，要那么长干什么？八千岁生得大头大脸，大鼻子大嘴，大手大脚，终年穿着二马裾，任人观看，心安理得。

他的儿子跟他长得一模一样，只是比他小一号，也穿着一身老蓝布的二马裾，只是老蓝布的颜色深一些，补丁少一些。父子二人在店堂里一站，活脱是大小两个八千岁。这就更引人注意了。八千岁这个名字也就更被人叫得死死的。

大家都知道八千岁现在很有钱。

八千岁的米店看起来不大，门面也很暗淡。店堂里一边是几个米囤子，囤里依次分别堆积着"头糙"、"二糙"、"三糙"、"高尖"。头糙是只碾一道，才脱糠皮的糙米，颜色紫红。二糙较白。三糙更白。高尖则是雪白发亮几乎是透明的上好精米。四个米囤。由红到白，各有不同的买主。头糙卖给挑箩把担卖力气的，二糙三糙卖给住家铺户，高尖只少数高门大户才用。一般人家不是吃不起，只是觉得吃这样的米有点"作孽"。另外还有两个小米囤，一囤糯米；一囤晚稻香粳——这种米是专门煮粥用的。煮出粥来，米长半寸，颜色浅碧如碧螺春，香味浓厚，是东乡三垛特产，产量低，价极昂。这两种米平常是没有人买的，只是既是米店，不能不备。另外一边是柜台，里面有一张账桌，几把椅子。柜台一头有一块竖匾，白地子，上漆四个黑字，道是："食为民天"。竖匾两侧，贴着两个字条，是八千岁的手笔。年深日久，字条的毛边纸已经发黄，墨色分外浓黑。一边写的是"僧道无缘"，一边是"概不做保"。这地方每年总有一些和尚来化缘（道士似无化缘一说），背负一面长一尺、宽五寸的木牌，上画护法韦驮，敲着木鱼，走到较大铺户之前，总可得到一点布施。这些和尚走到八千岁门前，一看"僧道无缘"四个字，也就很知趣地走开了。不但僧道无缘，连叫花子也"概不打发"。叫花子知道不管怎样软磨硬泡，也不能从八千岁身上拔下一根毛来，也就都"别处发财"，省得白费工夫。中国不知从什么时候兴了铺保制度。领营业执照，向银行贷款，取一张"仰沿路军警一体放行，妥加保护"的出门护照，甚至有些私立学校填写入学志愿书，都要有两家"殷实铺保"。吃了官司，结案时要"取保释放"。因此一般"殷实"一些的店铺就有为人做保的义务。铺保不过是个名义，但也有时惹下一些麻烦。有的被保的人出了问题，官方警方不急于追究本人，却跟做保的店铺纠缠不休，目的无非是敲一笔竹杠。八千岁可不愿惹这种麻烦。"僧道无缘"、"概不做保"的店铺不止八千岁一家，然而八千岁如此，就不免引起路人侧目，同行议论。

八千岁米店的门面虽然极不起眼，"后身"可是很大。这后身本是夏家祠堂。夏家原是望族。他们聚族而居的大宅子的后面有很多大树，有合抱的大桂花，还有一湾流水，景色幽静，现在还被人称为夏家花园，但房屋已经残破不堪了。夏家败落之后，就把祠堂租给了八千岁。朝南的正屋里一长溜祭桌上还有许多夏家的显考显妣的牌位。正屋前有两棵柏树。起初逢清明，夏家的子孙还来祭祖，这几年来都不来了，那些刻字涂金的牌位东倒西歪，上面落了好多鸽子粪。这个大祠堂的好处是房屋都很高大，还有两个极大的天井，都是青砖铺的。那些高大房屋，正好当做积放稻子的仓廒，天井正好翻晒稻子。祠堂的侧门临河，出门就是码头。这条河四通八达，运粮极为方便。稻船一到，侧门打开，稻子可以由船上直接挑进仓里，这可以省去许多长途挑运的脚钱。

本地的米店实际是个粮行。单靠门市卖米，油水不大。一多半是靠做稻子生意，秋冬买进，春夏卖出，贱入贵出，从中取利。稻子的来源有二：有的是城中地主寄存的。这些人家收了租稻，并不过目，直接送到一家熟识的米店，由他们代为经营保管。要吃米时派个人去叫几担，要用钱时随时到柜上支取，年终结账，净余若干，报一总数。剩下的钱，大都仍存柜上。这些人家的大少爷，是连粮价也不知道的，一切全由米店店东经手。粮钱数目，只是一本良心帐。另一来源，是店东自己收购的。八千岁每年过手到底有多少稻子，他是从来不说的，但是这瞒不住人。瞒不住同行，瞒不住邻居，尤其瞒不住挑夫的眼睛。这些挑夫给各家米店挑稻子，一眼估得出哪家的底子有多厚。他们说：八千岁是一只螃蟹，有肉都在壳儿里。他家仓廒里有堆稻的"窝积"挤得轧满，每一积都堆到屋顶。

另一件瞒不住人的事，是他有一副大碾子，五匹大骡子。这五匹骡子，单是那两匹大黑骡子，就是头三年花了八百现大洋从宋侉子手里一次买下来的。


宋侉子是个怪人。他并不侉。他是本城土生土长，说的也是地地道道的本地话。本地人把行为乖谬，悖乎常理，而又身材高大的人，都叫做侉子（若是身材瘦小，就叫做蛮子）。宋侉子不到二十岁就被人称为侉子。他也是个世家子弟，从小爱胡闹，吃喝嫖赌，无所不为；花鸟虫鱼，无所不好，还特别爱养骡子养马。父母在日，没有几年，他就把一点祖产挥霍得去了一半。父母一死，就更没人管他了，他干脆把剩下的一半田产卖了，做起了骡马生意。每年出门一两次。到北边去买骡马。近则徐州、山东，远到关东、口外。一半是寻钱，一半是看看北边的风景，吃吃黄羊肉、狍子肉、鹿肉、狗肉。他真也养成了一派侉子脾气。爱吃面食。最爱吃山东的锅盔，牛杂碎，喝高粱酒。酒量很大，一顿能喝一斤。他买骡子买马，不多买，一次只买几匹，但要是好的。花很大的价钱买来，又以很大的价钱卖出。

他相骡子相马有一绝，看中了一匹，敲敲牙齿，捏捏后胯，然后拉着缰绳领起走三圈，突然用力把嚼子往下一拽。他力气很大，一般的骡马禁不起他这一拽，当时就会打一个趔趄。像这样的，他不要。若是纹丝不动，稳若泰山，当面成交，立刻付钱，二话不说，拉了就走。由于他这种独特的选牲口的办法和豪爽性格，使他在几个骡马市上很有点名气。他选中的牲口也的确有劲，耐使，里下河一带的碾坊磨坊很愿意买他的牲口。虽然价钱贵些，细算下来，还是划得来。

那一年，他在徐州用这办法买了两匹大黑骡子，心里很高兴，下到店里，自个儿蹲在炕上喝酒。门帘一掀，进来个人：

"你是宋老大？"

"不敢，贱姓宋。请教？"

"甭打听。你喝酒！"

"哎哎。"

"你心里高兴？"

"哎哎。"

"你买了两匹好骡子？"

"哎哎。就在后面槽上拴着。你老看来是个行家，你给看看。"

"甭看，好牲口！这两匹骡子我认得！——可是你带得回去吗？"

宋侉子一听话里有话，忙问：

"莫非这两匹骡子有什么弊病？"

"你给我倒一碗酒。出去看看外头有没有人。"

原来这是一个骗局。这两匹黑骡子已经转了好几个骡马市，谁看了谁爱，可是没有一个人能把它们带走。这两匹骡子是它们的主人驯熟了的，走出二百里地，它们会突然挣脱缰绳，撒开蹄子就往家奔，没有人追得上，没有人截得住。谁买的，这笔钱算白扔。上当的已经不止一个人。进来的这位，就是其中的一个。

"不能叫这个家伙再坑人！我教你个法子：你连夜打四副铁镣，把它们镣起来。过了清江浦，就没事了，再给它砸开。"

"多谢你老！"

"甭谢！我这是给受害的众人报仇！"

宋侉子把两匹骡子牵回来，来看的人不断。碾坊、磨坊、油坊、糟坊，都想买。一问价钱，就不禁吐了舌头："乖乖！"八千岁带着儿子小千岁到宋家看了看，心里打了一阵算盘。他知道宋侉子的脾气，一口价，当时就叫小千岁回去取了八百现大洋，一手交钱，一手交货，父子二人，一人牵了一匹，沿着大街，呱嗒呱嗒，走回米店。

这件事哄动全城。一连几个月。宋侉子贩骡子历险记和八千岁买骡子的壮举，成了大家茶余酒后的话题。谈论间自然要提及宋侉子荒唐怪诞的侉脾气和八千岁的二马裾。

每天黄昏，八千岁米店的碾米师傅要把骡子牵到河边草地上遛遛。骡子牵出来，就有一些人围在旁边看。这两匹黑骡子，真够"身高八尺，头尾丈二有余"。有一老者，捋须赞道："我活这么大，没见过这样高大的牲口！"个子稍矮一点的，得伸手才能够着它的脊梁。浑身黑得像一匹黑缎子。一走动，身上亮光一闪一闪。去看八千岁的骡子，竟成了附近一些居民在晚饭之前的一件赏心乐事。

因为两匹骡子都是黑的，碾米师傅就给它们取了名字，一匹叫大黑子，一匹叫二黑子。这两个名字街坊的小孩子都知道，叫得出。

宋侉子每年挣的钱不少。有了钱，就都花在虞小兰的家里。

虞小兰的母亲虞芝兰是一个姓关的旗人的姨太太。这旗人做过一任盐务道，辛亥革命后在本县买田享福。这位关老爷本城不少人还记得。他的特点是说了一口京片子，走起路来一摇一摆，有点像戏台上的方巾丑，是真正的"方步"。他们家规矩特别大，礼节特别多，男人见人打千儿，女人见人行蹲安，本地人觉得很可笑。虞芝兰是他用四百两银子从北京西河沿南堂子买来的。关老爷死后，大妇不容，虞芝兰就带了随身细软，两箱子字画，领着女儿搬出来住，租的是挨着宜园的一小四合院。宜园原是个私人花园，后来改成公园。园子不大，但北面是一片池塘，种着不少荷花，池心有一小岛，上面有几间水榭，本地人不大懂得什么叫水榭，叫它"荷花亭子"，——其实这几间房子不是亭子；南面有一带假山，沿山种了很多梅花，叫做"梅岭"，冬末春初，梅花盛开，是很好看的；园中竹木繁茂，园外也颇有野趣，地方虽在城中，却是尘飞不到。虞芝兰就是看中它的幽静，才搬来的。

带出来的首饰字画变卖得差不多了，关家一家人已经搬到上海租界去住，没有人再来管她，虞芝兰不免重操旧业。

过了几年，虞芝兰揽镜自照，觉得年华已老，不好意思再扫榻留宾，就洗妆谢客，由女儿小兰接替她。怕关家人来寻事，女儿随了妈的姓。

宋侉子每年要在虞小兰家住一两个月，朝朝寒食，夜夜元宵。他老婆死了，也不续弦，这里就是他的家。他有个孩子，有时也带了孩子来玩。他和关家算起来有点远亲，小兰叫他宋大哥。到钱花得差不多了，就说一声："我明天有事，不来了"，跨上他的踢雪乌雅骏马，一扬鞭子，没影儿了。在一起时，恩恩义义；分开时，潇潇洒洒。

虞小兰有时出来走走，逛逛宜园。夏天的傍晚，穿了一身剪裁合体的白绸衫裤，拿一柄生丝白团扇，站在柳树下面，或倚定红桥栏杆，看人捕鱼采藕。她长得像一颗水蜜桃，皮肤非常白嫩，腰身、手、脚都好看。路上行人看见，就不禁放慢了脚步，或者停下来装做看天上的晚霞，好好地看她几眼。他们在心里想：这样的人，这样的命，深深为她惋惜；有人不免想到家中洗衣做饭的黄脸老婆，为自己感到一点不平；或在心里轻轻吟道："牡丹绝色三春暖，不是梅花处士妻"，情绪相当复杂。

虞小兰，八千岁也曾看过，也曾经放慢了脚步。他想：长得是真好看，难怪宋侉子在她身上花了那么多钱。不过为一个姑娘花那么多钱，这值得么？他赶快迈动他的大脚，一气跑回米店。

八千岁每天的生活非常单调。量米。买米的都是熟人，买什么米，一次买多少，他都清楚。一见有人进店，就站起身，拿起量米升子。这地方米店量米兴报数，一边量，一边唱："一来，二来，三来——三升！"量完了，拍拍手，——手上沾了米灰，接过钱，摊平了，看看数，回身走进柜台，一扬手，把铜钱丢在钱柜里，在"流水"簿里写上一笔，入头糙三升，钱若干文。看稻样。替人卖稻的客人到店，先要送上货样。店东或洽谈生意的"先生"，抓起一把，放在手心里看看，然后两手合拢搓碾，开米店的手上都有功夫，嚓嚓嚓三下，稻壳就全搓开了；然后吹去糠皮，看看米色，撮起几粒，放在嘴里嚼嚼，品品米的成色味道。做米店的都很有经验，这是什么品种，三十子，六十子，矮脚籼，吓一跳，一看就看出来。在米店里学生意，学的也就是这些。然后谈价钱，这是好说的，早晚市价，相差无几。卖稻的客人知道八千岁在这上头很精，并不跟他多磨嘴。

"前头"没有什么事的时候，他就到后面看看。进了隔开前后的屏门，一边是拴骡子的牲口槽，一边是一副巨大的石碾子。碾坊没有窗户，光线很暗，他欢喜这种暗暗的光。一近牲口槽，就闻到一股骡子粪的味道，他喜欢这种味道。他喜欢看碾米师傅把大黑子或二黑子牵出来。骡子上碾之前照例要撒一泡很长的尿，他喜欢看它撒尿。骡子上了套，石碾子就呼呼地转起来，他喜欢看碾子转，喜欢这种不紧不慢的呼呼的声音。

这二年，大部分米店都已经不用碾子，改用机器轧米了，八千岁却还用这种古典的方法生产。他舍不得这副碾子，舍不得这五匹大骡子。本县也还有些人家不爱吃机器轧的米，说是不香，有人家专门上八千岁家来买米的，他的生意不坏。

然后，去看看师傅筛米。那是一面很大的筛子，筛子有梁，用一根粗麻绳吊在房檐上，筛子齐肩高，筛米师傅就扶着筛子边框，一簸一侧地慢慢地筛。筛米的屋里浮动着细细的米糠，太阳照进来，空中像挂着一匹一匹白布。八千岁成天和米和糠打交道，还是很喜欢细糠的香味。

然后，去看看仓里的稻积子，看看两个大天井里晒的稻子，或拿起"揉子"把稻子翻一遍，——他身体结实，翻一遍不觉得累，连师傅们都佩服；或轰一会麻雀。米店稻仓里照例有许多麻雀，叽叽喳喳叫成一片。宋侉子有时在天快黑的时候，拿一把竹枝扫帚拦空一扑一扫帚能扑下十几只来。宋侉子说这是下酒的好东西，卤熟了还给八千岁拿来过。八千岁可不吃这种东西，这有个什么吃头！

八千岁的食谱非常简单，他家开米店，放着高尖米不吃，顿顿都是头糙红米饭。菜是一成不变的熬青菜，——有时放两块豆腐。初二、十六打牙祭，有一碗肉或一盘咸菜煮小鲫鱼。他、小千岁和碾米师傅都一样。有肉时一人可得切得方方的两块。有鱼时一人一条，——咸菜可不少，也够下饭了。有卖稻的客人时，单加一个荤菜，也还有一壶酒。客人照例要举杯让一让，八千岁总是举起碗来说："我饭陪，饭陪！"

客菜他不动一筷子，仍是低头吃自己的青菜豆腐。

八千岁的米店的左邻右舍都是制造食品的，左边是一家厨房。这地方有这么一种厨房，专门包办酒席，不设客座。客家先期预订，说明规格，或鸭翅席，或海参席，要几桌。只须点明"头菜"，其余冷盘热菜都有定规，不须吩咐。除了热炒，都是先在家做成半成品，用圆盒挑到，开席前再加汤回锅煮沸。八千岁隔壁这家厨房姓赵，人称赵厨房，连开厨房的也被人叫做赵厨房，——不叫赵厨子却叫赵厨房，有点不合文法。赵厨房的手艺很好，能做满汉全席。这满汉全席前清时也只有接官送官时才用，入了民国，再也没有人来订，赵厨房祖传的一套五福拱寿油红彩的满堂红的细瓷器皿，已经锁在箱子里好多年了。右边是一家烧饼店。这家专做"草炉烧饼"。这种烧饼是一箩到底的粗面做的，做蒂子只涂很少一点油，没有什么层，因为是贴在吊炉里用一把稻草烘熟的，故名草炉烧饼，以别于在桶状的炭炉中烤出的加料插酥的"桶炉烧饼"。这种烧饼便宜，也实在，乡下人进城，爱买了当饭。几个草炉烧饼，一碗宽汤饺面，有吃有喝，就饱了。八千岁坐在店堂里每天听得见左边煎炒烹炸的声音，闻得到鸡鸭鱼肉的香味，也闻得见右边传来的一阵一阵烧饼出炉时的香味，听得见打烧饼的槌子击案的有节奏的声音：定定郭，定定郭，定郭定郭定定郭，定，定，定……

八千岁和赵厨房从来不打交道，和烧饼店每天打交道。这地方有个"吃晚茶"的习惯，每天下午五点来钟要吃一次点心。钱庄、布店，概莫能外。米店因为有出力气的碾米师傅，这一顿"晚茶"万不能省。"晚茶"大都是一碗干拌面，——葱花、猪油、酱油、虾籽、虾米为料，面下在里面；或几个麻团、"油墩子"，——白铁敲成浅模，浇入稀面，以萝卜丝为馅，入油炸熟。八千岁家的晚茶，一年三百六十日，都是草炉烧饼，一人两个。这里的店铺，有"客人"，照例早上要请上茶馆。"上茶馆"是喝茶，吃包子、蒸饺、烧麦。照例由店里的"先生"或东家作陪。一般都是叫一笼"杂花色"（即各样包点都有），陪客的照例只吃三只，喝茶，其余的都是客人吃。这有个名堂，叫做"一壶三点"。八千岁也循例待客，但是他自己并不吃包点，还是从隔壁烧饼店买两个烧饼带去。所以他不是"一壶三点"，而是"一壶两饼"。他这辈子吃了多少草炉烧饼，真是难以计数了。

他不看戏，不打牌，不吃烟，不喝酒。喝茶，但是从来不买"雨前"、"雀舌"，泡了慢慢地品啜。他的账桌上有一个"茶壶桶"，里面焐着一壶茶叶棒子泡的颜色混浊的酽茶。吃了烧饼，渴了，就用一个特大的茶缸子，倒出一缸，骨嘟骨嘟一口气喝了下去，然后打一个很响的饱嗝。

他的令郎也跟他一样。这孩子才十六七岁，已经很老成。孩子的那点天真爱好，放风筝、掏蛐蛐、逮蝈蝈、养金铃子，都已经叫严厉的父亲的沉重的巴掌收拾得一干二净。八千岁到底还是允许他养了几只鸽子。这还是宋侉子求的情。宋侉子拿来几只鸽子，说："孩子哪儿也不去，你就让他喂几个鸽子玩玩吧。这吃不了多少稻子。你们不养，别人家的鸽子也会来。自己有鸽子，别家的鸽子不就不来了。"米店养鸽子，几乎成为通例，八千岁想了想，说："好，叫他养！"鸽子逐渐发展成一大群，点子、瓦灰、铁青子、霞白、麒麟，都有。从此夏氏宗祠的屋顶上就热闹起来，雄鸽子围着雌鸽子求爱，一面转圈儿，一面鼓着个嗉子不停地叫着："咯咯咕，咯咯咯咕……"夏家的显考显妣的头上于是就着了好些鸽子粪。小千岁一有空，就去鼓捣他的鸽子。八千岁有时也去看看，看看小千岁捉住一只宝石眼的鸽子，翻过来，正过去，鸽子眼里的"沙子"就随着慢慢地来回流动，他觉得这很有趣，而且想：这是怎么回事呢？父子二人，此时此刻，都表现了一点童心。

八千岁那样有钱，又那样俭省，这使许多人很生气。

八千岁万万没有想到，他会碰上一个八舅太爷。

这里的人不知为什么对舅舅那么有意见。把不讲理的人叫做"舅舅"，讲一种胡搅蛮缠的歪理，叫做"讲舅舅理"。

八舅太爷是个无赖浪子，从小就不安分。小学五年级就穿起皮袍子，里面下身却只穿了一条纺绸单裤。上初中的时候，代数不及格，篮球却打得很漂亮，球衣球鞋都非常出众，经常代表校队、县队，到处出风头。初中三年级时曾用这地方出名的土匪徐大文的名义写信恐吓一个土财主，限他几天之内交一百块钱放在土地庙后第七棵柳树的树洞里，如若不然，就要绑他的票。这土财主吓得坐立不安，几天睡不着觉，又不敢去报案，竟然乖乖地照办了。这土财主原来是他的一个同班同学的父亲，常见面的。他知道这老头儿胆小，所以才敲他一下。初中毕业后，他读了一年体育师范，又上了一年美专，都没上完，却在上海入了青帮，门里排行是通字辈，从此就更加放浪形骸，无所不至。他居然拉过几天黄包车。他这车没有人敢坐，——他穿了一套铁机纺绸裤褂在拉车！他把车放在会芳里弄堂口或丽都舞厅门外，专拉长三堂子的妓女和舞女。这些妓女和舞女可不在乎，她们心想：倷弗是要白相相吗？格么好，大家白相白相！又不是阎瑞生，怕点啥！后来又进了一个什么训练班，混进了军队，"安清不分远和近，三祖流传到如今"，因为青红帮的关系，结交很多朋友，虽不是黄埔出身，却在军队中很"兜得转"，和冷欣、顾祝同都能拉上关系。

抗战军兴，他随着所在部队调到江北，在里下河几个县轮流转。他手下部队有四营人，名义却是一个独立混成旅。

"八一三"以后，日本人打到扬州，就停下来，暂时不再北进。日本人不来，"国军"自然不会反攻，这局面竟维持了相当长的时间。起初人心惶惶，一夕数惊，到后来大家有点麻木了；竟好像不知道有日本兵就在一二百里之外这回事，大家该做什么还是做什么。种田的种田，做生意的做生意。长江为界，南北货源虽不那么畅通，很多人还可以通过封锁线走私贩运，虽然担点风险，获利却倍于以前。一时间，几个县竟呈现出一种畸形的繁荣，茶馆、酒馆、赌场、妓院，无不生意兴隆。

八舅太爷在这一带真是得其所哉。非常时期，军事第一，见官大一级，他到了哪里就成了这地方的最高军政长官，县长、区长，一传就到。军装给养，小事一桩。什么时候要用钱，通知当地商会一声就是。来了，要接风，叫做"驻防费"，走了，要送行，叫做"开拔费"。间三岔五的，还要现金实物"劳军"。当地人觉得有一支军队驻着，可以壮壮胆，军队不走，就说明日本人不会来，也似乎心甘情愿地孝敬他。他有时也并不麻烦商会，可以随意抓几个人来罚款。他的旅部的小牢房里经常客满。只要他一拍桌子，骂一声"汉奸"，就可以军法从事，把一个人拉出去枪毙。他一到哪里，就把当地的名花包下来，接到公馆里去住。一出来，就是五辆摩托车，他自己骑一辆，前后左右四辆，风驰电掣，穿街过市。城里和乡下的狗一见他的车队来了，赶紧夹着尾巴躲开。他是个霸王，没人敢惹他。他行八，小名叫小八子，大家当面叫他旅长、旅座，背后里叫他八舅太爷。

他这回来，公馆安在宜园，一见虞小兰，相见恨晚。他有时住在虞家，有时把虞小兰接到公馆里去。后来干脆把宜园的墙打通了，——虞家和宜园本只一墙之隔，这样进出方便。

他把全城的名厨都叫来，轮流给他做饭。座上客常满，杯中酒不空。他爱唱京戏，时常把县里的名票名媛约来，吹拉弹唱一整天。他还很风雅，爱字画。谁家有好字画古董，他就派人去，说是借去看两天。有借无还。他也不白要你的，会送一张他自己画的画跟你换，他不是上过一年美专么？他的画宗法吴昌硕，大刀阔斧，很有点霸悍之气。他请人刻了两方押角图章，一方是阴文："戎马书生"，一方是阳文："富贵英雄美丈夫"——这是《紫钗记·折柳阳关》里的词句，他认为这是中国文学里最好的词句。他也有一匹乌骓马，他请宋侉子来给他看看，嘱咐宋侉子把自己的踢雪乌骓也带来。千不该万不该，宋侉子不该褒贬了八舅太爷的马。他说："旅长，你这不是真正的踢雪乌骓。真正的踢雪乌骓是只有四个蹄子的前面有一小块白；你这匹，四蹄以上一圈都是白的，这是踏雪乌骓。"八舅太爷听了很高兴，说："有道理！"接着又问："你那匹是多少钱买的？"宋侉子是个外场人，他知道八舅太爷不是要他来相马，是叫他来进马了，反正这匹马保不住了，就顺水推舟，很慷慨地说："旅长喜欢，留着骑吧！"——"那，我怎么谢你呢？我给你画一张画吧！"

宋侉子拿了这张画，到八千岁米店里坐下，喝了一碗茶叶棒泡的酽茶，说不出话来。八千岁劝他："算了，是儿不死，是财不散，看开一点，你就当又在虞小兰家花了一笔钱吧！"宋侉子只好苦笑。

没想到，过了两天，八舅太爷派了两个兵把八千岁"请"去了。当这两个兵把八千岁铐上，推出店门时，八千岁只来得及跟儿子说一句："赶快找宋大伯去要主意！"

宋侉子找到八舅太爷的秘书了解一下，案情相当严重，是"资敌"。八千岁有几船稻子，运到仙女庙去卖，被八舅太爷的部下查获了。仙女庙是敌占区。"资敌"就是汉奸，汉奸是要枪毙的。宋侉子知道罪不至此。仙女庙是粮食集散中心，本地贩粮至仙女庙，乃是常例，"抗战军兴"，未尝中断。不过别的粮商都是事前运动，打通关节，拿到"准予放行"的执照的，八千岁没有花这笔钱，八舅太爷存心找他的碴，所以他就触犯了军法。宋侉子知道这是非花钱不能了事的，就转弯抹角地问秘书，若是罚款，该罚多少。秘书说："旅座的意思，至少得罚一千现大洋。"宋侉子说："他拿不出来。你看看他穿的这身二马裾！"秘书说："包子有肉，不在褶儿了。他拿得出，我们了解。你可以见他本人谈谈！"

宋侉子见了八千岁，劝他不要舍命不舍财，这个血是非出不可的。八千岁问："能不能少拿一点？"宋侉子叫他拿出一百块钱送给虞芝兰，托虞小兰跟八舅太爷说说，八千岁说："你作主吧。我一辈子就你这么个信得过的朋友！"说着就落了两滴眼泪。宋侉子心里也酸酸的。

虞小兰替八千岁说了两句好话："这个人一辈子省吃俭用，也怪可怜的。"八舅太爷说："那好！看你的面子，少要他二百！他叫八千岁，要他八百不算多。他肯花八百块钱买两匹骡子，还不能花八百块钱买一条命吗！叫他找两个铺保，带了钱，到旅部领人。少一个，不行！"

宋侉子说了好多好话，请了八千岁的两个同行，米店的张老板、李老板出面做保，带了八百现大洋，签字画押，把八千岁保了出来。张老板、李老板陪着八千岁出来，劝他：

"算了，是儿不死，是财不散。不就是八百块钱吗？看开一点。破财免灾，只当生了一场夹气伤寒。"

八千岁心里想：不是八百，是九百！不过回头想想，毕竟少花了一百，又觉得有些欣慰，好像他凭空捡到一百块钱似的。

八舅太爷敲了八千岁一杠子，是有精神上和物质上两方面理由的。精神上，他说："我平生最恨俭省的人，这种人都该杀！"物质上，他已经接到命令，要调防，和另外一位舅太爷换换地方，他要"别姬"了，需要用一笔钱。这八百块钱，六百要给虞小兰买一件西狐肷的斗篷，好让她冬天穿了在宜园梅岭踏雪赏梅；二百，他要办一桌满汉全席，在水榭即荷花亭子里吃它一整天，上午十点钟开席，一直吃到半夜！

八舅太爷要办满汉全席的消息传遍全城，大家都很感兴趣，因为这是多年没有的事了。八千岁证实这消息可靠，因为办席的就是他的紧邻赵厨房。赵厨房到他的米店买糯米，他知道这是做火腿烧麦馅子用的；还买香粳米，这他就不解了。问赵厨房："这满汉全席还上稀粥？"赵厨房说："满汉全席实际上满点汉菜，除了烧烤，有好几道满洲饽饽，还要上几道粥，旗人讲究喝粥、莲子粥、薏米粥、芸豆粥……""有多少道菜？"——"可多可少，八舅太爷这回是一百二十道。"——"啊？！"——"你没事过来瞧瞧。"

八千岁真还过去看了看：烧乳猪、叉子烤鸭、八宝鱼翅、鸽蛋燕窝……赵厨房说："买不到鸽子蛋，就这几个，太少了！"八千岁说："你要鸽子蛋，我那里有！"八千岁真是开了眼了，一面看，一面又掉了几滴泪，他想：这是吃我哪！

八千岁用一盆水把"食为民天"旁边的"概不做保"的字条闷了闷，刮下来。他这回是别人保出来的，以后再拒绝给别人做保，这说不过去。刮掉了，觉得还留着一条"僧道无缘"也没多少意思，而且单独一条，也不好看，就把"僧道无缘"也刮掉了。八千岁做了一身蓝阴丹士林的长袍，长短与常人等，把他的老蓝布二马裾换了下来。他的儿子也一同换了装。

是晚茶的时候，儿子又给他拿了两个草炉烧饼来，八千岁把烧饼往账桌上一拍，大声说：

"给我去叫一碗三鲜面！"

# 故里三陈

## 陈小手

我们那地方，过去极少有产科医生。一般人家生孩子，都是请老娘。什么人家请哪位老娘，差不多都是固定的。一家宅门的大少奶奶、二少奶奶、三少奶奶，生的少爷、小姐，差不多都是一个老娘接生的。老娘要穿房入户，生人怎么行？老娘也熟知各家的情况，哪个年长的女佣人可以当她的助手，当"抱腰的"，不须临时现找。而且，一般人家都迷信哪个老娘"吉祥"，接生顺当。——老娘家都供着送子娘娘，天天烧香。谁家会请一个男性的医生来接生呢？——我们那里学医的都是男人，只有李花脸的女儿传其父业，成了全城仅有的一位女医人。她也不会接生，只会看内科，是个老姑娘。男人学医，谁会去学产科呢？都觉得这是一桩丢人没出息的事，不屑为之。但也不是绝对没有。陈小手就是一位出名的男性的产科医生。

陈小手的得名是因为他的手特别小，比女人的手还小，比一般女人的手还更柔软细嫩。他专能治难产。横生、倒生，都能接下来（他当然也要借助于药物和器械）。据说因为他的手小，动作细腻，可以减少产妇很多痛苦。大户人家，非到万不得已，是不会请他的。中小户人家，忌讳较少，遇到产妇胎位不正，老娘束手，老娘就会建议："去请陈小手吧。"

陈小手当然是有个大名的，但是都叫他陈小手。

接生，耽误不得，这是两条人命的事。陈小手喂着一匹马。这匹马浑身雪白，无一根杂毛，是一匹走马。据懂马的行家说，这马走的脚步是"野鸡柳子"，又快又细又匀。我们那里是水乡，很少人家养马。每逢有军队的骑兵过境，大家就争着跑到运河堤上去看"马队"，觉得非常好看。陈小手常常骑着白马赶着到各处去接生，大家就把白马和他的名字联系起来，称之为"白马陈小手"。

同行的医生，看内科的、外科的，都看不起陈小手，认为他不是医生，只是一个男性的老娘。陈小手不在乎这些，只要有人来请，立刻跨上他的白走马，飞奔而去。正在呻吟惨叫的产妇听到他的马脖上的銮铃的声音，立刻就安定了一些。他下了马，即刻进产房。过了一会（有时时间颇长），听到"哇"的一声，孩子落地了。陈小手满头大汗，走了出来，对这家的男主人拱拱手："恭喜恭喜！母子平安！"男主人满面笑容，把封在红纸里的酬金递过去。陈小手接过来，看也不看，装进口袋里，洗洗手，喝一杯热茶，道一声"得罪"，出门上马。只听见他的马的銮铃声"哗棱哗棱"……走远了。

陈小手活人多矣。

有一年，来了联军。我们那里那几年打来打去的，是两支军队。一支是国民革命军，当地称之为"党军"；相对的一支是孙传芳的军队。孙传芳自称"五省联军总司令"，他的部队就被称为"联军"。联军驻扎在天王庙，有一团人。团长的太太（谁知道是正太太还是姨太太），要生了，生不下来。叫来几个老娘，还是弄不出来。这太太杀猪也似的乱叫。团长派人去叫陈小手。

陈小手进了天王寺。团长正在产房外面不停地"走柳"。见了陈小手，说：

"大人，孩子，都得给我保住！保不住要你的脑袋！进去吧！"

这女人身上的脂油太多了，陈小手费了九牛二虎之力，总算把孩子掏出来了。和这个胖女人较了半天劲，累得他筋疲力尽。他迤里歪斜走出来，对团长拱拱手：

"团长！恭喜您，是个男伢子，少爷！"

团长龇牙笑了一下，说："难为你了！——请！"

外边已经摆好了一桌酒席。副官陪着。陈小手喝了两盅。团长拿出二十块现大洋，往陈小手面前一送：

"这是给你的！——别嫌少哇！"

"太重了！太重了！"

喝了酒，揣上二十块现大洋，陈小手告辞了："得罪！得罪！"

"不送你了！"

陈小手出了天王庙，跨上马。团长掏出枪来，从后面，一枪就把他打下来了。

团长说："我的女人，怎么能让他摸来摸去！她身上，除了我，任何男人都不许碰！这小子，太欺负人了！日他奶奶！"

团长觉得怪委屈。


## 陈四

陈四是个瓦匠，外号"向大人"。

我们那个城里，没有多少娱乐。除了听书，瞧戏，大家最有兴趣的便是看会，看迎神赛会，——我们那里叫做"迎会"。

所迎的神，一是城隍，一是都土地。城隍老爷是阴间的一县之主，但是他的爵位比阳间的县知事要高得多，敕封"灵应侯"。他的气派也比县知事要大得多。县知事出巡，哪有这样威严，这样多的仪仗队伍，还有各种杂耍玩艺的呢？再说打我记事起，就没见过县知事出巡过，他们只是坐了一顶小轿或坐了自备的黄包车到处去拜客。都土地东西南北四城都有，保佑境内的黎民，地位相当于一个区长。他比活着的区长要神气得多，但比城隍菩萨可就差了一大截了。他的爵位是"灵显伯"。都土地都是有名有姓的。我所居住的东城的都土地是张巡。张巡为什么会到我的家乡来当都土地呢，他又不是战死在我们那里的，这一点我始终没有弄明白。张巡是太守，死后为什么倒降职成了区长了呢？我也不明白。

　　都土地出巡是没有什么看头的。短簇簇的一群人，打着一些稀稀落落的仪仗，把都天菩萨（都土地为什么被称为"都天菩萨"，这一点我也不明白）抬出来转一圈，无声无息地，一会儿就过完了。所谓"看会"，实际上指的是看赛城隍。

　　我记得的赛城隍是在夏秋之交，阴历的七月半，正是大热的时候。不过好像也有在十月初出会的。

　　那真是万人空巷，倾城出观。到那天，凡城隍所经的闹之处的店铺就都做好了准备：燃香烛，挂宫灯，在店堂前面和临街的柜台里面放好了长凳，有楼的则把楼窗全部打开，烧好了茶水，等着东家和熟主顾人家的眷属光临。这时正是各种瓜果下来的时候，牛角酥、奶奶哼（一种很"面"的香瓜）、红瓤西瓜、三白西瓜、鸭梨、槟子、海棠、石榴，都已上市，瓜香果味，飘满一街。各种卖吃食的都出动了，争奇斗胜，吟叫百端。到了八九点钟，看会的都来了。老太太、大小姐、小少爷。老太太手里拿着檀香佛珠，大小姐衣襟上挂着一串白兰花。佣人手里提着食盒，里面是兴化饼子、绿豆糕，各种精细点心。

远远听见鞭炮声、锣鼓声，"来了，来了！"于是各自坐好，等着。

我们那里的赛会和鲁迅先生所描写的绍兴的赛会不尽相同。前面并无所谓"塘报"。打头的是"拜香的"。都是一些十六七岁的小伙子，光头净脸，头上系一条黑布带，前额缀一朵红绒球，青布衣衫，赤脚草鞋，手端一个红漆的小板凳，板凳一头钉着一个铁管，上插一枝安息香。他们合着节拍，依次走着，每走十步，一齐回头，把板凳放到地上，算是一拜，随即转向再走。这都是为了父母生病到城隍庙许了愿的，"拜香"是还愿。后面是"挂香"的，则都是壮汉，用一个小铁钩勾进左右手臂的肉里，下系一个带链子的锡香炉，炉里烧着檀香。挂香多的可至香炉三对。这也是还愿的。后面就是各种玩艺了。

十番锣鼓音乐篷子。一个长方形的布篷，四面绣花篷檐，下缀走水流苏。四角支竹竿，有人撑着。里面是吹手，一律是笙箫细乐，边走边吹奏。锣鼓篷悉有五七篷，每隔一段玩艺有一篷。

茶担子。金漆木桶。桶口翻出，上置一圈细瓷茶杯，桶内和杯内都装了香茶。

花担子。鲜花装饰的担子。

挑茶担子、花担子的扁担都极软，一步一颤。脚步要匀，三进一退，各依节拍，不得错步。茶担子、花担子虽无很难的技巧，但几十副担子同时进退，整整齐齐，亦颇婀娜有致。

舞龙。

舞狮子。

跳大头和尚戏柳翠。①

跑旱船。

跑小车。

最清雅好看的是"站高肩"。下面一个高大结实的男人，挺胸调息，稳稳地走着，肩上站着一个孩子，也就是五六岁，都扮着戏，青蛇、白蛇、法海、许仙、关、张、赵、马、黄、李三娘、刘知远、咬脐郎、火公窦老……他们并无动作，只是在大人的肩上站着，但是衣饰鲜丽，孩子都长得清秀伶俐，惹人疼爱。"高肩"不是本城所有，是花了大钱从扬州请来的。

后面是高跷。

再后面是跳判的。判有两种，一种是"地判"，一文一武，手执朝笏，边走边跳。一种是"抬判"。两根杉篙，上面绑着一个特制的圈椅，由四个人抬着。圈椅上蹲着一个判官。下面有人举着一个扎在一根细长且薄的竹片上的红绸做的蝙蝠，逗着判官。竹片极软，有弹性，忽上忽下，判官就追着蝙蝠，做出各种带舞蹈性的动作。他有时会跳到椅背上，甚至能在上面打飞脚。抬判不像地判只是在地面做一些滑稽的动作，这是要会一点"轻功"的。有一年看会，发现跳抬判的竟是我的小学的一个同班同学，不禁哑然。

迎会的玩艺到此就结束了。这些玩艺的班子，到了一些大店铺的门前，店铺就放鞭炮欢迎，他们就会停下来表演一会，或绕两个圈子。店铺常有犒赏。南货店送几大包蜜枣，茶食店送糕饼，药店送凉药洋参，

---

① 即唐宋杂戏里的《月明和尚戏柳翠》，演和尚的戴一个纸浆做成的很大的和尚脑袋，白色的脑袋，淡青的头皮，嘻嘻地笑着。我们那里已不知和尚法名月明，只是叫他"大头和尚"。

绸缎店给各班挂红，钱庄则干脆扛出一钱板一钱板的铜元，俵散众人。

后面才真正是城隍老爷（叫城隍为"老爷"或"菩萨"都可以，随便的）自己的仪仗。

前面是开道锣。几十面大筛同时敲动。筛极大，得吊在一根杆子上，前面担在一个人的肩上，后面的人担着杆子的另一头，敲。大筛的节奏是非常单调的：哐（锣槌头一击）定定（槌柄两击筛面）哐定定哐，哐定定哐定定哐……如此反复，绝无变化。唯其单调，所以显得很庄严。

后面是虎头牌。长方形的木牌，白漆，上画虎头，黑漆扁宋体黑字，大书"肃静"、"回避"、"敕封灵应侯"、"保国佑民"。

后面是伞——万民伞。伞有多柄，都是各行同业公会所献，彩缎绣花，缂丝平金，各有特色。我们县里最讲究的几柄伞却是纸伞。碳石所出。白宣纸上扎出芥子大的细孔，利用细孔的虚实，衬出虫鱼花鸟。这几柄宣纸伞后来被城隍庙的道士偷出来拆开一扇一扇地卖了，我父亲曾收得几扇。我曾看过纸伞的残片，真是精细绝伦。

最后是城隍老爷的"大驾"。八抬大轿，抬轿的都是全城最好的轿夫。他们踏着细步，稳稳地走着。轿顶四面鹅黄色的流苏均匀地起伏摆动着。城隍老爷一张油白大脸，疏眉细眼，五绺长须，蟒袍玉带，手里捧着一柄很大的折扇，端端地坐在轿子里。这时，人们的脸上都严肃起来了，正如鲁迅先生所说：诚惶诚恐，不胜屏营待命之至。

城隍老爷要在行宫（也是一座庙里）呆半天，到傍晚时才"回宫"。回宫时就只剩下少许人扛着仪仗执事，抬着轿子，飞跑着从街上走过，没有人看了。

且说高跷。

我见过几个地方的高跷，都不如我们那里的。我们那里的高跷，一是高，高至丈二。踩高跷的中途休息，都是坐在人家的房檐口。我们县的踩高跷的都是瓦匠，无一例外。瓦匠不怕高。二是能玩出许多花样。

高跷队前面有两个"开路"的，一个手执两个棒槌，不停地"郭郭，郭郭"地敲着。一个手执小铜锣，敲着"光光，光光"。他们的声音合在一起，就是"郭郭，光光；郭郭，光光。"我总觉得这"开路"的来源是颇久远的。老远地听见"郭郭，光光"，就知道高跷来了，人们就振奋起来。

高跷队打头的是渔、樵、耕、读。就中以渔公、渔婆最逗。他们要矮身蹲在高跷上横步跳来跳去做钓鱼撒网各种动作，重心很不好掌握。后面是几出戏文。戏文以《小上坟》最动人。小丑和旦角都要能踩"花梆子"碎步。这一出是带唱的。唱的腔调是柳枝腔。当中有一出"贾大老爷"。这贾大老爷不知是何许人，只是一个衙役在戏弄他，贾大老爷不时对着一个夜壶口喝酒。他的颟顸总是引得看的人大笑。殿底的是"火烧向大人"。三个角色：一个铁公鸡，一个张嘉祥，一个向大人。向大人名荣，是清末的大将，以镇压太平天国有功，后死于任。看会的人是不管他究竟是谁的，也不论其是非功过，只是看扮演向大人的"演员"的功夫。那是很难的。向大人要在高跷上蹬马，在高跷上坐轿，——两只手抄在前面，"存"着身子，两只脚（两只跷）一蹾一蹾地走，有点像戏台上"走矮子"。他还要能在高跷上做"探海"、"射雁"这些在平地上也不好做的高难动作（这可真是"高难"，又高又难）。到了挨火烧的时候，还要左右躲闪，簸脑袋，甩胡须，连连转圈。到了这时，两旁店铺里的看会人就会炸雷也似地大声叫起"好"来。

擅长表演向大人的，只有陈四，别人都不如。

到了会期，陈四除了在县城表演一回，还要到三垛去赶一场。县城到三垛，四十五里。陈四不卸装，就登在高跷上沿着澄子河堤赶了去。

赶到那里，准不误事。三垛的会，不见陈四的影子，菩萨的大驾不起。

有一年，城里的会刚散，下了一阵雷暴雨，河堤上不好走，他一路赶去，差点没摔死。到了三垛，已经误了。

三垛的会首乔三太爷抽了陈四一个嘴巴，还罚他当众跪了一炷香。

陈四气得大病了一场。他发誓从此再也不踩高跷。

陈四还是当他的瓦匠。

到冬天，卖灯。

冬天没有什么瓦匠活，我们那里的瓦匠冬天大都以糊纸灯为副业，到了灯节前，摆摊售卖。陈四的灯摊就摆在保全堂廊檐下。他糊的灯很精致。荷花灯、绣球灯、兔子灯。他糊的蛤蟆灯，绿背白腹，背上用白粉点出花点，四只爪子是活的，提在手里，来回划动，极其灵巧。我每年要买他一盏蛤蟆灯，接连买了好几年。


## 陈泥鳅


邻近几个县的人都说我们县的人是黑屁股。气得我的一个姓孙的同学，有一次当着很多人褪下了裤子让人看："你们看！黑吗？"我们当然都不是黑屁股。黑屁股指的是一种救生船。这种船专在大风大浪的湖水中救人、救船，因为船尾涂成黑色，所以叫做黑屁股。说的是船，不是人。

陈泥鳅就是这种救生船上的一个水手。

他水性极好，不愧是条泥鳅。运河有一段叫清水潭。因为民国十年、民国二十年都曾在这里决口，把河底淘成了一个大潭。据说这里的水深，三篙子都打不到底。行船到这里，不能撑篙，只能荡桨。水流也很急，水面上拧着一个一个漩涡。从来没有人敢在这里游水。陈泥鳅有一次和人打赌，一气游了个来回。当中有一截，他半天不露脑袋，半天半天，岸上的人以为他沉了底，想不到一会，他笑嘻嘻地爬上岸来了！

他在通湖桥下住。非遇风浪险恶时，救生船一般是不出动的。他看看天色，知道湖里不会出什么事，就呆在家里。

他也好义，也好利。湖里大船出事，下水救人，这时是不能计较报酬的。有一次一只装豆子的船琵琶闸炸了，炸得粉碎。事后知道，是因为船底有一道小缝漏水，水把豆子浸湿了，豆子吃了水，突然间一齐膨胀起来，"砰"的一声把船撑炸了——那力量是非常之大的。船碎了，人掉在水里。这时跳下水救人，能要钱么？民国二十年，运河决口，陈泥鳅在激浪里救起了很多人。被救起的都已经是家破人亡，一无所有了，陈泥鳅连人家的姓名都没有问，更谈不上要什么酬谢了。在活人身上，他不能讨价；在死人身上，他却是不少要钱的。

人淹死了，尸首找不着。事主家里一不愿等尸首泡胀漂上来，二不愿尸首被"四水捋子"①钩得稀烂八糟，这时就会来找陈泥鳅。陈泥鳅不但水性好，且在水中能开眼见物。他就在出事地点附近，察看水流风向，然后一个猛子扎下去，潜入水底，伸手摸触。几个猛子之后，他准能把一个死尸托上来。不过得事先讲明，捞上来给多少酒钱，他才下去。有时讨价还价，得磨半天。陈泥鳅不着急，人反正已经死了，让他在水底多呆一会没事。

陈泥鳅一辈子没少挣钱，但是他不置产业，一个积蓄也没有。他花钱很撒漫，有钱就喝酒尿了，赌钱输了。有的时候，也偷偷地赒济一些孤寡老人，但嘱咐千万不要说出去。他也不娶老婆。有人劝他成个家，

---

① "四水捋子"是一种在水中打捞东西的用具，四面有弯钩，状如一小铁锚，而钩尖锐利。

他说："瓦罐不离井上破，大将难免阵头亡。淹死会水的。我见天跟水闸着玩，不定哪天龙王爷就把我请了去。留下孤儿寡妇，我死在阴间也不踏实。这样多好，吃饱了一家子不饥，无牵无挂！"

通湖桥桥洞里发现了一具女尸。怎么知道是女尸？她的长头发在洞口外飘动着。行人报了乡约，乡约报了保长，保长报到地方公益会。桥上桥下，围了一些人看。通湖桥是直通运河大闸的一道桥，运河的水由桥下流进澄子河。这座桥的桥洞很高，洞身也很长，但是很狭窄，只有人的肩膀那样宽。桥以西，桥以东，水面落差很大，水势很急，翻花卷浪，老远就听见訇訇的水声，像打雷一样。大家研究，这女尸一定是从大闸闸口冲下来的，不知怎么会卡在桥洞里了。不能就让她这么在桥洞里堵着。可是谁也想不出办法，谁也不敢下去。

去找陈泥鳅。

陈泥鳅来了，看了看。他知道桥洞里有一块石头，突出一个尖角（他小时候老在洞里钻来钻去，对洞里每一块石头都熟悉）。这女人大概是身上衣服在这个尖角上绊住了。这也是个巧劲儿，要不，这样猛的水流，早把她冲出来了。

"十块现大洋，我把她弄出来。"

"十块？"公益会的人吃了一惊，"你要得太多了！"

"是多了点。我有急用。这是玩命的事！我得从桥洞西口顺水窜进桥洞，一下子把她拨拉动了，就算成了。就这一下。一下子拨拉不动，我就会塞在桥洞里，再也出不来了！你们也都知道，桥洞只有肩膀宽，没法转身。水流这样急，退不出来。那我就只好陪着她了。"

大家都说："十块就十块吧！这是砂锅捣蒜，一锤子！"

陈泥鳅把浑身衣服脱得光光的，道了一声"对不起了！"纵身入水，顺着水流，笔直地窜进了桥洞。大家都捏着一把汗。只听见欻地一声，女尸冲出来了。接着陈泥鳅从东面洞口凌空窜进了水面。大家伙发了一声喊："好水性！"

陈泥鳅跳上岸来，穿了衣服，拿了十块钱，说了声"得罪得罪！"转身就走。

大家以为他又是进赌场、进酒店了。没有，他径直地走进陈五奶奶家里。

陈五奶奶守寡多年。她有个儿子，去年死了，儿媳妇改了嫁，留下一个孩子。陈五奶奶就守着小孙子过，日子很折皱①。这孩子得了急惊风，浑身滚烫，鼻翅扇动，四肢抽搐，陈五奶奶正急得两眼发直。陈泥鳅把十块钱交在她手里，说："赶紧先到万全堂，磨一点羚羊角，给孩子喝了，再抱到王淡人那里看看！"

说着抱了孩子，拉了陈五奶奶就走。

陈五奶奶也不知哪里来的劲，跟着他一同走得飞快。

---

① 这是我的家乡话，意思是很困难，很不顺利。

# 金冬心

召应博学鸿词杭郡金农字寿门别号冬心先生、稽留山民、龙棱仙客、苏伐罗吉苏伐罗，早上起来觉得很无聊。

他刚从杭州扫墓回来。给祖坟加了加土，吩咐族侄把聚族而居的老宅子修理修理，花了一笔钱。杭州官员馈赠的程仪殊不丰厚，倒是送了不少花雕和莼菜，坛坛罐罐，装了半船。装莼菜的瓷罐子里多一半是西湖水。我能够老是饮花雕酒喝莼菜汤过日脚么？开玩笑！

他是昨天日落酉时回扬州的。刚一进门，洗了脸，给他装裱字画、收拾图书的陈聋子就告诉他：袁子才把十张灯退回来了。是托李馥馨茶叶庄的船带回来的。附有一封信。另外还有十套《随园诗话》。金冬心当时哼了一声。

去年秋后，来求冬心先生写字画画的不多，他又买了两块大砚台，一块红丝碧端，一块蕉叶白，手头就有些紧。进了腊月，他忽然想起一个主意：叫陈聋子用乌木做了十张方灯的架子，四面由他自己书画。自以为这主意很别致。他知道他的字画在扬州实在不大卖得动了，——太多了，几乎家家都有。过了正月初六，就叫陈聋子搭了李馥馨的船到南京找袁子才，托他代卖。凭子才的面子，他在南京的交往，估计不难推销出去。他希望一张卖五十两。少说，也能卖二十两。不说别的，单是

259

乌木灯架，也值个三两二两的。那么，不无小补。

袁子才在小仓山房接见了陈聋子，很殷勤地询问了冬心先生的起居，最近又有什么轰动一时的诗文，说："灯是好灯！诗、书、画，可称三绝。先放在我这里吧。"

金冬心原以为过了元宵，袁子才就会兑了银子来。不想过了清明，还没有消息。

现在，退回来了！

袁枚的信写得很有风致："……金陵人只解吃鸭膆，光天白日，尚无目识字画，安能于光烛影中别其媸妍耶？……"

这个老奸巨猾！不帮我卖灯，倒给我弄来十部《诗话》，让我替他向扬州的鹾贾打秋风！——俗！

晚上吃了一碗鸡丝面，早早就睡了。

今天一起来，很无聊。

喝了几杯苏州新到的碧螺春，念了两遍《金刚经》，趿着鞋，到小花圃里看了看。宝珠山茶开得正好，含笑也都有了骨朵了。然而提不起多大兴致。他惦记着那十盆兰花。他去杭州之前，瞿家花园新从福建运到十盆素心兰。那样大的一盆，每盆不愁有百十个箭子！索价五两一盆，不贵！要是袁子才替他把灯卖出去，这十盆剑兰就会摆在他的小花圃苇棚下的石条上。这样的兰花，除了冬心先生，谁配？然而……

他踱回书斋里，把袁枚的信摊开又看了一遍，觉得袁枚的字很讨厌，而且从字里行间嚼出一点挖苦的意味。他想起陈聋子描绘的随园：有几颗柳树，几块石头，有一个半干的水池子，池子边种了十来棵木芙蓉，到处是草，草里有蜈蚣……这样一个破园子，会是江宁织造的大观园么？可笑！①此人惯会吹牛，装模作样！他顺手把《随园诗话》打开翻了几页，到处是倚人自重，借别人的赏识，为自己吹嘘。有的诗，还算清新，然而，小聪明而已。正如此公自道："诗被人嫌只为多！"再看看标举的那些某夫人、某太夫人的诗，都不见佳。哈哈，竟然对毕秋帆也揄扬了一通！毕秋帆是什么？——商人耳！郑板桥对袁子才曾作过一句总评，说他是"斯文走狗"，不为过分！

他觉得心里痛快了一点，——不过，还是无聊。

他把陈聋子叫来，问问这些天有什么函件简帖。陈聋子捧出了一叠。金冬心拆看了几封，都没有什么意思，问："还有没有？"

陈聋子把脑门子一拍，说："有！——我差一点忘了，我把它单独放在拜匣里了：程雪门有一张请帖，来了三天了！"

"程雪门？"

"对对对！请你陪客。"

"请谁？"

"铁大人。"

"哪个铁大人？"

"新放的两淮盐务道铁保珊铁大人。"

"几时？"

"今天！中饭！平山堂！"

"你多误事！——去把帖子给我拿来！——去订一顶轿子！——你真是！——快去！——哎哟！"

金冬心开始觉得今天有点意思了。

等着催请了两次，到第三次催请时，冬心先生换了衣履，坐上轿

---

① 袁枚曾说大观园就是他的随园。

子，直奔平山堂。

程雪门是扬州一号大盐商，今天宴请新任盐务道，非比寻常！果然，等金冬心下了轿，往平山堂一看，只见扬州的名流显贵都已到齐。藩臬二司、河工漕运、当地耆绅、清客名士，济济一堂。花翎补服，辉煌耀眼；轻衣缓带，意态萧闲。程雪门已在正面榻座上陪着铁保珊说话，一眼看见金冬心来了，站起身来，铁保珊早抢步迎了出来。

"冬心先生！久仰！久仰得很哪！"

"岂敢岂敢！臣本布衣，幸瞻丰采！铁大人从都里来，一路风霜，辛苦了！"

"请！"

"请！请！"

铁保珊拉了金冬心入座。程雪门道了一声"得罪！"自去应酬别的客人。大家只见铁保珊倾侧着身子和金冬心谈得十分投机，金冬心不时点头拊掌，不知他们谈些什么，不免悄悄议论。

"雪门今天请金冬心来陪铁保珊，好大的面子！"

"听说是铁保珊指名要见的。"

"金冬心这时候才来，架子搭得不小！"

"看来他的字画行情要涨！"

稍顷宴齐，更衣入席。平山堂中，雁翅般摆开了五桌。正中一桌，首座自然是铁保珊。次座是金冬心。金冬心再三谦让，铁保珊一把把他按得坐下，说："你再谦，大家就不好坐了！"金冬心只得从命。程雪门在这桌的主座上陪着。

今天的酒席很清淡。铁大人接连吃了几天满汉全席，实在是没有胃口，接到请帖，说："请我，我到！可是我只想喝一碗晚米稀粥，就一碟香油拌疙瘩丝！"程雪门说一定照办。按扬州请客的规矩，菜单曾请铁保珊过了目。凉碟是金华竹叶腿、宁波瓦楞明蚶、黑龙江熏鹿脯、四川叙府糟蛋、兴化醉蛏鼻、东台醉泥螺、阳澄湖醉蟹、糟鹌鹑、糟鸭舌、高邮双黄鸭蛋、界首茶干拌荠菜、凉拌枸杞头……热菜也只是蟹白烧乌青菜、鸭肝泥酿怀山药、鲫鱼脑烩豆腐、烩青腿子口蘑、烧鹅掌。甲鱼只用裙边。鳟花鱼不用整条的，只取两块嘴后腮边眼下蒜瓣肉。砗螯只取两块瑶柱。炒芙蓉鸡片塞牙，用大兴安岭活捕来的飞龙剁泥、鸽蛋清。烧烤不用乳猪，用果子狸。头菜不用翅唇参燕，清炖杨妃乳——新从江阴运到的河豚鱼。铁大人听说有河豚，说："那得有炒蒌蒿呀！——'竹外桃花三两枝，春江水暖鸭先知，蒌蒿满地芦芽短，正是河豚欲上时'，有蒌蒿，那才配称。"有有有！随饭的炒菜也极素净：素炒蒌蒿薹、素炒金花菜、素炒豌豆苗、素炒紫芽姜、素炒马兰头、素炒凤尾——只有三片叶子的嫩莴苣尖、素烧黄芽白……铁大人听了菜单（他没有看）说是"这样好，'咬得菜根，则百事可做'。"他请金冬心过目，冬心先生说："'一箪食，一瓢饮'，侬一介寒士，无可无不可的。"

金冬心尝了尝这一桌非时非地清淡而名贵的菜肴，又想起袁子才，想起他的《随园食单》，觉得他把几味家常鱼肉说得天花乱坠，真是寒乞相，嘴角不禁浮起一丝冷笑。

酒过三巡，铁保珊提出寡饮无趣，要行一个酒令。他提出的这个酒令叫做"飞红令"，各人说一句或两句古人诗词，要有"飞、红"二字，或明嵌、或暗藏，都可以。这令不算苛。他自己先说了两句："花谢花飞飞满天，红消香断有谁怜？"有人不识出处。旁边的人提醒他："《红楼梦》！"这时正是《红楼梦》大行的时候，"开谈不说《红楼梦》，纵读诗书也枉然"，不知出处的怕露怯，连忙说："哦，《红楼梦》！《红楼梦》！"下面也有说"一片花飞减却春"的，也有说"桃花乱落如红雨"的。有的说不上来，甘愿罚酒。也有的明明说得出，为了谦抑，故意说："我诗词上有限，认罚认罚！"借以凑趣的。临了，到了程雪门。程雪门说了一句：

"柳絮飞来片片红。"

大家先是愕然，接着就哗然了：

"柳絮飞来片片红，柳絮如何是红的？"

"无是理！无是理！"

"杜撰！杜撰无疑！"

"罚酒！罚酒！"

"满上！满上！喝了！喝了！"

程雪门也不知道自己怎么会诌出这样一句不通的诗来，正在满脸紫涨，无地自容，忽听得金冬心放下杯箸，从容言道：

"诸位莫吵。雪翁此诗有出处。这是元人咏平山堂的诗，用于今日，正好对景。"他站起身来，朗吟出全诗：

> 廿四桥边廿四风，
> 凭栏犹忆旧江东。
> 夕阳返照桃花渡，
> 柳絮飞来片片红。

大家，一听，全都击掌：

"好诗！"

"好一个'柳絮飞来片片红'！妙！妙极了！"

"如此尖新，却又合情合理，这定是元人之诗，非唐非宋！"

"到底是冬心先生！元朝人的诗，我们知道得太少，惭愧惭愧！"

"想不到程雪翁如此博学！佩服！佩服！"

程雪门哈哈大笑，连说："过奖，过奖！——菜凉了，河豚要趁热！"
于是大家的筷子一齐奔向杨妃乳。

铁保珊拈须沉吟：这是元朝人的诗么？

金冬心真是捷才！出口成章，不动声色。快，而且，好！有意境……

第二天，一清早，程雪门派人给金冬心送来一千两银子。金冬心叫陈聋子告诉瞿家花园，把十盆剑兰立刻送来。

陈聋子刚要走，金冬心叫住他：

"不忙。先把这十张灯收到厢房里去。"

陈聋子提起两张灯，金冬心又叫住他：

"把这个——搬走！"

他指的是堆在地下的《随园诗话》。

陈聋子抱起《诗话》，走出书斋，听见冬心先生骂道：

"斯文走狗！"

陈聋子心想：他这是骂谁呢？

# 日规

　　西南联大新校舍对面是"北院"。北院是理学院区。一个狭长的大院，四面有夯土版筑的围墙。当中是一片长方形的空场。南北各有一溜房屋，土墙，铁皮房顶，是物理系、化学系和生物系的办公室、教室和实验室。房前有一条土路，路边种着一排不高的尤加利树。一览无余，安静而不免枯燥。这里不像新校舍一样有大图书馆、大食堂、学生宿舍。教室里没有风度不同的教授讲授各种引人入胜的课程，墙上，也没有五花八门互相论战的壁报，也没有寻找失物或出让衣物的启事。没有操场，没有球赛。因此，除了理学院的学生，文法学院的学生很少在北院停留。不过他们每天要经过北院。由正门进，出东面的侧门，上一个斜坡，进城墙缺口。或到"昆中"、"南院"听课，或到文林街坐茶馆，到市里闲逛，看电影……理学院的学生读书多是比较扎实的，不像文法学院的学生放浪不羁，多少带点才子气。记定理、抄公式、画细胞，都要很专心。因此文学院的学生走过北院时都不大声讲话，而且走得很快，免得打扰人家。但是他们在走尽南边的土路，将出侧门时，往往都要停一下：路边开着一大片剑兰！

　　这片剑兰开得真好！是美国种。别处没有见过。花很大，比普通剑兰要大出一倍。什么颜色的都有。白的、粉的、桃红的、大红的、浅黄的、淡绿的、蓝的、紫得像是黑色的。开得那样旺盛，那样水灵！可是，许看不许摸！这些花谁也不能碰一碰。这是化学系主任高崇礼种的。

高教授是个出名的严格方正、不讲情面的人。他当了多年系主任，教普通化学和有机化学。他的为人就像分子式一样，丝毫通融不得。学生考试，不及格就是不及格。哪怕是考了59分，照样得重新补修他教的那门课程。而且常常会像训小学生一样，把一个高年级的学生骂得面红耳赤。这人整天没有什么笑容，老是板着脸。化学系的学生都有点怕他，背地里叫他高阎王。他除了科学，没有任何娱乐嗜好。不抽烟。不喝酒。教授们有时凑在一起打打小麻将，打打桥牌，他绝不参加。他不爱串门拜客闲聊天。可是他爱种花，只种一种：剑兰。

这还是在美国留学时养成的爱好。他在麻省理工学院读化学。每年暑假，都到一家专门培植剑兰的花农的园圃里去做工，挣取一学年的生活费用，因此精通剑兰的种植技术。回国时带回了一些花种，每年还种一些。在北京时就种。学校迁到昆明，他又带了一些花种到昆明来，接着种。没想到昆明的气候土壤对剑兰特别相宜，花开得像美国那家花农的园圃里的一般大。逐年发展，越种越多，长了那样大一片！

可是没有谁会向他要一穗花，因为都知道高阎王的脾气：他的花绝不送人。而且大家知道，现在他的花更碰不得，他的花是要卖钱的！

昆明近日楼有个花市。近日楼外边，有一个水泥砌的圆池子。池子里没有水，是干的。卖花的就带了一张小板凳坐在池子里，把各种鲜花摊放在池沿上卖。晚香玉、缅桂花、康乃馨，也有剑兰。池沿上摆得满满的，色彩缤纷，老远地就闻到了花香。昆明的中产之家，有买花插瓶的习惯。主妇上街买菜，菜篮里常常一头放着鱼肉蔬菜，一头斜放着一束鲜花。花菜一篮，使人感到一片盎然的生意。高教授有一天走过近日楼，看看花市，忽然心中一动。

于是他每天一清早，就从家里走到北院，走进花圃，选择几十穗半开的各色剑兰，剪下来，交给他的夫人，拿到近日楼去卖。他的剑兰花大，颜色好，价钱也不太贵，很快就卖掉了。高太太就喜吟吟地走向菜市场。来时一篮花，归时一篮菜。这样，高教授的生活就提高了不少。他家的饭桌上常见荤腥。星期六还能炖一只母鸡。云南的玉溪鸡非常肥嫩，肉细而汤清。高太太把刚到昆明时买下的，已经弃置墙角多年的汽锅也洗出来了。剑兰是多年生草本，全年开花；昆明的气候又是四季如春，不缺雨水，于是高教授家汽锅鸡的香味时常飘入教授宿舍的左邻右舍。他的两个在读中学的儿女也有了比较整齐的鞋袜。

那位说：教授卖花，未免欠雅。先生，您可真是站着说话不腰疼！您不知道抗日战争期间，大后方的教授，穷苦到什么程度。您不知道，一位国际知名的化学专家，同时又是对社会学、人类学具有广博知识的才华横溢而性格（在有些人看来）不免古怪的教授，穿的是一双"空前绝后"的布鞋——脚趾和脚跟部位都磨通了。中文系主任，当代散文大师的大衣破得不能再穿，他就买了一件云南赶马人穿的粗毛氆氇一口钟穿在身上御寒，样子有一点像传奇影片里的侠客，只是身材略嫌矮小。原来抽筒立克、35牌香烟的教授多改成抽烟斗，抽本地出的鹿头牌的极其辛辣的烟丝。他们的烟斗的接口处多是破裂的、缠着白线。有些著作等身的教授，因为家累过重，无暇治学，只能到中学去兼课。有个治古文字的学者在南纸站挂笔单为人治印。有的教授开书法展览会卖钱。教授夫人也多想法挣钱，贴补家用。有的制作童装，代织毛衣毛裤，有几位哈佛和耶鲁毕业的教授夫人，集资制作西点，在街头设摊出售。因此，高崇礼卖花，全校师生，皆无非议。

大家对这一片剑兰增加了一层新的看法，更加不敢碰这些花了。走过时只是远远地看看，不敢走近，更不敢停留。有的女同学想多看两眼，另一个就会说："快走，快走！高阎王在办公室里坐着呢！"没有谁会想起干这种恶作剧的事，半夜里去偷掐高教授的一穗花。真要是有人掐一穗，第二天早晨，高教授立刻就会发现。这花圃里有多少穗花，他都是有数的。

只有一个人可以走进高教授的花圃，蔡德惠。蔡德惠是生物系助教，坐办公室。生物系办公室和化学系办公室紧挨着、门对门。蔡德惠和高教授朝夕见面，关系很好。

蔡德惠是一个非常用功的学生。从小学到大学，各门功课都很好。他生活上很刻苦，联大四年，没有在外面兼过一天差。

联大学生的家大都在沦陷区。自从日本人占了越南，滇越铁路断了，昆明和平津沪杭不通邮汇，这些大学生就断绝了经济来源。教育部每月给大学生发一点生活费，叫做"贷金"。"贷金"名义上是"贷"给学生的，但是谁都知道这是永远不会归还的。这实际上是救济金，不知是哪位聪明的官员想出了这样一个新颖别致的名目，大概是觉得救济金听起来有伤大学生的尊严。"贷金"数目很少，每月十四元。货币贬值，物价飞涨，这十四元一直未动。这点"贷金"只够交伙食费，所以联大大部分学生都在外面找一个职业。半工半读，对付着过日子。五花八门，干什么的都有。有的在中学兼课，有的当家庭教师。昆明有个冠生园，是卖广东饭菜点心的。这个冠生园不知道为什么要办一个职工夜校，而且办了几年，联大不少同学都去教过那些广东名厨和糕点师傅。有的到西药房或拍卖行去当会计。上午听课，下午坐在柜台里算账，见熟同学走过，就起身招呼谈话。有的租一间门面，修理钟表。有一位坐在邮局门前为人代写家信。昆明有一个古老的习惯，每到正午时要放一炮，叫做"放午炮"。据说每天放这一炮的，也是联大的一位贵同学！这大概是哪位富于想象力的联大同学造出来的谣言。不过联大学生遍布昆明的各行各业，什么都干，却是事实。像蔡德惠这样没有兼过一天差的，极少。

联大学生兼差的收入，差不多全是吃掉了。大学生的胃口都极好：都很馋。照一个出生在南洋的女同学的说法，这些人的胃口都"像刀子一样"，见什么都想吃。也难怪这些大学生那么馋，因为大食堂的伙食实在太坏了！早晨是稀饭，一碟炒蚕豆或豆腐乳。中午和晚上都是大米干饭，米极糙，颜色紫红，中杂不少沙粒石子和耗子屎，装在一个很大的木桶里。盛饭的勺子也是木制的。因此饭粒入口，总带着很重的松木和杨木的气味。四个菜，分装在浅浅的酱色的大碗里。经常吃的是煮芸豆；还有一种不知是什么原料做成的紫灰色像是鼻涕一样的东西，叫做"魔芋豆腐"。难得有一碗炒猪血（昆明叫"旺子"），几片炒回锅肉（半生不熟，极多猪毛）。这种淡而无味的东西，怎么能满足大学生们的刀子一样的食欲呢？二十多岁的人，单靠一点淀粉和碳水化合物是活不成的，他们要高蛋白，还要适量的动物脂肪！于是联大附近的小饭馆无不生意兴隆。新校舍的围墙外面出现了很多小食摊。这些食摊上的食品真是南北并陈，风味各别。最受欢迎的是一个广东老太太卖的鸡蛋饼：鸡蛋和面，入盐，加大量葱花，于平底锅上煎熟。广东老太太很舍得放猪油，饼在锅里煎得嗞嗞地响，实在是很大的诱惑。煎得之后，两面焦黄，径可一尺，卷而食之，极可解馋。有一家做一种饼，其实也没有什么稀奇，不过就是加了一点白糖的发面饼，但是是用松毛（马尾松的松叶）烤熟的，带一点清香，故有特点。联大的女学生最爱吃这种饼。昆明人把女大学生叫做"摩登"，于是这种饼就被叫成"摩登"粑粑。这些"摩登"们常把一个粑粑切开，中夹叉烧肉四两，一边走，一边吃，丝毫不觉得有什么不文雅。有一位贵州人每天挑一副担子来卖馄饨面。他卖馄饨是一边包一边下的。有时馄饨皮包完了，他就把馄饨馅一小疙瘩一小疙瘩拨到汤里下面。有人问他："你这叫什么面？"这位贵州老乡毫不犹豫地答曰："桃花面！"……

蔡德惠偶尔也被人拉到米线铺里去吃一碗焖鸡米线，但这样的时候很少。他每天只是吃食堂。吃煮芸豆和"魔芋豆腐"。四年都是这样。

蔡德惠的衣服倒是一直比较干净整齐的。

联大的学生都有点像是阴沟里的鹅——顾嘴不顾身。女同学一般都还注意外表。男同学里西服革履，每天把裤子脱下来压在枕头下以保持裤线的，也有，但是不多。大多数男大学生都是不衫不履，邋里邋遢。有人裤子破了，找一根白线，把破洞处系成一个疙瘩，只要不露肉就行。蔡德惠可不是这样。

蔡德惠四五年来没有添置过什么衣服，——除了鞋袜。他的衣服都还是来报考联大时从家里带来的。不过他穿得很仔细。他的衣服都是自己洗，而且换洗得很勤。联大新校舍有一个文嫂，专给大学生洗衣服。蔡德惠从来没有麻烦过她。不但是衣服，他连被窝都是自己拆洗，自己做。这在男同学里是很少有的。因此，后来一些同学在回忆起蔡德惠时，首先总是想到蔡德惠在新校舍一口很大的井边洗衣裳，见熟同学走过，就抬起头来微微一笑。他还会做针线活，会裁会剪。一件衬衫的肩头穿破了，他能拆下来，把下摆移到肩头，倒个个儿，缝好了依然是一件完整的衬衫，还能再穿几年。这样的活计，大概多数女同学也干不了。

也许是性格所决定，蔡德惠在中学时就立志学生物。他对植物学尤其感兴趣。到了大学三年级，就对植物分类学着了迷。植物分类学在许多人看来是一门很枯燥的学问，单是背那么多拉丁文的学名，就是一件叫人头疼的事。可是蔡德惠觉得乐在其中。有人问他："你干嘛搞这么一门干巴巴的学问？"蔡德惠说："干巴巴的？——不，这是一门很美的科学！"他是生物系的高材生。四年级的时候，系里就决定让他留校。一毕业，他就当了助教，坐办公室。

高崇礼教授对蔡德惠很有好感。蔡德惠算是高崇礼的学生，他选读过高教授的普通化学。蔡德惠的成绩很好，高教授还记得。但是真正使高教授对蔡德惠产生较深印象，是在蔡德惠当了助教以后。蔡德惠很文静。隔着两道办公室的门，一天几乎听不到他的声音。他很少大声说话。干什么事情都是轻手轻脚的，绝不会把桌椅抽屉搞得乒乓乱响。他很勤奋。每天高教授来剪花时候（这时大部分学生都还在高卧），发现蔡德惠已经坐在窗前低头看书，做卡片。虽然在学问上隔着行，高教授无从了解蔡德惠在植物学方面的造诣，但是他相信这个年轻人是会有出息的，这是一个真正做学问的人。高教授也听生物系主任和几位生物系的教授谈起过蔡德惠，都认为他有才能，有见解，将来可望在植物分类学方面取得很高的成就。高教授对这点深信不疑。因此每天高教授和蔡德惠点头招呼，眼睛里所流露的，就不只是亲切，甚至可以说是：敬佩。

高教授破例地邀请蔡德惠去看看他的剑兰。当有人发现高阎王和蔡德惠并肩站在这一片华丽斑斓的花圃里时，不禁失声说了一句："这真是黄河清了！"蔡德惠当然很喜欢这些异国名花。他时常担一担水来，帮高教授浇浇花；用一个小藕锄松松土；用烟叶泡了水除治剑兰的腻虫。高教授很高兴。

蔡德惠简直是钉在办公室里了，他很少出去走走。他交游不广，但是并不孤僻。有时他的杭高老同学会到他的办公室里来坐坐，——他是杭州人，杭高（杭州高中）毕业，说话一直带着杭州口音。他在新校舍同住一屋的外系同学，也有时来。他们来，除了说说话，附带来看蔡德惠采集的稀有植物标本。蔡德惠每年暑假都要到滇西、滇南去采集标本。像木蝴蝶那样的植物种子，是很好玩的。一片一片，薄薄的，完全像一个蝴蝶，而且一个荚子里密密的挤了那么多。看看这种种子，你会觉得：大自然真是神奇！有人问他要两片木蝴蝶夹在书里当书签，他会欣然奉送。这东西滇西多的是，并不难得。

在蔡德惠那里坐了一会的同学，出门时总要看一眼门外朝南院墙上的一个奇怪东西。这是一个日规。蔡德惠自己做的。所谓"做"，其实很简单，找一点石灰，跟瓦匠师傅借一个抿子，在墙上抹出一个规整的长方形，长方形的正中，垂直着钉进一根竹筷子，——院墙是土墙，是很容易钉进去的。筷子的影子落在雪白的石灰块上，随着太阳的移动而移动。这是蔡德惠的钟表。蔡德惠原来是有一只怀表的，后来坏了，他就一直没有再买，——也买不起。他只要看看筷子的影子，就知道现在是几点几分，不会差错。蔡德惠做了这样一个古朴的日规，一半是为了看时间，一半也是为了好玩，增加一点生活上的情趣。至于这是不是也表示了一种意思：寸阴必惜，那就不知道了。大概没有。蔡德惠不是那种把自己的决心公开表现给人看的人。不过凡熟悉蔡德惠的人，总不免引起一点感想，觉得这个现代古物和一个心如古井的青年学者，倒是十分相称的。人们在想起蔡德惠时，总会很自然地想起这个日规。

蔡德惠病了。不久，死了。死于肺结核。他的身体原来就比较孱弱。

生物系的教授和同学都非常惋惜。

高崇礼教授听说蔡德惠死了，心里很难受。这天是星期六。吃晚饭了，高教授一点胃口都没有。高太太把汽锅鸡端上桌，汽锅盖噗噗地响，汽锅鸡里加了宣威火腿，喷香！高崇礼忽然想起：蔡德惠要是每天喝一碗鸡汤，他也许不会死！这一天晚上的汽锅鸡他一块也没有吃。

蔡德惠死了，生物系暂时还没有新的助教递补上来，生物系主任难得到系里来看看，生物系办公室的门窗常常关锁着。

蔡德惠手制的日规上的竹筷的影子每天仍旧在慢慢地移动着。

# 桥边小说三篇

## 詹大胖子

詹大胖子是五小的斋夫。五小是县立第五小学的简称。斋夫就是后来的校工、工友。詹大胖子那会，还叫做斋夫。这是一个很古的称呼。后来就没有人叫了。"斋夫"废除于何时，谁也不知道。

詹大胖子是个大胖子。很胖，而且很白。是个大白胖子。尤其是夏天，他穿了白夏布的背心，露出胸脯和肚子，浑身的肉一走一哆嗦，就显得更白，更胖。他偶尔喝一点酒，生一点气，脸色就变成粉红的，成了一个粉红脸的大白胖子。

五小的校长张蕴之、学校的教员——先生，叫他詹大。五小的学生叫他的时候必用全称：詹大胖子。其实叫他詹胖子也就可以了，但是学生都愿意叫他詹大胖子，并不省略。

一个斋夫怎么可以是一个大胖子呢？然而五小的学生不奇怪。他们都觉得詹大胖子就应该像他那样。他们想象不出一个瘦斋夫是什么样子。詹大胖子如果不胖，五小就会变样了。詹大胖子是五小的一部分。他当斋夫已经好多年了。似乎他生下来就是一个斋夫。

詹大胖子的主要职务是摇上课铃、下课铃。他在屋里坐着。他有一间小屋，在学校一进大门的拐角，也就是学校最南端。这间小屋原来盖了是为了当门房即传达室用的，但五小没有什么事可传达，来了人，大摇大摆就进来了，詹大胖子连问也不问。这间小屋就成了詹大胖子宿舍。他在屋里坐着，看看钟。他屋里有一架挂钟。这学校有两架挂钟，一架在教务处。詹大胖子一早起来第一件事便是上这两架钟。喀拉喀拉，上得很足，然后才去开大门。他看看钟，到时候了，就提了一只铃铛，走出来，一边走，一边摇：叮当、叮当、叮当……从南头摇到北头。上课。学生奔到教室里，规规矩矩坐下来。下课了！詹大胖子的铃声摇得小学生的心里一亮。呼——都从教室里窜出来了。打秋千、踢毽子、拍皮球、抓子儿……

詹大胖子摇坏了好多铃铛。

后来，有一班毕业生凑钱买了一口小铜钟，送给母校留纪念，詹大胖子就从摇铃改为打钟。

一口很好看的钟，黄铜的，亮晶晶的。

铜钟用一条小铁链吊在小操场路边两棵梧桐树之间。铜钟有一个锤子，悬在当中，锤子下端垂下一条麻绳。詹大胖子扯动麻绳，钟就响了：当、当、当、当……钟不打的时候，绳绕在梧桐树干上，打一个活结。

梧桐树一年一年长高了。钟也随着高了。

五小的孩子也高了。

詹大胖子还有一件常做的事，是剪冬青树。这个学校有几个地方都栽着冬青树的树墙子，大礼堂门前左右两边各有一道，校园外边一道，幼稚园门外两边各有一道。冬青树长得很快，过些时，树头就长出来了，参差不齐，乱蓬蓬的。詹大胖子就拿了一把很大的剪子，两手执着剪子把，叭嗒叭嗒地剪，剪得一地冬青叶子。冬青树墙子的头平了，整整齐齐的。学校里于是到处都是冬青树嫩叶子的清香清香的气味。

詹大胖子老是剪冬青树。一个学期得剪几回。似乎詹大胖子所做的主要的事便是摇铃——打钟，剪冬青树。

詹大胖子很胖，但是剪起冬青树来很卖力。他好像跟冬青树有仇，又好像很爱这些树。

詹大胖子还给校园里的花浇水。

这个校园没有多大点。冬青树墙子里种着羊胡子草。有两棵桃树，两棵李树，一棵柳树，有一架十姊妹，一架紫藤。当中圆形的花池子里却有一丛不大容易见到的铁树。这丛铁树有一年还开过花，学校外面很多人都跑来看过。另外就是一些草花，剪秋罗、虞美人……还有一棵鱼儿牡丹。詹大胖子就给这些花浇水。用一个很大的喷壶。

秋天，詹大胖子扫梧桐叶。学校有几棵梧桐。刮了大风，刮得一地的梧桐叶。梧桐叶子干了，踩在上面沙沙地响。詹大胖子用一把大竹扫帚扫，把枯叶子堆在一起，烧掉。黑的烟，红的火。

詹大胖子还做什么事呢？他给老师烧水。烧开水，烧洗脸水。教务处有一口煤球炉子。詹大胖子每天生炉子，用一把芭蕉扇忽哒忽哒地扇。煤球炉子上坐一把白铁壶。

他还帮先生印考试卷子。詹大胖子推油印机滚子，先生翻页儿。考试卷子印好了，就把蜡纸点火烧掉。烧油墨味儿飘出来，坐在教室里都闻得见。

每年寒假、暑假，詹大胖子要做一件事，到学生家去送成绩单。全校学生有二百人，詹大胖子一家一家去送。成绩单装在一个信封里，信封左边写着学生的住址、姓名，当中朱红的长方框里印了三个字："贵家长"。右侧下方盖了一个长方图章："县立第五小学"，学生的家长是很重视成绩单的，他们拆开信封看：国语98，算术86……看完了就给詹大胖子酒钱。

詹大胖子和学生生活最最直接有关的，除了摇上课铃、下课铃，——打上课钟、下课钟之外，是他卖花生糖、芝麻糖。他在他那间小屋里卖。他那小屋里有一个一面装了玻璃的长方匣子，里面放着花生糖、芝麻糖。詹大胖子摇了下课铃，或是打了上课钟，有的学生就趁先生不注意的时候，溜到詹大胖子屋里买花生糖、芝麻糖。

詹大胖子很坏。他的糖比外面摊子上的卖得贵。贵好多！但是五小的学生只好跟他去买，因为学校有规定，不许"私出校门"。

校长张蕴之不许詹大胖子卖糖，把他叫到校长室训了一顿。说：学生在校不许吃零食；他的糖不卫生；他赚学生的钱，不道德。

但是詹大胖子还是卖，偷偷地卖。他摇下课铃或打上课钟的时候，左手捏着花生糖、芝麻糖，藏在袖筒里。有学生要买糖，走近来，他就做一个眼色，叫学生随他到校长、教员看不到的地方，接钱，给糖。

五小的学生差不多全跟詹大胖子买过糖。他们长大了，想起五小，一定会想起詹大胖子，想起詹大胖子卖花生糖、芝麻糖。

詹大胖子就是这样，一年又一年，过得很平静。除了放寒假、放暑假，他回家，其余的时候，都住在学校里。——放寒假，学校里没有人。下了几场雪，一个学校都是白的。暑假里，学生有时还到学校里玩玩。学校里到处长了很高的草。

每天放了学，先生、学生都走了，学校空了。五小就剩下两个人，有时三个。除了詹大胖子，还有一个女教员王文惠。有时，校长张蕴之也在学校里住。

王文蕙家在湖西，家里没有人。她有时回湖西看看亲戚，平时住在学校里。住在幼稚园里头一间朝南的小房间里。她教一年级、二年级算术。她长得不难看，脸上有几颗麻子，走起路来步子很轻。她有一点奇怪，眼睛里老是含着微笑。一边走，一边微笑。一个人笑。笑什么呢？

有的男教员背后议论：有点神经病。但是除了老是微笑，看不出她有什么病，挺正常的。她上课，跟别人没有什么不同。她教加法，减法，领着学生念乘法表：

一一得一，
一二得二，
二二得四……

下了课，走回她的小屋，改学生的练习。有时停下笔来，听幼稚园的小朋友唱歌：

小羊儿乖乖，
把门儿开开，
快点儿开开，
我要进来……

晚上，她点了煤油灯看书。看《红楼梦》、《花月痕》，张恨水的《金粉世家》，李清照的词。有时轻轻地哼《木兰词》。"唧唧复唧唧；木兰当户织……"有时给她的女子师范的老同学写信。写这个小学，写十姊妹和紫藤，写班上的学生都很可爱，她跟学生在一起很快乐，还回忆她们在学校时某一次春游，感叹光阴如流水。这些信都写得很长。

校长张蕴之并不特别的凶，但是学生都怕他。因为他可以开除学生。学生犯了大错，就在教务处外面的布告栏里贴出一张布告：学生某某某，犯了什么过错，著即开除学籍，"以维校规，而警效尤，此布"，下面盖着校长很大的签名戳子："张蕴之"。"张蕴之"三个字有一种看不见的力量。

他也教一班课，教五年级或六年级国文。他念课文的时候摇晃脑袋，抑扬顿挫，有声有色，腔调像戏台上老生的道白。"晋太原中，武陵人，捕鱼为业……"。"一路秋山红叶，老圃黄花，不觉到了济南地界。到了济南，只见家家泉水，户户垂杨……"

他爱写挽联。写好了，就用按钉钉在教务处的墙上，让同事们欣赏。教员们就都围过来，指手划脚，称赞哪一句写得好，哪几个字很有笔力。张蕴之于是非常得意，但又不太忘形。他简直希望他的亲友家多死几个人，好使他能写一副挽联送去，挂起来。

他有家。他有时在家里住，有时住在学校里，说家里孩子吵，学校里清静，他要读书，写文章。

有时候，放了学，除了詹大胖子，学校里就剩下张蕴之和王文蕙。

王文蕙常常一个人在校园里走走，散散步。王文蕙散完步，常常看见张蕴之站在教务处门口的台阶上。王文蕙向张蕴之笑笑，点点头。张蕴之也笑笑，点点头。王文蕙回去了，张蕴之看着她的背影，一直看到王文蕙走进幼稚园的前门。

张蕴之晚上读书。读《聊斋志异》、《池北偶谈》、《两般秋雨盦随笔》、《曾文正公家书》、《板桥道情》、《绿野仙踪》、《海上花列传》……

校长室的北窗正对着王文蕙的南窗，当中隔一个幼稚园的游戏场。游戏场上有秋千架、压板、滑梯。张蕴之和王文蕙的煤油灯遥遥相对。

一天晚上，张蕴之到王文蕙屋里去，说是来借字典。王文蕙把字典交给他。他不走，东拉西扯地聊开了。聊《葬花词》，聊"寻寻觅觅冷冷清清凄凄惨惨戚戚"。王文蕙不知道他要干什么，心里怦怦地跳。忽然，"噗！"张蕴之把煤油灯吹熄了。

张蕴之常常在夜里偷偷地到王文蕙屋里去。

这事瞒不过詹大胖子。詹大胖子有时夜里要起来各处看看。怕小偷进来偷了油印机、偷了铜钟、偷了烧开水的白铁壶。

詹大胖子很生气。他一个人在屋里悄悄地骂："张蕴之！你不是个东西！你有老婆，有孩子，你干这种缺德的事！人家还是个姑娘，孤苦伶仃的，你叫她以后怎么办，怎么嫁人！"

这事也瞒不了五小的教员。因为王文蕙常常脉脉含情地看张蕴之，而且她身上洒了香水。她在路上走，眼睛里含笑，笑得更加明亮了。

有一天，放学时，有一个姓谢的教员路过詹大胖子的小屋时，走进去，对他说："詹大，你今天晚上到我家里来一趟。"詹大胖子不知道有什么事。

姓谢的教员是个纨绔子弟，外号谢大少。学生给他编了一首顺口溜：

谢大少，

捉虼蚤。

虼蚤蹦，

他也蹦，

他妈说他是个大无用！

谢大少家离五小很近，几步就到了。

谢大少问了詹大胖子几句闲话，然后，问：

"张蕴之夜里是不是常常到王文蕙屋里去？"

詹大胖子一听，知道了：谢大少要抓住张蕴之的把柄，好把张蕴之轰走，他来当五小校长。詹大胖子连忙说：

"没有！没有的事！没有的事不能瞎说！"

詹大胖子不是维护张蕴之，他是维护王文蕙。

从此詹大胖子卖花生糖、芝麻糖就不太避着张蕴之了。

詹大胖子还是当他的斋夫，打钟，剪冬青树，卖花生糖、芝麻糖。

后来，张蕴之到四小当校长去了，王文蕙到远远的一个镇上教书去了。

后来，张蕴之死了，王文蕙也死了（她一直没有嫁人）。詹大胖子也死了。

这城里很多人都死了。


## 幽冥钟


"姑苏城外寒山寺，夜半钟声到客船。"很早很早以前（大概从宋朝开始）就有人提出过怀疑，认为夜半不是撞钟的时候。我从小就觉得很奇怪：为什么夜半不是撞钟的时候呢？我的家乡就是夜半撞钟的。而且只有夜半撞。半夜，子时，十二点。别的时候，白天，还听不到撞钟。"暮鼓晨钟"。我们那里没有晨钟，只有夜半钟。这种钟，叫做"幽冥钟"。撞钟的是承天寺。

关于承天寺，有一个传说。传说张士诚是在这里登基的。张士诚是泰州人。泰州是我们的邻县。史称他是盐贩出身。盐贩，即贩私盐的。中国的盐，秦汉以来，就是官卖。卖盐的店，称"官盐店"。官盐税重，价昂。于是有人贩卖私盐。卖私盐是犯法的事。这种人都是亡命之徒，要钱不要命。遇到缉私的官兵，便要动武。这种人在官方的文书里被称为"盐匪"。瓦岗寨的程咬金就贩过私盐。在苏北里下河一带，一提起"私盐贩子"或"贩私盐的"，大家便知道这是什么角色。张士诚就是这样一个角色。元至正十三年，他从泰州起事，打到我的家乡高邮。次年，称"诚王"，国号"周"。我的家乡还出过一位皇帝（他不是我们县的人，他称王确是在我们县），这实在应该算是我们县历史上的第一号大人物。我们县的有名人物最古的是秦王子婴。现在还有一条河，叫子婴河。以后隔了很多年，出了一个秦少游。再以后，出了王念孙、王引之父子。但是真正叱咤风云的英雄，应该是张士诚。可是我前几年回乡，翻看县志，关于张士诚，竟无一字记载，真是怪事！

但是民间有一些关于张士诚的传说。

张士诚在承天寺登基，找人来写承天寺的匾。来了很多读书人。他们提起笔来，刚刚写了两笔，就叫张士诚拉出去杀了。接连杀了好几个。旁边的人问他："为什么杀他们？"张士诚说："你看看他们写的是什么？'了'，是个字！老子才当皇帝就'了'了，日他妈妈的！"后来来了个读书人。他先写了一个："王"字，再写了左边的"ㄱ"，右边的"ㄑ"，再写上边的"ㄱ"，然后一竖到底，张士诚一看大喜，连说："这就对了——先称王，左有文臣，右有武将，戴上平天冠，皇基永固，一贯到底！——赏！"

我小时读的小学就在承天寺的旁边，每天都要经过承天寺，曾经细看过承天寺山门的石刻的匾额，发现上面的"承"字仍是一般笔顺，合乎八法的"承"字，没有先称王、左文右武、戴了皇冠、一贯到底的痕迹。

我也怀疑张士诚是不是在承天寺登的基，因为承天寺一点也看不出曾经是一座皇宫的格局。

承天寺在城北西边，挨近运河。城北的大寺共有三座。一座善因寺，庙产甚多，最为鲜明华丽，就是小说《受戒》里写的明海受戒的那座寺。一座是天王寺，就是陈小手被打死的寺。天王寺佛事较盛。寺西门外有一片空地，时常有人家来"烧房子"。烧房子似是我乡特有的风俗。"房子"是纸扎店扎的，和真房子一样，只是小一些。也有几层几进，有堂屋卧室，房间里还有座钟、水烟袋，日常所需，一应俱全。照例还有一个后花园，里面"种"着花（纸花）。房子立在空地上，小孩子可以走进去参观。房子下面铺了一层稻草。天王寺的和尚敲着鼓磬铙钹在房子旁边念一通经（不知道是什么经），这一家的一个男丁举火把房子烧了，于是这座房子便归该宅的先人冥中收用了。天王寺气象远不如善因寺，但房屋还整齐，——因此常常驻兵。独有承天寺，却相当残破了。寺是古寺。张士诚在这里登基，虽不可靠，但说不定元朝就已经有这座寺。

一进山门，哼哈二将和四大天王的颜色都暗淡了。大雄宝殿的房顶上长了好些枯草和瓦松。大殿里很昏暗，神龛佛案都无光泽，触鼻是陈年的香灰和尘土的气息。一点声音都没有，整座寺好像是空的。偶尔有一两个和尚走动，衣履敝旧，神色凄凉。——不像善因寺的和尚，一个一个，都是红光满面的。

大殿西侧，有一座罗汉堂。罗汉也多年没有装金了。长眉罗汉的眉毛只剩了一只，那一只不知哪一年脱落了，他就只好捻着一只单独的眉毛坐在那里。罗汉堂外面，有两棵很大的白果树，有几百年了。夏天，一地浓荫。冬天，满阶黄叶。

罗汉堂东南角有一口钟，相当高大。钟用铁链吊在很粗壮的木架上。旁边是从房梁挂下来的撞钟的木杵。钟前是一尊地藏菩萨的一尺多高的金身佛像。地藏菩萨戴着毗卢帽，跏趺而坐，低眉闭目，神色慈祥。地藏菩萨前面点着一盏小油灯，灯光幽微。

在佛教的菩萨里，老百姓最有好感的是两位。一位是观世音菩萨，因为他（她）救苦救难。另一位便是地藏菩萨。他是释迦灭后至弥勒出现之间的救度天上以至地狱一切众生的菩萨。他像大地一样，含藏无量善根种子。他是地之神，是一位好心的菩萨。

为什么在钟前供着一尊地藏菩萨呢？因为这钟在半夜里撞，叫"幽冥钟"，是专门为难产血崩而死的妇人而撞的。不知道为什么，人们以为血崩而死的女鬼是居处在最黑最黑的地狱里的，——大概以为这样的死是不洁的，罪过最深。钟声，会给她们光明。而地藏菩萨是地之神，好心的菩萨，他对死于血崩的女鬼也会格外慈悲的，所以钟前供地藏菩萨，极其自然。

撞钟的是一个老和尚。相貌清癯，高长瘦削。他已经几十年不出山门了。他就住在罗汉堂里。大钟东侧靠墙，有一张矮矮的禅榻，上面有一床薄薄的蓝布棉被，这就是他的住处。白天，他随堂粥饭，洒扫庭除。半夜，起来，剔亮地藏菩萨前的油灯，就开始撞钟。

钟声是柔和的、悠远的。

"东——嗡……嗡……嗡……"

钟声的振幅是圆的。"东——嗡……嗡……嗡……"，一圈一圈地扩散开。就像投石于水，水的圆纹一圈一圈地扩散。

"东——嗡……嗡……嗡……"

钟声撞出一个圆环，一个淡金色的光圈。地狱里受难的女鬼看见光了。她们的脸上现出了欢喜。"嗡……嗡……嗡……"金色的光环暗了，暗了，暗了……又一声，"东——嗡……嗡……嗡……"又一个金色的光环。光环扩散着，一圈，又一圈……

夜半，子时，幽冥钟的钟声飞出承天寺。

"东——嗡……嗡……嗡……"

幽冥钟的钟声扩散到了千家万户。

正在酣睡的孩子醒来了，他听到了钟声。孩子向母亲的身边依偎得更紧了。

承天寺的钟，幽冥钟。

女性的钟，母亲的钟……

# 茶干

家家户户离不开酱园。开门七件事，柴米油盐酱醋茶，倒有三件和酱园有关：油、酱、醋。

连万顺是东街一家酱园。

他家的门面很好认，是个石库门。麻石门框，两扇大门包着铁皮，用奶头铁钉钉出如意云头。本地的店铺一般都是"铺闼子门"，十二块、十六块门板，晚上上在门坎的槽里，白天卸开。这样的石库门的门面不多。城北只有那么几家。一家恒泰当，一家豫丰南货店。恒泰当倒闭了，豫丰失火烧掉了。现在只剩下北市口老正大棉席店和东街连万顺酱园了。这样的店面是很神气的。尤其显眼的是两边白粉墙的两个大字。黑漆漆出来的。字高一丈，顶天立地，笔划很粗。一边是"酱"，一边是"醋"。这样大的两个字！全城再也找不出来了。白墙黑字，非常干净。没有人往墙上贴一张红纸条，上写："出卖重伤风，一看就成功"；小孩子也不在墙上写："小三子，吃狗屎"。

店堂也异常宽大。西边是柜台。东边靠墙摆了一溜豆绿色的大酒缸。酒缸高四尺，莹润光洁。这些酒缸都是密封着的。有时打开一缸，由一个徒弟用白铁唧筒把酒汲在酒坛里，酒香四溢，飘得很远。

往后是一个很大的院子，青砖铺地，整整齐齐排列着百十口大酱缸。酱缸都有个帽子一样的白铁盖子。下雨天盖上。好太阳时揭下盖子晒酱。有的酱缸当中掏出一个深洞，如一小井。原汁的酱油从井壁渗出，这就是所谓"抽油"。西边有一溜走廊，走廊尽头是一个小磨坊。一头驴子在里面磨芝麻或豆腐。靠北是三间瓦屋，是做酱菜、切萝卜干的作坊。有一台锅灶，是煮茶干用的。

从外往里，到处一看，就知道这家酱园的底子是很厚实的。——单是那百十缸酱就值不少钱！

连万顺的东家姓连。人们当面叫他连老板，背后叫他连老大。都说他善于经营，会做生意。

连老大做生意，无非是那么几条：

第一，信用好。连万顺除了做本街的生意，主要是做乡下生意。东乡和北乡的种田人上城，把船停在大淖，挂好了船绳，就直奔连万顺，打油、买酱。乡下人打油，都用一种特制的油壶，广口，高身，外面挂了酱黄色的釉，壶肩有四个"耳"，耳里拴了两条麻绳作为拎手，不多不少，一壶能装十斤豆油。他们把油壶往柜台上一放，就去办别的事情去了。等他们办完事回来，油已经打好了。油壶口用厚厚的桑皮纸封得严严的。桑皮纸上盖了一个墨印的圆印："连万顺记"。乡下人从不怀疑油的分量足不足，成色对不对。多年的老主顾了，还能有错？他们要的十斤干黄酱也都装好了。装在一个元宝形的粗篾浅筐里，筐里衬着荷叶，豆酱拍得实实的，酱面盖了几个红曲印的印记，也是圆形的。乡下人付了钱，提了油壶酱筐，道一声"得罪"，就走了。

第二，连老板为人和气。乡下的熟主顾来了，连老板必要起身招呼，小徒弟立刻倒了一杯热茶递了过来。他家柜台上随时点了一架盘香，供人就火吸烟。乡下人寄存一点东西，雨伞、扁担、箩筐、犁铧、坛坛罐罐，连老板必亲自看着小徒弟放好。有时竟把准备变卖或送人的老母鸡也寄放在这里。连老板也要看着小徒弟把鸡拎到后面廊子上，还撒了一把酒糟喂喂。这些鸡的脚爪虽被捆着，还是卧在地上高高兴兴地啄食，一直吃到有点醉醺醺的，就闭起眼睛来睡觉。

连老板对孩子也很和气。酱园和孩子是有缘的。很多人家要打一点酱油，打一点醋，往往派一个半大孩子去。妈妈盼望孩子快些长大，就说："你快长吧，长大了好给我打酱油去！"买酱菜，这是孩子乐意做的事。连万顺家的酱菜样式很齐全：萝卜头、十香菜、酱红根、糖醋蒜……什么都有。最好吃的是甜酱甘露和麒麟菜。甘露，本地叫做"螺螺菜"，极细嫩。麒麟菜是海菜，分很多叉，样子有点像画上的麒麟的角，半透明，嚼起来脆脆的。孩子买了甘露和麒麟菜，常常一边走，一边吃。

一到过年，孩子们就惦记上连万顺了。连万顺每年预备一套锣鼓家伙，供本街的孩子来敲打。家伙很齐全，大锣、小锣、鼓、水镲、碰钟，一样不缺。初一到初五，家家店铺都关着门。几个孩子敲敲石库门，小徒弟开开门，一看，都认识，说："玩去吧！"孩子们就一窝蜂奔到后面的作坊里，操起案子上的锣鼓，乒乒乓乓敲打起来。有的孩子敲打了几年，能敲出几套十番，有板有眼，像那么回事。这条街上，只有连万顺家有锣鼓。锣鼓声使东街增添了过年的气氛。敲够了，又一窝蜂走出去，各自回家吃饭。

到了元宵节，家家店铺都上灯。连万顺家除了把四张玻璃宫灯都点亮了，还有四张雕镂得很讲究的走马灯。孩子们都来看。本地有一句歇后语："乡下人不识走马灯，——又来了！"这四张灯里周而复始，往来不绝的人马车炮的灯影，使孩子百看不厌。孩子们都不是空着手来的，他们牵着兔子灯，推着绣球灯，系着马灯，灯也都是点着了的。灯里的蜡烛快点完了，连老板就会捧出一把新的蜡烛来，让孩子们点了，换上。孩子们于是各人带着换了新蜡烛的纸灯，呼啸而去。

预备锣鼓，点走马灯，给孩子们换蜡烛，这些，连老大都是当一回事的。年年如此，从无疏忽忘记的时候。这成了制度，而且简直有点宗教仪式的味道。连老大为什么要这样郑重地对待这些事呢？这为了什么目的，出于什么心理？实在令人捉摸不透。

第三，连老板很勤快。他是东家，但是不当"甩手掌柜的"。大小事他都要过过目，有时还动动手。切萝卜干、盖酱缸、打油、打醋，都有他一份。每天上午，他都坐在门口晃麻油。炒熟的芝麻磨了，是芝麻酱，得盛在一个浅缸盆里晃。所谓"晃"，是用一个紫铜锤出来的中空的圆球，圆球上接一个长长的木把，一手执把，把圆球在麻酱上轻轻的压，压着压着，油就渗出来了。酱渣子沉于盆底，麻油浮在上面。这个活很轻松，但是费时间。连老大在门口晃麻油，是因为一边晃，一边可以看看过往行人。有时有熟人进来跟他聊天，他就一边聊，一边晃，手里嘴里都不闲着，两不耽误。到了下午出茶干的时候，酱园上上下下一齐动手，连老大也算一个。

茶干是连万顺特制的一种豆腐干。豆腐出净渣，装在一个一个小蒲包里，包口扎紧，入锅，码好，投料，加上好抽油，上面用石头压实，文火煨煮。要煮很长时间。煮得了，再一块一块从麻包里倒出来。这种茶干是圆形的，周围较厚，中间较薄，周身有蒲包压出来的细纹，每一块当中还带着三个字："连万顺"，——在扎包时每一包里都放进一个小小的长方形的木牌，木牌上刻着字，木牌压在豆腐干上，字就出来了。这种茶干外皮是深紫黑色的，掰开了，里面是浅褐色的。很结实，嚼起来很有咬劲，越嚼越香，是佐茶的妙品，所以叫做"茶干"。连老大监制茶干，是很认真的。每一道工序都不许马虎。连万顺茶干的牌子闯出来了。车站、码头、茶馆、酒店都有卖的。后来竟有人专门买了到外地送人的。双黄鸭蛋、醉蟹、董糖、连万顺的茶干，凑成四色礼品，馈赠亲友，极为相宜。

连老大就是这样一个人，一个开酱园的老板，一个普普通通、正正派派的生意人，没有什么特别处。这样的人是很难写成小说的。

要说他的特别处，也有。有两点。

一是他的酒量奇大。他以酒代茶。他极少喝茶。他坐在账桌上算账的时候，面前总放一个豆绿茶碗。碗里不是茶，是酒，——一般的白酒，不是什么好酒。他算几笔，喝一口，什么也不"就"。一天老这么喝着，喝完了，就自己去打一碗。他从来没有醉的时候。

二是他说话有个口头语："的时候"。什么话都要加一个"的时候"。"我的时候"、"他的时候"、"麦子的时候"、"豆子的时候"、"猫的时候"、"狗的时候"……他说话本来就慢，加了许多"的时候"，就更慢了。如果把他说的"的时候"都删去，他每天至少要少说四分之一的字。

连万顺已经没有了。连老板也故去多年了。五六十岁的人还记得连万顺的样子，记得门口的两个大字，记得酱园内外的气味，记得连老大的声音笑貌，自然也记得连万顺的茶干。

连老大的儿子也四十多了。他在县里的副食品总店工作。有人问他："你们家的茶干，为什么不恢复起来？"他说："这得下十几种药料，现在，谁做这个！"

一个人监制的一种食品，成了一地方具有代表性的生产，真也不容易。不过，这种东西没有了，也就没有了。

# 后记

　　我现在住的地方叫做蒲黄榆。曹禺同志有一次为一点事打电话给我，顺便问起："你住的地方的地名怎么那么怪？"我搬来之前也觉得这地名很怪："捕黄鱼？——北京怎么能捕得到黄鱼呢？"后来经过考证，才知道这是一个三角地带，"蒲黄榆"是三个旧地名的缩称。"蒲"是东蒲桥，"黄"是黄土坑，"榆"是榆树村。这犹之"陕甘宁"、"晋察冀"，不知来历的，会觉得莫名其妙。我的住处在东蒲桥畔，因此把这三篇小说题为《桥边小说》，别无深意。

　　这三篇写的也还是旧题材。近来有人写文章，说我的小说开始了对传统文化的怀恋，我看后哑然。当代小说寻觅旧文化的根源，我以为这不是坏事。但我当初这样做，不是有意识的。我写旧题材，只是因为我对旧社会的生活比较熟悉，对我旧时邻里有较真切的了解和较深的感情。我也愿意写写新的生活，新的人物。但我以为小说是回忆。必须把热腾腾的生活熟悉得像童年往事一样，生活和作者的感情都经过反复沉淀，除净火气，特别是除净感伤主义，这样才能形成小说。但是我现在还不能。对于现实生活，我的感情是相当浮躁的。

　　这三篇也是短小说。《詹大胖子》和《茶干》有人物无故事，《幽冥钟》则几乎连人物也没有，只有一点感情。这样的小说打破了小说和散文的界限，简直近似随笔。结构尤其随便，想到什么写什么，想怎么写就怎么写。我这样做是有意的（也是经过苦心经营的）。我要对"小说"这个概念进行一次冲决：小说是谈生活，不是编故事；小说要真诚，不能要花招。小说当然要讲技巧，但是：修辞立其诚。

# 安乐居

安乐居是一家小饭馆，挨着安乐林。

安乐林围墙上开了个月亮门，门头砖额上刻着三个经石峪体的大字，像那么回事。走进去，只有巴掌大的一块地方，有几十棵杨树。当中种了两棵丁香花，一棵白丁香，一棵紫丁香，这就是仅有的观赏植物了。这个林是没有什么逛头的，在林子里走一圈，五分钟就够了。附近一带养鸟的爱到这里来挂鸟。他们养的都是小鸟，红子居多，也有黄雀。大个的鸟，画眉、百灵是极少的。他们不像那些以养鸟为生活中第一大事的行家，照他们的说法是"瞎玩儿"。他们不养大鸟，觉得那太费事，"是它玩我，还是我玩它呀？"把鸟一挂，他们就蹲在地下说话儿，——也有自己带个马札儿来坐着的。

这么一片小树林子，名声却不小，附近几条胡同都是依此命名。安乐林头条、安乐林二条……这个小饭馆叫做安乐居，挺合适。

安乐居不卖米饭炒菜。主食是包子、花卷。每天卖得不少，一半是附近的居民买回去的。这家饭馆其实叫个小酒铺更合适些。到这儿来的喝酒比吃饭的多。这家的酒只有一毛三分一两的。北京人喝酒，大致可以分为几个层次：喝一毛三的是一个层次，喝二锅头的是一个层次，喝红粮大曲、华灯大曲乃至衡水老白干的是一个层次，喝八大名酒是高层次，喝茅台的是最高层次。安乐居的"酒座"大都是属于一毛三层次，即最低层次的。他们有时也喝二锅头，但对二锅头颇有意见，觉得还不如一毛三的。一毛三他们喝"服"了，觉得喝起来"顺"。他们有人甚至觉得大曲的味道不能容忍。安乐居天热的时候也卖散啤酒。

酒菜不少。煮花生豆、炸花生豆。暴腌鸡子。拌粉皮。猪头肉，——单要耳朵也成，都是熟人了！猪蹄，偶有猪尾巴，一忽的工夫就卖完了。也有时卖烧鸡、酱鸭，切块。最受欢迎的是兔头。一个酱兔头，三四毛钱，至大也就是五毛多钱，喝二两酒，够了。——这还是一年多以前的事，现在如果还有兔头也该涨价了。这些酒客们吃兔头是有一定章法的，先掰哪儿，后掰哪儿，最后磕开脑绷骨，把兔脑掏出来吃掉。没有抓起来乱啃的，吃得非常干净，连一丝肉都不剩。安乐居每年卖出的兔头真不老少。这个小饭馆大可另挂一块招牌："兔头酒家"。

酒客进门，都有准时候。

头一个进来的总是老吕。安乐居十点半开门。一开门，老吕就进来。他总是坐在靠窗户一张桌子的东头的座位。一年三百六十五天，天天如此。这成了他的专座。他不是像一般人似的"垂足而坐"，而是一条腿盘着，一条腿曲着，像老太太坐炕似的踞坐在一张方凳上，——脱了鞋。他不喝安乐居的一毛三，总是自己带了酒来，用一个扁长的瓶子，一瓶子装三两。酒杯也是自备的。他是喝慢酒的，三两酒从十点半一直喝到十二点差一刻："我喝不来急酒。有人结婚，他们闹酒，我就一口也不喝，——回家自己再喝！"一边喝酒，吃兔头，一边不住地抽关东烟。他的烟袋如果丢了，有人捡到一定会送还给他的。谁都认得：这是老吕的。白铜锅儿，白铜嘴儿，紫铜杆儿。他抽烟也抽得慢条斯理的，从不大口猛吸。这人整个儿是个慢性子。说话也慢。他也爱说话，但是他说一个什么事都只是客观地叙述，不大掺加自己的意见，不动感情。一块喝酒的买了兔头，常要发一点感慨："那会儿，兔头，五分钱一个，还带俩耳朵！"老吕说："那是多会儿？——说那个，没用！有兔头，就不错。"西头有一家姓屠的，一家子都很浑愣，爱打架。屠老头儿到永春饭馆去喝酒，和服务员吵起来了，伸手就揪人家脖领子。服务员一胳臂把他搡开了。他憋了一肚子气。回去跟儿子一说。他儿子二话没说，捡了块砖头，到了永春，一砖头就把服务员脑袋开了！结果：儿子抓进去了，屠老头还得负责人家的医药费。这件事老吕亲眼目睹。一块喝酒的问起，他详详细细叙述了全过程。坐在他对面的老聂听了，说：

"该！"

坐在里面犄角的老王说：

"这是什么买卖！"

老吕只是很平静地说："这回大概得老实两天。"

老吕在小红门一家木材厂下夜看门。每天骑车去，路上得走四十分钟。他想往近处挪挪，没有合适的地方，他说："算了！远就远点吧。"

他在木材厂喂了一条狗。他每天来喝酒，都带了一个塑料口袋，安乐居的顾客有吃剩的包子皮，碎骨头，他都捡起来，给狗带去。

头几天，有人要给他说一个后老伴，——他原先的老伴死了有二年多了。这事他的酒友都知道，知道他已经考虑了几天了，问起他："成了吗？"老吕说："——不说了。"他说的时候神情很轻松，好像解决了一个什么难题。他的酒友也替他感到轻松。他们几乎异口同声地说：

"不说了？——不说了好！添乱！"

老吕于是慢慢地喝酒，慢慢地抽烟。

比老吕稍晚进店的是老聂。老聂总是坐在老吕的对面。老聂有个小毛病，说话爱眨巴眼。凡是说话爱眨眼的人，脾气都比较急。他喝酒也

294

快，不像老吕一口一口地抿。老聂每次喝一两半酒，多一口也不喝。有人强往他酒碗里倒一点，他拿起酒碗就倒在地下。他来了，搁了一个小提包，转身骑车就去"奔"酒菜去了。他"奔"来的酒菜大都是羊肝、沙肝。这是为他的猫"奔"的，——他当然也吃点。他喂着一只小猫。"这猫可仁义！我一回去，它就在你身上蹭——蹭！"他爱吃豆制品。熏干、鸡腿、麻辣丝……小葱下来的时候，他常常用铝饭盒装来一些小葱拌豆腐。有一回他装来整整两饭盒腌香椿。"来吧！"他招呼全店酒友。"你哪来这么多香椿？——这得不少钱！"——"没花钱！乡下的亲家带来的。我们家没人爱吃。"于是酒友们一人抓了一撮。剩下的，他都给了老吕。"吃完了，给我把饭盒带来！"一口把余酒喝净，退了杯，"回见！"出门上车，吱溜——没影儿了。

老聂原是做小买卖的。他在天津三不管卖过相当长时期炒肝。现在退休在家。电话局看中他家所在的"点"，想在他家安公用电话。他嫌钱少，麻烦。挨着他家的汽水厂工会愿意每月贴给他三十块钱，把厂里职工的电话包了。他还在犹豫。酒友们给他参谋："行了！电话局每月给钱，汽水厂三十，加上传电话、送电话，不少！坐在家里拿钱，哪儿找这么好的事去！"他一想：也是！

老聂的日子比过去"滋润"了，但是他每顿还是只喝一两半酒，多一口也不喝。

画家来了。画家风度翩翩，梳着长长的背发，永远一丝不乱。衣着入时而且合体。春秋天人造革猎服，冬天羽绒服。——他从来不戴帽子。这样的一表人材，安乐居少见。他在文化馆工作，算个知识分子，但对人很客气，彬彬有礼。他这喝酒真是别具一格：二两酒，一扬脖子，一口气，下去了。这种喝法，叫做"大车酒"，过去赶大车的这么喝。西直门外还管这叫"骆驼酒"，赶骆驼的这么喝。文墨人，这样喝法的，少有。他和老王过去是街坊。喝了酒，总要走过去说几句话。"我给您添点儿？"老王摆摆手，画家直起身来，向在座的酒友又都点了点头，走了。

我问过老王和老聂："他的画怎么样？"

"没见过。"

上海老头来了。上海老头久住北京，但是口音未变。他的话很特别，在地道的上海话里往往掺杂一些北京语汇："没门儿！"、"敢情！"甚至用一些北京的歇后语："那末好！武大郎盘杠子——上下够不着！"他把这些北京语汇、歇后语一律上海话化了，北京字眼，上海语音，挺绝。上海老头家里挺不错，但是他爱在外面逛，在小酒馆喝酒。

"外面吃酒，——香！"

他从提包里摸出一个小饭盒，里面有一双截短了的筷子、多半块熏鱼、几只油爆虾、两块豆腐干。要了一两酒，用手纸擦擦筷子，吸了一口酒。

"您大概又是在别处已经喝了吧？"

"啊！我们吃酒格人，好比天上飞格一只鸟（读如"屌"），格小酒馆，好比地上一棵树。鸟飞在天上，看到树，总要落一落格。"如此妙喻，我未之前闻，真是长了见识！

这只鸟喝完酒，收好筷子，盖好小饭盒，拎起提包，要飞了：

"晏歇会！——明儿见！"

他走了，老王问我："他说什么？喝酒的都是屌？"

安乐居喝酒的都很有节制，很少有人喝过量的。也喝得很斯文，没有喝了酒胡咧咧的。只有一个人例外。这人是个瘸子，左腿短一截，走路时左脚跟着不了地，一晃一晃的。他自己说他原来是"勤行"——厨子，煎炒烹炸，南甜北咸，东辣西酸。说他能用两个鸡蛋打三碗汤，鸡蛋都得成片儿！但我没有再听到他还有什么特别的手艺，好像他的绝技只是两个鸡蛋打三碗汤。以这样的手艺自豪，至多也只能是一个"二荤铺"的"二把刀"。——"二荤铺"不卖鸡鸭鱼，什么菜都只是"肉上找"，——炒肉丝、熘肉片、扒肉条……。他现在在汽水厂当杂工，每天蹬平板三轮出去送汽水。这辆平板归他用，他就半公半私地拉一点生意。口袋里一有钱，就喝。外边喝了，回家还喝；家里喝了，外面还喝。有一回喝醉了，摔在黄土坑胡同口，脑袋碰在一块石头上，流了好些血。过两天，又来喝了。我问他："听说你摔了？"他把后脑勺伸过来，挺大一个口子。"唔！唔！"他不觉得这有什么丢脸，好像还挺光彩。他老婆早上在马路上扫街，挺好看的。有两个金牙，白天穿得挺讲究，色儿都是时兴的，走起路来扭腰拧胯，咳，挺是样儿。安乐居的熟人都替她惋惜："怎么嫁了这么个主儿！——她对瘸子还挺好！"有一回瘸子刚要了一两酒，他媳妇赶到安乐居来了，夺过他的酒碗，顺手就泼在了地上："走！"拽住瘸子就往外走，回头向喝酒的熟人解释："他在家里喝了三两了，出来又喝！"瘸子也不生气，也不发作，也不觉有什么难堪，乖乖地一摇一晃地家去了。

瘸子喝酒爱说。老是那一套，没人听他的。他一个人说。前言不搭后语，当中夹杂了很多"唔唔唔"：

"……宝三，宝善林，唔唔唔，知道吗？宝三摔跤，唔唔唔。宝三的跤场在哪儿？知道吗？唔唔唔。大金牙、小金牙，唔唔唔。侯宝林。侯宝林是云里飞的徒弟，唔唔唔。《逍遥律》，'欺寡人'——'七挂人'，唔唔唔。干嘛老是'七挂人'？'七挂人'唔唔唔。天津人讲话：'嘛事你啦？'唔唔唔。二娃子，你可不咋着！唔唔唔……"

喝酒的对他这一套已经听惯了，他爱说让他说去吧！只有老聂有时给他两句：

"老是那一套，你贫不贫？有新鲜的没有？你对天桥熟，天桥四大名山，你知道吗？"

瘸子爱管闲事。有一回，在李村胡同里，一个市容检查员要罚一个卖花盆的款，他插进去了："你干嘛罚他？他一个卖花盆的，又不脏，又没有气味，'污染'，他'污染'什么啦？罚了款，你们好多拿奖金？你想钱想疯了！卖花盆的，大老远地推一车花盆，不容易！"他对卖花盆的说："你走，有什么话叫他朝我说！"很奇怪，他跟人辩理的时候话说得很明快，也没有那么多"唔唔唔"。

第二天，有人问起，他又把这档事从头至尾学说了一遍，有声有色。

老聂说："瘸子，你这回算办了件人事！"

"我净办人事！"

喝了几口酒，又来了他那一套：

"宝三，宝善林，知道吗？唔唔唔……"

老吕、老聂都说："又来了！这人，不经夸！"

"四大名山？"我问老王，"天桥哪儿有个四大名山？"

"咳！四块石头。永定门外头过去有那么一座小桥，——后来拆了。桥头一边有两块石头，这就叫'四大名山'。你要问老人们，这永定门一带景致多哩！这会儿都没有人知道了。"

老王养鸟，红子。他每天沿天坛根遛早，一手提一只鸟笼，有时还架着一只。他把架棍插在后脖领里。吃完早点，把鸟挂在安乐林，聊会天，大约十点三刻，到安乐居。他总是坐在把角靠墙的座位。把鸟笼放好，架棍插在老地方，打酒。除了有兔头，他一般不吃荤菜，或带一条黄瓜，或一个西红柿、一个橘子、一个苹果。老王话不多，但是有时打开话匣子，也能聊一气。

我跟他聊了几回，知道他原先是扛包的。

"我们这一行，不在三百六十行之内。三百六十行，没这一行！"

"你们这一行没有祖师爷？"

"没有！"

"有没有传授？"

"没有！不像给人搬家的，躺箱、立柜、八仙桌、桌子上还常带着茶壶茶碗自鸣钟，扛起来就走，不带磕着碰着一点的，那叫技术！我们这一行，有力气就行！"

"都扛什么？"

"什么都扛，主要是粮食。顶不好扛的是盐包，——包硬，支支楞楞的，硌。不随体。扛起来不得劲儿。扛包，扛个几天就会了。要说窍门，也有。一包粮食，一百多斤，搁在肩膀上，先得颤两下。一颤，哎，包跟人就合了槽了，合适了！扛熟了的，也能换换样儿。跟递包的一说：'您跟我立一个！'哎，立一个！"

"竖着扛？"

"竖着扛。您给我'搭'一个！"

"斜搭着？"

"斜搭着。"

"你们哪会拿工资？计件？"

"不拿工资，也不是计件。有把头——"

"把头，把头不是都是坏人吗？封建把头嘛！"

"也不是！他自己也扛，扛得少点，把头接了一批活：'哥几个！就这一堆活，多会扛完了多会算。'每天晚半晌，先生结账，该多少多少钱。都一样。有临时有点事的，觉得身上不大合适，半路地儿要走，您走！这一天没您的钱。"

"能混饱了？"

"能！那会吃得多！早晨起来，半斤猪头肉，一斤烙饼。中午，一样。每天每。晚半晌吃得少点。半斤饼，喝点稀的，喝一口酒。齐啦。——就怕下雨。赶上连阴天，惨啰：没活儿。怎么办呢，拿着面口袋，到一家熟粮店去：'掌柜的！''来啦！几斤？'告诉他几斤几斤，'接着！'没的说。赶天好了，拿了钱，赶紧给人家送回去。为人在世，讲信用：家里揭不开锅的时候，少！……

"……三年自然灾害，可把我饿惨了。浑身都膀了。两条腿，棉花条。别说一百多斤，十来多斤，我也扛不动。我们家还有一辆自行车，凤凰牌，九成新。我妈跟我爸说：'卖了吧，给孩子来一顿！'丰泽园！我叫了三个扒肉条，喝了半斤酒，开了十五个馒头，——馒头二两一个，三斤！我妈直害怕：'别把杂种操的撑死了哇！'……"

"您现在每天还能吃……？"

"一斤粮食。"

"退休了？"

"早退了！——后来我们归了集体。干我们这行的，四十五就退休，没过四十五的。现在打包的也没有了，都改了传送带。"

老王现在每天夜晚在一个幼儿园看门。

"没事儿！扫扫院子，归置归置，下水道不通了，——通通！活动活动。老呆着干嘛呀，又没病！"

老王走道低着脑袋，上身微微往前倾，两腿叉得很开，步子慢而稳，还看得出有当年扛包的痕迹。

这天，安乐居来了三个小伙子：长头发，小胡子、大花衬衫、苹果牌牛仔裤、尖头高跟大盖鞋，变色眼镜。进门一看："嗨，有兔头！"——他们是冲着兔头来的。这三位要了十个兔头、三个猪蹄、一只鸭子、三盘包子，自己带来八瓶青岛啤酒，一边抽着"万宝乐"，一

300

边吃喝起来。安乐林喝酒的老酒座都瞟了他们一眼。三位吃喝了一阵，把筷子一挥，走了。都骑的是亚马哈。嘟嘟嘟……桌子上一堆碎骨头、咬了一口的包子皮，还有一盘没动过的包子。

老王看着那盘包子，撇了撇嘴："这是什么买卖！"

这是老王的口头语。凡是他不以为然的事，就说"这是什么买卖！"

老王有两个鸟友，也是酒友。都是老街坊，原先在一个院里住。这二位现在都够万元户。

一个是佟秀轩，是裱字画的。按时下的价目，裱一个单条：14～16元。他每天总可以裱个五六幅。这二年，家家都又愿意挂两条字画了。尤其是退休老干部。他们收藏"时贤"字画，自己也爱写、爱画。写了、画了，还自己掏钱裱了送人。因此，佟秀轩应接不暇。他收了两个徒弟。托纸、上板、揭画，都是徒弟的事。他就管管配绫子，装轴。他每天早上遛鸟。遛完了，如果活儿忙，就把鸟挂在安乐林，请熟人看着，回家刷两刷子。到了十一点多钟，到安乐林摘了鸟笼子，到安乐居。他来了，往往要带一点家制的酒菜：炖吊子、烩鸭血、拌肚丝儿……佟秀轩穿得很整洁，尤其是脚下的两只鞋。他总是穿礼服呢花旗底的单鞋，圆口的、或是双脸皮梁靸鞋。这种鞋只有右安门一家高台阶的个体户能做。这个个体户原来是内联升的师傅。

另一个是白薯大爷。他姓白，卖烤白薯。卖白薯的总有些邋遢，煤呀火呀的。白薯大爷出奇的干净。他个头很高大，两只圆圆的大眼睛，顾盼有神。他腰板绷直，甚至微微有点后仰，精神！蓝上衣，白套袖，腰系一条黑人造革的围裙，往白薯炉子后面一站，嘿！有个样儿！就说他的精神劲儿，让人相信他烤出来的白薯必定是栗子味儿的。白薯大爷卖烤白薯只卖一上午。天一亮，把白薯车子推出来，把鸟——红子，往安乐林一挂，自有熟人看着，他去卖他的白薯。到了十二点，收摊。想要吃白薯，明儿见啦您哪！摘了鸟笼，往安乐居。他喝酒不多。吃菜！他没有一颗牙了，上下牙床子光光的，但是什么都能吃，——除了铁蚕豆，吃什么都香。"烧鸡烂不烂？"——"烂！""来一只！"他买了一只鸡，撕巴撕巴，给老王来一块脯子，给酒友们让让："您来块？"别人都谢了，他一人把一只烧鸡一会的工夫全开了。"不赖，烂！"把鸡架子包起来，带回去熬白菜。"回见！"

　　这天，老王来了，坐着，桌上搁一瓶五星牌二锅头，看样子在等人。一会儿，佟秀轩来了，提着一瓶汾酒。

　　"走啊！"

　　"走！"

　　我问他们："不在这儿喝了？"

　　"白薯大爷请我们上他家去，来一顿！"

　　第二天，老王来了，我问：

　　"昨儿白薯大爷请你们吃什么好的了？"

　　"荞面条！——自己家里擀的。青椒！蒜！"

　　老吕、老聂一听：

　　"嘿！"

　　安乐居已经没有了。房子翻盖过了。现在那儿是一个什么贸易中心。

# 樟柳神

（出《夜雨秋灯录》）

　　张大眼是个催租隶。这天，把租催齐了，要进城去完秋赋。这时正是秋老虎天气，为了赶早凉，起了个五更。懵懵懂懂，行了一气，到了一处，叫做秋稼湾，太阳上来了，张大眼觉得热起来。看了看，路旁有一户人家，茅草屋，门关着。看样子，这家主人还在酣睡未起。门外搭着个豆花棚，为的是遮阴。豆花棚耷拉过来，接上了几棵半大柳树，下面有一条石凳，干干净净的。一摸，潮乎乎的，露水还没干，掏出条手巾来擦了擦。

　　"歇会儿啵！"

　　张大眼心想：这会儿城门刚开，进城的，出城的，人多。等乱劲儿过去了，再说。好在离城也不远了。

　　"抽袋烟！"

　　嚓嚓嚓，打亮火石，点着火绒，咝——吸了一口，"�，好烟！"

　　张大眼正在品烟，听到有唱歌的声音。声音挺细，跟一只小秋蝈蝈似的。听听，唱的是什么？

　　　　郎在东来妾在西，

　　　　少小两个不相离。

自从接了媒红订，

　　朝朝相遇把头低。

　　低头莫碰豆花架，

　　一碰露水湿郎衣。


　　唔？

　　张大眼听得真真的，有腔有字。是怎么回事？

　　张大眼四处这么一找：是一个小小婴儿，两寸来长，眉清目秀，唇红齿白。穿一个红兜兜，光着屁股，笑嘻嘻的。在豆花穗上一趔一趔的跳。张大眼再一看，原来这小人的颈子上拴着一根头发丝，头发丝扣在豆花棚缝里的芦苇秆上，他跑不了，只能一趔一趔的跳。张大眼心想：这是个樟柳神！他看看路边的茅屋：一定有个会法术的人在屋里睡觉，昨天晚上把樟柳神拴在这儿，让他吃露水。张大眼听说过樟柳神，这一定就是！他听说过，樟柳神能未卜先知，有什么事将要发生，他早就料到。捉住他，可以消灾免祸。于是张大眼掐断了头发丝，把樟柳神藏在袖子里，让他在手腕上呆着。

　　樟柳神不肯老实呆着，老是一蹦一蹦的。张大眼就把他取出来，放在斗笠里，戴在头上。这一下，樟柳神安生了，不蹦了，只是小声地说话：


　　张大眼，

　　好大胆，

　　捉住咱，

　　一千铜钱三十板。


　　张大眼想：这才是没影子的事！钱粮如数催齐，我身无过犯，会挨

304

三十板？不理他！他把斗笠按了按，低着头噜噜噜噜往回走。

不想刚进城，听得一声大喝：

"拿下！"

张大眼瞪着两只大眼。

原来这天是初一，县官王老爷出城到东岳庙行香。张大眼早晨起早了，懵里懵懂，一头撞在喝道的锣夫的身上，把锣夫撞了个仰八叉，哐当一声，锣也甩出去老远。王老爷推开轿帘，问道："什么人？"衙役们七手八脚把张大眼摁倒在地。张大眼不知道咋的，一句话也回不出来，只是不停地喘气，大汗珠子直往下掉。"看他神色慌张，必定不是好人！来！打他三十板！"衙役褪下张大眼的裤子，张大眼趴在大街上，哈哈大笑。"你笑什么？打你屁股，你不怕疼，还笑？"张大眼说："我早知道今天要挨三十个板子。"——"你怎么知道？"张大眼于是把他怎么催租，怎么路过秋稼湾，怎么在豆花棚上看到一个樟柳神，樟柳神是怎么怎么说的，一五一十，说了个备细。

"你有樟柳神？"

"有。"

"呈上来！"

县太爷把樟柳神放在轿子里的伏手板上，樟柳神直跟他点头招手，笑嘻嘻的。

"樟柳神归我了。来，赏他——你叫什么？"

"张大眼。"

"赏张大眼一千铜钱！"

"禀老爷，樟柳神爱在斗笠里呆着。"

"那成，我让他呆在我的红缨大帽里！——起轿！"

"喳！"

王老爷得了樟柳神，心想：这可好了，我以后审案子，不管多么疑难，只要问他，是非曲直，一问便知。我一向有些糊涂，从今以后，清如水，明如镜，这锦绣前程么，是稳拿把掐的了！

于是每次升堂，都在大帽里藏着樟柳神，不想樟柳神一声不言语。

王老爷退堂，问樟柳神：

"你怎么不说话？"

樟柳神说：

　　老爷去审案，

　　按律秉公断。

　　问我，

　　要你做什么？——吃饭？

当县官的，最关心的是官场的浮沉升降，乃至变法维新，国家大事。王老爷对自己的进退行止，拿不定主意，就请问樟柳神。樟柳神说：

　　大事我了然，

　　就是不说破。

　　问我为什么，

　　我也怕惹祸。

"你是神，你还怕惹祸？"

"瞧你说的，神就不怕惹祸？神有神的难处。"

樟柳神倒也不闲着，随时向王老爷报一些事。

一早起来，说：

清早起来雾漫漫，

黑鸡下了个白鸡蛋。

到了前半晌，说：

黄牛角，

水牛角，

牛打架，

角碰角。

快到中午了，说：

一个面铺面冲南，

三个老头来吃面。

一个老头吃半斤，

三个老头吃斤半。

到了夜晚，王老爷困得不得了，摘下了大帽，歪靠在榻上，迷迷糊糊地睡着了。听见樟柳神在大帽里又蹦又唱：

唧唧唧，啾啾啾，

老鼠来偷油。

乒乒乓乓——噗，

吱溜！

王老爷一激灵，醒了。

"乒乒乓乓？"

"猫来了，猫追老鼠。"

"噗？"

"猫追老鼠，碰倒了油瓶，噗！"

"吱溜？"

"老鼠跑了。"

樟柳神老是在王老爷耳朵根底下说这些没盐少醋的淡话，没完没了。弄得王老爷实在烦得不行，就从大帽下面把他捏出来，摔到窗外。

不想，一会儿就又听到帽子地下一趔一趔地蹦，王老爷掀开大帽：

"你怎么又回来了？"

"请神容易送神难！"

"你是不是要跟着我一辈子？"

"那没错！"

## 附记

宣鼎，号瘦梅，安徽天长人，生活于同光之间。曾在我的故乡高邮住过，在北市口开一家书铺。我的祖父曾收得他的一幅靠山。《夜雨秋灯录》是他的主要的笔记小说。也许因为他是高邮隔湖临县的文人，又在高邮住过，所以高邮不少人看过他的这本书。《夜雨秋灯录》的思想平庸，文笔也很酸腐。只有这篇《樟柳神》却很可贵，樟柳神唱的小曲尤其清新有韵致，于是想起把这篇东西用语体文重新写一遍。前面一部分基本上是按原文翻译，结尾则以己意改作。这样的改变可能使意思过于浅露，少蕴藉了。

# 小姨娘

　　小姨娘章叔芳是我的继母的异母妹妹。她比我才大两岁。我们是同学，在同一所初中读书。她比我高一班。她读初三，我读初二。那年她十六岁，我十四。但是在家里我还是叫她小姨娘。

　　章家是乡下财主。他们原来在章家庄住。章家庄是一个很大的庄子。庄里有好几户靠田产致富的财主，章家在庄里是首户。后来外公在城里南门盖了一所房子，就搬到城里来了。章老头脾气很"藏"，除了几家至亲（也都是他那样的乡下财主），跟谁也不来往。他和城里的上代做过官，有功名的世家绅士不通庆吊。他说："我不巴结他们！"地方上有关公益的事情，修桥铺路、施药、开粥厂……他一毛不拔，不出一个钱。因此得了一个外号："章臭屎"。

　　章家的房子很朴实，没有什么亭台楼阁，但是很轩敞豁亮。砖瓦木料都是全新的。外公奉行朱柏庐治家格言："黎明即起，洒扫庭院，要内外整洁。"他虽然不亲自洒扫，但要督促佣人。他的大厅上的箩底方砖上连一根草屑也没有。桌椅只是红木的（不是"海梅"、紫檀），但是每天抹拭，定期搽核桃油，光可鉴人。榫头稍有活动，立刻雇工修理。

章家没有花园，却有一座桑园，种的都是湖桑。又不养蚕，种那么多桑树干什么？大厅前面天井里的石条上却摆了十几盆橙子。橙子在我们那不多见。橙子结得很好，下雪天还黄橙橙的挂在枝头，叶子不落，碧绿的。

章家家规很严，我从来没有见外公笑过。他们家的人都不会喝酒。老头子生日、姑奶奶归宁，逢年过节，摆席请客，给客人预备高粱酒，——其实只有我父亲一个人喝，他们自己家的人只喝糯米做的甜酒。席上没有人划拳碰杯，宴后也没有人撒酒疯。家里不许赌钱。过年准许赌五天，但也限于掷骰子赶老羊，不许打麻将，更不许推牌九。在这个家里听不到有人大声说笑，说话声音都很低，整天都是静悄悄的。

章家人都很爱干净，勤理发，勤洗澡，勤换衣裳，什么时候都是精神饱满，容光焕发。章家的人都长得很漂亮。二舅舅、三舅舅都可称为美男子。章老头只是一张圆圆的脸，身体很健壮，外婆也不见得太好看，生的儿女却都那么出众，有点奇怪。

我们初中有两个公认为最好看的女生。一个是胡增淑，一个是章叔芳。胡增淑长得很性感，她走路爱眯着眼，扭腰，袅袅婷婷，真是"烟视媚行"。她深知自己长得好看，从镜子面前经过，反光的玻璃面前，总要放慢脚步，看看自己。章叔芳和胡增淑是两种类型。她长得很挺直，头发剪得短短的，有点像男孩子。眼睛很大，很黑，闪烁有光。她听人说话都是平视。有时眨两下眼睛，表示"哦，是这样！"或"是吗？是这样吗？"她眉宇间有一股英气，甚至流露一点野性，但不细看是看不出来的，她给人的印象还是很文静，很秀雅的。

她不知为什么会爱上了宗毓琳。

宗毓琳和他的弟弟宗毓珂都和我同班。宗家原是这个县的人，宗毓琳的父亲后来到了上海，在法租界巡捕房当了"包打听"——低级的侦探。包打听都在青红帮，否则怎么在上海混？不知道为什么宗家要把两个儿子送回家乡来读初中，可能是为了可以省一点费用。

和章叔芳同班有一个同学叫王霈。王霈的父亲是个吟诗写字的名士，他家的房子很雅致。进门是一个大花园，有一片竹子。王霈的父亲在竹丛当中盖了一个方厅——四方的厅，像一个有门有窗的大亭子。这本是王诗人宴客听雨的地方。近年诗人老去，雅兴渐减，就把方厅锁了起来，空着。宗家经人介绍，把方厅租了下来，宗家兄弟就住在方厅里。

宗家兄弟也只是初中生，不见得有特别处。他们是在上海长大的，说话有一点上海口音，但还是本地话，因为这位包打听的家里说的还是江北话。他们的言谈举止有点上海的洋气，不像本地学生那样土。衣著倒也是布料的，但是因为是宁波裁缝做的，式样较新。颜色也不只是竹布的、蓝布的，而是糙米色的、铁灰色的。宗毓珂的乒乓球打得很好，是全校的绝对冠军。宗毓琳会写散文小说，摹仿谢冰心、朱自清、张资平、郁达夫。这在我们那个初中里倒是从来没有的。我们只会写"作文"。我们的初中有一个《初中壁报》，是学生自治会办的。每期的壁报刊头都是我画的。《壁报》是这个初中的才子的园地，大家都要看的。宗毓琳每期都在《壁报》上发表作品（抄在稿纸上，贴在一块黑板上）。宗毓琳中等身材，相貌并不太出众，有点卷发，涂了"司丹康"，显得颇为英俊。

小姨娘就为这些爱了他?

小姨娘第一次到宗毓琳住的方厅，是为了去借书，——宗毓琳有不少"新文学"的书，是由小舅舅章鹤鸣陪着去的，章鹤鸣和我同班、同岁。

第二次，是去还书。这天她和宗毓琳就发生了关系。章叔芳主动，她两下就脱了浑身衣服。两人都没有任何经验。他们的那点知识都是从《西厢记·佳期》、《红楼梦·贾宝玉初试云雨情》得来的。初试云雨，紧张慌乱。宗毓琳不停地发抖，浑身出汗。倒是章叔芳因为比宗毓琳大一岁，懂事较早，使宗毓琳渐渐安定，才能成事。从此以后，章叔芳三天两头就去宗毓琳住的方厅。少男少女，情色相当，哼哼唧唧，美妙非常。他们在屋里欢会的时候，章鹤鸣和宗毓珂就在竹丛中下象棋，给他们望风。他们的事有些同学知道了。因为王霈的同学常到王霈家去玩，怎么能会看不出蛛丝马迹？同学们见章鹤鸣和宗毓珂在外面下象棋，就知道章叔芳和宗毓琳在里面"画地图"——他们做了"坏事"，总会在被单上留下斑渍的。

没有不透风的墙。小姨娘的事终于传到外公的耳朵里。王霈的未婚妻童苓湘和章叔芳同班。童苓湘是我的大舅妈的表妹。童苓湘把章叔芳的事和表姐谈了。大舅妈不敢不告诉婆婆。外婆不敢不告诉外公。外公听了，暴跳如雷。他先把小舅舅鹤鸣叫来，着着实实打了二十界方，小舅舅什么都说了。

外公把小姨娘揪着耳朵拉到大厅上，叫她罚跪。

伤风败俗，丢人现眼……！

才十六岁……！一个"包打听"的儿子……！

章老头抓起一个祖传的霁红大胆瓶，叭嚓一下，摔得粉碎。

全家上下，鸦雀无声。大舅舅的小女儿三三也都吓得趴在大舅妈的怀里不敢动。

小姨娘直挺挺地跪在大厅里，不哭，不流一滴眼泪，眼睛很黑，很大。

跪了一个多小时。

后来是二嫂子——我的二舅妈拉她起来，扶她到她的屋里。

二舅妈是丹阳人。丹阳是介乎江南和江北之间的地方。她是在上海商业专科学校和二舅舅恋爱，结了婚到本县来的。——我的外公对儿子的前途有他的独特的设想，不叫他们上大学，二舅、三舅都是读的商专。二舅妈是一个典型的古典美人，瓜子脸、一双凤眼，肩削而腰细。她因为和二舅舅热恋，不顾一切，离乡背井，嫁到一个苏北小县的地主家庭来，真是要有一点勇气。她嫁过来已经一年多，但是全家都还把她当做新娘子，当做客人，对她很客气。但是她很寂寞。她在本县没有亲戚，没有同学，也没有朋友，而且和章家人语言上也有隔阂，没有什么可以说说话的人。丈夫——我的二舅舅在县银行工作，早出晚归。只有二舅舅回来，她才有说有笑（他们说的是掺杂了上海话、丹阳话和本地话的混合语言）。二舅舅上班，二舅妈就只有看看小说，写写小字——临《灵飞经》。她爱吹箫，但是在这个空气严肃的家庭里——整天静悄悄的，吹箫，似乎不大合适，她带来的一枝从小吹惯的玉屏洞箫，就一直挂在壁上。她是寂寞的。但是这种寂寞又似乎是她所喜欢的。有时章叔芳到她屋里来，陪她谈谈，姑嫂二人，推心置腹，无话不谈。她是自由恋爱结婚的，对小姑子的行为是同情的，理解的，虽然也觉得她太年轻，过于任性。

二嫂子为什么敢于把章叔芳拉起来，扶到自己屋里？因为她知道公爹奈何不得，他不能冲到儿媳妇的屋里去。

章老头在外面跳脚大骂：

"你给我滚出去！滚！敢回来，我打断你的腿！"

老头气得搬了一把竹椅在桑园里一个人坐着，晚饭也不吃。

章叔芳拣了几件衣裳，打了个包揪往外走。外婆塞给她一包她攒下的私房钱，二舅妈把手上戴的一对金镯子抹下来给了她。全家送她。她给妈磕了一个头，对全家大小深深地鞠了三个躬，开了大门。门外已经雇好了一辆黄包车等着，她一脚跨上车，头也不回，走了。

第二天她和宗毓琳就买了船票，回上海。

到上海后给二嫂子来过一封信，以后就再没有消息。

初中的女同学都说章叔芳很大胆，很倔强，很浪漫主义。

过了两年，章老头生病死了，——亲戚们议论，说是叫章叔芳气死的，二哥写信叫她回来看看，说妈很想她。

她回来了，抱着一个孩子。

她对着父亲的灵柩磕了三个头。没哭。

她在娘家住了三个月，住的还是她以前住的房，睡的是她以前睡的床。

我再看见她时她抱了个一岁多的孩子在大厅里打麻将。章老头死后，章家开始打麻将了。二哥、大嫂子，还有一个表婶。她胖了。人还是很漂亮。穿得很时髦，但是有点俗气。看她抱着孩子很熟练地摸牌，很灵巧地把牌打出去，完全像一个包打听人家的媳妇。她的大胆、倔强、浪漫主义全都没有一点影子了。

章家人很精明，他们在新四军快要解放我们家乡的前一年，把全部田产都卖了，全家到南洋去做了生意。因此他们人没有受罪，家产没有损失。听说在南洋很发财。——二舅舅、三舅舅都是学的商业专科学校，懂得做生意。

他们是否把章叔芳也接到南洋去了呢？没听说。

胡增淑后来在南京读了师范，嫁了一个飞行员。飞行员摔死了，她成了寡妇。有同学在重庆见到她，打扮得花枝招展，还挺媚。后来不知怎么样了。

# 水蛇腰

　　崔兰是个水蛇腰。腰细，长，软。走起路来扭扭的。很多人爱看她走路。路上行人，尤其是那些男教员。看过来，看过去，眼睛很馋。崔兰并不知道有人看她。她只是自自然然地走。崔兰还小，才读小学五年级，虽然发育得比较快，对于许多事还有点朦朦的，感觉并不大懂。她还不知道卖弄风情，逗引男人。

　　崔兰结婚早。未免过早一点，高小毕业就结婚了。在这所六年级制的小学里，也许她是结婚最早的一个。嫁的是朱家，朱家的少爷。朱家是很阔的人家，开面粉厂。这个地方把面粉叫"洋面"，这个面粉厂叫"洋面厂"。崔兰嫁的是洋面厂的小老板。崔兰怎么会嫁到朱家去的呢？

　　崔兰的父亲是洋面厂的账房先生，崔兰常给她父亲到洋面厂去送饭(崔兰的母亲死得早，家里许多事得她管)，朱家的少爷一眼看上了崔兰，托人说媒，非崔兰不娶。崔兰的父亲自然没有意见，崔兰只说了两句话："我还小哩。……他们家太阔了！"事情就定了。

　　结婚三朝，正是阴历七月十五，"迎会"(赛城隍)的日子。这个地方每年七月十五"出会"。近晌午时把城隍老爷的"大驾"从庙里请出来，在主要街道上"巡"一"巡"，到"行宫"里休息，下午再"回銮"。这是一年里最隆重而热闹的日子。大锣大鼓，丝竹齐奏。踩高跷，舞狮子，舞龙，舞"大头和尚"(月明和尚度柳翠)。高跷有"火烧向大人"(向大人即清末征太平天国的名将向荣)。柳枝腔"小上坟"贾大老爷用一个夜壶喝酒……茶担子、花担子，倾城出动，鞭花訇鸣，各种果品，各种鲜花，填街满巷，吟叶百端……

朱家的少爷带着新娘子去"看会"，手拉手。从搅军楼(洋面厂的所在)一直走到中市口(全城最繁华处)。新婚夫妻在大街上，在那么多人面前手搀手地走，那样亲热，很多"老古板"看不惯。

他们的衣装打扮也是这城里的人没有见过的。朱家少爷穿了一件月白香云纱长衫，上面却罩了一个插了玫瑰红韭菜叶边的黑缎子小马甲。马甲插边，还是玫瑰红的，男不男，女不女！

崔兰穿的是一件大红嵌金线乔其纱旗袍，脚下是一双麂皮软底便鞋，很显脚形，——崔兰的脚很好看，长丝袜。新烫的头发(特为到上海烫的)，鬓边插一朵小小的珍珠偏凤。脸上涂了夏士莲香粉蜜，旁氏口红，描眉画眼，风姿绰约，光彩照人。

朱家少爷和崔兰坐在王万丰(这是中市口一家大酱园)楼上靠栏杆一张小方桌前的藤椅(这是特为给上宾留的特座)上看会，喝茶，嗑瓜子。楼下的往来人议论纷纷，七嘴八舌。有男的，也有女的。有荤的也有素的。有的人说出了声(小声)，有的只是自己在心里想。

——崔兰这双丝袜得多少钱？

——反正你我买不起！

——她的旗袍开衩未免太高了，又坐在栏杆旁边，从下面什么都看见了！

——她穿了裤子没有？

——她晚上上床，一定很会扭，扭得很好看。

——你怎会知道？

——想当然耳，想当然耳！

——闭上你们这些男人的臭嘴！

一夜之间，崔兰从一个毛丫头变成了一个少奶奶，不知道为什么，很多人为此很不平。一句话在很多人的嘴里和心里盘桓。

"这可真是糠箩跳米箩了！"

# 关老爷

　　老关老爷——关老爷的父亲作过两任两淮盐务道，搂了不少银子，他喜欢这小城，土地肥美，人情淳厚，就在这里落户安家，起房屋，置田地，优哉游哉当了几年快活神仙老太爷。老关老爷的丧事办得极其体面。老关老爷死后，关老爷承其父业，房屋盖得更大，田地置得更多。一沟、二沟、三垛、钱家伙都有他的庄子。他是旗人。旗人有族无姓，关老爷却沿其父训，姓了关。关老爷的二儿子是个少年名士，还刻了一块图章：汉寿亭侯之后，其实关家和关云长是没有关系的。关老爷有两个特点。一是说了一嘴地道京腔，比如，他见小孩子吸烟，就劝道"小孩子不抽烟"！本地都说"吃烟"，他却说"抽烟"，本地人觉得这很奇怪。一是他走起路来是方步，有点像戏台上的台步，特别像方巾丑。这城里有几家旗人，他们见面时都还行旗礼——打千儿，本地人觉得他们好像在演戏，很滑稽，很可笑。关老爷个子不高，矮墩墩的。方脸。"高帝子孙多隆准"，高鼻梁。留两撇八字胡。立如松，坐如钟。他的行动都是很端正的。他的为人也很正派。他不抽大烟，不嫖，不赌。只是每年要下乡看一次青。

　　"看青"即估产。田主和佃户一同看看今年的庄稼长势，估计会有多少收成，能交多少租。一到稻子开花，关老爷就带了"田禾先生"下乡。关老爷骑一匹大青走骡，田禾先生骑一匹粉嘴踢雪黑叫驴，一路分花度柳，款款而行。庄稼碧绿，油菜金黄，一阵一阵野蔷薇的香味扑鼻而来，关老爷东张张西望望，心情十分舒畅。他下乡看青，其实是出来玩玩，看看野景，尝尝野味，改变一下他在深宅大院里的生活。估产定租这些事自有田禾先生和庄头商量，他最多只是点点头，摇摇头。他看的什么青！这些事他也不懂。他还带着个厨子。厨子头一天已经带了伏酱秋油，五香八角，一应作料，乘船到了一沟。

在路上吃过一碗虾仁鳝丝面，中午饭就不吃了，关老爷要眯一小觉。起来，由庄头领着，田禾先生随着，绕村各处看了看。田禾先生和庄头估计今年收成，商谈得很细，各处田土高低，水流洪窄，哪一个八亩能打多少，哪一堤桵柳能卖多少钱……意见一致，就粗粗落了纸笔，有时意见相左，争待不下，甚至会吵了起来。到了太阳偏西，还没有个通盘结果。关老爷只在喝茶抽烟，听他们争吵，不置一词。厨子来问："开不开饭？"关老爷肚子有点饿了，就说："开饭开饭！先吃饭，剩下的尾数也不值仨瓜俩枣，明天再议。"

关老爷在一沟的食单如下：

凉碟——醉虾，炸禾花雀，还有乡下人不吃的火焙蚂蚱，油汆蚕茧；

热菜——叉烧野兔，黄焖小公狗肉，干炸活鳑鱼；

汤——清炖野鸡。

他不想吃饭，要了两个乡下面点：榆钱蒸糕，面拖灰翟菜加蒜泥。关老爷喝酒上脸，三杯下肚就真成了关公了。喝了两杯普洱茶，就有点吃饱了食困，睁不开眼了。他还要念一会经。他是修密宗的，念的是喇嘛经。

他要睡了。庄头已经安排了一个大姑娘或小媳妇，给他铺好被窝，陪他睡下了。

第二天起来，就什么都好说了，一切都按庄头的话定规。

他给陪他睡的大姑娘、小媳妇一个金戒指。他每次都要带十多二十个戒指，田禾先生知道，关老爷下乡看青，只是要把一口袋戒指给出去，他和庄头磨牙费嘴都只是过场而已。

一沟、二沟、三垛转了一圈，关老爷累了，回到钱家伙喝了人参汤，大睡了两天，回家，完成了他的看青壮举，得胜还朝。

关老爷是旗人，又是从外地迁来的，本地亲戚很少，只有一个老姑奶奶嫁给阚家；一个老姨嫁给简家，算是至亲。有熟读《三国演义》的人说：你们一家是阚泽的后人，一个是简雍的后人，这样的姓很少，难得！关老爷和岑直斋小时候是同学，跟杨又渔学过做古文、制艺、试帖诗，以后常在一起作文酒之游。关老爷的二儿子关汇和岑直斋的大儿子岑瑜从小学到中学都是同班同学。这几家是通家之好，婚丧嫁娶，办生做寿，走动得很勤。

岑直斋的女儿岑瑾是个美人（她母亲是姨太太，本是南堂子里的名妓）。她眼睛弯弯的，常若含笑，皮肤非常白嫩，真是"吹弹得破"，——因此每年都生冻疮。关汇很爱看岑瑾的一举一动，他央求老姨奶奶到岑家说媒。岑瑾的妈说这得问问她本人。岑瑾本不愿意，理由是：一、她比关汇还大两岁；二、关汇身体不好，有点驼背；三、他在学校里功课不好，尤其是数、理、化。她妈说大两岁没有关系，大媳妇知道疼女婿；身体不好，可以吃药调理；功课——关家这样的人家不指着儿子做事挣钱！一个庄子就够吃一辈子。经过妈下了水磨功夫掰开揉碎反复开导，岑瑾想：富贵人家的子弟差不多也就是这样，就说："妈，您作主！"这样关汇和岑瑾就定了婚，他们那年才读初三。关汇几乎每天都到岑家去，暑假就住在岑家，和岑瑜一起玩：用汽枪打鸟，钓鱼。关汇每天给岑瑾写情书，虽然天天见面。情书大都是把旧诗词改头换面。如："身无彩凤双飞翼，心有灵犀一点通"之类，他送岑瑾一张放大十寸的相片，岑瑾把相片配了框子挂在墙上。岑瑾觉得她迟早是关家的人了，也不再有别的想法。

初中毕业，关汇到上海去读高中，岑瑾到苏州读了女子师范，暂时"劳燕分飞"了。关汇还是每天写信，热情洋溢，岑瑾也回信，但是关汇觉得她的信感情有点冷淡。

关家老太太急于想早一点抱孙子，姑奶奶、姨奶奶也觉得关汇的婚事不能再拖，就不断催关汇把事情办了。于是在关汇和岑瑾高三寒假就举行了婚礼。两家亲友都不甚多，但是吹吹打打，也很热闹。婚礼半新不旧。关汇坚持穿燕尾服，不穿袍子马褂，岑瑾披婚纱，但是拜堂行礼却是旧式的。燕尾服，婚纱，磕头，有点滑稽。

热闹了一天，客人散尽，关汇、岑瑾入洞房。

三天无大小，有些姑娘小子把耳朵贴在房门上"听房"。什么也没有听见。

半夜里，听到劈劈啪啪的声音，打人？关老爷一听，不对！把关老太太叫起来，叫她带了大儿媳妇赶紧去看看。撞开了房门，只见岑瑾在床前跪着，关汇拿了一根马鞭没头没脸地打她。打一鞭，骂一句："你欺骗了我！你欺骗了我！"大嫂把岑瑾拉起来，给她盖了被窝，老太太把关汇拉到关老爷的书房里，问："为什么打她？"关汇气得浑身发抖，说："她欺骗了我！她欺骗了我！"——"怎么回事？"——"她不是处女！不是处女啊！"

这里的风俗，二三天回门，要把那点女儿红包在一方白绫子里，亲手交给妈妈。妈妈接过白绫子，又是哭，又是笑："闺女！好闺女！"

岑瑾三天回门，这门怎么回呢？关汇不去。老太太再三给他央求，说："关、岑两家，不能让人议论"。好说歹说："你就给妈这点面子，我求你了！"老太太差点跪下。关汇只能铁青着脸进了岑家的门，连饭都没有吃，推说头疼，就先回去了。

关汇不进岑瑾的门，自在书房里睡。

关岑两家是不能离婚的。一离婚，就会引起一县人的揣测刺探。只好就这样拖下去。拖到什么时候呢？

这事总得有个了局。

"会是怎样的结局呢？"

关老爷还是每年下乡看青。他把他的看青的"章程"略微作了一点修改：凡是陪他睡觉的，倘是处女——真正的黄花闺女，加倍有赏，给两个金戒指。

# 名士和狐仙

　　杨渔隐是个怪人。怪处之一是不爱应酬。杨家在县里是数一数二的高门望族，功名奕世，很是显赫。杨渔隐的上一代曾经是一门三进士，实属难得。杨家人口多，共八房。杨家子弟彼此住得很近，都是深宅大院。门外有石鼓，后园有紫藤、木香。他们常来常往，遇有年节寿庆，都要相互宴请。上一顿的肴馔才撤去，下一顿的席面即又铺开。照例要给杨渔隐送一回"知单"请大爷过来坐坐（杨渔隐是大房），杨渔隐抓起笔来画了一个字："谢"，意思是不去。他的堂兄堂弟知道他的脾气，也不再派人催请。杨渔隐住的地方比较偏僻，地名大淖大巷。一个小小的红漆独扇板扉，不像是大户人家的住处。这是一个侧门，想必是另有一座大门的，但是大门开在什么方向，却很少人知道。便是这扇侧门也整天关着，好像里面没有住人。只有厨子老王到大淖挑水，老花匠出来挖河泥（栽花用），女佣人小莲子上街买鱼虾菜蔬，才打开一会儿。据曾经向门里窥探过的人说：这座房子外面看起来很朴素，里面的结构装修却是很讲究的，而且种了很多花木。杨渔隐怎么会住到这么一个地方来？也许这是祖上传下来的一所别业，也许是杨渔隐自己挑中的，为了清静，可以远离官衙闹市。

　　杨渔隐很少出来，有时到南纸店去买一点纸墨笔砚，顺便去街上闲走一会儿，街坊邻居就可以看到"大太爷"的模样。他长得微胖，稍矮，很结实，留着一把乌黑的浓髯，双目炯炯有神。

杨渔隐不爱理人，有时和一个邻居面对面碰见了，连招呼都不打一个。因此一街人都说杨渔隐架子大，高傲。这实在也有点冤枉了杨渔隐，他根本不认识你是谁！

杨渔隐交游不广，除了几个做诗的朋友，偶然应渔隐折简相邀，到他的书斋里吟哦唱和半天，是没有人敲那扇红漆板扉的。

杨渔隐所做的一件极大的怪事，是他和女佣人小莲子结了婚。

这地方把年轻的女佣人都叫做"小莲子"。小莲子原来是伺候杨渔隐夫人的病的。杨渔隐的夫人很喜欢她，一见面就觉得很投缘。杨渔隐的夫人得的是肺痨，小莲子伺候她很周到，给她煎药、熬燕窝、煮粥。杨夫人没有胃口，每天只能喝一点晚米稀粥，就一碟京冬菜。她在床上躺了三年，一天不如一天。她知道没有多少日子了，就叫小莲子坐在床前的杌凳上，跟小莲子说："我不行了。我死后，你要好好照顾老爷。这样我就走得放心了。我在地下会感激你的。"小莲子含泪点头。

杨夫人安葬之后，小莲子果然对杨渔隐伺候得很周到。每天换季，单夹皮棉，全都准备好了。冬天床上铺了厚厚的稻草，夏天换了凉席。杨渔隐爱吃鱼，小莲子很会做鱼。鳊、鲦、清蒸、氽汤、不老不嫩，火候恰到好处。

日长无事，杨渔隐就教小莲子写字（她原来跟杨夫人认了不少字），小字写《洛神赋》，教她读唐诗，还教她做诗。小莲子非常聪明，一学就会。杨渔隐把小莲子的窗课拿给他的做诗的朋友看，他们都大为惊异，连说："诗很像那么回事，小楷也很娟秀，真是有凤慧！凤慧！"

杨渔隐经过长期考虑，跟小莲子提出，要娶她。"你跟我那么久，我已经离不开你；外人也难免有些闲话。我比你大不少岁，有点委屈了你。你考虑考虑。"小莲子想起杨夫人临终的嘱咐，就低了头说："我愿意。"

把房屋裱糊了一下，请诗友写了几首催妆诗，贴在门后，就算办了事。杨渔隐请诗友们不要把诗写得太"艳"，说："我这不是扶正，更不是纳宠，是明媒正娶地续弦，小莲子的品格很高，不可亵玩！"

杨渔隐娶了小莲子，在他们亲戚本家、街坊邻居间掀起了轩然大波。他们认为这简直是岂有此理！这是杨渔隐个人的事，碍着别人什么了？然而他们愤愤不平起来，好像有人踩了他的鸡眼。这无非是身份门第间的观念作怪。如果杨渔隐不是和小莲子正式结婚，而是娶小莲子为妾，他们就觉得这可以，这没有什么，这行！杨渔隐对这些议论纷纷、沸沸扬扬，全不理睬。

杨渔隐很爱小莲子，毫不避讳。他时常挽着小莲子的手，到文游台凭栏远眺。文游台是县中古迹，苏东坡、秦少游诗酒留连的地方，西望可见运河的白帆从柳树梢头缓缓移过。这地方离大淖很近，几步就到了。若遇到天气晴和，就到西湖泛舟。有人说："这哪里是杨渔隐，这是《儒林外史》里的杜少卿！"

杨渔隐忽然得了急病。一只筷子掉到地上，他低头去捡，一头栽下去就没有起来。

小莲子痛不欲生，但是方寸不乱，她把杨渔隐的过继侄子请来，商量了大爷的后事。根据杨渔隐生前的遗志，桐棺薄殓，送入杨氏祖茔安葬，不在家里停灵。

送走了大爷，小莲子觉得心里空得很。她整天坐在杨渔隐的书房里，整理大爷的遗物：藏书法帖、古玩字画、蕉叶白端砚、田黄鸡血图章，特别是杨渔隐的诗稿，全部装订得整整齐齐，一首不缺。

小莲子不见了！不知道她是什么时候走的。厨子老王等了她几天，也不见她回来。老花匠也不见了。老王禀告了杨渔隐的过继侄儿，杨家来人到处看了看，什么东西都井井有条，一样不缺。书桌上留下一把泥金折扇，字是小莲子手写的。"奇怪！"杨家的本家叔侄把几扇房门用封条封了，就带着满脸的狐疑各自回家。厨子老王把泥金扇偷偷掖了起来，倒了一杯酒，反复看这把扇子，他也说："奇怪！"

老王常在晚上到保全堂药铺找人聊天。杨家出了这样的事，他一到保全堂，大家就围上他问长问短。老王把他所知道的一五一十都说了。还把那把折扇拿出来给大家看。

座客当中有一个喜欢白话的张汉轩，此人走南闯北，无所不知，是个万事通。他把小莲子写的泥金折扇拿在手里翻来覆去地看，一边摇头晃脑，说："好诗！好字！"大家问他："张老，你对杨家的事是怎么看的？"张汉轩慢条斯理地说："他们不是人。"——"不是人？"——"小莲子不是人。小莲子学做诗，学写字，时间都不长，怎么能得如此境界？诗有点女郎诗的味道，她读过不少秦少游的诗，本也无足怪。字，是至玉版十三行，我们县能写这种字体的小楷的，没人！老花匠也不是人。他种的花别人种不出来。牡丹都起楼子，荷花是'大红十八瓣'，还都勾金边，谁见过？"

"他们都不是人，那，是什么？"

"是狐仙。——谁也不知道他们是从哪里来的，又向何处去了。飘然而来，飘然而去，不是狐仙是什么？""狐仙？"大家对张汉轩的高见将信将疑。

小莲子写在扇子上的诗是这样的：

三十六湖蒲荇香，
侬家旧住在横塘。

移舟已过琵琶闸，

万点明灯彩乱长。


这需做一点解释：高邮西边原有三十六口小湖，后来汇在一处，遂成巨浸，是为高邮湖。琵琶闸在南门外，是一个码头。

# 侯银匠

白果子树，开白花，
南面来了小亲家。
亲家亲家你请坐，
你家女儿不成个货。
叫你家女儿开开门，
指着大门骂门神。
叫你家女儿扫扫地，
拿着笤帚舞把戏。
……

侯银匠店是个不大点的小银匠店。从上到下，老板、工匠、伙计，就他一个人。他用一把灯草浸在油盏里，又用一个弯头的吹管把银子烧软，然后用一个小锤子在一个铜模子或一个小铁砧上丁丁笃笃敲打一气，就敲出各种银首饰。麻花银镯，小孩子虎头帽上钉的银罗汉、银链子、发蓝簪子、点翠簪子……侯银匠一天就这样丁丁笃笃地敲，戴着一副老花镜。

侯银匠店特别处是附带出租花轿。有人要租，三天前订好，到时候就由轿夫抬走。等新娘拜了堂，再把空轿抬回来。这顶花轿平常就停在屏门前的廊檐上，一进侯银匠家的门槛就看得见。银匠店出租花轿，不知是一个什么道理。

侯银匠中年丧妻，身边只有一个女儿，他这个女儿很能干。在别的同年的女孩子还只知道梳妆打扮、抓子儿、踢毽子的时候，她已经把家务全撑了起来。开门扫地、掸土抹桌、烧茶煮饭，浆洗缝补，事事都做得很精到。她小名叫菊子，上学之后学名叫侯菊。街坊四邻都很羡慕侯银匠有这么个好女儿，有的女孩子躲懒贪玩，妈妈就会骂一句："你看人家侯菊！"

一家有女百家求，头几年就不断有媒人来给侯菊提亲。侯银匠总是说："孩子还小，孩子还小！"千挑选万挑选，侯银匠看定了一家。这家姓陆，是开粮行的。弟兄三个，老大老二都已经娶了亲，说的是老三。侯银匠问菊子的意见，菊子说"爹作主！"侯银匠拿出一张小照片让菊子看，菊子噗嗤一声笑了。"笑什么？"——"这个人我认得！他是我们学校的老师，教过我英文。"从菊子的神态上，银匠知道女儿对这个女婿是中意的。

侯菊十六那年下了小定。陆家不断派媒人来催侯银匠早点把事办了。三天一催，五天一催。陆家老三倒不着急，着急的是老人。陆家的大儿媳妇、二儿媳妇进门后都没有生养，陆老头子想三媳妇早进陆家门，他好早一点抱孙子。三天一催，五天一催，侯菊有点不耐烦说："总得给人家一点时间准备准备。"

侯银匠拿出一堆银首饰叫菊子自己挑，菊子连正眼都不看，说："我都不要！你那些银首饰都过了时。现在只有乡下人才戴银镯子、发蓝簪子、点翠簪子，我往哪儿戴，我又不梳髻！你那些银五半半现在人都不知道是干什么用的！"侯银匠明白了，女儿是想要金的。他搜罗了一点金子给女儿打了一对秋叶形的耳坠、一条金链子、一个五钱重的戒指。侯菊说："不是我稀罕金东西。大嫂子、二嫂子家里都是有钱的，金首饰戴不完。我嫁过去，有个人来客往的，戴两件金的，也显得不过于寒碜。"侯银匠知道这也是给当爹的做脸，于是加工细做，心里有点甜，又有点苦。

爹问菊子还要什么，菊子指指廊檐下的花轿，说："我要这顶花轿。"

"要这顶花轿？这是顶旧花轿，你要它干什么？"

"我看了看，骨架都还是好的，这是紫檀木的，我会把它变成一顶新的！"

侯菊动手改装花轿，买了大红缎子、各色丝绒，飞针走线，一天忙到晚。轿顶绣了丹凤朝阳，轿顶下一圈鹅黄丝线流苏走水。"走水"这词儿想得真是美妙，轿子一抬起来，流苏随轿夫脚步轻轻地摆动起伏，真像是水在走。四边的帏子上绣的是八仙庆寿。最出色的是轿前的一对飘带，是"纳锦"的。"纳"的是两条金龙，金龙的眼珠是用桂元核剪破了钉上去的（得好些桂元才能挑得出四只眼睛），看起来乌黑闪亮。她又请爹打了两串小银铃，作为飘带的坠脚。轿子一动，银铃碎响。轿子完工，很多人都来看，连声称赞："菊子姑娘的手真巧，也想得好！"

转过年来，春暖花开，侯菊就坐了这顶手制的花轿出门。临上轿时，菊子说了声："爹！您多保重。"鞭炮一响，老银匠的眼泪就下来了。

花轿没有再抬回来，侯菊把轿子留下了。这顶簇新的花轿就停在陆家的廊檐下。

侯菊有侯菊的打算。

大嫂、二嫂家里都有钱。大嫂子娘家有田有地，她的嫁妆是金堂红木，压箱底一张田契，这是她的陪嫁。二嫂子娘家是开糖坊的。侯菊有什么呢？她有这顶花轿。她把花轿出租。全城还有别家出租花轿，但都不如侯菊的花轿鲜亮，接亲的人家都愿意租侯菊的花轿。这样她每月都有进项。她把钱放在迎桌抽屉里。这是她的私房钱，她想怎么花就怎么花。她对新婚的丈夫说："以后你要买书订杂志，要用钱，就从这抽屉里拿。"

陆家一天三顿饭都归侯菊管起来。大嫂子、二嫂子好吃懒做，饭摆上桌，拿碗盛了就吃，连洗菜剥葱，刷锅、刷碗都不管。陆家人多，众口难调。老大爱吃硬饭，老二爱吃软饭，公公婆婆爱吃焖饭，各人吃菜爱咸爱淡也都不同。侯菊竟能在一口锅里煮出三样饭，一个盘子里炒出不同味道的菜。

公公婆婆都喜欢三儿媳妇。婆婆把米柜的钥匙交给了她，公公连粮行账簿都交给了她，她实际上成了陆家的当家媳妇。她才十七岁。

侯银匠有时以为女儿还在身边。他的灯碗里油快干了，就大声喊："菊子！给我拿点油来！"及至无人应声，才一个人笑了："老了！糊涂了！"

女儿有时提了两瓶酒回来看看他，椅子还没有坐热就匆匆忙忙走了。侯银匠想让女儿回来住几天，他知道这办不到，陆家一天也离不开她。

侯银匠常常觉得对不起女儿，让她过早地懂事，过早地当家。她好比一树桃子，还没有开花，就结了果子。

女儿走了，侯银匠觉得他这个小银匠店大了许多，空了许多。他觉得有些孤独，有些凄凉。

侯银匠不会打牌，也不会下棋，他能喝一点酒，也不多，而且喝的是慢酒。两块从连万顺买来的茶干，二两酒，就够他消磨一晚上。侯银匠忽然想起两句唐诗，那是他錾在"一封书"样式的银簪子上的（他记得的唐诗并不多）。想起这两句诗，有点文不对题：

姑苏城外寒山寺，
夜半钟声到客船。